Great Lives ⑬
위대한 생애

피카소의 생애 Ⅰ

민병산／옮김

ⓛ 일신서적출판사

"나는 살아가는 힘을 부여해주신 것에 대해 말한다."

—폴 엘리아르 '파블로 피카소에게'

"피카소에 대해 말할 수 있는 것은 확실히 아무것도 없다 ……."

—조르쥬 리브몽 데세뉴

차 례

참　고

　이 책이 1958년에 출판되었을 당시에는 전부 13장으로 되어 있었으나 1971년에 개정판을 발행하게 되자, 이미 발행된 13장에 수정을 가했을 뿐 아니라 3장을 증보하여 피카소의 만년 및 만년작에 대한 평가와 피카소에 있어서는 더욱더 근원적인 요소가 되고 있는 새로운 시간에 대한 관념의 논평을 덧붙여서 보다 더 현실에 알맞게 탈바꿈시켰다.

초판의 서문

이 책을 서술함에 있어서 나는 많은 친구와의 대화에서 참고가 되는 지식을 얻었고 그것을 여러 곳에서 활용했다. 그런데 그 중에서도 가장 중요했던 사람은 파블로 피카소 자신이다. 그가 끈기있게 많은 나날을 나를 상대해준 것과 그와 자크린느 로크 부인이 칸느에서 내게 보여준 호의에 대해서 깊이 감사하는 바이다.

또한 그의 가족의 다른 분에게서도 도움을 받았다. 나는 폴 피카소의 친절과 조력, 피카소의 영매 세뇨라 루이스 데 빌라도로부터 바르셀로나에서 받은 후의(厚意), 그리고 그녀의 영식들 특히 나와 여러 해에 걸쳐서 친밀하게 사귄 후안 빌라도와 또 하비엘 빌라도 양에게 은혜를 입었다.

귀중한 정보를 제공해주신 분들 중에는 본서에 특별한 관심을 보여주셨던 다니엘 헨리 카안와일러, 하이메 사바르테스가 있다. 두 분에게 그리고 다른 많은 친구에게도 감사를 드리는 바이다. 특히 내가 이름을 들어두고 싶은 분들은 알프레트 H. 바 주니어 씨, 피엘 보드안 씨, 클라이브 벨 씨, 줄르쥬 브라크 씨, 도미니크 에류알 부인, 바랑티느 위고 부인, 마노로 우게 부인, 모리스 자루도 씨, 케인즈 경 부인, 미셸 레이리스 씨, 도라 마르 양, 맨 레이 씨, 장 모레 남작, 페르난드 올리비에 부인, 바랑티느 뱅로즈 부인, 하버드 리드 경, 존 리차드슨 씨, 앙리 피엘 롯슈 씨, 줄르쥬 사알 씨, 앙드레 사르몽 씨, 애리스 B. 도크러스 양, 트리스탕 트아라 씨, 패드릭 왈드벨크 씨, 크리스티앙 세루버스 씨 이상의 분들이다.

6

졸저 집필 중에 부단한 조력과 조언을 해준 내 처와 존 헤이워드 씨에게 특히 감사한다. 나는 또한 테렌스 오브라이언 부처, 소니아 오웰 부인, 존 러셀 씨에게서 받은 원조에도 감사를 드리는 바이다. 도판(圖版) 수집에 있어서는 특히 엘리자베스 프란크 양, 델리아드 씨, 아트 카운설 오브 그레이트 브리턴 및 루이스 레이리스 화랑의 도움을 받았다. 또 소장하고 계신 미술 작품의 도판화를 허락해주신 공사간의 많은 소장가 여러분에게 감사의 뜻을 표하는 바이다. 마지막으로 나는 원고 정리에 시간과 인내와 헌신적인 노력을 아끼지 않았던 조이즈 리브스 양에 대해서 진심으로 깊은 감사의 뜻을 전하고자 한다.

1958년 파리에서
롤랑 팽로즈

제1장 가계(家系)와 소년 시대(1881~1895)

그 시대에서의 예술은 혁명 상태에 있었다. 그 시기는 환시가(幻視家)만이 지닐 수 있는 확신에 넘쳐 행동한 전위적인 개혁자들의 공격으로 해서 전통이 점차 몰리게 된 싸움터였다. 이미 20세기도 후반에 이른 현재에 있어서는 지난 날의 투쟁의 격심함, 공격을 유도한 사람들의 용기, 그리고 어째서 그렇게까지 격렬하게, 그렇게까지 불리한 싸움에 도진하지 않으면 안 되었는지 그 이유를 오늘의 우리가 이해하기는 어렵다. 현재는 시대가 바뀌었고 선각자들도 충분하게 인정을 받게 되었다. 자기의 비전을 지니고 있었던 사람들과 조소를 받았던 사람들이 지금은 현대의 영웅으로 받아들여지게 되었기 때문이다. 그러한 영웅 중에서도 파블로 피카소는 특히 이의없이 발군의 지도자로서 더한층 돋보이고 있다.

그는 많은 이유로 이제 20세기에서 가장 널리 알려진 화가가 되었으며 그의 생애와 그의 업적은 이미 전설이 되어버렸다. 그에 대해서 언급한 것 중에는 때로 모순되고 있는 듯한 사항이 있어서 많은 사람들이 그를 이상한 의문이나 또는 불가사의한 뜻을 지니고 있는 지혜의 신탁(神託)처럼 생각하고 있다. 그는 스페인 사람이지만 스페인에서 생활한 것은 그의 생애의 3분의 1이 넘지 않는다. 그는 죽었지만 정신적으로나 육체적으로나 많은 사람들의 청년 시대 이상의 활력과 준민성(俊敏性)을 지니고 있다. 그는 몹시 이해하기 어려운 많은 작품으로 해서 진지한 평론가를 지금까지 끊임없이 격분시켜왔지만 그런 비평가라할지라도 그의 재능에 대한 찬탄의 마음은 감출 수가 없을 것이다. 그의 명성이 전세계에 퍼지게 되고 또 간단히 측정하기 어려울 정도로 된 때에도 그는 자기의 생활 방법을 바꾸지 않았다. 그의 가장 큰 소망은 여전히 작품 제작을 계속하는 일이었으며 그를 무척 아껴주는 친구나 동료에 둘러싸여 있었지만 그의 위대함이 너무나 뛰어났었기 때문에 언제나 고독한 존재일 수밖에 없었다.

피카소는 반 세기 이상을 고국을 떠나서 생활했지만 그래도 본질적으로 스페인 사람이다. 그러므로 그를 이해하기 위해서는 그가 태어난 나라에 대해서 어느 정도는 알아두지 않으면 안 된다. 스페인은 반짝이는 태양과 검은 그림자, 극단적인 더위와 추위, 풍요와 불모를 함께 지니고 있는 심한 대조를 이루는 나라이다. 또 사람들의 격정적인 정열과 광신적인 활동으로도 유명한 나라이기도 하다. 스페인 사람들은 그들의 감정을 눈에 보이는 형태로 나타내고 인간 생활의 드라마를 강렬한 빛 속에 전개해보일 수 있는 기술을 알고 있다. 밝고 명랑한 것을 좋아하는 그들 성격의 이면에는 고뇌와 괴기에 대한 집착이 있고 비참에 대한 위안과 불안으로부터의 구원을 예술에서 찾는 경향이 있다. 곤고라의 시에 있어서나 집시들의 플라멩코 음악에 있어서나 또는 투우나 스·르바란의 회화에 있어서나 그들 표현의 밑바닥에는 언제나 슬픔이 감추어져 있다. 비극은 현실의 것이기 때문에 그것은 그대로 표현되지 않으면 안 된다. 예술가의 작업은 그 비극을 날카롭게 느끼게 할 수 있는 가장 알맞은 사실주의의 형식을 발견하는 데 있다. 이 작업을 이루기 위해서는 비극적인 것은 희극적인 것에 의해서 균형을 유지하지 않으면 안 되며 이 양자의 분위기를 고르게 맞추어나가지 않으면 안 된다는 것을 스페인 사람만큼 잘 알고 있는 사람은 많지 않다. 양자에게 똑같은 중요성을 부여해줌으로써 어느 쪽 방향에도 최대한으로 깊게 파고들어갈 수가 있는 것이다.

피카소의 작품은 이 두 개의 상반하는 극(極) 사이의 드라마를 전개시킴에 있어서 그가 얼마나 다양한 변화를 이루었는가를 훌륭하게 보여주고 있다. 그러나 그의 생활은 자기의 예술이라는 단 하나의 목적에 바쳐져 있기 때문에 단순 강의(剛毅)하다. 90세라는 고령에도 불구하고 피카소가 보여준 정신적 육체적 활력의 놀라울 정도의 강인함은 소년 시대에 그가 보여준 조숙한 재능과 더불어 희귀한 현상이라고 할 수 있다. 그의 재능의 개화는 너무 일찍부터 나타났기 때문에 자신이 자기는 어린아이 같은 그림을 그려본 일이 없다고 말했을 정도이다. 그리고 사실 그의 초기의 작품 속에 벌

피카돌
현재 알려져 있는 가장 초기 작품
1889-90년
油, 板

써 그 후의 전생애에 걸쳐서 그의 관심사가 되었던 이념이 뚜렷하게 담겨져 있다. 아홉 살 때 그가 투우장의 장면을 그린 그림이 있는데(〈피카돌〉) 우리는 작은 말을 탄 피카돌과 관객의 모습에서 그의 생생한 성격 표현의 감각을 엿볼 수 있다. 그 교묘하며 숙달된 구도는 동시에 어린이의 무심함과 독창성도 함께 나타나 있다. 척도나 원근법에 대한 소박한 무관심, 세부를 무시하고 주요한 형상만을 강조한 수법, 마음내키는 대로의 색채 사용법, 어린이의 상상력의 전형적인 특색도 역시 이 작품에서 찾아볼 수 있다. 이러한 요소는 그 후에도 그의 작품 속에서 없어지지 않고 언제나 남아 있어서 작품 세계에서 중요한 자리를 차지하며 또 그의 발견을 위해서도 예사로 넘겨버릴 수 없는 중요한 역할을 하게 된다.

파블로 루이스 피카소는 1881년 10월 25일 밤 11시 15분 마라가에서 태어났다. 마침 그때는 달도 태양도 천저(天底)의 가장 얕은 곳으로 가까이 다가오고 있는 시기여서 마을의 하얀 집 위를 비쳐주고 있는 빛은 혹성이나 몇몇 항성의 엷은 것이어서 야릇한 반짝임을 보여주고 있었다. 그 이유로 해서 많은 점성술가들은 별의 조합이나 대립에 근거를 두고 갖가지 의논을 펼쳤다. 그 별들의 영묘한 영향력과 희귀한 재능을 풍부하게 갖춘 천재의 생애 및 성격과의 사이에 어떤 관계가 있는지를 밝혀보기 위해 많은 전문가들은 노력을 아끼지 않았다. 그러나 이러한 시도는 아무래도 부분적으로 잘못된 것이라고 하지 않을 수 없다. 왜냐하면 그가 태어난 정확한 시간을 확인하기 위해서 그의 출생 증명서를 조사해볼 수 있었던 사람은 아무도 없었기 때문이다. 그들은 모두 한밤중에 태어났다는 피카소 자신의 동화 같은 이야기를 그대로 믿고 있었다.

마 라 가

피카소가 태어난 라 메루세도 광장은 마라가 마을에 있는 두 개의 광장 중에서 큰 편이었지만 마을의 중심은 아니었다. 그렇지만 옛날의 이 광장은 그라나다로 가는 길목에 있었던 성문 바로 밖에 위치해 있기 때문에 중요한 곳이기도 했다. 그 남쪽과 동쪽으로는 두 개의 험악한 언덕이 있었고 그 위에는 알루가사바의 요새와 히브랄르파로의 성이 솟아 있었다. 이 두 개의 요새는 무어 인들이 세운 것으로 마라가의 마을과 항구를 한눈으로 내려다보면서 지배할 수 있는 장소에 위치하고 있었다. 조약돌을 맵시있게 깔아놓은 좁은 거리에서 일어나는 일은 아무리 작은 사건이라 해도 이 커다란 성채 위에서 빠짐없이 내려다볼 수 있었다. 원래 이 요새는 옛날에 페니키아 사람들이 만든 성의 기초 위에 세워진 것으로써 페니키아 사람이나 로마 사람들이 남긴 많은 유품으로 보아서 이 땅은 서기 711년에 무어 인들에 의해서 정복되기 훨씬 전부터 다른 고장 사람들이 몹시 탐을 낸 고장 같기도 하다. 무어 인에게 있어서 이곳은 그들의 수도인 그라나다를 통하는 중요한 항구였다. 마을 위에 솟아 있는 이 언덕의 정상에서 내려다보면 내륙 쪽으로는 포도밭으로 뒤덮인 평야가 산 기슭까지 뻗어 있었고 남쪽으로는 그 평야가 완만한 곡선을 그리면서 바다와 만나 다시 지중해 너머 아트라스 산맥의 눈을 바라다볼 수 있는 장엄한 경관을 이루고 있다. 그리고 새삼스럽게 아프리카 대륙에 가깝다는 것과 현재보다 과거에 아프리카의 영향을 많이 받았으리라는 점에 생각이 미치게 된다.

19세기 말경까지 라 메루세도 광장과 항구를 가로막고 있는 바위가 많은 구릉지에는 몇 세대에 걸쳐서 무어 인의 성채 자리에서 날라온 돌로 만들어진 건물로 뒤덮여 있었다. 그러나 테라스가 붙은 정원이나 분수가 있는 광장은 이제는 그렇게 구분을 지을 수 없게 되어버렸다. 그러한 것은 이미 완전하게 폐허로 변해버려 무어 인들의 후계자라고까지는 할 수 없다 하더라도 적어도 그들의 음악과 무용을 이어받은 집시들의 집이 되고 말았다. 피카소는 후에 이 지방에 대해서 사바르테스에게 "그 부근은 'Chupa y tira'의 장소라고 불리어지고 있었다."고 말했다. 이 말은 스페인 말로 '빨아먹고 버리는'이라는 뜻이다. 사실 이 빈민가에 살고 있었던 사람들은 너무나 가난해서 조개 수프밖에는 먹을 것이 없었다. 그래서 땅에는 이곳 사람들이 조개살을 깨끗이 빨아먹은 후에 창 밖으로 내버린 조개 껍질이 가득하게 깔려 있었다. 언덕 위에서 훨씬 내려와서 라 메루세도 광장의 손질이 잘된 공원까지 이어져 있는 이 더러운 집에서는 밤이 되면 기타 소리와 '칸테 온도'를 부르는 노랫소리가 흘러나와서 주위의 공기를 언제나 밝게 해주었다. 이 노래는 대단히 오래된 주제에 바탕을 둔 정열적인 사랑의 노래이지만 부르는 사람이 자기들의 기쁨과 괴로움에 맞추어서 적당히 변화를 주면서 노래를 불렀다.

조　　상

　피카소가 태어난 가계(家系)가 어떤 집안이었는지는 많은 족보 학자와 특히 그의 오랜 친구인 하이메 사바르테스의 연구에 의해서 어느 정도까지는 확실히 알 수 있게 되었다. 그의 부친 쪽의 가계에서 시민 생활이나 싸움터, 그리고 교회에서 이름을 빛낸 훌륭한 선조들을 여러 명이나 찾아볼 수 있다. 그 계보는 발리아드릿드의 근처인 코고류트에 영토를 가지고 있었던 화안 데 레온의 당당한 기사의 모습까지 거슬러올라가야 한다. 1541년의 기록에 의하면 그보다 앞서 그의 부친에게 모든 종류의 세금을 면제받는 특권이 부여되었으나 그것은 "국왕의 특별 허가가 내려진 이유도 아니고 기사로 서품된 이유 때문도 아니다. 또한 소작지를 가지고 있어서도 아니었다. 다만 그가 대단히 고명한 귀족적인 인물이었기 때문이다."라고 씌어 있으며 또 그 기록에 의하면 돈 화안은 '귀족으로서 그 지위에 알맞은 당당한 무사의 모습'으로 그라나다와 론하의 싸움터로 나갔고 끝내는 돌아오지 않았다고 적혀 있다.

　16세기 말경 화안 데 레온의 자손들이 가스티리아를 떠나 빌리아프랑카데 고르도바로 거처를 옮겼다. 스페인에서는 부친에게서 이어받은 이름에 모계의 성을 붙이는 습관이 있어서 그 풍습이 때로는 혼란을 가져오는 수가 있는데 피카소의 가계에 17세기에 이르러 별안간 '루이스'라는 성이 등장하게 된 것도 아마 이런 습관 때문이라고 짐작할 수 있다. 어쨌든 그들이 고명한 화안 데 레온의 후예이며 18세기 말경까지 고르도바 근처에서는 널리 알려진 가문이었다는 것에 대해서는 의문의 여지가 없다. 1790년경 호세 루이스 이 데 펜데스는 마라가에 거처를 정하고 귀족이었던 데 아루모게라 집안의 딸과 결혼을 했다. 그의 아들 디에고는 마리아 데 라 바스 프라스코 이 에체바리아와 결혼을 했다. 이 두 사람이 피카소의 조부모가 되는 사람들이다. 이 계보의 기원에는 바스크 지방의 피가 흐르고 있다는 신화가 오랫동안 전해져왔지만 사바르테스의 지적에 의하면 '프라스고'라는 이름은 알라공 지방의 것이라고 한다. 만일 조금이라도 바스크의 흐름이 있다고 한다면 그것은 아마도 할머니를 통해서 이어받은 것이라 생각된다. 사실 마리아 데 라 바스 에체바리아라는 이름은 다분히 바스크 지방의 것이기도 하다.

피카소의 증조모가 되는 마리아 호세파 데 아루모게라라측의 선조를 더듬어보면 거기에서 두 사람의 이름 높은 성직자를 찾아볼 수 있다. 한 사람은 레온의 산간 지방의 '대단히 고귀한' 가계의 자손인 유명한 아루모게라 존사(尊師)로서 그는 1605년 가난과 궁색함이 극에 달했었지만 그래도 '성스러운 향기' 속에 지내다가 세상을 떠났다. 그는 생전에 아래기바의 주교, 리마의 대주교를 지냈고 페루 왕국의 부왕 및 총독에 임명되기도 했었다. 또한 사람은 약 2세기 후에 등장한 수도사 페트로 데 그리스트 아루모게라로서 62년간 쉐라 데 고루도바의 산중에서 은자 생활을 보낸 후 1885년 81세로 세상을 떠났다. 그는 깊은 신앙과 용기에 넘친 사람으로서 자기의 전생애를 고뇌의 구제와 명상에 바쳤다.

돈 호세 루이스 이 데 펜데스가 마라가에 온 지 20년 후에 하나의 사건이 일어났다. 그의 장남인 디에고가 어느 날 반은 장난으로 반은 의도적으로 당시 마라가의 마을을 점령하고 있었던 프랑스 군의 행진 대열에 돌을 던졌다. 그는 당장 기병대에 잡혔고 간신히 생명을 부지할 정도로 흠뻑 매를 맞았다. 피카소의 조부가 되는 이 돈 디에고는 평생 이 사건을 잊어버리지 않았는데 그것은 창피함 때문이 아니라 군대의 행진을 멈추게 했다는 자랑 때문이었다. 노인이 된 후의 그의 사진을 보면 마르고 키가 크며 굵은 눈썹을 못마땅한 듯이 찌푸리고 있으나 자세히 살펴보고 그의 성격을 상상한다면 큰 잘못을 범하게 된다. 전해지고 있는 바에 의하면 그는 '활동적이며 신경질적이었고 지적이었으며 성격은 밝고 기지에 넘쳐 있는 피로를 모르는 일꾼인데다 때로는 대단한 정열가'였기 때문이다. 그는 역경을 헤쳐나가는데 능한 재간이 있어서 열한 명의 아이를 거느린 대가족을 먹여 살리기 위해서 거의 쉬지 않고 본업인 장갑 만들기에 매달려 있지 않으면 안 되었지만 그래도 어떻게 하든지 틈을 내서 음악에 정열을 불태웠고 시립극장의 오케스트라의 콘트라베이스를 담당했을 정도였다. 또 그는 데생도 좋아했다.

돈 디에고는 1830년에 마리아 데 라 바스 프라스코와 결혼했다. 그의 장남 디에고는 외교관이 되어 스페인 대사와 동행해서 러시아까지 여행할 정도의 사람이었으니 그도 또한 친구들의 초상을 그리는 데 능했다고 한다. 그러나 부친의 사후에 별로 성공하지 못했던 다른 가족의 뒤를 혼자 맡고 일어 선 것은 넷째 아들 파블로였다. 그는 신학 박사의 칭호를 얻었고 마라가 대성당의 참사(參事) 회원까지 되었다. 그는 결혼하지 않았던 네 명의 여자동기를 돌보는 일을 자기의 의무라고 생각했을 뿐만 아니라 별로 생활력이 없는 동생 호세도 즐거이 원조해주었다. 이 호세는 디에고의 아홉 번째 아이였으며 그가 바로 파블로 루이스 이 피카소의 부친이 되는 사람이다.

호세는 전망이 좋지 못한 전문적인 화가가 되려고 결심했다. 그러나 그는 형인 디에고와는 달라서 향락주의자도 아니었고 사교에 능하지도 못했다. 다만 자기의 예술에만 열중하는 화가라는 것은 세상의 보통 표준으로 본다면 결국 쓸모없는 인간이었다. 그러므로 형인 파블로의 친절하고 관대한 원조는 그에게 있어서 대단히 소중한 것이었다. 그러나 이러한 상황은 대성당 참사 회원인 형의 죽음과 더불어 끝났고 그 후 호세는 반대로 미혼의 여자 동기에 대한 형의 책임을 이어받지 않으면 안 되었다.

이상이 피카소 부친 쪽의 선조이다. 헌신적 태도, 강한 의지, 용기, 예술애호의 기풍, 그리고 종교적 성실성 등이 이들 선조에서 자주 나타나고 있

14

는 특색은 당연히 자손들에게도 전해졌으리라고 기대할 수 있다. 이러한 훌륭한 특색은 모친 쪽의 가계에 의해서 더한층 굳어졌으리라고 생각하기 싶지만 모계의 계보는 확실하게 기원을 알 수 없다. '피카소'라는 이름은 다른 곳에 흔히 있는 이름은 아니지만 마라가에서는 우연한 일로 대단히 유명한 이름이 되었다. 마라가 태생의 호세 라찬프레 장군이 정치적인 소요를 진압하기 위해서 상사의 명령으로 가까운 언덕 위에서 마을을 공격한 사건이 있었던 후부터였다. 이러한 사건은 19세기 초에는 흔히 있었던 일이었으나 이때에는 대포가 라 메루세도 광장을 겨냥해서 발사되었기 때문에 피카소 일가가 살고 있었던 집의 타일을 날려버려서 시민들의 격분을 크게 샀었다. 그래서 당장에 장군을 매도한 피카소 일가를 영웅으로 칭송한 노래가 민중 사이에 퍼지게 되었다.

피카소 일가는 그때까지 2대에 걸쳐서 마라가에 살고 있었다. 피카소 모계의 조부에 해당하는 돈 프란시스코 피카소는 이 마을에서 태어나 교육을 받기 위해서 영국으로 갔었다. 그 후 그는 쿠바에서 관리의 자리를 얻었으나 1883년에 그곳에서 소식이 끊기고 말았다. 마침내 마라가로 돌아가려고 할 무렵에 황열병(黃熱病)으로 세상을 떠났다고 전해졌으나 자손들이 그 사실을 알게 된 것은 15년간이나 조사한 후의 일이었다.

피카소 가의 기원에 대해 정확한 것은 거의 알려져 있지 않다. 그러기 때문에 지금까지도 스페인적이라기보다는 오히려 이탈리아적인 이 이름을 둘러싸고 여러 가지 억측이 이루어지고 있었다. 많은 사람은 이 이름 때문에 피카소 일가는 제노아 근처의 레코 출신으로 초상화가로 유명해진 마테오 피카소와 틀림없이 관계가 있다고 믿고 있었다. 이 화가는 1794년 태생으로 현재 제노아의 근대 미술관에 있는 가리에라 공작 부인의 초상으로 해서 널리 알려지고 있는 화가이다. 피카소도 마테오가 평범한 양식으로 그린 매력적인 작은 초상화를 한 점 가지고 있었다. 근년에 이르러서 도니아 마리아 피카소의 조부가 레코 근처의 작은 마을에서 태어났다는 증거가 발견되었는데 이 일은 두 피카소 사이의 관계를 판가름할 수 있는 자료가 된다.

사바르테스는 오래 전부터 부계 계보에서의 바스크 기원설과 모계의 계보에서의 이탈리아 기원설을 타파하기 위해서 열심히 조사를 했으며 드디어 하나의 가설로 아프리카 기원설을 제창하게까지 되었다. 그는 이 설이 충분히 근거가 있는 것이라고 주장했으며 그것 때문에 유목인이나 집시에 대한 피카소의 친근감을 어느 정도까지 설명할 수 있다고 생각했다. 카스틸리아의 왕 돈 알폰소의 아들 돈 페트로 왕의 1591년 연대기 속에는 1339년 안달루시아 왕의 군대 사령관 콘사로 말르티네스 데 오비에드와 무어 인의 왕 알르프하겐의 아들 피카소 왕자와의 싸움 이야기가 기록되어 있으며 그 피카소 왕자가 아프리카에서 일만 명의 기사를 이끌고 왔다는 것이다. 이 싸움은 왕자측의 패배로 끝나 스페인 군에게 죽음을 당했다고 한다.

피카소가 아주 강한 성격을 지니고 있는 만큼 그 조상에 예사롭지 않은 피가 틀림없이 흐르고 있을 것이라고 소박하게 생각하고 싶어지는 것도 충분히 이해할 수 있는 일이다. 원래 스페인은 무어 인과 집시로부터 많은 것을 받아들인 나라이다. 피카소 모계의 가계에 북 아프리카나 유대의 피가 틀림없이 흐르고 있다고 생각한 전기 작가가 한둘이 아니다. 카탈루니아의 어느 작가는 피카소의 선조를 무어 인의 이민인 마요르카의 금세공사 중에서 찾았고 그들의 신조(線條) 조긱이나 세선(細線) 장식의 곡선 모양 속에서 피카소의 놀랄 만한 솜씨로 생겨나게 된 화려한 장식적 선묘(線猫) 표현의 기원을 찾아볼 수 있다고 주장했다. 또 카스딜리아의 시인이며 젊은 시절에는 피카소의 친구였었던 라몬 고메스 데 라 세르나는 "예술의 집시들의 왕국에 있어서 피카소야말로 누구보다도 뛰어난 집시이다."라고 어느 글에서 쓴 일이 있다. 이것은 비유적인 발언으로 들릴 수도 있지만 집시의 독립된 생활 태도나 자유분망한 생활 방식, 풍부한 영상 세계는 피카소의 올림푸스의 신을 닮은 독립적인 태도, 그 영감, 그 비전과 극히 상통하는 점이 있다는 것을 부인하기는 어렵다.

그러나 유전이라는 것에 근거를 두고 설명할 수 있다고 생각하는 상상이나 억측을 제쳐놓고 확실하게 말할 수 있는 것은 피카소의 조상은 부계도 모계도 모두 안달루시아 사람이며 그 특성을 주목하기에 충분할 만큼 오랜 세월에 걸쳐서 스페인 사람이었다는 점이다. 뿐만 아니라 최근에 베데스마라가의 마뉴엘 아레라라고 불리어진 사람의 초상화가 발견되었는데 그 그림은 의자에 앉아서 한쪽 손에는 열쇠를 또 다른 한쪽 손에는 아들에게 주는 시를 적은 두루마리를 가지고 있는 모습을 그린 것으로 '피카소 후안' 이라고 서명이 되어 있고 1850년의 작품이라고 한다. 이것은 피카소의 모계

쪽에도 제노아의 마테오 피카소의 작업과는 별개로 회화에 대한 취미가 있다는 것을 암시하고 있는 것이다.

돈 호세의 결혼

호세 루이스 프라스코와 마리아 피카소 로페스와의 만남은 우연한 일이 아니었다. 피카소 일가는 훨씬 전부터 마라가 마을의 중심부에서 그리 멀리 떨어지지 않은 곳에 공원을 둘러싸고 있는 사각의 넓은 라 메루세도 광장에 살고 있었으며 호세 쪽은 바로 그 근처의 그라나다 거리에 있는 대성당 참사 회원인 형 파블로의 집에서 살고 있었기 때문이었다. 그들 열 명의 형제 자매는 모두 호세가 이제는 결혼을 서두를 때라고 생각하고 있었다. 그 한 가지 이유는 그들 중 어느 한 사람도 대를 이을 남자 아이를 낳지 못했기 때문이었고 또 다른 이유는 결혼하게 되면 형의 도움에 의지해서 살아가는 젊은 화가라는 달갑지 않은 생활에서 벗어나 훌륭하게 독립할 것이라는 희망을 갖고 있었기 때문이었다. 대성당 참사 회원인 형은 관대한 성격의 소유자였으나 동생이 들뜬 마음 때문에 끌려가게 된 젊을 때의 죄에서 헤어나게 해야 할 때라고 생각했다. 그래서 호세도 존경하는 마음을 지니고 있었던 한 젊은 여인을 점찍어 형제들이 모두 그녀에게 결혼 신청을 하라고 호세에게 권했다. 그러나 호세는 호락호락하게 자기를 속박하려 하지 않았다. 그래서 얼마 동안 가족 모두의 애를 타게 한 후 별안간 문제의 그 소녀가 아니라 전에 그녀와 함께 만난 일이 있었던, 역시 피카소라는 이름의 그녀 사촌과 결혼하기로 했다. 그렇게 정한 후에 형 파블로가 별안간 세상을 떠났다. 그러고도 가족의 마음을 애타게 하는 시간이 좀더 계속되었지만 결국 2년 정도가 지나서 호세 루이스 프라스코는 마리아 피카소 로페스와 결혼했다.

다음 해 가을 그들 사이에 남자 아이가 태어났다. 이 아이는 근처에 있는 샌디에고 성상에서 적당한 의식과 더불어 다음과 같은 이름이 붙여졌다. 파블로 디에고 호세 프란시스코 데 파울로 후안 네포므세노 마리아 데 모스 레메디오스 시프리아노 데 라 샌디시마 드리니타트였다. 사바르테스의 설명을 빌리면 마라가에서는 아이들에게 많은 크리스천 네임을 골라서 그것을 모두 아이들에게 주는 것이 옛날부터의 풍습이었다고 한다. 이러한 이름 중에서 최후까지 남게 되는 유일한 성은 '파블로'로서 백부의 이름을 본 딴 것이다.

돈 호세 루이스 프라스코가 신부와 함께 옮겨 살았던 아파트의 희고 높은 건물은 라 메루세도 광장의 동쪽에 있었다. 큰 키에 마른 남편에 비해서 그의 젊은 아내는 키가 작았고 몸도 약했다. 그녀의 눈동자는 검었고 활력과 기지에 찼으며 안달루시아 처녀 특유의 푸른기가 도는 검은색 머리카락으로 친구들에게서는 '영국인'이라는 별명을 듣고 있었다. 이 별명은 또 다른 점으로 볼 때 꼭 알맞은 것이었다. 왜냐하면 호세는 영국식의 풍습이나 특히 가구에 있어서 영국풍의 양식을 매우 좋아했기 때문이었다. 그 증거로 지브랄탈을 거쳐서 마라가까지 흘러오게 된 지펜텔풍의 두 다리 의자는 나중에 피카소가 늙어서 옮긴 무장의 집에 있었다.

이 새로운 건물은 옛날 평화의 성모회 수도원 자리를 차지하고 있었다. 이 집을 세운 사람은 예술 애호가였던 데 이니야트 후작 돈 안토니오 칸보스 칼빈이었다. 그는 같은 광장의 한 곳에서 살고 있었는데 시인, 화가, 음악가를 즐겨 돌봐주어서 이 아파트에는 많은 예술가가 살고 있었으며 그것이 당시의 마라가 마을에 자랑거리였다. 그는 또 관대하며 호인이어서 친구인 예술가에게서 그림을 샀을 뿐만 아니라 방을 빌리고 있는 화가가 경제 사정이 여의치 못할 때는 집세 대신 기꺼이 작품을 받았다. 그의 건물에 살고 있었던 돈 호세도 여러 차례 집 주인의 호의를 입었다. 그럴 수밖에 없었던 것이 자기 자신의 생활도 쉽지 않았는데다 동거하는 여자와 장모까지 돌보지 않으면 안 되었고 아이까지 태어나서 그는 화가의 수입만으로는 도저히 생활을 꾸려나갈 수가 없어서 직장을 얻지 않으면 안 될 상태였기 때문이다.

돈 호세가 자기의 자유와 맞바꿈으로써 나가게 된 직장은 산 데루모 미술 공예학교의 교사와 시 청사 안에 있었던 지방 미술관의 관리관이라는 지위였다. 어쨌든 이 두 직장은 그의 일가가 살아갈 수 있을 만한 수입을 보장해주었지만 시의 방침이 바뀌어서 1년인가 2년 후에 일자리를 잃게 되었다. 그러나 호세는 지방 관청의 변덕을 잘 알고 있어서 언젠가는 관청의 방침이 바뀌리라고 생각하고 무급으로 같은 자리에 머물러 있었다.

생활은 어려웠지만 파블로의 탄생은 루이스 일가에게 있어서는 커다란 기쁨이었다. 그는 돈 디에고 루이스 데 아루모게라의 열한 명 전부를 통해서 최초로 태어난 남자 아이였고 따라서 운명에 대한 승리의 표식이었다. 뿐만 아니라 그의 탄생은 입회한 산파의 잘못된 판단 때문에 돌이킬 수 없는 비극이 발생했을지도 모를 정도의 극적인 것이었다. 왜냐하면 산파는 사산이라고 생각해서 아이를 테이블 위에 놓아둔 채 산모의 간호에만 신경을 썼기 때문이었다. 그런데 다행했던 것은 우연히 그의 숙부이며 훌륭한 의사였던 돈 사르바돌의 처방으로 아이는 질식사를 면하게 되었다. 출생의 순간에 죽음의 위험이 있었다는 이 이야기를 소년 시절에 피카소는 자주 들었고 그의 상상력 속에 평생을 두고 잊을 수 없는 인상을 심어주었다.

지　　진

파블로가 태어난 지 3년이 지난 어느 날 저녁 마라가 마을에 큰 지진이 일어났다. 돈 호세는 마침 외출해서 약방 앞에서 친구와 잡담을 하고 있다가 이야기를 중단하고 바로 집으로 돌아왔다. 그는 오는 도중에 거리 한복판에 있는 자기 집보다 히브랄팔로의 암산(岩山)을 등지고 있는 이층 건물인 친구 집 쪽이 안전하다고 생각해서 재빨리 가족 모두를 그곳으로 피난시키려고 결심했다. 사바르테스는 그때부터 50년이 지난 후에 당시의 피난 상황을 피카소가 다음과 같이 말했다고 전하고 있다.

"우리 어머니는 머리에 수건을 썼다. 그런 어머니의 모습을 전에는 단 한 번도 본 일이 없었다. 아버지는 옷걸이에서 망토를 벗겨 어깨에 걸치고 나를 망토에 싸안았고 얼굴만이 밖으로 나오도록 했다."

친한 화가 친구인 안토니오 므니요스 데그라인 집까지는 그리 먼 거리가 아니었다. 그 피난처에서 피카소의 어머니는 두 번째로 여자 아이를 낳았다. 이번에는 로라라고 이름을 지었다.

지방의 화가와 화단

므니요스 데그라인은 당시 새로 세운 세르반테스 극장의 장식 일 때문에 마라가에 와 있었던 화가였다. 아카데믹한 화풍이 대부분인 그의 작품은 이제는 두텁게 왁스를 발라놓아서 무엇을 그린 것인지 잘 알 수 없을 정도가 되었지만 무엇보다 중요한 것은 주제이다——역사적인 것이건 종교적인 것이건 또는 바다 경치나 정서적인 것이건 간에——그는 스페인 역사상 잘 알려져 있는 장면을 그린 화가로 특히 유명하지만 안달루시아의 풍경을 그린 몇 개의 작품에서는 색채를 재래의 흔한 방법이 아닌 다른 방법으로 사용해보려고 하는 경향이 보이며 외국 영향의 흔적도 보인다. 가령 그늘의 부분에 청색을 사용한다는 식으로 인상파의 빛의 담구와 북방의 낭만파 화가의 상징주의가 이런 먼 곳까지 들어와서 역사적으로 이어내려온 관습적인 표현과 자리를 바꾸려는 경향이 보이기 시작했다. 데그라인은 스페인에서는 대단히 유명해서 그 때문에 외국에서도 어느 정도 명성을 얻고 있었다. 피카소가 후에 즐거운 듯이 몇 번이고 말한 에피소드 가운데는 데그라인이 친구와 함께 로마에서 공부한 후 어느 정도 유명해진 다음에 고향에 돌아왔을 때의 이야기가 있다. 그들이 마라가에 도착해보니 마을은 온통 화려하게 치장을 했고 친구들이 예복을 입고 역까지 마중나와 있는 것을 보았다. 두 화가는 이 어마어마한 광경에 놀랐으며 마치 개선장군처럼 집으로 데려가서는 감람잎으로 만든 관까지 씌워주자 이 환영이 모두 그들을 위해 특별히 준비된 것이라고 믿고 말았다. 그러나 순진하게 환희의 절정에 있었던 그들의 기분은 다음 열차로 국왕이 마을에 도착했기 때문에 엉망이 되고 말았다. 국왕은 로라가 탄생했을 때 마을을 휩쓴 지진 피해지를 위문하기 위해서 마침 그때 마을을 방문했던 것이다.

돈 호세가 관리관으로 근무하고 있었던 작은 미술관에는 회화의 수복을 위해서 그의 방이 하나 마련되어 있었다. 그는 그곳에서 거의 방해받지 않고 자기 일에 열중할 수 있었다. 왜냐하면 미술관은 거의 개관되지 않았기 때문이었다. 그는 남달리 뛰어난 점도 없었고 작품의 폭도 넓지 않았지만 화가이기는 했다. 그가 곧잘 그린 것은 식당의 장식을 위주로 한 작품으로

가죽털, 새, 비둘기, 릴라꽃 그 밖에 작은 풍경 등이 그의 화제의 전부
였다. 그는 작은 새를 모델로 삼아서 어떤 도덕적인 상징이나 또는 센티멘
털한 드라마를 표현했을 때에는 훌륭한 솜씨를 보였다. 가령 새장 입구 가
까이에는 행복한 듯이 보이는 두 마리의 비둘기가 다정하게 어울려 있고 아
래쪽에는 질투에 가득 찬 한 마리의 비둘기가 은근히 그 두 비둘기를 엿보
고 있는 유의 그림이다. 최근 남 아메리카의 데 이니야트가의 소장품 속에
서 그의 작품이 어지간히 많이 발견되었으나——예의 집세 대신으로 바친
작품의 일부이다——그 작품으로 전람회를 하기에는 지나치게 평범해서
적당하지 않다고 판단되었다. 그러나 돈 호세는 아들에게는 절대 잊어버릴
수 없는 가르침을 준 훌륭한 교사였다. 그의 그림은 얼른 보기에는 전통적
이며 양식도 상상력이 부족했지만 스페인의 전통인 사실주의에 대한 정열
을 이어받고 있었으며 그보다도 더욱 완고하고 보수적인 기질의 소유자가
질투했을 시도를 자진해서 해보이는 적극적인 구속도 있었다. 그러한 시도
는 바르셀로나에 있는 딸 로라의 집에 오랫동안 걸려 있었던 작품을 보고도
알 수 있다. 돈 호세는 희랍 여신의 석고상을 사다가 얼굴에 극히 사실적인
채색을 하고 진짜 눈썹을 붙이고 금방울로 눈물을 만들어 원래의 고전적인
아름다움을 슬픈 성모의 모습으로 바꾸고 말았다. 게다가 그는 그 머리와
어깨를 석고로 녹인 물 속에 담가두었던 천으로 싸서 굳히고 마지막으로 그
석고상을 작은 18세기풍의 테이블 위에 안치했다. 그리고 그 테이블을 그때
그때의 기분으로 색을 바꿔 윤이 나는 물감으로 정기적으로 번쩍거리게 칠
을 고쳤다. 그러나 그만큼 손이 갔는데도 불구하고 그 작품은 피카소의 말
을 빌리면 언제나 무섭고 추했다고 한다.

　이 이외에도 아들의 주의 깊은 관찰은 돈 호세의 몇 가지의 유용한 연구
를 포착해내는 데 성공하였다. 비둘기를 그리는 데 열중한 돈 호세는 때로
야심적인 구도를 시도해서 많은 비둘기를 솜씨 좋게 화면에 담기 위해서 한
마리씩 비둘기를 종이 위에 그려서 오려내어 큰 화면 위에 여러 가지 형태
로 놓아보고는 구도를 만들어가는 방법을 사용했다. 이렇게 해서 파블로는
소년 시절부터 재료를 정해진 방법이 아니고 자유로이 이용할 수 있다는 가
능성을 배웠고 주변에 있는 것은 무엇이건 사용해서 새로이 발견한 소재를
자기 마음대로 이용하는 법을 배웠다. 결코 화필과 화구만이 장사 도구가

아니며 나이프도 가위도 핀도 풀도 모두 각각 그 역할을 지니고 있는 것을 알았다.

유년 시대부터 다른 어떤 것보다 파블로의 마음을 사로잡고 있었던 하나의 정열이 있었다. 그의 모친이 즐겨 이야기한 바에 의하면 그가 처음으로 배운 말은 "피스 피스"라는 말로서 그것은 '라피스(연필)'를 달라는 강한 요구였다고 한다. 그리고 그는 몇 시간이고 앉은 채로 연필로 행복한 듯이 둥글게 나선 모양을 그리고서는 그것이 '도르에리아'라고 불리는 과자의 표시라고 언제나 말했다. 이 이름은 '어쩔 줄을 모른다' 또는 '엇갈리다'를 의미하는 동사에서 생겨난 말이다. 그는 말하기에 앞서서 그리는 것을 먼저 배웠다. 그의 최초의 작품은 라 메루세도 광장의 어린이 놀이터의 모래 위에 수없이 그려졌고 사라져갔다.

이 광장은 그 자체가 대단히 넓었고 그 둘레에는 플라타너스가 심어져 있어서 창조력이 풍부한 시끄러운 어린이들을 심한 태양 열로부터 보호하고 있었다. 그 광장에 어린이보다 더 수가 많았던 것은 비둘기였다. 비둘기는 생애를 통해서 피카소의 좋은 친구였다. 순하디순하지만 잡기 어려운 이 새는 그의 대단히 뜨거운 감정과 이상향에의 동경의 상징이었다. 그가 작품화한 평화의 비둘기는 많은 도시의 거리 벽에 붙여져서 이제는 새로운 희망의 상징이 되고 있다. 파블로는 아버지의 권유로 자기 집의 창에서 플라타너스 사이를 누비며 노는 비둘기를 관찰하고 그 부드러운 울음소리에 귀를 기울일 수 있었다. 돈 호세가 그린 그림 중에서 피카소의 기억 속에 깊은 인상을 남겨준 것이 있는데 그 그림은 피카소 자신의 말을 빌리면 "비둘기 장을 그린 거대한 캔버스에 횃대 위에 서로 밀어젖힐 듯이 앉아 있는 많은 비둘기가——수백만이나 되는 비둘기가 그려져 있었다."라고 한다. 그런데 후에 이 작품을 마라가에서 본 사바르테스가 세어보니까 그려져 있었던 비둘기는 전부 아홉 마리밖에 되지 않았다.

마라가에서의 10년간의 그의 생애에 대한 기억은 약간 혼란스럽고 불안전한 것이었으나 말년의 그의 생애에 대한 암시를 지니고 있으며 때로는 예언적인 의미도 주고 있는 것처럼 생각되기도 한다. 사바르테스는 60년 이상이 지난 후에 겨우 걸을 수 있게 된 어린아이를 보고 피카소가 "나는 오리베트 비스킷의 깡통 상자를 밀면서 걸음마을 배웠다. 왜냐하면 그 속에 무

엇이 들어 있는지 잘 알고 있었기 때문이다."라고 말했다고 했다. 그리고 피카소는 뒤를 이어 그렇게 작았을 때부터 머리를 쓴 것을 자랑하면서 이 모티프의 중요성을 여러 차례나 강조했다고 말하고 있다. 확실히 어렸을 때부터 이와같이 단순한 기하학적 형태의 것을 좋아했다는 것은 그 속에 감추어져 있는 것에 대한 관심과 더불어 큐비즘의 창시자로서 몹시 어울리는 일이었다 하겠다.

시각적인 면으로 볼 때 피카소의 기억은 대상이 큰 것이건 작은 것이건 간에 자기의 상상력이 커다란 인상을 준 것에 대해서는 놀라울 정도로 정확했다. 어느 때 그는 내게 라 빅토리아 교회의 훌륭한 바로크 양식의 내부에 대해서 상세하게 설명해준 일이 있었고 또 사바르테스의 책에 실려 있는 그의 네 살 때의 사진을 보고 내게 그때 입었던 복장의 색을 자세하게 써주기도 했다. 그것을 보면 빨간 재킷에 금단추가 달려 있었고 짧은 바지에 청흑색의 장화를 신었고 흰 칼라에 흰 넥타이 차림이었다고 씌어 있다. 또 로라와 같이 찍은 사진에다가는 그는 선원 차림의 복장으로 단추가 달린 장화에 검은 양말을 신었고 "로라의 옷은 검은색, 벨트는 청색, 칼라는 흰색, 자기의 옷은 흰색이며 외투는 네이비 블루, 베레모는 청색."이라고 써주었다.

이러한 일이 유년 시절 이후 오늘까지 그의 마음속에 남아 있는 것은 단편적인 기억이라기보다는 영속적인 기억이라 할 수 있으며 이것은 피카소의 내부에 신비적이라 할 만큼 깊고 굳세게 뿌리를 내리고 있는 전통적 영향 때문이다. 그는 마라가 사람들의 유난스러운 기지(機智)나 투우장의 화려한 행진과 성(聖) 주간의 종교적 행렬에 대한 그들의 열광적인 취향을 그 후 절대 잊어버리지 않았다. 그는 또 어떤 목적을 달성시키기 위해서 어느 사건을 매듭짓기 위해서 취해야 하는 행위에 대한 마라가 사람들의 두려움도 충분히 이해했다. 그러한 행위는 죽음을 향한 종말을 가져오기 때문이다. 그 기질은 이 마을에 우뚝 솟아 있는 미완성의 대성당에 의해서도 상징되고 있다. 이 건물은 '외팔이'라고 붙여졌지만 사실 그것은 탑 하나만이 마치 '외팔이' 인간처럼 하늘을 향해 솟아 있고 그 대(對)가 되어야 할 또 하나의 탑은 아직 만들어지지 않았기 때문이다. 또 주위의 환경 속에 내재하고 있는 많은 강한 대조도 그에게 잊을 수 없는 영향을 미쳤다. 풍요한 평지의 메마른 암산, 집 밖이 강한 빛과 그늘이 지는 가로수와 건물 내부의 시원함, 빈민가의 악취와 열대성 식물의 달콤한 향기, 그을음과 먼지로 더러워진 육지와 상쾌하고 맑은 바다 등 그곳에는 서로 대조를 이루는 많은 것이 있었다. 이러한 모든 것의 영향은 외부의 감각 세계에 대해 이상하리만치 예민한 반응을 보인 이 소년의 피와 환경 속에 이미 뚜렷하게 존재하고 있었던 것이다.

투 우

전통적으로 스페인의 모든 도시에 있어서 민중 오락의 중심은 투우장이다. 마라가에는 투우장이 성채가 있는 남쪽 언덕의 비탈길 바로 옆에 있어서 좌석을 살 수 없는 사람도 태양이 내리쬐이는 언덕의 중턱에 앉아 있으면 거리는 어지간히 떨어져 있어도 투우를 볼 수 있었다. 여름 내내 경기장은 거의 일요일마다 투우사의 묘기를 가족과 친구들과 같이 감상하려고 오는 애호가들로 가득 찼다. 이 사람들은 얼핏 보기에는 축구 시합을 보러 온 관객과 다름없이 보이지만 지니고 있는 관심은 전혀 다르다. 그들이 보러 온 것은 스포츠라기보다는 하나의 의식이다. 이 제의적(祭儀的) 행사는 지중해 문명의 극히 초기까지 말하자면 크레타 문명 시절까지 거슬러올라갈 수 있다. 그러나 투우가 다른 유럽 여러 나라에서는 완전히 없어졌거나 혹은 남아 있다 해도 거의 민첩한 움직임을 테스트해보는 정도였는데 스페인에 있어서만 그 제의적 성격을 이어받아 남아 있다는 것은 그것이 스페인적 성격에서 보아서 필요한 무엇인가를 주고 있다고 볼 수 있다. 그 화려한 광경은 그들의 눈앞에서 그들이 바라는 형태로 삶과 죽음의 무서운 드라마를 펼쳐보인다. 소를 희생물로 바친다는 이 의식은 야만적인 힘과 맹목적인 본능에 대한 인간 승리의 상징이 되고 있는 것이다. 격심한 흥분 속의 폭풍우와 같은 살육에 대해 용기와 기교가 대치되고 있다. 이 만남의 과정 다음에 고통과 참혹함과 죽음이 이어진다. 투우사의 화려한 복장은 종교의 사제(司祭)나 운동 선수와 같은 느낌을 준다. 투우사는 자기의 용기를 보임으로써 만인에게 칭찬을 받고 존경받으며 영웅이 된다. 그러나 동시에 조금이라도 겁이 많고 무능하다는 것을 보이기만 하면 심한 경멸을 받지 않으면 안 된다. 그리고 기교가 필요하다는 점에 있어서 투우사는 예술가와 다름이 없다.

대부분의 스페인 어린이처럼 피카소도 어려서부터 투우에 마음이 사로잡혔었다. 돈 호세는 투기의 미묘한 세부에 이르기까지 날카로운 비평안을 지니고 있어 투쟁 과정에서 생기는 작은 문제까지도 즐거이 아들에게 설명해주었다. 파블로의 마음속에는 선천적으로 이 '투우'를 좋아하는 기질이 있었는데 라몬 고메스 데 라 세르나는 그 이유가 피카소의 피 속에는 집시의 피가 섞여 있든가 또는 적어도 집시와의 근친성을 가지고 있는 그 무엇이 있기 때문이라고 생각했다. 그는 이렇게 묘사하고 있다. "그가 태어난 마을인 마라가에서 나는 피카소가 어떤 사람이냐 하는 것……의 설명을 찾아냈다. 나는 그가 본질적으로 가장 훌륭한 투우사이며—— 적어도 집시는 가장 뛰어난 투우사다——그리고 그가 어떤 일을 하고 있는 경우라도 실체에 있어서 투우를 하고 있다는 것을 이해하게 되었다." 소년 피카소는 투우 경기를 보면서 자신이 그 영웅들처럼 피에 굶주린 황소의 뿔 끝을 살짝 비키면서 싸우는 대담한 투우사를 상상하며 승리의 영광을 얻은 투우사가 화려한 의상을 입고 군중에게 높이 치켜들려서 개선해오는 모습을 선망의 눈길로 바라보았다.

루이스 일가가 살고 있었던 아파트에서 잘 보이는 광장 중심부에는 아름다운 흰 돌의 오벨리스크가 세워져 있었다. 그것은 19세기에 스페인 지배하에서의 강력한 절대주의에 대항해서 일어난 두 번에 걸친 반란의 실패로 쓰러진 사람들을 기념해서 세워진 것이다. 피카소는 소년 시절에 그 그늘에서 놀았지만 자기 집안 사람이 마라가의 마을에서 간혹 볼 수 있었던 개혁운동에 특히 관심을 갖고 있었다든가 정치적인 일에 모두가 관심을 가졌었다는 기억은 하나도 없다. 그가 받은 소년 시절의 교육은 그와 같은 환경의 어린이라면 모두 받는 평범한 것이었다. 그가 다닌 최초의 학교는 미술관 맞은편에 있는 평범한 국민학교였다. 피카소 가족의 오래된 사진을 보면 그들은 정치적으로도 종교적으로도 생활 태도에 있어서도 전통을 존중하고 법률을 지키는 지방적 가정이라는 인상을 받는데 이것은 또한 피카소의 기억이 그러한 인상을 뒷받침해주고 있다.

라 코루냐로의 출발

파블로가 태어나서 10년 정도가 지났을 무렵 돈 호세는 가족을 부양하기 위한 자기의 노력이 실패로 끝났다는 것을 인정하지 않을 수 없게 되었다. 식구는 1887년에 여자 아이가 한 명 더 태어나는 바람에 집안은 무척이나 협소해졌다. 드디어 어느 날 그는 환멸을 느끼고 경제적인 압박을 견디다 못해 슬픈 마음으로 고향을 떠나 라 코루냐의 중등교육 학교가 있는 인스티튜트 다 구아르다의 미술 교사 자리를 임시로 맡기로 했다. 이 일은 그가 지금까지 누리고 있었던 조용한 생활을 매듭지었으며 어려울 때 원조나 조언을 얻을 수 있는 친한 사람과의 이별을 가져왔다. 특히 돈 호세는 의사이며 마라가 항의 검역사무소의 책임자로서 중요한 자리에 있었던 동생 사르바돌과 헤어지는 것이 무엇보다도 견디기 어려웠다. 이 동생 덕으로 돈 호세 일가는 라 코루냐로 가는 싼 배편을 얻을 수 있었지만 1891년 9월 아내와 세 아이를 데리고 대서양에서 멀리 떨어져 있는 항구로 가는 그의 마음은 실망으로 무거웠다.

라 코루냐의 도착도 결코 즐겁지만은 않았다. 뱃길 여행은 너무도 고생이 많았고 또 심심해서 결국 돈 호세는 도중에 서편으로 가는 것을 포기하고 비고에서 내려 그곳부터는 육로로 가기로 했다. 라 코루냐의 마을을 처음 본 순간부터 그는 이 마을에 대해 거의 증오에 가까운 감정을 갖게 되었다. 이곳은 지중해의 태양을 대신해서 비와 안개밖에는 없었고 더욱이 그리운 바다가 마을의 모든 것에서부터 멀리 떨어져버렸다는 것이 그의 마음을 더욱 우울하게 만들었다. 바닷물에 씻기어 험한 꼴을 하고 있는 화강암투성이인 피니스테레 해안에서 그리 멀지 않은 라 코루냐 마을은 그에게는 문자 그대로 세계의 끝이었다. 도착해서 수개월 후에 막내딸 콘치이타가 디프테리아로 세상을 떠났을 때 그는 억누를 수 없는 슬픔과 패배감에 빠졌다. 이 아이는 세 아이 중 유일하게 블론드였으며 몸도 말라서 육체적으로 그를 닮았었기 때문에 이 불행은 그에게 큰 타격이 되었다.

그러나 파블로에게는 북쪽 마을로 이사한 것이 완전히 다른 결과를 가져다주는 계기가 되었다. 그에게는 그곳이 많은 가능성을 지닌 하나의 모험 장소였다. 그들은 다행스럽게도 학교 바로 옆에 있는 파요고메스 거리에서 아파트를 얻을 수 있었기 때문에 그의 모친은 파블로가 학교에 갈 때 문에서 문까지 지켜보아줄 수 있었고 부친이 학교 교사였기 때문에 스스로 만족을 느낄 만큼 데생이나 그림을 부친에게서 배울 수 있었다. 그는 대단한 집중력을 가지고 배웠기 때문에 극히 짧은 기간 내에 빛을 받고 있는 부분에서 그늘의 부분으로 살을 붙여가는 아카데믹한 목탄 데생의 기법을 완전히 습득할 수 있었다. 현재까지 이 시기의 데생이 많이 남아 있는데 이것은 어릴 때의 작품이라고는 믿기 어려울 정도의 완성도를 보여주고 있으며 현재에는 낡은 방법이라고 생각하는 훈련법을 피카소도 어김없이 받았다는 것을 증명해주고 있다. 이러한 데생은 전통적인 미술 학교라면 어디에나 많이 있는 석고상을 충실하게 그린 것이다. 마라가의 학교에는 학생들을 위해서 희랍의 영웅이나 이집트의 여신을 복사한 생명없는 석고상 20점 정도가 팔, 다리, 귀, 코 등이 온전치 못한 상태로 박제된 독수리나 비둘기와 함께 진열되어 있었다. 그러나 라 코루냐는 이것보다 정도가 훨씬 나빴다. 석고상도 잘 만들어지지 못한 것이었고 종류도 그렇게 많지 않았다. 그러나 파블로는 돈 호세의 지도하에 학교가 제공해줄 수 있는 한도 내의 편의를 열심히 이용했다.

마라가를 떠나기 전에 돈 호세는 파블로가 일반 초등교육, 특히 산수에

뒤지는 것을 보고 몹시 걱정을 했다. 그래서 그는 이 낯선 마을에서 친근감이 없는 불친절한 선생에게 배우게 되어 일어날지도 모를 불행한 사태를 두려워했다. 그렇지 않아도 파블로는 언제나 학교를 싫어했다. 그는 극히 초보적인 읽기나 쓰기 또 덧셈에도 애를 먹어서 언제나 부친의 아틀리에로 도망쳐서 자기가 좋아하는 공부에만 열중했다.

돈 호세는 자기 아들과 자신에 대한 학교에서의 좋지 않은 평판을 없애기 위해서 무엇인가 하지 않으면 안 되겠다고 생각했다. 그래서 그는 친한 친구이며 동시에 훌륭한 교사이기도 했던 어떤 사람에게 부탁해서 특별히 시험을 봐주도록 부탁했다. 이 기념할 만한 사건에 대해서 후에 피카소는 위트에 넘친 의미 깊은 설명을 했다고 사바르테스는 기록하고 있다. 시험관 앞에 선 파블로가 대답할 수 있었던 것은 자기는 아무것도 모른다, 무엇 하나 아는 것이 없다는 말뿐이었다. 그래도 선생은 참을성있게 네댓 개의 숫자를 가로로 쓰도록 명령했다. 그러나 그것조차 그는 할 수 없었다. 그는 어떻게든지 해서 주의를 집중해보이려고 온 힘을 다해 노력했기 때문에 더욱더 신경질적이 되고 정신이 산만해지는 결과를 가져왔다. 그러나 어떻게 해서든지 그를 도와주려고 생각했던 선생은 자신이 숫자를 흑판에 쓰고 그것을 받아쓰도록 했다. 그것은 파블로가 가장 장기로 여기는 것이었다. 그는 자신이 외운 숫자 쓰는 법은 완전히 잊어버리고 흑판 위에 나열되어 있는 숫자를 일획에 이르기까지 그대로 똑같이 그렸다. 그러면서 그는 집에 돌아가면 부모가 기뻐해주리라는 생각과 상으로 연필을 받을 수 있으리라는 즐거움 때문에 대단히 행복했다. 그러고선 '이젠 비둘기를 그려야지.' 숫자를 모두 그리고 난 후에 그는 이렇게 생각했다. 그러나 그의 고생은 그것으로 끝난 것이 아니었다. 다음에는 그 숫자를 모두 덧셈하지 않으면 안 되었다. 그것은 그에게 있어서 절망적인 패배가 아닐 수 없었다. 그러나 그는 선생이 부주의해서인지 고의로인지는 모르겠지만 옳은 답을 압지(押紙)에 쓰고 있는 것을 알아차렸다. 그는 곧 그 기회를 놓치지 않고 그 숫자를 그대로 덧셈의 답을 적어넣을 자리에 그려넣었다. "흠, 잘 했군." 친절한 선생은 이렇게 말했다. "이것보라구. 너도 잘 할 수 있지 않니? 이제 천천히 다 알게 된다. 알았지? 넌 그렇게 겁을 먹을 필요가 없어."

파블로는 증명서를 손에 쥐고 의기 양양하게 집으로 돌아오면서 자기가 그려보려고 했던 그림에 대해서 열심히 계산을 했다. "비둘기의 눈은 0과 같은 모양이다. 그 아래 6을 쓰고 그 밑에 3을 쓴다. 눈이 두 개 있고 날개도 두 개이다. 테이블 위의 두 개의 다리가 그대로 횡선(橫線)의 역할을 하며 그 아래에 합계를 쓰면 된다." 파블로가 기억하고 있는 수업은 이 덧셈만이 아니었다. 또한 그는 상징은 여러 가지 의미를 지니고 있는 것이라는 것도 이해했다. 이것은 라 코루냐에 온 지 일이 년이 지나서 그린 연필 스케치를 보면 알 수 있다. 그것은 피카소를 발견하는 데 새로운 국면을 보여주는 것으로서 나란히 서 있는 두 사람의 인물을 그린 데생이다. 한 사람은 차양이 넓은 모자와 지팡이를 가지고 있는 농부 차림의 우스꽝스러운 남자이고 또 한 사람은 어린아이처럼 얼굴만이 유난스럽게 큰 작은 남자이다. 키가 큰 남자의 양쪽 눈을 숫자 '8'의 형태로 그렸고 작은 남자의 눈은 '7'의 형태로 그렸다. 그 옆에 1에서 9까지의 숫자가 몇 번씩이나 되풀이되어서 마구 씌어져 있고 다시 하나만이 대륙식으로 세로의 막대기에 작은 횡선을 교차시킨 커다란 7의 글자가 있어 그것이 눈썹과 코의 선을 나타내는 데 이용할 수 있다는 것을 보여주고 있다.

자기의 아들이 다 큰 후에도 글자를 읽지 못하는 것이 아닐까 하는 돈 호세의 걱정은 아마 어느 정도는 틀림없이 근거가 있는 것이었겠지만(피카소 자신이 전에 내게 자기는 알파벳의 순서를 도무지 외울 수가 없었다고 고백한 일이 있다) 당시에는 그에게 파블로의 교육을 강제로 시킬 만한 공적인 규칙은 찾지 못했다. 만일 그가 시간과 정력을 거의 소비하여 상업적 이유 때문에 싫어도 많은 지식을 머리 속에 집어넣어야만 하는 오늘과 같은 상태에 놓이게 되었다면 과연 어떻게 되었을지 생각해보는 것도 흥미있는 일일 것이다. 아마도 그 결과는 일단 학교의 성적에만 일정한 수준에 달한 욕구불만의 천재, 즉 현실적으로는 균형을 잃은 아무 쓸모 없는 인간으로 되었을 것이다. 돈 호세는 위대한 재능이 존재하는 곳에서는 사회의 정해진 규칙이 극복되지 않으면 안 된다는 것을 이해했다. "라이온이나 황소에게는 법률은 박해가 되는 것이다."와 같은 이치이다.

구아르다의 중학교에서 자기 아들의 재능이 점차 사람들의 칭찬을 받게 된 것에 만족을 느낀 돈 호세는 이윽고 파블로가 그림을 그리는 데에 자기의 조수 노릇을 하는 것을 즐겁게 받아들였다. 수시로 그는 자기의 작품의 일부 특히 죽은 비둘기 정물화의 다리 부분을 아들에게 맡기기도 했다. 진짜 비둘기의 다리를 절단해서 적당한 위치에 그것을 놓고서는 파블로를 불러서 그것을 그리게 했다.

돈 호세는 점점 우울한 성격으로는 변해 미사 때 이외에는 거의 외출도 하지 않게 되었다. 그는 일을 하지 않을 때는 창가에 서서 비가 내리는 밖의 광경을 보고만 있었다. 그는 일기가 그리 나쁘지 않은 어느 날 저녁에 아들을 불러서 언제나처럼 할 일을 일러주고는 아메라다 거리를 산보하려고 밖으로 나갔다. 강렬한 향기를 품으면서 마치 흰 가로등처럼 아래로 늘어진 나팔꽃 아래를 걸어가면서 그는 조용히 마음속의 우울한 기분을 달랬다. 그리고 집으로 돌아와보니 비둘기는 벌써 완성되어 있었다. 그것도 특히 다리의 부분이 진짜와 다름없이 그려져 있어서 그는 별안간 깊은 감동에 사로잡혀 자기의 팔레트, 연필, 화구를 모두 파블로에게 주고서는 이제 아들의 재능은 충분히 성숙했으며 그뿐만이 아니라 자기보다 뛰어나므로 자기는 이제부터는 그림을 그리지 않겠다고 말했다. 그는 이러한 단념에서 일종의 만족을 느꼈다. 이것은 자신의 생애에 대한 실망을 아들의 장래에의 희망의 그늘에 감추어서 잊어버리려는 심산 때문이었다. 그의 이러한 자기 부정은 안달루시아의 경건한 조상들의 행위와 어딘가 공통된 점이 있었다.

라 코루냐에서 보낸 4년간은 파블로에게 있어서는 중요한 의미를 지니고 있었다. 마라가와의 갑작스러운 단절, 특히 조모, 백부, 백모들, 종자매들 그리고 지중해의 풍토와의 단절은 그에게 도리어 용기를 주었는데 그것은 따뜻하고 포근한 어린이 방에서 나와 추운 경기장으로 내딛는 최초의 일보와 같았다. 그곳의 생활은 새롭고 생명력이 넘치는 것에 대한 그의 관심과 무엇이든지 전통적 관습에서 벗어나려고 하는 열성적인 경도심(傾倒心)은 물론 독립심과 자신에 대한 신뢰를 더한층 다져지게 만들었다. 그는 벌써 자기의 부친을 뛰어넘었고 14세에 자기의 힘과 판단에 자신감을 갖게 되었다. 그의 그러한 확신은 매일 엄격한 용기에 의해서 다져졌으며 확신과 의혹과의 끊임없는 게임이 일정한 리듬을 형성하면서 그의 창조 정신을 자극하였다. 이 게임의 최종적인 승리는 누가 보장해주는 것이 아니며 다만 미래만이 심판관이 될 수 있는 것이었다.

맨발의 소녀
1895년
油
75×50cm

　파블로는 부친을 위해서 그린 아카데믹한 데생을 정확하게 사생할 수 있다는 것과 그렇게 하는 것이 즐겁다는 것을 보여주었다. 그것은 손과 눈을 연관시켜서 관찰한 것을 틀림없이 그리고 재빠르게 재현하는 훈련을 보여줌으로써 가능했다. 그것은 그리는 것 자체가 체조 선수가 질서있고 정확한 근육의 움직임 속에서 발견하는 기쁨과 같은 것이었고 감동을 표현할 수 있는 길을 준비해주는 것과 같았다.

　그리고 파블로는 이런 종류의 훈련 이외에 자기 주위 사람들과 사물의 스케치를 끊임없이 그렸다. 항구에 있는 어선, 해변에서 쉬고 있는 서민 가족, 헤라클레스 탑의 풍경, 마을이 내려다보이는 곶(岬) 끝에 세워진 로마풍의 등대 등이 그의 주제였다. 또 그가 즐겨 그린 인물의 모델은 여동생 로라였고 그녀의 모습을 여러 장이나 데생했다. 그녀가 여학생 차림의 옷을 입고 물을 긷는 것을 돕는 모습이나 인형을 상대로 즐겁게 놀고 있는 모습도 그렸다.

　또 돈 호세의 친구의 초상도 여러 장이 남아 있다. 이것은 양식적으로도 훌륭하게 성숙했음을 보여주고 있으며 틀림없이 모델과 흡사했을 것이다. 그 하나의 예로 스페인 공화국 정부의 최초의 대신 한 사람으로 우연하게 피카소의 집 근처에 살고 있어서 친하게 지낸 돈 라몬 페레스 코스다레스의 미완성 초상화가 있다. 위를 향해 솟아 있는 커다란 콧수염을 기른 이 늙은 정치가의 개성과 지성, 권위와 위트가 캔버스를 통해 생생하게 우리에게 전해지고 있다. 운필(運筆)에도 아무런 망설임의 흔적이 없으며 그 완성도는 많은 화가가 생애의 최고의 작품이라고 말할 정도의 것이었다. 또 가장 인상 깊은 작품은 라 코루냐 체류의 마지막 수개월간에 그린 봉발나족(蓬髮裸足)의 젊은 처녀의 소품이다. 〈맨발의 소녀〉에 나타난 필치는 청신하며 정확했고 얼굴은 스르바란을 연상시키는 강한 인상과 대조가 되게 그렸다. 그녀는 아무런 장식이 없는 벽 앞에 앉아서 커다란 검은 눈으로 우리를 가만히 보고 있었으며 어깨에 걸친 더러운 숄이나 값싼 의복에 아무것도 신지 않은 발과 주위의 환경이 명백하게 가난하다는 것을 나타내고 있다. 손과 발도 거친 느낌을 주며 시선이 지니고 있는 놀라운 듯한 순진함과 좌우가 같은 고전적인 얼굴, 그리고 슬픈 듯한 표정이 강한 대조를 보이고 있다. 이 작품은 극히 감수성이 풍부해서 대단히 아카데믹한 예술 비평가에게도 감명을 주지 않고는 못 견딜 만한 것이며 이 작품에서 이미 그의 개성적인 방향을 나타내는 몇 가지 요소를 찾아볼 수 있다. 발이 이상할 정도로 크게 그려져 있는 것은 옷자락으로 덮인 무거운 듯한 뒤꿈치와 함께 지면과의 직접적인 접촉을 강조하며 그녀가 조심스럽게 살아가야 할 사람 중의 하나라는 것을 가리키고 있다. 즉 그녀는 7년 정도 후에 그가 그리게 되는 '청(靑)의 시대'의 거지들을 예고함과 동시에 1920년대 초기에 등장하게 되는 거대한 나부(裸婦)의 선구이기도 하다. 피카소는 이 작품을 소중히 지니고 있었으며 그가 남에게 내주지 않은 작품 중의 하나이기도 했다. 이 작품에서 벨라스케스에서 고야에 이르는 스페인의 위대한 전통을 찾아볼 수 있으나 사실 그 작품을 그렸을 때까지 피카소는 소년 시절을 보낸 두 지방의 교회가 미술관, 미술 학교에 보관되어 있는 얼마 안 되는 작품만을 보았을 뿐 그 이외는 단 한 점도 그림을 본 일이 없다는 것을 잊어서는 안 된다.

일가가 라 코루냐를 떠나기 전에 파블로는 이 마을에서는 절대적으로 필요했던 옷과 우산 등을 포함한 일용 잡화를 파는 어느 가게에 처음으로 몇 점의 작품을 진열했다고 한다. 그러나 그 솜씨가 훌륭했고 지방 신문의 한 구석이나마 간단하게 안내문이 게재되었는데도 작품은 거의 팔리지 않았다. 애호가들은 작가가 겨우 14세의 소년이라는 것을 알고 망설이고 말았기 때문이었다. 그러나 라몬 페레스 코스다레스 노인만은 몇 점 되는 소품의 선물을 즐거이 받아주었다.

그러다가 대서양 해안의 이 지겨운 항구 도시에서 빠져나올 수 있는 기회가 우연하게 돈 호세에게 주어졌다. 바르셀로나 미술 학교의 선생 한 사람이 라 코루냐 출신이었는데 고향에 돌아오고 싶어했으므로 경제적으로도 돈 호세에게 유리한 조건으로 자리를 교환하게 되었기 때문이다.

마라가의 여름

1895년 여름 루이스 일가는 짐을 정리하여 마드리드를 경유해서 마라가로 가서 그곳에서 여름 방학을 지내기로 했다. 도중에 마드리드에서 파블로는 처음으로 위대한 회화 작품의 몇 점을 볼 수 있었다. 그는 부친과 함께 부타도 미술관에서 벨라스케스, 스르바란, 고야의 작품을 보았다.

다정한 집안 사람들과 다시 만난다는 것은 모두에게 대단한 기쁨이었다. 파블로는 동년배의 일족 중에서는 단 한 명의 남자였고 게다가 4년 사이에 훌륭하게 성장하고 있어서 모두 그의 재능에 깊은 인상을 받았다. 그는 옛날부터 자기의 뜻을 굽히지 않는 완고한 소년이었는데 그런 경향은 그에게 관대한 양친과 친척 어른들 때문에 더욱더 강해졌고 이제는 그의 솜씨가 남의 존경을 받게까지 되었다. 짧게 깎은 그의 검은 머리, 둥그스름한 얼굴 생김, 커다란 귀와 타는 듯한 눈 등이 작지만 건강한 체구와 훌륭하게 조화를 이루고 있어서 무서울 정도의 정력적인 느낌을 주고 있었다.

피카소의 그 강렬한 검은 눈은 소년 시절의 사진에서도 확실하게 엿볼 수 있으며 그와 만났던 모든 사람에게 큰 감명과 매력을 주었다. 그 눈은 사물의 표면을 꿰뚫어서 그 내부에 감추어져 있는 참된 본성을 꺼내보일 수 있는 침투력을 지니고 있는 것처럼 보였다. 그런 힘은 나이를 먹은 후에도 조금도 쇠퇴하지 않았다. 때로는 그 검은 눈이 두려움을——자기가 밝혀버린 것에 대한 두려움을——암시하고 있는 것처럼 보였고 동시에 어두운 밤 하늘에 섬광처럼 반짝이는 불꽃처럼 보이기도 했다. 사실 그의 시선을 받은 사람은 그의 눈에서 넘치는 기를 찾아볼 수 있었고 노여움의 섬광 때문에 강한 감명을 받았다.

예술가에 있어서 중요한 또 하나의 기관인 손도 피카소의 눈처럼 자못 특별했다. 작고 모양 좋은 그의 손은 창의의 도구였고 감각 전달의 수단이었다. 그 손이 점토를 주물러서 내부의 가장 미묘한 의지를 정확하게 전달하여 여자의 얼굴이나 새나 그 외의 그의 상상력이 명령하는 것을 만들 수 있었다. 그것을 그가 어떤 재료를 선택했을 때는 자유로이 선을 긋고 문지르고 휘젓고 찢고 으깨며 그 밖에 도구를 사용하기도 하면서 마음내키는 대로 재료를 주물렀다. 눈과 손이라는 이 두 개의 수단은 모두 그가 모친에게 이어받은 것이다.

피카소에게는 소년 시대부터 편지를 쓴다는 것이 대단한 고통이었다. 그러나 마라가를 떠나 있었던 4년 동안 그가 마라가에 있는 친척에게 여러 가지 뉴스를 전해주고 더구나 자기도 그것을 즐기는 방법을 생각해냈다. 그는 짧은 삽화를 집어넣은 신문을 만들어 자신이 발행자, 편집자, 삽화 화가, 기자가 되어서 그 신문을 편지 대신 마라가로 보냈다. 그는 스스로 신문의 제호를 디자인했으며 그 제호도 때로는 〈라 쿠루냐〉로 하든가 〈아슬르 이 브랑코(청과 백)〉라고 했다. 후자의 이름은 아마도 당시 실제로 발행되고 있었던 〈브랑코 이 네그로(백과 흑)〉라는 그림이 있는 주간지에서 힌트를 얻은 것이겠지만 자기의 취향을 뚜렷하게 나타내서 흑 대신 청을 사용한 것이었다.

그는 이 신문에 풍부하게 삽화를 그려넣었고 그 그림마다 설명을 붙였다. 삽화에서 많은 비중을 차지하고 있는 것은 좋지 않은 기후를 테마로 삼은 것으로써 예를 들자면 남녀가 한 우산을 받고 스커트를 펄럭이면서 떼를 지어 걸어가고 있는 그림에 "이번에도 바람이 강해져서 라 코루냐가 날아가버릴 때까지 멈출 것 같지 않다." 등의 설명이 붙여지기도 했다. 다른 페이지에는 "모든 것이 미쳐버린 세상"이라는 설명을 붙여 불량 소년들이 실제로 나이프를 들고 싸움하는 장면이나 노신사가 그들의 위협을 받아 그의 실크 모자가 공중으로 뛰어오른 장면 등이 그려져 있었다. 마지막 페이지는 언제나 광고로 자신이 생각해낸 "혈통이 좋은 비둘기를 구함."이라는 유의 문장이 실리는 것이 보통이었다.

그가 마라가로 돌아오자 숙부인 사르바돌은 곧 조카의 재능을 길러주려면 어떻게 하면 좋은지를 여러 가지로 생각하기 시작했다. 모든 친척들이 파블로가 명성을 얻게 되리라는 기대를 가졌다. 당시 돈 사르바돌은 가난에 허덕이고 있는 사르메론이라는 늙은 어부를 돌봐주고 있었으므로 일석이조의 생각으로 그 어부를 파블로의 모델이 되게 해주었다. 그리고 그는 파블로에게 하루에 5페세타의 용돈과 위생국 사무실의 방을 하나 내주어서 초상을 그리게 했다. 그 결과 생겨난 것이 근래에도 자주 복제되는 유명한 어부의 초상으로 그 작품은 피카소의 아틀리에에 있다. 그 늙은 어부의 모습은 참으로 훌륭하게 그려져 있는데 무엇보다도 사르바돌을 놀라게 한 것은 초상화가 너무 빨리 완성되어서 다음 모델을 서둘러 찾아내야 한다는 점이었다.

파블로의 고모로 '페퍼(pepper : 후추)'라고 불리운 호세파 루이스 프라스코는 열한 명의 동기 중 세 번째로 대단한 괴짜였으며 대성당 참사 회원인 백부 파블로가 죽을 때까지 그의 도움을 받다가 그 후 라 메루세도 광장의 돈 호세의 집으로 옮겨왔다. 그녀는 자기 방을 종교적인 장식이나 이국적인 잡동사니로 묘하게 치장을 해놓고는 여간해서 남을 방에 들이지 않았다. 돈 사르바돌은 이 고모를 모델로 삼으면 좋겠다고 생각해서 모두의 찬성을 얻었고 파블로 역시 그림을 못 견디게 그리고 싶었기 때문에 승낙을 했다. 단 하나의 장해는 페퍼 고모가 승낙하지 않는다는 점이었다. 그녀는 그 이야기만 나오면 언제나 "노."라고 대답했다. 그래서 젊은 예술가가 직접 부탁하면 승낙할지 모른다고 생각해서 파블로가 고모에게 갔다. 그러나 그녀는 언제 끝날지도 모르는 긴 기도에 몰두하고 있었고 아베 마리아를 부르면서 전보다 더 단호하게 거절했다. 그래서 모든 희망이 사라졌다고 생각했을 때 뜻하지 않은 일이 일어났다. 그로부터 며칠이 지난 8월의 어느 무더운 날 대단히 값비싼 코트를 입고 보석으로 요란하게 치장을 한 페퍼 고모가 별안간 나타났다. 그때 파블로는 언제나 그랬듯이 마당에서 누이동생과 종자매들과 놀고 있었는데 불리어 들어가 초상을 그리게 되었다. 파블로는 내키지 않는 심정으로 그리기 시작했으나 놀라운 속도로 그림을 끝마쳤다. 사실 그 그림은 한 시간 정도에 완성했다고 한다. 이 작품은 지금도 남아 있으며 바르셀로나에 사는 데 빌라도 부인 로라의 방에 걸려 있었다. (현재는 바르셀로나 미술관 소장.) 오랜 세월 때문에 약간 검어진 캔버스에 페퍼 고모의 주름진 창백한 얼굴이 그려져 있다. 그 고모는 아이들이 친구들과 함께 기타를 치면서 노는 광경을 가만히 보고 있다. 그녀의 광신적인 눈과 떨리는 듯한 입술은 60년이 지난 후에도 아직 당시의 열기를 잃지 않고 있는 것처럼 보인다. 또 파블로가 그 초상을 그리기 위해서 도중에 중단해야 했던 놀이도 같이 놀았던 사람들의 기억 속에 깊은 인상과 함께 남아 있다. 왜냐하면 파블로가 훌륭한 솜씨로 그림을 그려 모두를 놀라게 했고 즐겁게 해주었기 때문이다. 그는 멈추지 않고 사람의 모습이라든가 새라든가 짐승을 또 그 이외에도 부탁하는 것은 무엇이든 생생하게 그릴 수 있었다. 언제나 놀라운 속도와 정확한 윤곽선으로 종이 위에 그려나가서 보고 있는 사람들을 즐겁게 해주었다. 그는 언제나 주위의 사람에게 이렇게 말했다. "이번에는 망아지로 할까? 자, 다 됐다." 그리고 그는 가위로 주저없이 살아 있는 듯한 귀여운 동물을 오려서 두 작은 종자매에게 선물했다.

제 2 장 바르셀로나(1895년~1901년)

카탈루니아와 스페인

루이스 일가가 다시 북방으로 길을 떠난 것은 1895년 10월 신학기가 시작될 무렵이었다. 바르셀로나와 라 코루냐는 그들의 고향에서 거의 같은 거리에 위치하고 있었으며 마라가처럼 활기에 찬 항구 도시이다. 그러나 바르셀로나는 뒤가 바위로 가로막혀 고립된 황량한 바다만이 보이는 항구가 아니고 프랑스나 유럽과의 접촉이 손쉬운 지중해의 무역항이다. 그곳은 풍요한 땅에 둘러싸여 있다는 점에서 다른 두 항구와는 비교가 안 되는 고장이며 상업적으로도 정치적으로도 그리고 교육이나 예술의 중심지로서도 마드리드와 맞먹는 곳이다. 지리적 위치로 보아서도 바르셀로나는 수도보다도 유리한 입장에 있어서 실제로 스페인의 통치권에 대한 절대적인 충성보다는 오히려 북방 및 동방의 이웃 여러 나라와의 관계가 이 도시의 이해에 훨씬 중요한 의미를 지니고 있었다.

19세기 말의 몇 년간 중앙정부에 있던 대공(大公)들은 수없이 많았던 정치적 경합이나 위기, 예를 들면 미국과의 전쟁으로 인해 대대로 이어온 권력에 금이 갔으면서도 낡고 융통성없는 인습을 고쳐보려는 낌새도 보이지 않았다. 그것에 반해서 카탈루니아는 전쟁으로 입은 피해도 비교적 적었고 또 생활 양식도 그리 엄격하지 않았으며 보수적이지도 않아서 관습이 자유로웠고 사회의 진보에 기대를 갖고 있는 사람에게는 친근하며 믿을 수 있는 분위기를 조성하고 있었다. 뿌리 깊은 분리주의 운동은 이 지방을 여러 세기에 걸쳐 피레네 산맥의 저편에 있는 같은 언어를 사용하는 루시옹 지방과 연결지어왔다. 마드리드의 위신이 약해짐에 따라 카탈루니아 지방은 프랑스 문화와의 기밀한 접촉을 회복해나갔다. 19세기 말의 10년 동안 바르셀로나의 예술 서클은 다시 프랑스 사람들의 침입을 받아 프랑스 사람들이 이 도시에서 극히 자유롭게 행동했다. 한편 파리로 진출한 많은 카탈루니아의 지식인은 다시 돌아오지 않았다.

세기가 바뀌자 바르셀로나에서는 스페인 국경 바깥쪽과의 접촉을 갈망하는 풍조가 생겨 프랑스보다도 북쪽의 여러 나라로부터 더한층 신선한 영향을 받게 되었다. 입센이 널리 읽혀졌고 란브라스 극장에서 상연되었다. 바구나의 공연은 베크린의 구름을 뚫을 듯이 우뚝 솟은 탑과 삼목나무 그림과 더불어 로맨스에의 동경을 만족시켰다. 이러한 영향은 한결같이 인기를 얻었고 세자르 프랑크의 음악이나 퓨비 드 샤반느의 그림처럼 쉽게 소화되었다. 스페인은 프랑스의 이웃 나라이기 때문에 필연적으로 스페인이 프랑스의 영향을 많이 받았을 것이라고 상상하는 것은 잘못이다. 스페인에서는 독일이나 프랑스의 영향이 건축, 회화, 조각 속에 풍부하게 남아 있다. 카탈루니아의 전 르네상스기(프리미티프) 초기의 프레스코 그림에서 비슷한 표현주의에의 친근감을 찾아볼 수 있다. 프레스코 그림에 그려진 성자는 촌스럽고 소박하며 얼굴의 표정이나 동작에 정감을 표출시켜 비잔틴적인 전형(典型)에서 흔히 볼 수 있는 단정함을 무시한다. 보수적으로 표현되는 새나 짐승은 사랑과 두려움의 감정을 단적으로 전달하며 생사와 선악의 여러 가지 힘을 상징하고 있다. 인류의 죽음과 순교는 모든 사람에게 있어서 참기 어려운 것이며 또 마음에서 씻어버릴 수 없는 것이나 스페인 사람은 악령을 실제화시킴으로써 그것을 몰아내든가 또 그것에 대한 강박감을 빼앗아버림으로써 영원의 방법을 찾아내고 있었다. 미지에 대한 눈에 보이지 않는 공포를 예술이나 종교 의식을 통해 구체적인 모습으로 나타나게 한다. 그 외모가 한번 인식되고 눈에 익게 되면 그러한 공포는 위력이 반감되며 인생의 드라마를 연기하는 배우처럼 호의적으로 받아들여지게 되고 갈채를 받는 일도 일어나게 된다. 끊임없이 죽음에 직면하는 것, 미지의 존재에 익숙해지는 것, 그리고 그 위협과 절충하는 것이 어느 시대에 있어서나 예술의 역할이었다. 그리고 또 그 공덕의 하나로 종교가 자진해서 채용했으며 철학이 마음의 병을 위해서 천연 요법으로 받아들이는 데 기여하기도 했다.

스페인 전역에 걸쳐서 모든 세기의 예술가들은 이 역할에 기쁨을 느끼고 있었다. 그들의 작품은 종교적인 것이건 세속적인 것이건 간에 생과 사의 드라마를 표현한다는 염원에 있어서 완전한 일치를 이루고 있다. 그 영원의 테마를 보다 큰 박력을 가지고 표현하려고 할 때 상징주의는 때때로 극단적 사실주의의 형태를 취한다. 보석, 귀석(貴石)의 종류가 예수의 눈에서 흘러나오는 눈물이 되며 피는 검붉은 상처에서 솟아 뼈와 가죽만 남은 반쯤 부패한 몸으로 흘러내린다. 수난의 무서움을 표현하기 위해서는 아무리 어려운 기교라도 아끼지 않고 사용한다. 인간의 고난의 표현이라는 하나의 목적을 위해서 많은 예술가가 노골적인 방법은 아닐지라도 그에 못지 않게 감동적인 방법을 사용해왔다. 엘 그레코의 천사들은 그들이 아래 세상의 중생을 고뇌로부터 해방시켜줄 듯이 비상(飛翔)해보이면서 손을 하늘로 뻗치고 춤추며 올라간다. 촌스러울 정도의 색채 강조와 심한 명암의 대비는 고야의 〈카플리죠스〉나 〈전쟁의 참화(慘禍)〉가 의념(疑念)과 고난을 있는 그대로 우화적으로 표현한 것처럼 똑같이 혼의 고뇌를 전하고 있는 것이다.

고난은 스페인에 있어서는 영원한 현실일 뿐 아니라 모든 형식의 예술에 있어서도 또 교회의 의식이나 투우에 있어서도 중요한 성분이 되고 있다. 그 고난은 강렬하지만 그것을 조용히 관찰하고 있으면 보다 차원 높은 표현을 만들 수 있는 계기가 마련된다. 고리다, 플라멩코의 춤과 노래, 광신적인 회오자(悔悟者)가 참가하는 성 주간의 행렬, 그리고 이베리아 바로크 건축의 고뇌에 몸부림치며 괴로워하는 듯한 표현까지도 북방 고딕의 순교자나 악마와의 인연을 형성하는 이 정신의 증표인 것이다.

지식인의 반항

19세기 말의 수년 동안 교회나 국가의 영구 토지 보유권에 대해 반항하는 운동이 널리 퍼졌다. 카탈루니아 지방에서는 근대 운동이 별안간 강세를 이루었다. 젊은 시인이나 예술가는 대담하게도 그들의 비인습적인 의견을 대중 앞에서 발표했다. 1894년에 시트헤스라는 성벽에 둘러싸여 있는 작은 해안의 마을에서 세자르 프랑크, 카탈루니아의 음악가 모레라 및 메텔르링크에 경의를 표해서 엄숙한 축전이 열렸다. 엘 그레코가 마드리드에서는 전혀 인정받지 못하고 있을 때 파리에서 막 사온 그의 작품 두 점이 카탈루니아의 시인과 화가의 호위 아래 엄숙한 행렬을 이루며 번화가를 지나서 그곳의 미술관에 납품되었다. 연설이나 시 낭독 등의 행사 속에 열띤 흥분이 종일 계속되었다. 카세리야스가 라파엘전파(前派)의 시의 단장 〈축복받은 처녀〉를 읽었고 뒤를 이어서 또 한 사람의 시인 이할르트가 〈결핵의 인상〉이라는 제목의 시를 구연(口演)했다. 그리고 카탈루니아의 시인 후안 마라갈이 혼자 조용히 꽃잎을 날리는 침묵의 꽃을 노래한 자작의 우수시를 낭송했다. 마지막으로 화가이며 극작가이며 '안티미스트'의 시인이며 상징주의자이고 이 두 점의 엘 그레코의 회화를 자비로 사서 시트헤스의 마을에 기증한 샌디에고 르시뇨르가 대중을 경멸적으로 풍자한 열띤 연설을 했다. 그곳에서 그는 거침없이 이렇게 말했다. "비겁한 겁쟁이가 되느니보다 정신의 평형(平衡)을 잃은 상징주의자가 되자. 아니 정신이 돌아버린 데카당 예술가가 돼도 좋다. 상식이 우리를 질식시킨다. 우리들의 나라는 지나치게 심중하다……."

이 시트헤스의 제전이 하나의 징조였다. 낭만주의와 무정부주의와 개인의 용기를 높이 사는 스페인의 피를 이어받았고 메텔르링크, 입센, 니체의 저작으로 자극을 받았던 르시뇨르의 감정은 동시에 활발하고 유능한 지식인의 집단 전체의 감정이기도 했다. 그리고 마라가에 막 도착한 젊은 피카소의 마음을 끌어당긴 것도 이 집단이었다. 지금까지 자라온 지방 사회의 낡은 전통에서 자기를 해방시켜줄 동지를 갈망하고 있었던 피카소는 곧 이 집단 속에서 친한 친구를 사귀게 되었다.

19세기 말의 수십 년 동안 스페인의 예술은 아카데미즘의 편견과 무능력 때문에 실직해가고 있었으며 대중 예술의 부패 때문에 아사했고 예술을 희생시키고 상업과 자연과학의 발견에 흥미를 더해가고 있었던 근대적 세계에 압박당하고 있었다. 이 위협이 날로 늘어간다는 것을 눈치챈 사람은 북쪽의 여러 나라와 보다 밀접하게 연결지음으로써 구제의 길을 얻어보려고 했다. 이미 프랑스에는 상징주의와 인상주의가 탄생했으며 독일에서는 바그너의 극적 낭만주의가 유행하고 있었다. 또 영국도 정치적으로도 예술적으로도 중요한 영향을 주었다. 정치상의 자유주의자가 강했던 영국에서는 낭만파 시에서 라파엘전파의 운동과 라스킨과 카알라일의 저작에 이르는 19세기의 중요한 예술 운동에도 자유주의적 인도주의의 경향이 침투하고 있었다. 더구나 끊임없이 정부가 바뀌는 스페인과 같은 나라에서 본다면 선망의 표적인 영국의 정치적 안정은 발전 도상에 있는 도시 바르셀로나에 여러 가지 면에서 영향을 주었다. 충분한 임금을 받지 못해서 영양실조가 된 노동자들은 일자리를 얻어서 영국으로 건너가 민주주의적인 판단법을 몸에 익히고 돌아왔다. 그리고 그들은 이 판단법에 개인의 표현의 자유를 구하는 스페인적인 마음과 융화를 시켰다. 이 지적 혁명과 평행해서 톨스토이와 프하린 클로포로킨의 저작(이런 책은 내란이 시작되었을 때까지도 란브라스 거리의 신문 판매장에 진열되어 있었다)의 영향을 받아서 무정부주의적 샌티카리즘의 형태를 띠어 광범위한 대중 운동으로 키워져 지적 혁명의 뒷받침이 되었던 것이다.

바르셀로나의 도착

　19세기 말의 바르셀로나는 옛 성벽을 넘어 외각까지 급속하게 도시화되어갔다. 그러나 넓은 카탈루니아 광장은 현재는 도시의 중심이 되었지만 1895년 당시는 아직 잡다한 야외시장이어서 플라타너스의 나무 밑에는 노점이 수없이 서 있는 상태였다. 이 광장의 반대편에는 도시를 둘러싸고 있는 전원 지대를 침입해서 세워지기 시작한 몇 개의 건물 중에 훌륭한 갑옷 수집을 진열하고 있는 공회당이 있었다. 신임 미술 교사인 돈 호세는 늘 그 곳을 방문하는 것이 즐거움의 하나였다. 그는 또 그곳을 찾을 때마다 길목에 있는 란브라스 거리의 노점에 진열되어 있는 비둘기를 하나하나 열심히 들여다보는 것도 잊지 않았다. 그의 옆에는 언제나 아들 파블로가 따라다녔다. 파블로는 몸집은 작았지만 균형이 잡힌 체격이었고 둥근 머리를 짧게 깎고 있었다. 태양빛에 그을은 얼굴에는 무엇 하나 놓치지 않으려는 검은 눈이 반짝이고 있었고 모자 아래에는 소년다운 활력에 넘친 커다란 귀가 삐죽하게 나와 있었다.

　이 부자는 참으로 기묘한 대조를 보이고 있어서 진짜 육친이라고 생각할 수 없을 만큼 닮지 않았다. 돈 호세는 키가 크고 자락이 긴 외투를 입고 차양이 넓은 중절모를 쓰고 있었다. 콧마루가 반듯한 그의 얼굴은 탐스러운 붉은 기가 도는 턱수염에 덮여 있었고 굵은 눈썹 깊숙이에는 호인다운 눈이 부드럽게 반짝이고 있었다. 게다가 두 사람의 표정은 더욱 심한 차이를 보이고 있었다. 약간 등이 굽은 호세의 모습에는 중년다운 환멸과 슬픈 체념의 그림자가 깃들고 있는 한편 이 쇠잔해져가는 재능의 후계자인 어린 파블로는 가슴을 탁 펴고 민첩하게 걸어서 마치 새끼 사자가 자기의 지력(知力)으로 마음내키는 대로 부드럽게 또는 냉혹하게 다뤄보려고 포로가 될 짐승을 찾으려고 주의를 살피고 있는 것처럼 보였다.

　돈 호세 일가는 항구에서 가까운 구시내의 좁은 크리스티나 거리에 아파트를 얻어들었다. 이 거리는 대단히 조용했지만 모퉁이를 돌면 언제나 포장마차, 기차, 어부, 그리고 연안을 도는 배와 마요르가 섬으로 가는 흰 돛을 단 상선을 볼 수 있었다. 호세 일가는 호세가 걷는 것을 싫어했기 때문에 예나 다름없이 바다 가깝고 미술 학교에서 백 야드도 떨어져 있지 않은 곳에서 살았다.

　호세가 부임한 학교는 라 론하라고 불리운 상품 거래소의 육중한 건물의 맨 꼭대기에 있었다. 이 건물은 수많은 조각과 분수가 있는 마당이 딸려 있는 고딕풍의 저택 자리에 세워져서 학교의 넓이로 보나 유명한 점으로 보나 마라가의 미술 학교 이상이었지만 교육 방법은 조금도 배울 점이 없었다. 경화되어버린 전통과 숨이 막힐 듯한 어두움이 학교 전체를 휩싸고 있었다. 그리고 수많은 석고상을 이용해서 고전 고대 예술의 연구에만 학생의 관심을 집중시키기 위해서 외부와의 접촉을 완전히 배제하고 있었다. 저학년 학생은 더러워진 밤색의 칸막이에 걸어놓은 석고상의 화판 너머로 눈의 높이만큼 보일 수 있는 장소에 나무 의자를 놓고 앉아서 매일 흰 종이 위에 목탄으로 무화과잎이나 고전 건물의 부분을 열심히 모사(模寫)하는 것이 일이었다. 그리고 지우고 반복하는 노력이 수주간이나 계속된 후에 그 도화지를 더 이상 사용할 수 없게 되면 비로소 다른 석고상으로 눈을 돌리는 것이 허락되었다. 이러한 노력 끝에 학생은 겨우 실체의 정물과 등신대의 석고상을 모델로 하는 학급으로 진급할 수 있었다. 이와같이 무섭게 엄격하기만한 훈련은 천부의 재능을 지니고 있지 못한 학생의 상상력과 재

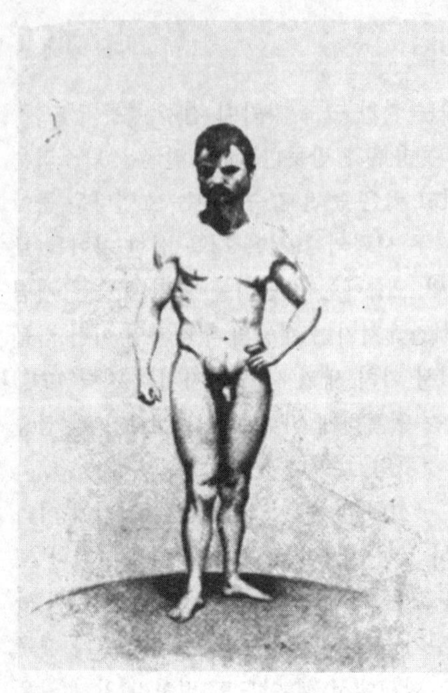

자격심사를 위한 데생
1895년
석필
50×30

능만을 파괴할 뿐 아무 이득도 가져오지 못한다.

돈 호세가 바르셀로나에 도착해서 그 학교에 자리를 얻었을 때 파블로는 아직 14세였다. 그럼에도 불구하고 부친의 부탁으로 지겹기 한이 없을 초등 학급을 월반하여 상급의 '고대상(古代像) 정물 모델 유채 학급'의 입학 시험을 받을 기회가 주어졌다. 이 시험은 놀랄 만한 결과를 가져왔다. 보통 1개월이 걸리는 시험이 겨우 하루 만에 끝났으며 입시 과제였던 인체 데생에서 그는 그의 재능이 상급생도 못 미칠 정도의 어려운 수준에 도달하고 있다는 것을 보여주었다. 〈자격 심사를 위한 데생〉은 교인이 찍혀 지금도 남아 있는데 그 험잡을 곳 없는 기술은 인체의 비율이 이상화된 고전적 규범을 대담하게 무시하고 있기 때문에 더욱더 빛나보인다. 피카소는 아버지의 대역으로 비둘기를 그렸을 때처럼 이상화하지 않고 본대로를 충실하게 그렸던 것이다. 머리의 헝클어짐, 목젖의 거무튀튀함, 근육이 경직되었고 발이 작은 이 나체상은 철저하게 사실적으로 그려졌기 때문에 오히려 극적인 표현에까지 도달하고 있었다. 시험관측에 다른 이론이 있을 수 없었다. 그들은 그 자리에서 처음이자 마지막으로 진짜 신동을 만났다는 것을 깨달았다. 파블로의 입학은 허가되었다. 그러나 몰리에르의 말을 빌리면 "배우

지 않고 모든 것을 아는 것이 위대한 예술가의 특징의 하나."이다. 이 대단
한 출발 후에 규율이 엄한 조직적인 미술 학교의 학생 생활이 계속될 것으
로 기대한 사람은 실망하지 않으면 안 되었다. 피카소는 지금까지 홀린듯
이 데생이나 유화를 그려왔다. 그리고 그가 더욱 공부할 생각이 있었다 해
도 융통성이 없는 학교 교사들이 대체 그 이상 무엇을 가르칠 수 있었을까.
그가 미술 학교 졸업생에게 요구되는 아카데미즘의 수준을 이미 충분히 습
득하고 있다는 것은 간단히 증명되었다. 따라서 교사들이 생각하고 있는
것과 같은 아카데미즘의 엄격하기 이를데없는 훈련은 거장으로서의 길을
걷기 시작한 파블로 피카소에게는 후퇴라고 표현될 수밖에 없다. 그의 친
구 카안와일러는 이렇게 말했다. "피카소는 이 시대의 자기 그림은 부친의
조언만으로 그린 라 코루냐 시대의 그림보다 못했고 자기도 좋아하지 않
는다고 내게 고백한 일이 있다."

〈과학과 자애〉

돈 호세는 얼마 되지 않아서 가족과 함께 크리스티나 거리에서 같은 동네
인 라 메루세도 거리 3번지로 이사했다. 그리고 언제나 아들의 성장에 마음
을 쓰고 있었던 호세는 그의 아틀리에를 근처의 라 프라다 거리에 만들어주
었다. 파블로는 태어난 후 처음으로 남의 방해를 받지 않는 자기만의 작업
실을 갖게 되었다. 그가 그곳에서 그린 최초의 그림은 〈총검의 공격〉이라고
하는데 그 그림은 없어져서 후에 〈전쟁〉과 〈평화〉의 대작을 그리게 되는 피
카소가 이 시기의 그의 젊은 정열을 그 주제 속에 어떤 모습으로 발산시켰
는지 알 길이 없다. 그러나 부상자나 죽음이 닥친 사람들에게 둘러싸여 있
는 격렬한 접근전이 생생하게 묘사된 전투의 데생은 많이 남아 있다.
  그러나 같은 시기에 새로 얻은 아틀리에에서 그린 최초의 중요한 작품 한
점이 현재 바르셀로나의 피카소 미술관에 전시되어 있다. 이 그림은 〈병 문
안〉이라는 이름으로 불리어진 일도 있으나 현재에는 보다 정확하게 〈과학
과 자애〉라고 불리어지고 있다. 이 시대는 무엇보다 주제가 그림의 가장 중
요한 구성 요소로 생각했던 시기여서 부친 돈 호세는 아들을 위해 호평을
얻을 수 있는 그림의 소재를 조심성있게 골라주었고 아들 그림의 진척상황

과학과 자애 1896년 油 152×203

을 자세하게 관찰하기 위해 자신이 병자 옆에 앉아서 의사의 모델이 되
었다. 한 손으로는 어린이를 안고 한 손으로는 환자에게 진정제의 컵을 주
고 있는 수녀가 그려져 있다. 이 그림은 유별나게 큰 것으로 그 크기와 통
일된 구도를 보면 젊은 나이의 작가의 것이라고는 생각하기 어려울 정도
이다. 그러나 그 외에는 이 작품에서 당시의 아카데믹한 화가의 훌륭한 작
품과 구별지을 만한 점은 별로 찾아볼 수가 없다. 만일 있다고 한다면 그것
은 화면에 넘쳐 흐르고 있는 응축된 긴장감이다. 당시의 다른 화가가 이와
똑같은 주제를 선정했다 해도 그것을 감상주의로만 빠지게 했을 것이다.
파블로의 주제의 취급은 평형과 억제의 승리라고 말할 수 있다. 그 그림에
서 하나의 특징이 후의 작품을 예언하고 있는데 그것은 하얀 홑이불 위에
나와 있는 가늘고 약한 여환자의 손과 그 손을 잡고 있는 의사 손과의 대조
이다. 그의 날카로운 관찰력은 현재 남아 있는 스케치 노트에 그려진 많은
손의 데생에 의한 것이다. 청(靑)의 시대에 나타나고 그 후의 전작품에서도
특징적으로 표현된 손에 대한 그의 감각을 이미 이 작품에서 찾아볼 수
있다. 그림의 특정 부분이 한 예술가의 독창성을 여실히 보여줄 때가 있는
데 어느 비평가가 이 여환자의 손을 문제로 삼고 다음과 같은 조롱하는 시

를 만들었다.

> 이렇게 슬픈 장면을 만나서
> 크게 웃다니 그것은 실례
> 하지만 생각을 해봅시다.
> 어느 세계의 의사님께서
> 장갑의 맥을 짚어보시는지

이 그림에는 또 하나의 에피소드가 있다. 이 그림을 그리기 위해서 새 캔버스를 한 통 사들였는데 로라가 그것을 몹시 탐내서 대신 예쁜 인형을 하나 사주고 달랬다는 것이다.

〈과학과 자애〉는 이러한 서투른 시평을 받기도 했지만 1897년에 마드리드의 관전(官展)에 출품했을 때는 가작상을 받았고 또 그 후에 마라가에서는 금상을 획득했다. 이 그림은 후에 피블로의 숙부 돈 시르비돌의 집 거실에 장식되어서 오래 그곳에서 진열되었으며 그 후 다시 피카소의 누이동생인 로라 데 빌라도 부인의 바르셀로나 아파트로 옮겨졌다. 그러나 1970년 이 작품이 피카소 기증 작품 중의 중요 품목으로 선정되어서 몬드가다 거리로 다시 옮겨졌다.

15세에서 16세 동안은 아직 아버지의 영향을 받아서 마라가나 바르셀로나의 아버지의 친구나 동료의 아카데미즘에 젖어 있었던 파블로는 주제 중심의 그림을 두세 점 더 그렸다. 1896년의 바르셀로나 시전에 출품된 〈초성체 배수(初聖體 拜受)〉는 현재 피카소 미술관이 소장하고 있는데 또 하나의 대작 〈성가대의 소년〉과 함께 당시의 환경의 영향을 여실히 보여주고 있다. 이 〈성가대의 소년〉은 돈 호세 다음에 마라가 미술관의 관장이 된 돈 라파엘 므리뇨 가레라스의 〈견습 신부의 장난〉이라는 과장된 그림과 몇 가지 닮은 점이 있다. 그러나 이 두 작품을 주의해서 비교해보면 젊은 파블로는 그 주제에서 당세풍(當世風)의 일화적 요소와 꾸며진 편협적인 신앙이라는 요소를 훌륭한 솜씨로 화면에서 없애버렸다는 것을 쉽게 알 수 있다. 파블로의 성가대의 소년 가수는 가레라스의 그림과는 달리 해학적인 암시나 면밀한 세부 묘사가 되어 있지 않은 상태로 제단 앞에 서 있다. 그는 감상적인

목로점의 정경 1897년 油 18×24

신앙의 눈으로 제단을 보고 있지 않고 반대로 우리의 눈을 가만히 보고 있다. 그리고 그의 짧은 법의(法衣)와 간소한 흰색의 윗옷을 입었고 무거운 장화를 옷자락 밖으로 내보이고 있다. 파블로는 가레라스의 주제를 빌리기는 했으나 그 본질만 뽑아냈던 것이다. 소년이 화면의 중앙에 서 있는 부분은 엘 그레코의 〈에그스폴리오〉를 연상시키며 또 15년 후의 입체파 그림에서 볼 수 있는 중요 부분의 강조를 예언하고 있다.

독립과 새로운 영향

파블로는 얼마 지나지 않아서 라 프라다 거리의 아틀리에에서 빨리 벗어나지 않으면 안 된다는 것을 깨달았다. 아버지 돈 호세는 라 론하에 있는 미술 학교의 출퇴근 길에 자주 들러서 조언을 했다. 그래서 파블로는 적당한 이유를 대어서 좀더 떨어진 곳으로 옮겨 자기 그림의 독립성을 높여보려고 했다. 이렇게 해서 새로운 양식을 현저하게 보여주고 있는 최초의 작예(作例)가 1897년 초여름에 그려진 목노집의 내부 그림인 〈목로점의 정경〉이다. 어두컴컴한 실내는 작은 창을 통해서 들어오는 한 줄기의 빛만으로 조명을 받고 있으며 실내의 다양한 인간들은 그 창을 배경으로 해서 그려져 있다. 이 작품은 확실히 종래와는 다른 영향, 도미에의 복제화에서 새로운 영향을 받고 있는 듯하다. 또 당시 피카소가 이 사실을 알고 있었다고는 생각되지 않지만 반 고호의 초기 그림을 닮은 점을 찾아볼 수 있다.

진취적인 기질이 강한 젊은 예술가의 작품은 다른 사람의 영향을 받지 않을 수 없으며 또 이러한 영향은 새로운 표현 수단을 발견해보려는 욕망과 다른 사람의 작품을 이해하는 깊이에 따라서 다양해져가는 것이다. 우리가 그의 작품을 다른 화가의 작품과 연관을 지으려 하는 것은 결코 그를 헐뜯기 위해서가 아니다. 금세기 초에 들어와서 시작된 복제의 범람은 예술의 세계를 더한층 크게 넓혀주었다. 이제 예술의 역사는 지금 우리가 문제를 삼고 있는 시대에는 없었던 지리적인 넓이를 가지고 있다. 당시 작품의 원천은 현재보다 한정되어 있었으며 그 후 그때까지 알지 못하던 새로운 양식이 끊임없이 발견되었다. 피카소는 다른 사람의 작품에 대해서 한없는 강한 호기심으로 연구했으며 의식적으로 새로운 영향을 받아들였다. 그는 자기에게 강렬하며 깊은 감동을 준 작품을 골라내서 그 속에서 자기에게 필요한 요소를 서슴지 않고 받아들였다. 그러나 그가 한번 그것을 표현하면 거기에는 그의 개성이 무엇보다도 강하게 나타났다. 빌려온 아이디어는 완전히 변형되고 동화되어서 원작자의 시비의 대상이 될 수 없었다.

피카소가 지금까지 예찬했던 몇몇의 예술가나 양식 이외에도 그의 마음을 여러 모로 자극한 크고 작은 영향이 있다. 지금 우리가 돌이켜보고 있는 시기, 즉 그가 최초의 파리행을 결행하기 전에는 당시 프랑스에서 일어나고 있었던 커다란 예술 운동에 대해서 피카소는 거의 아는 바가 없었다. 그가 지니고 있었던 얼마 안 되는 지식은 파리에 가서 실제로 보고 온 몇 사람의 친구 이야기와 잡지에 나와 있었던 스탕달이나 툴루즈 로트렉의 포스터와 판화 등에서 얻은 것이었다. 쇠라, 드가 등의 프랑스 인상파의 그림도 말로만 들었지 실제로 본 것은 그가 파리에 가서였다. 그러나 당시의 바르셀로나에서는 라파엘전파의 그림이 대단히 유행했으며 젊은 안달루시아 사람 피카소는 특히 복제를 통해서 알게 된 반 존스의 하얀 살결의 소녀에게 완전히 사로잡혀 있었다. 또 그는 비아스리나 월터 크레인이나 윌리엄 모리스의 데생도 미술 잡지를 통해서 알고 있었으며 실제로 그때의 그의 데생

48

에서 간혹가다 그 영향을 찾아볼 수가 있다.

1897년 초여름 파블로는 라 코루냐에서 그린 〈모자를 쓰는 남자〉나 그 후의 작품 등을 포함한 약간의 그림을 바르셀로나에서 공개했다. 그 전람회에 대해서는 신문이 취급을 했지만 별로 대단한 평을 받지는 못했다. 또 그의 부친이 기대하고 있었던 그림 판매도 그리 좋지 못했다. 어쨌든 그가 너무 젊었기 때문이다.

연안 순항 여행

바르셀로나에서의 처음 몇 해 동안 루이스 일가는 연안 순항선을 타고 몇 차례나 해안을 따라 여행을 하여 발렌시아, 알리칸테, 카르다헤나 그리고 마라가까지도 갔었다. 현재 바르셀로나의 피카소 미술관에 있는 대단한 양의 초기의 스케치나 그림에서 볼 수 있는 여러 가지 바다 경치의 그림이 탄생하게 된 원인을 만든 것은 이런 짧은 여행 때문이었다. 이 여러 작품에서는 표현상으로 인상파의 영향을 다분히 찾아볼 수 있지만 훌륭한 감수성과 숙달된 기법을 여지없이 구사한 그의 솜씨에 무조건 감탄하게 된다. 날이 밝을 무렵 항구에 도착했을 때의 극적인 분위기는 지금도 피카소의 추억 속에 생생하게 남아 있다. 사실 피카소는 최근에 발렌시아에 상륙했을 때 겪은 생각지도 못했던 사건에 대한 이야기를 내게 해주었다. 그때 거리는 온통 병사들로 가득 차 있었으며 놀란 것은 그들이 극히 공격적이어서 하늘에 대고 총을 쏘아댔다. 그리고 그것에 대항해서 집집마다 지붕 위에서 돌과 기와를 날렸다. 그러나 이러한 지역적인 소동에도 그의 양친은 조금도 놀라는 기색없이 근처의 레스토랑에서 가족과 함께 멋진 식사를 했다. 이 일은 파블로가 최초로 정치적 폭동을 자기 눈으로 직접 보았다는 사실과 또 사회적 사건에 대한 양친의 무관심한 성격을 보여주는 일이기도 하다.

마라가 방문

1897년 여름 돈 호세와 도니야 마리아 부처는 기쁜 마음으로 짐을 꾸려 마라가로 돌아왔다. 언제나 안달루시아 사람의 마음을 잊지 않고 있었던 호세는 끝내 바르셀로나를 좋아할 수 없었다. 카탈루니아 말이 그에게는 고통스러웠고 마라가 사람의 느긋하고 따뜻한 마음씨에 비해서 바르셀로나 사람의 행동은 언제나 부산했고 경망스러웠다.

이 여행에는 마라가 조모의 집에 머무르기로 되어 있었던 파블로와 로라도 동행했다. 젊은 화가 파블로의 라 론하 미술 학교에서의 성공은 이미 친척 모두에게 알려져 있었다. 숙부인 사르바돌은 이전에도 그랬지만 조카가 화가로 성공하여 루이스 집안의 명예로운 사람이 되리라는 기대를 크게 갖게 되었다.

마라가로 옮겨온 지 얼마 되지 않아서 파블로는 시원한 여름 저녁 해안에서 가까운 카레다 거리의 가로숫길을 종매 칼멘 프라스코와 산보하는 것을 좋아 한다는 것이 화제가 되었다. 그는 말쑥하게 차려 입고 장식이 달린 검은색 모자를 쓰고 있었다. 그리고 그 모자 차양 밑의 그의 검은 눈은 가로등의 빛이 반사되어서 타는 듯이 반짝이고 있었다. 게다가 바르셀로나에서 배운 유행에 따라 지팡이를 겨드랑이에 끼고 있었다. 파블로가 사랑을 하고 있다는 것은 누가 보아도 뻔한 일이었다. 그리고 친척들은 그 사랑과 마라가에 대한 충성심이 그를 고향에 머물게 하리라는 기대를 갖게 되었다. 그가 칼멘을 위해 멋진 꽃다발을, 그것도 꽃집에서 산 것이 아니라 탬버린의 가죽 위에 그린 꽃다발을 선사했을 때 사람들의 기대는 절정에 달했다고 해도 좋았다.

그러나 루이스 일가 사람들은 곧 실망하지 않으면 안 되었다. 피카소는 끝내 기대하고 있었던 일은 하지 않았다. 10월이 되어 여름 휴가가 끝나자 이 행복에 넘친 로맨틱한 이야기도 끝이 났다. 파블로는 난생 처음 단신으로 마드리드를 향해 떠났다. 그는 마드리드가 어떤 종류의 새로운 경험을 주는지 또 그곳 생활이 바르셀로나나 고향 마라가에서 지내는 것보다 유망한지 어떤지를 스스로 확인해보고 싶었다. 생각해보면 그가 친척 사람들에 둘러싸여 안달루시아의 여름을 보낸 것도 이것이 마지막이었다.

피카소가 마라가에 머무르고 있을 때에 그의 비범한 재능에 감명을 받은 것은 친척뿐만이 아니라는 것이 밝혀졌다. 엘 리세오라고 하는 클럽에 정기적으로 모였던 돈 호세의 친구들이 어느 날 축하연을 열어주었다. 당시에 인기가 있었던 화가 돈 호야킨 마르티네스 데 라 베에가는 〈과학과 자

50

애)가 마드리드에서 영예를 얻었다는 것을 알고 있었다. 피카소 집안과는 오래된 친구인 안토니오 미니요스 데그라인도 피카소의 예찬자였다. 그는 2년 전 크리스마스에 완전히 돈 호세를 빼다놓은 것처럼 그려진 수채 초상화를 피카소에게 선물로 받은 이후 그의 작품의 애호가가 되었다. 젊은 피카소 자신이 헌사(獻辭)를 넣은 이 초상화는 지금 마라가 미술관이 소장하고 있다. 이들 호세의 친구들은 18세기풍을 우아하게 장식된 엘 리세오의 천장화와 샹들리에 아래 모여서 샴페인으로 화가 파블로 루이스 피카소의 탄생을 축하했다.

마드리드

산 페르난도 왕립 아카데미의 엄숙하고 거창한 건물은 마드리드의 중앙에 있다. 부속 미술관에는 고야의 대형 초상화가 서너 점, 그가 그린 〈투우〉, 〈이단 심문〉, 〈정신 병원〉, 〈농민의 소란스러운 가장 행렬〉 등 극적인 스페인 풍경을 그린 훌륭한 소품이 보존되어 있으며 또 벨라스케스 스르바란을 비롯해서 스페인 거장들의 작품도 진열되어 있다. 그러나 이 압도하는 듯한 스페인의 전통적 무게와 학교 복도의 썰렁한 어둠은 마라가에서 온 성급한 젊은이가 일찍이 실망했던 무능력한 지방 도시의 학교와 다른 점이 없었으며 새로운 예술의 상상력과 도저히 조화를 이룰 수가 없었다.

피카소는 이 아카데미의 입학을 전에 라 론하의 미술 학교에서 한 것처럼 멋진 솜씨로 해냈다. 제일 완고한 시험관까지도 만족시킨 데생군(群)을 그는 단 하루 만에 그려냈다. 이렇게 해서 피카소는 16세에 스페인 내에 있는 관립 미술 학교의 모든 시험을 남기지 않고 정복했던 것이다.

피카소는 1897년 10월에 마드리드에 도착했는데 이번이 두 번째의 방문이었다. 그는 2년 전에 라 코루냐에서 마라가로 돌아가는 도중 아버지와 함께 프라도 미술관에 가서 몇 점의 걸작을 본 일이 있었다. 그러나 이번에는 난생 처음 혼자서 한정된 돈으로 고통스러운 생계를 꾸려나가지 않으면 안 되었다. 그는 처음에 도시의 중심부에 있는 산 페트로 마르틴 거리의 허술한 방을 빌렸다. 그에게는 거리 속의 생활과 프라도 미술관의 풍부한 수장품 쪽이 아카데미의 교수가 마련해주는 교과보다 훨씬 흥미가 있었다. "대체 어떻게 되서 내가 아카데미 같은 곳에 가지 않으면 안 되었을까?" 피카소는 후에 친구 사바르테스에게 이렇게 질문한 일이 있었다.

그때도 피카소가 작업을 계속하고 있었다는 것은 의심할 여지가 없다. 그는 호흡을 하고 있는 것처럼 일을 멈춘 일이 없었다. 그러나 당시는 빈곤 때문에 충분하게 화구를 살 수 없었다. 사실 마드리드에 체류하고 있었을 때의 데생이나 유채화는 대단히 조금밖에 남아 있지 않았다. 그러나 입학 시험 때 그린 작품은 지금도 산 페르난도 아카데미의 지하실에 먼지를 뒤집어쓰고 남아 있을 가능성이 충분히 있다. 실제로 마드리드 근대 미술관의 창고에서 1900년경 삼등상을 탄 그의 소녀상이 발견된 일이 있었기 때문이다.

이렇게 소수의 작품만 남아 있지만 집시와 거들먹거리는 부르주아, 광대 그리고 개와 말 또 카페의 풍경 등을 구별지을 수 없게 화면 가득히 그린 몇 장의 도화지에서 당시 그의 환경과 가난함을 엿볼 수 있다. 칼을 지니고 결투에 나서려는 두 남자를 한복판에 그린 그림에는 마치 글씨 연습을 한 것처럼 "마드리드 12월 14일"이라는 날짜가 장식 무늬 속에 여덟 번이나 씌어져 있다. 아마도 이것은 무료한 나머지 쓴 것이겠지만 동시에 피카소가 문자나 숫자를 형태화하는 것에 흥미를 느끼고 섬세한 필치의 화려한 당초문(唐草紋)과 소용돌이 무늬를 만들어가는 기쁨을 알게 되었다는 것을 말해 주고 있는 것이다. 또 그가 언제나 서명하기 전에 집어넣는 날짜도 그에게는 특별한 의미를 지니고 있었다. 그것은 세월의 흐름을 기록함과 동시에 그의 예술의 또 하나의 다른 차원의 덧붙이는 행위였다. 몇 장 안 되는 스케치 중의 다른 한 장에는 장식이 벽 앞에 글라스가 두 개 놓여 있는 테이블과 그 옆에 나무로 된 의자 하나와 생활하는 데 필요한 물건들이 그려져 있다. 이 그림은 프로그레소 광장 주변의 번화가의 다락방을 이곳저곳 옮겨 살았을 때의 그의 생활을 잘 나타내고 있다.

다음 해 봄 지니고 있었던 돈이 거의 바닥이 났다. 야심가인 마라가의 숙부는 파블로가 안일한 생활 속에서 공부를 게을리하고 있다고 생각했기 때문에 대단히 불만스러워했다. 숙부에게 있어서 회화는 인간을 화가의 세계에서나 사회적으로나 명예로운 지위로 이끌어가는 수단이어야만 했다. 그러자면 산페르난도 아카데미 이상 다른 유리한 출세의 출발점을 생각할 수 없었다. 실제로 그는 그러한 훌륭한 예를 여러 건이나 알고 있었다. 그는 옛날 친구 모레노, 칼르포네모, 므니요스 데크라인도 모두 그랬다. 그들이 제작한 진짜와 흡사한 귀족의 초상화나 스페인 역사의 영광의 장면을 그린 훌륭한 역사화 등은 불후의 명예를 얻어내고 있는 것이 아니냐고 생각했다. 그리고 마드리드야말로 화가에게 최고의 영예와 재력을 약속하는 유일한 장소라고 생각했다. 그러므로 그는 조카의 씀씀이는 그의 그러한 계획에 반대되는 것이어서 그것을 찬성할 수 없다는 뜻을 보이기 위해 송금을 중단했다. 그 결과 그렇지 않아도 생활에 곤란을 받고 있었던 돈 호세는 아들을 먹여살리기 위해 더한층 괴로움을 당해야만 했다.

그러나 숙부의 위협도 경제적인 곤경도 피카소의 마음을 돌이키지 못했다. 그는 여전히 아카데미를 빠지면서 자유를 만끽했고 거리 카페의 생활을 즐겼다. 곧 그는 불안정하고 비참한 생활을 두려워하지 않는 보헤미안의 남녀가 하루종일 드나드는 뒷골목과 술집의 어두움에 대해서 호기심을 갖게 되었다. 그들은 불결과 굶주림을 문제삼지 않고 웃고 춤추며 노래할 수 있을 만큼 왕성한 생명력을 지니고 있었다. 확실히 그만한 생명력이 없으면 그들은 주위의 불결함과 굶주림에 패배하고 말았을 것이다. 시인 라몬 고메스 데 라 세르나는 이렇게 말했다. "피카소는 마드리드의 고르지 않은 돌로 포장된 보도 위를 걸으면서 그것을 발바닥으로 직접 느끼고 후에 재생의 기본이 되는 모든 것 즉 눈에 보이는 것의 조형성을 거기에서 발견했다. 그리고 그 눈에 비친 세계의 딱딱한 내부를 입체파의 최초의 악몽 속에서 표현하게 되었다." 고야가 프랑스의 횡포에 대한 민중의 반란을 목격하고 그림을 그린 바로 그 거리에 서서 피카소는 처음으로 빈곤이라는 엄숙한 현실에 혼자서 직면하게 되었다. 고야는 백 년 전에 혁명과 한 시대의 종말을 목격했다. "그(고야)는 두 세기 동안에 걸친 마드리드의 처참한 파산의 모습을 보았다. 18세기는 마지막을 고하고 대신 19세기가 탄생의 신호를 울렸다. 그것에 의해서 고야는 보다 날카로운 통찰력과 일종의 이중의 시력을 획득했다…… . 한편 피카소는 19세기와 20세기가 서로 스치는 길목에서 옛 길을 알았고 그곳에 서서 새로운 길을 발견한 것이다."

심한 추위와 가난했던 겨울이 지나고 봄이 찾아왔을 때 파블로는 성홍열(猩紅熱)을 앓았다. 그 후 겨우 걸을 수 있을 정도로 회복하자 곧 마드리드를 떠나 바르셀로나의 양친이 있는 곳으로 돌아갔다.

마드리드를 떠난 날짜는 정확하게는 알 수 없지만 6월 12일 이전이 아니라는 것은 분명하다. 그가 매년 마드리드에서 개최되는 산 안토니오 제전의 전야제 때 그곳에 있었다는 것을 기억하고 있기 때문이다. 매년 그날 밤 산 안토니오 데 라 후로리다의 성당과 강 사이의 테라스에서는 탕아의 무리가 하룻밤 내내 소란을 피웠다. 이 작은 성당의 천장은 카를로스 4세의 궁녀들을 모델로 해서 고야가 그린 우아하고 유쾌한 천사들로 장식되어 있으며 그 밑에는 고야의 무덤이 있다. 난생 처음으로 가족과 친구와 떨어져서 마드리드의 가혹한 환경과 고독 속에서 보낸 피카소의 생활도 마지막만은 그에게 위대한 선인(先人)을 생각하게 했던 이 제전의 화려한 분위기 속에서 보냈던 것이다.

1898년 여름, 오르다 데 산 후안

바르셀로나에서 파블로는 알라공과의 국경 가까운 지방 출신의 마뉴엘 팔라레스라는 청년과 알게 되었다. 이 청년은 재능이 있는 화가이며 1900년에 피카소와 함께 전람회를 열었다. 파블로의 좋은 친구였으며 그들의 우정은 만년에 이르기까지 오래 계속되었다. 이 팔라레스의 가족은 태양빛으로 구운 벽돌로 만들어진 육중한 교회의 담 주변에 석조 건물이 밀집되어 있는 작은 마을에 살고 있었다. 이 마을의 주변은 풍부한 식물로 덮여 있었으며 어느 곳에서나 관개 시설만 갖추면 곧 훌륭한 채원을 만들 수 있었다. 또한 애브로 계곡을 향해서 완만하게 경사를 이루고 있는 사면(斜面)은 포도와 올리브 나무로 덮여 있었으며 그 한가운데로 불쑥 튀어나온 정상은 고대의 요새의 벽처럼 하늘을 향해 치솟아 있었다. 태양은 강렬하게 내리비쳐서 바위를 황금색으로 반짝이게 했다. 앞에는 큰 개울을, 뒤에는 산을 등지고 있는 오르다 데 산 후안의 마을은 비옥함과 불모의 건조한 땅이 만들어내는 기막힌 대조를 형수(亨受)하고 있었으며 10년 후에 그의 초기 입체파의 풍경화의 테마가 되는 이 자연 환경이 지금 파블로에게는 궁핍과 병으로 괴로움을 받았던 마드리드에서의 상심을 고치는 절호의 장소가 되었다. 피카소는 그곳에서 처음으로 전원이라는 것을 알게 되었고 하나의 다른 사람을 위한 싸움 즉 인간의 엄격함이나 불성실을 적으로 삼는 것은 아니고 무자비하며 예측하기 어려운 자연의 힘을 적으로 하는 싸움을 피부로 느낄 수 있었다. 그러나 이곳에서도 가난은 뿌리 깊게 도사리고 있었다. 살아나가기 위한 유일한 수단인 절약과 쉴새없는 노동이 과묵한 농민들을 키워온 것인데 지금 파블로가 바로 그런 농민이 되어 있었다.

파블로는 이런 건강한 환경에의 변화를 이해했고 즐거움마저 느꼈다. 몹시 농경 기술을 배우고 싶어했던 그는 당나귀에 짐을 싣든가 황소에게 멍에를 씌우는 기술이나 작물의 재배법, 포도주 담그는 법 등에 흥미를 가졌다. '내가 알고 있는 것은 모두 팔라레스의 고향에서 배운 것'이라고 후에 자랑할 정도가 되었다.

오르다를 자기의 고향처럼 느낀 파블로는 예전처럼 건강을 회복한 후에도 오랫동안 그곳에서 머물렀다. 길가에 앉아 있는 농민, 솔과 꽃으로 머리를 장식하고 기타를 뜯는 집시, 농장에서 일하는 남녀의 모습 등을 흐르는 듯한 필치로 그린 그때의 스케치가 많이 남아 있는데 그것은 모두 안정되고 평화로운 생활을 반영하고 있다. 그 중에 매력적인 소녀의 머리 부분을 그리고 화면 아래쪽에 호세타 세파스티아 멘돌라라는 소녀의 이름과 오르다데 에브로 1898년 11월이라는 날짜가 기입되어 있는 것이 있다. 검은 비로드 천으로 만든 대단히 멋진 바지를 팔고 있는 이 근처에 하나뿐인 가게에 파블로가 일부러 몇 번씩이나 간 것도 아마 이 소녀 때문이었을 것이다.

더위에 견디지 못하게 되면 젊은 화가 팔라레스와 파블로는 근처의 농가에서 식량을 구입해 산 위에 있는 동굴로 들어가서 둘만의 고독을 즐기며 송림(松林)의 스케치를 하기도 했다.

바르셀로나로 돌아오다

사바르테스의 말에 의하면 그가 바르셀로나의 구 시내 중심부에 있는 좁은 에스크디리에로 프란코 거리의 1번지에서 피카소를 처음 만났는데 그때가 1899년 초봄이며 피카소가 오르다에서 돌아온 지 얼마 되지 않았을 때라고 한다. 파블로는 젊은 조각가 호세 카르도나 형의 아파트의 작은 방 하나를 아틀리에로 쓰고 있었다. 아파트의 다른 방은 부인용 속옷의 제조 공장으로 사용하고 있었다. 사바르테스에 의하면 "틈이 있을 때 피카소는 구멍 뚫는 기계로 코르셋에 단추 구멍을 내는 것을 재미로 삼고 있었다."라고 한다.

이 좁은 아틀리에에는 발을 디딜 장소가 없을 정도로 캔버스가 싸여 있었는데 그 속에는 마드리드에서 되돌아온 대단히 큰 〈과학과 자애〉는 물론 오르다 데 산 후안에서 팔라레스의 권유로 그린 또 하나의 중요한 작품 〈알라공 풍습〉도 있었다. 이 그림은 현재 완전히 없어지고 말았는데 그 이유는 매우 단순하다. 피카소는 자주 그런 짓을 했지만 그 그림 위에 차례차례로 새 그림을 그렸기 때문이다. 그것은 새로운 캔버스를 사는 비용을 절약할 필요도 있었지만 또 끊임없이 머리에 떠오르는 이미지의 표현에 쫓기어 새 재료를 사러갈 시간까지도 아꼈기 때문이기도 했다. 이 작품은 마드리드에서 3등상을 받았고 마라가에서는 금메달을 획득했다는 것을 알고 있었지만 현재로는 이 그림에 대해서 남아 있는 유일한 증거는 마드리드의 신문에 게재되었던 만화밖에는 없다. 이 만화가는 그 그림에 그려져 있었던 도끼를 쥐고 있는 남자가 옆에 다소곳이 쭈그리고 앉아 있는 여자의 목을 금방이라도 내리칠 듯이 보이는 점을 과장하여 이것이 바로 "알라공 풍습이라는 이름이 붙여지게 된 사연이다."라고 결론을 내렸다.

파블로 피카소가 바르셀로나에서 산 지도 벌써 1년 반 이상이라는 세월이 흘렀다. 그 사이에 수도와 깊숙한 시골과의 대조적인 생활을 경험함으로써 그의 현실 세계에 대한 지식은 더한층 넓어졌다. 그는 이제야말로 본격적으로 제작을 시작하며 전부터 알고 있는 지시인 사이에 파고들어가서 바르셀로나의 근대 운동에 스스로 참가할 때라고 생각했다. 항구 도시 바르셀로나의 쉴새없는 활동은 다시 그에게 무한한 화제를 제공해주었다. 파블로는 이제 바야흐로 낮과 밤을 가리지 않고 활발한 움직임을 보이는 세계의 중심에 살게 된 것이다.

란브라스 거리에서 가게가 시작되는 꽃시장과 카페를 지나 이야기를 주고 받으면서 지나가는 통행인의 끝없는 흐름을 통해서 다시 더 앞으로 나가면 바르셀로나의 차이나타운이 나오게 된다. 이 좁은 거리는 그 이름의 유래가 된 중국 사람은 거의 찾아볼 수 없을 뿐 아니라 반대로 이곳만큼 스페인적인 장소는 달리 없다고 할 수 있다. 이곳에는 잡다한 종류의 필수품과 오락 시설 그리고 유혹의 손이 기다리고 있다. 레스토랑에는 올리브 기름과 마늘 냄새가 섞인 스페인 특유의 냄새가 배여 있었고 목로 주점의 술통을 쌓아올린 천장은 즉흥 가수의 정열적인 목소리와 군데군데 날카롭게 삽입되는 기타의 선율을 반향했다. 밤이 깊어진 후에 문을 여는 카바레는 피아노로 반주되는 대중 노래의 감상에 젖기 위해서 오는 손님으로 순식간에 초만원이 되었고 뮤직홀에서는 짧은 의상에 높은 칼라를 단 처녀나 자수를 한 어깨걸이와 보석류만으로 치장한 스트리퍼가 풋트라이트 가까이에서 괴성을 지르고 몸을 꼬면서 흥분하고 있는 남자 손님을 건드렸다. 그리고 마지막에는 노래도 춤도 없는 조용한 환락가에서 위생상으로는 보장이 없지만 가장 경제적으로 가장 직접적으로 욕망을 충족할 수 있는 순서가 마련되어 있었다.

이러한 방탕하고 불결한 지역이 미술가와 시인을 매료시킨 것은 당연한 일이라 할 수 있는데 그 이유는 그들의 혁명에 대한 정열이 이 지역에 끊임없이 강렬하게 전개되고 있는 야릇한 인생 드라마에 무관심할 수 없었기 때문이었다. 이 지역에서의 지적 풍조도 또한 심하게 움직였다. 그리고 그 중에서도 동지들에게 다음과 같이 설파하는 르시뇨르의 목소리가 더한층 높게 울려퍼졌다.

"인간의 생활 속에서 노골적인 장면이나 비속한 말이 아니라 분방하고 격정적이며 화려한 삶의 모습을 끄집어내자. 영원의 명증성(明證性)을 광기의 역설이라고 번역하자. 이상(異常)과 기괴한 삶을 살자. 신비를 벗삼아 비극에 도달하자. 알지 못하는 것을 알도록 하자. 정신의 변혁과 현실 세계의 불안에 공포의 표현을 불어주고 운명을 예언하자. 바로 거기에 현대 미술의 미의 형식이 있는 것이다. 화려하게 빛남과 동시에 아지랑이에 싸이고 산문적이면서 위대하며 신비적임과 동시에 관능적이며 세련되어 있는 동시에 관능적이며 세련되어 있는 동시에 야만적이며 중세적인 것이 근대적인 것이 오늘날 우리 예술의 미의 형식인 것이다."

인생의 문제에 대한 해결로 주의 깊게 균형을 유지하면서 질서 정연하게 가까이 가는 것보다 오히려 이러한 고통의 길이 선택되었다. 상식과 이성은 그들의 적이었다. 그리고 새로운 예술은 질서의 강렬한 부정에서 생겨난다고 믿었던 그들 카탈루니아의 근대주의적 지식인은 "모든 감각의 혹란

(惑難)"이라는 랭보의 부르짖음에 화답했다. 그러나 그와 동시에 랭보의 모든 기성 가치에 대한 도전과 생활을 뿌리째 개혁하려는 욕구는 이곳에서는 '세기말의 병'이라고 불리어졌던 낭만주의적 향수와 혼동되기 시작했다. 부정과 몰이해에 대한 랭보의 노여움은 공포보다도 오히려 조소의 씨앗이 된 말의 범람 속에 매몰되고 말았다. 원래부터 카탈루니아의 지식인의 마음에 깃들어 있었던 불안은 그들과 그들이 비난하지 않으면 안 된다고 믿었던 몰이해한 사회와의 균열이 점점 깊어져가고 있다는 현실에 뿌리를 두고 있었던 것이다. '저주받은 시인'의 역할은 태어났을 때부터 고뇌를 짊어진 인간과 동시에 딜레탕트에게도 주어진 것이다. 시인이나 방랑의 미술가들은 정치상의 반역자와 굶주린 부랑자를 동시에 택한 것이다.

네 마리의 고양이

1897년 카탈루니아 광장 근처의 좁은 뒷길에 새로운 문예의 중심이 될 목로 주점이 하나 개점되면서 그곳에 서너 점의 유화와 스케치로 된 전람회가 열렸다. 그 전람회를 열었던 화가가 이시도로 노넬이며 이색적인 사람인 페레 로메우가 이 가게를 운영하고 있었다. 이 가게가 네 마리의 고양이를 의미하는 카탈루니아의 말 '에르스 카도레 갓즈'라는 이름으로 후에 유명해진 카바레의 전신이다. 전람회도 목로 주점도 중요한 신기축(新機軸)이었다. 노넬의 작품은 종일 교회의 계단에 웅크리고 앉아 있든가 적선을 받기 위해서 행렬을 짓고 있는 늙은 농부를 그린 〈어리석은 사람들〉이라는 시리즈로 도미에의 영향을 받는 것이었다. 그 사람들의 굶주림과 고된 노동으로 주름살투성이가 가 된 얼굴과 메마른 손이 개점 초에 이 가게를 장식했다는 그 점이 이 가게의 경향을 한마디로 설명해주었고 그 경향 때문에 유명하게 되었다. 그 사람들의 모습은 말하자면 바르셀로나 미술계의 새로운 방향을 상징해주고 있었던 것이다.

이 가게의 주인 페레 로메우는 지식 계급의 친구들의 갖가지 취미가 합쳐진 새로운 가게를 만들 계획으로 시카고, 파리를 비롯한 긴 해외 여행에서 막 돌아온 참이었다. 시카고의 스포츠 센터를 시찰했을 때 그는 새로운 시대의 가능성을 상징하는 자전거에 강한 인상을 받았으며 또 파리에서 몽마

르트르나 라텡 구역의 밤을 견학하고 시인·화가·조각가·극작가·음악
가의 가장 반전통적이면서도 가장 창조적인 정신을 육성하기 위해서 아리
스티드 브류앙의 '검은 고양이'와 같은 카바레를 고향의 마을에다 만들어
보려는 생각을 갖게 되었던 것이다.

　이 목적을 이루기 위해서 그는 무거운 대들보와 양각을 한 돌과 주철 세
공으로 장식된 네오 고딕 양식의 건물을 샀다. 커다란 방은 비어 홀, 카바
레 콘서트 홀로 사용하며 또 미겔 우도리리요(그의 이름은 그가 인지한 아
들 모리스 유도리오 때문에 더욱 유명해졌다)의 인형극이나 그림 연극의
극장으로도 사용할 수 있게 개축했다. 화가 라몬 카사스와 우도리리요와는
미술 잡지 〈페르 이 프로마(연필과 펜)〉 및 〈포르마〉의 공동 편집자였다.
이 가게에서는 조그마한 전람회도 열었다. 처음에는 주로 노넬의 스케치나
카사스의 멋진 스케치 초상화 등이 전람되었다. 큰 홀의 중요한 장식은 카
사스가 제작한 하얀 셔츠와 검은 스타킹 차림의 두 털복숭이의 남자 즉 그
자신과 가게 주인 로메우가 쌍두마차로 달리고 있는 광경을 그린 대벽화
였다.

　"북국의 애호가 여러분을 위한 고딕식 비어 홀, 남국의 호사가 여러분을
위한 안달루시아식 실내 정원을 갖춘 안식처"라는 것이 가게의 선전 문구
였다. 이 가게를 유명하게 한 많은 예술가들은 르시뇨르의 연대 사람들 즉
그의 다정한 친구인 우도리리요, 카사스 그리고 바스크 사람인 화가 스로
아가였다. 피카소는 이 가게의 개점 당시에는 아직 바르셀로나로 돌아와
있지 않았고 그 주도권이 보다 젊은 연대로 옮겨진 후에 그들의 막내로 이
그룹에 참가했다. 그러나 피카소의 재능은 능히 그와 친구 사이의 나이 차
를 메우고도 남음이 있었다. 그래서 곧 친구들은 이미 일가를 이룬 화가들,
그 중에서도 당시 이미 초상화 화가로서 일반에게 인정을 받아 주문이 끊이
지 않고 있었던 카사스의 경쟁 상대로 피카소를 내세웠다. 카사스에 대한
도전으로 미술가나 시인이나 음악가를 그린 피카소의 솔직하고 훌륭한 스
케치가 가게의 벽에 걸렸다. 그 선의 자연스러움, 힘참, 생각지도 않았던
장식 무늬와 얼룩 그리고 흐트러진 붓의 움직임이 여러 모델의 성격을 훌륭
하게 잡아냈고 멋있게 표현하고 있어서 친구들은 모두 탄복하고 말았다.
그들은 피카소가 열 살이나 스무 살 연상의 화가의 노작을 간단히 능가할

수 있는 재능을 가지고 있다는 것을 깨달았다. 그러나 그의 이러한 역량도 아직은 화가 세계 이외에서는 인정되지 않았다.

P. 루이스 피카소라는 서명이 들어 있는 카바레 '네 마리의 고양이'의 포스터가 한 장 남아 있다. 단골 손님인 듯한 풀을 빳빳하게 먹인 스커트를 입은 숙녀들과 프록 코트에 실크 햇 차림의 신사들이 고딕 양식의 탁자 앞에 맥주잔을 들고 앉아 있는 모습을 그린 것으로 어딘지 모르게 월터 크레인을 생각나게 하는 필치이며 배경으로는 영국 작가가 몇 명의 귀부인과 같이 앉아 있는 모습이 그려져 있다. 이 포스터는 보헤미안의 감미로운 꿈과 북방의 느낌을 준다. 당시 노넬의 그림에 나타나기 시작했던 무정부주의적인 리얼리즘과는 전연 닮은 점이 없는 그림이다. 그 후 1902년에 피카소는 대단히 조심성있게 P라고만 서명한 이것보다 훨씬 양식화하지 않은 포스터를 그렸다. 이 그림은 테이블 주위에 앉아서 술을 마시든가 담배를 피우고 있는 이 가게의 단골을 그린 펜화 데생으로 전경에는 헝클어진 검은 머리에 수염은 깎지도 않았고 큰 모자를 쓰고 외투를 입은 피카소가 단장을 지닌 채 앉아 있고 그 뒤에는 슬픔이 깃들어 있는 갸름한 얼굴의 물대가 흰 파이프를 문 페레 메로우를 중심으로 하여 안셀 F. 데 소도와 하이메 사바르테스 그 밖에 두 사람의 화가와 한 마리의 개가 그려져 있다. 그리고 화면 위쪽에 "음료수, 식사 종일 영업합니다."라는 문구가 들어 있다. 이 포스터가 훨씬 더 정확하게 '네 마리의 고양이'와 단골들의 모습을 보여주고 있다. 이 단골들이 좋아하는 옷차림은 프롤레타리아풍의 댄디이즘이었다. 그것은 검은 모자에 폭이 좁은 바지, 보통의 하이 커트의 조끼에 헐렁헐렁한 검은 재킷 스타일로서 당시 노동자의 영웅이었지만 무정부주의 운동가의 복장을 흉내낸 것이었다. 이런 스타일의 피카소를 그린 카사스의 유명한 초상화가 있다. 원래 피카소는 제작에 열중한 나머지 정치에는 별로 관심을 가질 틈도 없었지만 자기를 부르주아 계급과 구별지어주는 이 스타일만은 좋아했다. 어려서부터 민중에 대해 강한 동정심을 품고 있었던 피카소는 자기와 민중을 결부시키며 부자의 탐욕과 허영과 빈자의 비참에 의해서 특징이 지어지는 사회 구조에 불만을 지니고 있는 사람과 사귀기를 바랐다. 그러나 피카소에게는 정치는 다른 세계의 것이며 정치가의 말은 전혀 이해할 수 없는 먼 이방인의 말과 같은 것이었다. 원래 '네 마리의 고양이'의 단골이

설파하는 정치이론은 주로 카탈루니아의 독립 사상에 근거를 두고 있었다. 따라서 그것은 다른 촌에서 온 피카소의 정치에 대한 홍미를 돋우어줄 수는 없었고 피카소의 입장에서 보면 언제나 심한 말을 입에 담고는 있으나 잃어버릴 것이 무엇 하나 없는 르시뇨르와 같은 유복한 호사가가 주장하기 때문에 원래 피카소 자신의 본능적인 욕구와 보다 밀접한 관계가 있을 무정부주의의 교의(敎義)도 성실성이 없는 것만 같았다.

그러나 젊은 무정부주의 작가 하이메 프롯사의 말을 가볍게 넘겨버릴 수는 없었다. '중산계급이나 실리주의자'를 내몰기 위해서 '용감한 예술과 생활에 있어서의 반속주의(反俗主義)'의 필요를 주장한 프롯사는 평론 잡지 〈아베뉴〉의 1893년 1월호에 이렇게 쓰고 있다. "지금이야말로 인간은 자기의 사색에 대한 어떠한 방해도 용서해서는 안 될 때가 왔다. 그리고 개성의 이와 같은 강조 아래서 어떠한 신화도 환상의 것이건 실제의 것이건 또 신의 것이건 인간의 것이건 간에 개성의 절대적 자유를 방해라고 할 수는 없다. 이러한 이론을 어떤 사람은 파괴적이라고 말하나 거기에는 사실 부정적 정신이 과거의 힘을 재편성하며 새롭게 하려는 적극적인 전신과 결합할 수 있는 힘이 있는 것이다." 우리는 이 주장에 대한 피카소의 반향(反響)을 "나의 작품은 파괴의 역사이다."라고 한 '40년 후의 그의 말'에서 들을 수 있다.

1936년 비참한 내란이 발발하여 그들의 이상이 위태로워졌을 때 바르셀로나의 지식인은 강한 신념을 가지고 공화주의자와 운명을 같이 했지만 그 신념의 씨앗은 이미 이와 같은 이론 속에 깃들어 있었다. 피카소가 그때 공화주의자와의 연대를 선언한 것도 역시 이러한 신념 때문이었다. 혁명과 독재와 전쟁이 현실의 것이 되었을 때에는 피카소도 자기가 신주단지처럼 모시고 있었던 독립성을 계속 고집해서 지녀보려고 하지 않았다.

피카소의 지위는 '네 마리의 고양이'의 친구 사이에서 점차 굳어져갔다. 그는 "그는 과묵하지만 대단히 정확하게 판단하는 사람이란 평을 들었고 그와 사귀게 되면 곧 그의 숭배자가 되든가 그렇지 않으면 적이 되었다." 그의 날카로운 위트는 파괴적인 힘을 안으로 간직하고 있는 한편 유머러스한 농담에도 크게 웃는 그이기도 했다. 그와 친하게 사귄 젊은 예술가 중에는 세바스티아 후니엘 비달(그의 초상화를 피카소는 여러 장 그렸다)과 정력적이며 대단한 재능이 있는 노넬과 같은 화가 또 미술 수집가인 카를로스 후니엘, 조각가인 마노로 우게 안셀라 마테오의 페르난데스 데 소도 형제, 이상한 이야기의 작가 레벤도스 시인 하이메 시바르테스, 화가이며 최초의 파리 여행을 그와 같이 하게 되는 카를로스 카사헤마스 등이다.

'네 마리의 고양이'는 겨우 6년 만에 망했다. 그러나 그 사이에 가게는 대단히 유명해졌다. 그리고 이 분위기에 끌려오는 예술가 때문이기도 했지만 동시에 우도리리요가 조작하는 인형극과 알베니스 그라나도스 모레라와 같은 훌륭한 젊은 음악가의 음악회 때문이기도 했다. 1903년 르시뇨르가 파리로 떠난 후 당시 영국 여성(피카소가 그린 그녀의 훌륭한 초상화가 있다)과 결혼했던 가게 주인 페레 로메우는 그 가게를 그만두고 주로 옛날부터 좋아했던 자전거 경주에 열을 올리고 있었다. 그는 모든 사람에게 사랑을 받았지만 생활은 그리 윤택하지 않았으며 수년 후에는 가난 속에서 결핵으로 세상을 떠났다. 그의 시끄러우면서도 멋이 있었던 활동과 파블로 피카소가 청년 시내를 보냈디는 잊을 수 없는 추억이 영원히 사람들의 기억 속에 남게 될 것이다.

이곳에 모인 젊은 예술가들의 강한 정신력은 반드시 육체적인 건강과 비례하고 있는 것만은 아니었다. 멀리 프랑스의 보들레르, 베를레느, 랭보의 예를 알고 있었던 그들은 예술가란 가난과 질병에 고통을 받지 않으면 안 된다는 것을 알고 있었다. 가난이 물론 낯설은 것은 아니었으며 병까지도 당연한 것으로 생각하였고 특히 어딘지 모르게 장난스러운 분위기를 지니고 있는 결핵이나 성병에 걸리는 것을 자랑으로까지 여겼던 것이다. 그들은 결과에 마음을 쓰지 않고 열성적으로 생활했고 그것으로 해서 생기는 의심스러운 대가도 자랑스럽게 받아들였다. 뿐만 아니라 마약까지도 시험해 보았다. 모든 수단을 다해서 필요하다면 무엇이 희생되든 구애받지 않고 오직 상상력의 농도를 높이는 것만이 그들의 목적이었던 것이다.

스케치북

알라공의 국경 지방에서 돌아온 후 피카소는 더욱더 정력적으로 제작을 계속했다. 특히 끊일 줄 모르는 스케치에 대한 의욕은 아침에서 밤까지 그를 흥분의 도가니 속으로 몰아넣었다. 탄복할 정도의 정확성을 가지고 있는 그의 손은 그의 눈의 충실한 해설자였다. 그의 스케치북에는 거리 풍경, 투우, 짐마차의 습작, 부두의 노동자와 선원, 투우사, 거지, 마부, 그리고 카바레, 댄스 홀, 카페, 매춘굴의 스케치 등 믿기 어려울 정도의 풍부한 내용이 담겨져 있다. 풍경이나 거리의 집이나 가게를 그린 스케치는 몇 점 안 되고 나체화도 다소 있으나 가장 많은 것은 친구의 초상이나 캐리커처로 그것도 대체로 자유방종한 털북숭이의 보헤미안들을 힘차면서도 흡사하게 그린 것들이다. 가족의 초상도 수없이 많다. 경대 앞에서 머리를 빗는 모습이나 의자에 앉아서 포즈를 취하고 있는 모습을 따뜻한 애정을 가지고 그린 누이동생의 초상, 키가 크고 수염을 길러 품위있고 우아한 부친의 초상, 또 거울에 비친 자기의 얼굴과 거리에서 친구와 이야기하고 있는 자기 모습의 상상도도 있다. 피카소는 일찍부터 거울에 비친 좌우 반대의 자기 모습을 보는 것만으로는 만족하지 않고 남이 자기를 어떻게 보고 있는지를 알고 싶어서 자신의 모습을 모든 각도에서 연구했다. 그렇게 해서 그는 자기를 알았고 자기를 자유롭게 그릴 수 있게 되었다. 때로 그는 자기를 못난 모습으로 그려보고는 좋아하기도 했다. 이렇게 해서 그의 자존심을 상하게 한 사건을 캐리커처로 웃어넘기고마는 것이었다. 어느 때는 매춘굴의 대기실에서 모자와 단장을 손에 들고 침대 위에 앉아 있는 괴물 같은 뚱쟁이 할멈에게 무엇인가를 변명하고 있는 자기 모습을 파스텔로 그린 일이 있다. 그러나 어째서 그런 일을 했는지는 아무 설명도 써놓지 않았다.

이러한 신변 생활의 재빠른 스케치 이외에 아버지나 아버지의 동료에게서 암시를 받고 그린 고전적 구도법을 연구한 여러 장의 습작이 남아 있지만 피카소는 이러한 주제를 큰 화면으로 고쳐 그려보려고는 하지 않았다. 가령 최후의 만찬과 같은 테마를 그려보려고 한 일이 있지만 그것도 밑그림의 스케치 이상으로는 진전되지 않았다. 피카소의 흥미가 결코 식지 않은 주제는 투우 풍경이었다. 인간과 짐승과의 드라마틱한 움직임, 화려한 색채와 빛과 그늘의 강한 대비, 흥분에 싸인 투우장의 관중, 대단히 작은 공간과 짧은 시간 속에 일상 생활의 행동과 정열과 공포가 양각을 한 보석 세공처럼 담겨져 있다. 이런 투우장의 매력이 피카소를 완전히 사로잡았다. 피카소는 어느 땐가 내게 이렇게 말했다. "모두들 내가 투우를 구경하고 난 후에 그림을 그렸다고 생각하는데 사실은 투우가 시작되기 전날에 그렸지. 그래서 그 그림을 누구에게는 억지로 팔아서 투우장의 입장권을 살 돈을 벌었지."

아직 수입 시대를 완전히 벗어나지 않았던 그 당시의 스케치 중의 몇 점은 당시의 감상적 시대의 분위기를 역력히 보여주고 있다. 예를 들면 다락방에서 병든 아기의 침대 옆에 무릎을 꿇고 앉아 있는 가난한 소녀상이 바로 그것이다. 그러나 이렇게 감상적인 주제도 피카소의 손이 가게 되면 소녀의 포즈에 엄숙함이 감돈다. 가난, 불안, 질병은 피카소에게 있어서는 딴 세상의 이야기가 아니다. 그리고 이런 현실감이야말로 청의 시대의 거지상이나 어린이를 안은 어머니상에 더한층 강렬한 힘을 주게 되는 것이다. 즉 그 당시의 바르셀로나에서 그린 스케치나 유채화를 보며 우리는 피카소가 그 후의 회화 세계를 별안간 획득한 것이 아니고 한발한발 다가섰다는 것을 발견하게 된다. 피카소의 마음을 사로잡은 양식은 낡은 것이든 새로운 것이든 간에 아기데믹한 자가들은 이해하지 못하든가 또는 그들이 경멸한 종류의 것이었다. 벌써 마드리드 시대부터 그는 엘 그레코에 깊은 감명을 받고 있었으며 그 경향은 그레코의 예술에 흥미를 지니고 있었던 르시뇨르나 우도리리요에게 고취(鼓吹)되어서 더한층 강해졌다. 〈노인과 병든 소녀〉와 같은 목탄 데생은 엘 그레코의 길게 잡아당긴 듯한 사지(四肢)와 머리 부분의 영향을 받고 있다는 것을 명백하게 알 수 있다.

미술사가이며 진보적인 평론가이기도 했던 미겔 우도리리요는 이탈리아를 광범하게 여행했으며 고국에서는 카탈루니아의 프리미티프 화가 유게를 발견했다. 피카소가 카탈루니아에 무수히 존재하고 있는 고딕이나 로마네스크 시대의 프레스코 그림이나 채색 조각에 흥미를 갖기 시작한 것은 마침 우도리리요가 이러한 것에 대단히 열중하고 있었던 때였다.

같은 시기에 피카소의 예술에 다시 새로운 영향이 나타났다. 바아의 말에 의하면 스탕달과 툴루즈 로트렉의 영향을 받은 총명한 다작의 작가 카사스는 피카소를 격려하여 피카소가 파리에서 실물을 보기 훨씬 이전에 19세기 프랑스의 이 위대한 선각자들의 영향을 피카소에게 전했다고 한다. 피카소는 또 〈질 브라스〉, 〈스튜디오〉, 〈진프티시므스〉 등의 신문 잡지의 복제로 프랑스, 영국, 독일의 이류화가들을 알았다.

최초의 삽화

1900년 7월 과격한 '근대주의적 카탈루니아'의 조그마한 문학, 과학, 미술 평론지 〈후벤두드(청춘)〉에 피카소의 데생이 처음으로 한 장 게재되었다. 원래 이 잡지에는 삽화를 거의 넣지 않았지만 피카소의 데생은 지금은 대체로 잊혀진 시인 후안 올리바 브리지만의 〈처녀의 절규〉라는 상징시의 삽화로 게재된 것으로 전경에는 육중한 중년 부인과 같은 반나의 처녀가 드러누워 있고 그 위의 아지랑이 속에서 귀골이 장대한 남자가 망령처럼 나타나는 모습이 그려져 있고 P. 루이스 피카소라고 서명되어 있다. 이어서 다음 달 잡지에도 같은 시인의 신작 〈삶이냐 죽음이냐〉에도 피카소의 삽화를 그렸는데 이 그림은 폭풍우에 휘말린 바다를 한 남자가 노 하나를 가지고 배를 저어가는 그림이다. 하나는 상징적이며 하나는 초월적인 이 두 장의 젊은 시절의 데생은 친구인 시인들과 협력해서 그려진 많은 데생 중에 최초의 것이라는 점에 흥미가 있다. 그러나 최초의 시도여서 시가 지니고 있는 감상성에 피카소의 자신의 표현력이 위압을 당한 때문인지는 모르나 두 장 모두 대부분의 사람이 잘 모르고 지나갔다.

다른 평론 잡지 〈카탈루니아 예술〉의 1900년 9월 6일호에 목탄 데생으로 그려진 시인 안토니 브스켓 이픈세트의 초상이 게재되었고 또 수주일 후에는 스리나크 센티에스의 우울한 낭만적인 소설을 위해서 다른 삽화를 그렸다. 이 소설의 제목 〈라 보하(狂女)〉의 글자와 그림은 모두 피카소의 손으로 만들어진 것이다.

피카소의 생활은 여전히 궁핍해서 이러한 삽화로 얻은 수입은 얼마 안 되는 것이었지만 대단히 소중한 것이 되었다. 그러나 피카소는 다른 사람과는 달라서 전연 상업적인 일은 해서 돈을 벌지는 않았다. 다만 우연히 콘데 델 아사르도 거리의 식료품점의 간판 장식을 한 것과 특효약의 포스터를 한 장 그린 일이 기록에 남아 있다. 이 포스터는 임파선증 골격허약증의 절대 확실한 치료제의 광고였는데 앉아 있는 광대 옆에 쇠약한 소녀가 있는 광경이 아름다운 필치로 그려져 뜻하지 않은 매력적인 효과를 올렸다고 한다.

가 우 디

활동적인 친구들과의 교제도 많아졌고, 피카소의 평판도 착실히 높아갔지만 수입은 크게 늘지 않았다. 오히려 생활비가 훨씬 싼 바르셀로나에서까지도 약간의 생활 필수품을 겨우 살 수 있을 정도였다. 피카소는 보다 싸며 친구와 같이 사용할 수 있는 아틀리에를 찾아서 자주 이사를 했다. 카사스나 르시뇨르의 옛 제자로 피카소의 친구였던 라몬 피치요트가 빌리고 있었던 아틀리에 피카소가 들어갔을 때의 이야기가 전해지고 있다. 그 이야기에 의하면 그때 아틀리에는 순식간에 피카소의 화재(畵材)로 가득 차서 친구들이나 집 주인까지도 그의 성급한 제작욕과 당당한 위력에 눌려 말 한마디 못 해서 결국 피카소 한 사람의 아틀리에가 되고 말았다고 한다. 그러나 그때는 모든 것이 뜻대로 되었지만 이러한 이기적인 방법을 좋게 생각해주고 있었던 것만은 아니었다. 그의 완고힘괴 주위 화가의 작업을 무시한 태도는 그의 재능을 시샘하는 사람들에게 많은 불만을 샀던 것이다.

그 후 피카소는 콘테 델 아사르도 거리에 조각가 마테오 페르난데스 데 소도와 공동으로 아틀리에를 빌렸다. 물론 방세의 대부분은 데 소도가 지불했다고 한다. 란브라스 거리의 중심부의 바로 옆에 있는 아사르도 거리의 차이나타운과 접해 있는 곳에 건축가 안토니오 가우디가 설계한 저택이 있다. 이 건물은 그가 10년쯤 전에 그를 열렬히 후원해주었던 패트런 구엘 백작을 위해서 설계한 독특한 건물이다. 가우디는 바르셀로나의 신시가지에 우뚝 솟아 있는 미완성의 거대한 '성가족 교회'를 만든 이색적인 건축가로 유명하며 그 외에도 아파트나 대 저택이나 교회, 공원을 설계했는데 그 건물은 모두 엄격한 고전적 법칙에서 건축을 해방시키려는 의도 아래 설계된 것이다. 건축의 구성이나 장식에 있어서 자연을 그대로 참고해야 한다고 생각한 그는 곧게 뻗은 첨단에서 가지가 퍼진 종려나무나 달팽이의 질서 있는 와동곡선(渦動曲線)을 모델로 해서 대단히 독창적인 형태를 만들어 냈다. 구엘 백작의 저택과 같은 초기의 건축에는 돌과 나무와 철과 모자이크를 자연의 식물 그대로의 모습으로 새기고 주조(鑄造)하고 파내고 비틀은 '아르 누보(신(新) 예술)'식 장식의 두터운 외복(外覆)이 사용되었다.

예를 들면 현관의 방물선장(放物線牀)의 아치는 해초 모양으로 세공한 무거운 주철 세공으로 덮고 또 거실이나 그 위에 있는 음악실은 아래 세상의 시끄러운 거리에서 완전하게 동떨어진 마법의 궁전 같은 분위기를 감돌게 한다. 광선은 창으로 받아들이지만 그 창은 기둥에 가려 안에서는 볼 수 없다. 그것은 마치 베네치아의 궁전이나 이스탄불의 하렘을 생각나게 할 만큼 풍부한 장식에 둘러싸여 있다. 그러나 가우디는 국외로 여행한 일은 한 번도 없으며 이러한 외국 건축의 영향은 패트런을 통해서 또는 좀더 정확하게는 당시 바르셀로나의 지식인 사이에서 애독되었으며 높이 평가된 라스킨을 통해서 틀림없이 받아들여졌을 것으로 생각된다.

피카소는 가우디의 예술을 칭찬했지만 특별하게 깊이 존경한 것은 아니었고 그를 만난 일도 없다. 가우디는 피카소와는 다른 그룹에 속해 있었고 서른 살이나 연상이었다. 그는 경건하다기보다는 완고하다고 말하는 것이 옳은 카톨릭 교도였고 직접 그의 예술과 관계없는 일에 대해서는 극히 인습적인 생각을 하는 사람이었다. 그리고 '네 마리의 고양이'의 그룹과 대립하는 '성누가회'의 일원으로서 '네 마리의 고양이'의 보헤미안들의 무신론적이며 무정부적 경향에 반대하고 있었다. 1900년경 가우디의 평판은 절정에 달해 있었으므로 수입도 늘었으나 반대로 이러한 그의 귀족 숭배주의적 냄새가 당시의 젊은 세대와의 사이를 갈라놓고 있었다. 최근에 이르러서 현대의 가장 진본적 건축가 호세 루이스 세르드가 바르셀로나의 가우디 애호가들에 의해서 위대한 발명가로 재인식되고 있다. 그래서 지금 시점에서 보면 가우디가 당시의 젊은 화가들에게 영향을 주지 못했다는 것이 이상하게 생각될지도 모른다. 그러나 화가는 보통 건축에서가 아니고 그림 자체에서 영향을 받게 되는 것이라는 것을 알아둘 필요가 있다. 오히려 화가가 발견한 양식에서 건축가가 영감을 받는 경우가 많다. 가우디는 아르 누보 양식의 가장 위대한 대표자의 한 사람이었으나 그 아르 누보 양식도 사실은 라스킨에게서부터 그리고 그의 회화관에서부터 출발한 것이었으며 그 후 건축에 있어서의 국제 양식도 큐비즘이나 기하학적 추상화에서 영감을 받고 출발한 것이다. 지금도 바르셀로나의 하늘 높이 치솟고 있는 가우디의 건물은 피카소에게 있어서는 진기한 골동품에 지나지 않았다. 건축가의 문제는 반드시 화가의 문제는 아닌 것이다.

출　발

　세월이 지나고 다시 여름이 지나자 피카소는 바르셀로나의 환경에 다시 한계를 느끼고 일찍이 없었을 정도로 강렬하게 그곳으로부터 도피하고 싶다고 생각했다. 그러나 이 도망에는 쉽지 않은 고난이 앞을 가로막고 있었다. 마드리드를 혼자서 여행한 이래 피카소는 실질적으로 가족에게서 해방되고 있었지만 양친과 누이 동생에게는 전과 다름없는 깊은 애정을 품고 있어서 거의 매일 그들을 만나러 갔고 때로는 같이 식사도 하면서 누이 동생 로라의 모습이나 테이블을 둘러싸고 앉아 있는 집 안의 단란한 모습을 스케치했다. 한편 가족들도 파리에 가면 다시 돌아오지 않은 허다한 화가의 경우를 생각해서 피카소의 외국 여행을 달갑지 않게 생각했다. 더욱 심각한 문제는 출발하게 되면 그만큼 드는 비용을 조달할 힘이 없다는 것이었다. 이세는 피카소의 쉼없는 탐구심을 이해하지 못하고 그것에 따라갈 수 없게 된 중년의 아버지 돈 호세는 아들의 계획을 원조해보려는 생각은 전혀 하지 않고 있었다.

　그런데 피카소의 많은 친구들 중에 젊은 화가 카를로스 카사헤마스가 있었다. 남겨져 있는 굉장한 수의 극화로도 판단할 수 있는 것처럼 이 카사헤마스는 기묘한 풍모의 소유자였다. 마르고 키가 크고 코는 유난히 뾰죽하고 구레나룻을 기른 얼굴을 딱딱하고 높은 칼라 밖으로 내밀고 외투로 단단히 몸을 싼 그가 친구와 나란히 발을 절며 걷고 있는 모습을 그린 스케치가 피카소의 스케치첩 속에 남아 있다. 1900년 초에 피카소는 아사르도 거리의 아틀리에를 철수하고 오르다에서 돌아온 후 통산 세 번째의 아틀리에를 리에라 데 산 후안 거리에서 이 볼품없는 카사헤마스와 같이 빌렸다. 그리고 이 아틀리에의 새하얀 벽이 참을 수 없을 만큼 쓸쓸하다고 느낀 피카소는 가능한 한 편안하고 호화로운 분위기의 아틀리에를 만들기 위해서 그 벽 위에 가구나 그 외에 필요한 것을 그럴 듯하게 그리려고 생각했다. 그리고 곧 호화로운 가구를 필요한 만큼 또 원하고 있는 만큼 그렸다. 서가에는 귀중본이 열을 지었고 찬장, 테이블, 안락의자가 놓여지고 어여쁜 하녀와 급사가 공손히 대기하고 있었다. 탁자 위에는 꽃과 과일이 가득히 놓여져 있었으며 그 옆에는 돈이 제멋대로 흐트러져 있는 이런 식의 그림이었다. 그러나 이러한 호사스러움을 곧 잊어야만 했다. 그 해 10월 피카소와 카사헤마스는 북쪽 나라를 견문하고 정복하기 위해서 여행을 떠나려고 결심했기 때문이다. 아틀리에는 그 후 얼마 안 되서 철거되었다.

카사헤마스는 다른 화가 친구들과는 달리 재산 수입이 있어서 두 사람은 그것을 여비에 보탰다. 그렇게 해서 드디어 바르셀로나를 출발했을 때 피카소는 대단히 흥분되었던 모양이었다. 자기의 재능에 충분한 자신을 갖고 있었던 피카소는 출발 전에 그린 자화상의 머리 위에 "YO EL REY. (나는 왕이다.)"라는 말을 세 번이나 써넣었을 정도였다.

나는 이 두 사람의 출발을 북방에의 출발이라고 썼는데 이것은 1950년 런던에서 피카소가 내게 그에게 있어서 파리는 좀더 북방의 도시 런던으로 가는 길의 단순한 도중 휴게소에 지나지 않았다고 말했기 때문이다. 그가 런던행을 계획한 주된 이유는 영국이라는 나라를 찬미하고 있었기 때문이었다. 그것의 하나는 영국의 가구나 의복에 대해 부친의 취미를 이어받았기 때문이며 또 하나의 이유는 어떤 종류의 영국 회화, 특히 반 존스나 라파엘 전파의 화가 작품의 복제를 보고 그 낭만적인 매력에 끌린 때문이기도 했지만 무엇보다도 큰 이유는 그의 영국 부인관에 있었다. 그는 그녀들의 아름다움과 강인한 성격과 용기를 마음속으로 과대평가하고 있었던 것이다. 일찍이 라 코루냐에 살고 있었을 때 피카소는 존 무어 경의 무덤을 보고 그가 연인 헤스터 스턴호프 부인의 이름을 부르면서 죽었다는 것을 알았다. 그리고 그녀의 전기를 읽고 그때까지 만나본 일이 없는 여자, 자기의 자유를 얻어낸 뒤에 남자의 마음까지도 정복한 여자의 존재를 알았다. 그래서 피카소는 그 정도로 훌륭한 여자를 키워낸 나라는 실제로 조사해볼 필요가 있다고 생각한 것이다. 만일 그의 이런 의도가 끝까지 지켜졌거나 또는 파리의 매력이 좀더 약한 것이었다면 틀림없이 역사는 훨씬 다른 것이 되고 말았을 것이다.

파 리

피카소가 파리에 도착한 것은 열아홉 번째 생일을 맞이하기 이삼 일 전이었다. 이 여행은 그에게 있어서 최초의 외국 여행이며 극히 짧은 기간이었지만 대단히 중요한 의미를 지니고 있다. 왜냐하면 피카소는 그 후 그의 인생의 대부분을 보내게 되는 파리를 이때 처음 알게 되었고 그 첫인상이 오랫동안 지워지지 않은 채 그의 눈에 새겨져 있었기 때문이다. 파리에서는 결국 그 후 10년을 살게 되는 몽마르트르가 우선 최초의 목적지였다. 그 이유는 스스로 자청해서 유랑민이 된 친구들이 이미 그곳에 살고 있었으며 그들과 같이 있으면 말의 부자유가 해소될 뿐 아니라 파리에서 움직이는 데 필요한 조언을 얻을 수 있다는 단순한 생각 때문이었다. 그들은 미술관과 화랑 이외에도 카페나 거리 사정에 능통해 있었다. 그래서 화가 카나르스, 스니엘, 조각가 마노로는 재빨리 피카소를 카페 '라 퓨트'로 데리고 가서 원기왕성하지만 지저분한 예술가들을 소개했다. 언제나 생기가 돌며 기지가 뛰어난 마노로는 젊고 말수가 적은 피카소를 자기의 딸이라고 소개하고는 즐거워했다. 피카소는 맹렬히 항의했으나 그때마다 그의 항변은 더한층 크게 울려퍼지는 박수 갈채 소리에 묻혀버렸다.

피카소가 파리에 와서 거처로 정한 아틀리에는 일이 년 전에 파리에 왔던 노네이가 사용했던 곳으로 몽마르트르 언덕 꼭대기 근처의 좁은 거리에 있었다. 그 좁은 지역은 지금도 특유한 모습과 사투리를 자랑으로 삼고 있으나 당시는 파리에 병합되어 있었으며 쇠크레 쿨르 성당의 회고 큰 건물이 언덕 정상에 세워진 직후여서 그 지역의 독립성을 점점 잃어가고 있을 무렵이었다. 오래된 포도밭과 파헤쳐진 채석장과 움직일 수 없게 된 풍차들이 사라진 것을 대신해서 1900년의 만국 박람회에 모이는 구경꾼과 관광객을 위해서 아파트와 호텔, 카페와 오락장이 언덕 사면을 메울 듯이 세워졌었다. 그러나 아직 몽마르트르 언덕은 거리의 중심을 눈 아래로 내려다보면서 비교적 고립된 모습으로 미술가와 시인의 피난처로, 또 독립을 사랑하고 전통에 얽매이지 않을 이곳의 자유를 즐기는 많은 나라 사람들의 은신처로서 남아 있었다.

따뜻한 가을비에 젖어 반짝이는 길, 포장집에서 일어나는 소음, 돌로 포장된 거리를 철도마차가 달리면서 내는 말발굽 소리 등 파리의 생활은 낮과 밤을 가릴 것 없이 피카소의 마음을 사로잡았고 편안하게 했다. 기후의 차를 빼면 이곳은 바르셀로나나 마드리드의 그것과 다른 점이 없는 것 같지만 그 안에는 변화가 많았고 생명력이 넘쳐흘렀으며 국제적 색채가 풍부했다. 가족의 속박과 시골 생활의 무거운 짐에서 빠져나오기 위해서 바르셀로나를 뛰어나온 피카소는 이 땅에 자기를 발전시키는 분위기가 있다는 것을 깨달았다. 그는 화가로서의 야심을 보다 넓은 의미로 키워주는 사회를 찾고 있었던 때라서 예술의 매카로서 여러 차례 말로만 듣고 있었던 파리의 과거의 실적과 장래의 가능성을 자신의 눈으로 직접 보려고 생각했던 것이다.

미술관을 방문하고 화랑을 돌아보았다. 피카소는 처음으로 앵그르와 들라크로와를 실제로 보았고 인상파와 그 후계자에 대해서 자기 생각도 가질 수 있게 되었다. 그는 드가, 반 고호, 고갱, 툴루즈 로트렉의 그림을 특히 열심히 연구했다. 이 짧은 파리 체류 기간에 많은 친구들과 어울려 즐겁게 지내는 틈틈이 제작한 몇 점의 그림을 보면 피카소가 얼마나 민첩하게 그들의 영향을 흡수했는지를 알 수 있다.

파리에 와서 며칠 후 피카소는 베르트 베일 양이 경영하는 작은 화랑에 갔었다. 그녀는 그로부터 2년 후에 마티스의 최초의 후원자가 된 사람이다. 그는 그곳에서 다행스럽게도 카탈루니아의 실업가 마니야크를 만났다. 마침 데생에 흥미를 갖기 시작해서 화상의 일을 해보려고 생각하고 있었던 이 사람은 젊은 안달루시아 화가 피카소의 재능과 성격에 반해서 매월 150 프랑으로 그 달에 제작한 작품 전부를 사겠다는 계약을 맺었다. 또 피카소는 스페인에서 가져온 투우의 그림 3점을 베일 양에게 파는 데도 성공했다. 그녀도 또한 100프랑에 산 그 그림을 당장 출판업자 오돌프 브리센에게 150프랑으로 팔 수 있어서 충분한 만족을 느꼈다.

마니야크의 경제적 뒷받침은 소액이라고는 하나 피카소에게 있어서는 대단히 귀중한 것이었다. 왜냐하면 그것 때문에 그는 어느 정도 자립을 할 수 있었으며 자기가 원할 때는 언제나 스페인으로 돌아갈 수 있기 때문이다.

마니야크의 경제적 뒷받침은 소액이라고는 하나 피카소에게 있어서는 대단히 귀중한 것이었다. 왜냐하면 그것 때문에 그는 어느 정도 자립을 할 수 있었으며 자기가 원할 때는 언제나 스페인으로 돌아갈 수 있기 때문이다. 그런데 파리로 오기 전에 피카소는 주변의 화려하고 아름다운 환락 생활을 서너 점 그렸다. 그 중에서 캉캉 춤과 그것보다 좀더 중요한 〈르 물랭 드 라 갈레트〉의 두 점에서는 툴루즈 로트렉의 영향을 엿볼 수 있다. 이와 같은

르 물랭 드 라 갈레트 1900년 油 90×116

주제는 로트렉의 전문 분야였기 때문에 피카소가 정열을 기울여 그린 장면
은 그의 마력의 영향을 받지 않고 그리기란 지극히 어려운 일이었을 것
이다. 〈르 물랭 드 라 갈레트〉는 인상파의 흐름에 속하는 작품이다. 이 그
림은 무용수들과 커다란 꽃처럼 생긴 모자를 쓴 숙녀들로 만원을 이룬 무도
회 장면이 흐르는 듯한 필치로 마치 아름다운 색무늬를 펼쳐나가듯 그려져
있다. 꽃다발 모양의 가스 램프는 말할 것도 없고 무용수 가운데 잘 손질된
실크 모자까지도 광원(光原)처럼 빛을 발하고 있다. 피카소는 '빛의 화가'
의 테크닉을 단숨에 관찰하고 이해했으며 그 양식을 곧 자기의 것으로 만들
어버린 것이다.

마라가에서의 새해

　1900년 12월 확실한 이유는 알 수 없으나 어쨌든 피카소는 별안간 파리를
떠나 스페인으로 돌아왔다. 피카소는 친구 카사헤마스의 실연이 주된 원인
이었다고 말했다. 파리에 도착하자마자 카사헤마스는 어느 처녀를 사랑
했다. 그러나 그의 많은 노력에도 불구하고 처녀는 조금도 관심을 보여주
지 않았다. 이 친구를 위로할 만한 것은 안달루시아의 강렬한 태양 이외에

는 없다고 생각한 피카소는 친구를 부추겨 길을 떠났다. 12월 30일 두 사람은 마라가에 도착했다.

그러나 온 가족이 모여서 지내는 신년 축하연도 친구의 상심을 달래주지 못했다. 처음부터 마라가에서는 모든 것이 잘 풀리지 않았다. 우선 '드레스 나시오네스'라는 여인숙 주인이 머리를 길게 기른 괴상한 모양의 이 두 보헤미안에게 놀라서 숙박을 허락하지 않았다. 그래서 피카소는 근처에 살고 있는 백모에게 부탁하여 백모가 보증인이 되어 여인숙 주인의 동의를 얻어내는 굴욕을 견뎌내야만 했다. 다음 타격은 피카소의 숙부 사르바돌에게 옷차림에 대해서 심하게 꾸중을 들은 일이었다. 길어진 머리와 상식을 벗어난 미술학도의 모자에 숙부는 질색을 하지 않을 수 없었다. 피카소는 가족들이 생각하고 있는 인습적인 세상살이와 피카소가 자기 마음속에 그리고 있는 생활 양식 사이에 영원히 좁혀질 수 없는 커다란 틈이 생겨난 것을 뼈저리게 느끼게 되었다. 부친의 태도에도 이 이상은 이해해주려고 노력하는 눈치를 찾아볼 수 없었다. 돈 호세는 아들에게 환멸을 느꼈다. 그는 아들이 이제는 완전히 자기 곁을 떠나 자기의 충고는 전혀 받아들이지 않을 것이라고 생각했다. 돈 호세의 부친으로서의 역할은 완전히 끝났다. 그에게는 이제 환멸과 비탄으로 날을 지새는 노년만이 남아 있을 뿐이었다.

더구나 마지막으로 결정적인 타격을 그에게 준 것은 카사헤마스의 행동이었다. 그는 어둠침침한 목로 주점에서 찾아낼 수 없는 위안을 찾아서 몸을 파묻고 한시도 술병을 손에서 놓으려고 하지 않았을 뿐만 아니라 결국 자살의 파국으로까지 몰고갔다.

마라가에 도착해서 이주일이 지나도 이러한 사태는 조금도 호전되지 않았고 그러리라는 희망마저도 느낄 수 없었다. 마라가는 이제 매력을 잃었고 즐거웠던 옛날의 기억도 퇴색해버리고 말았다. 결국 피카소는 다시 마드리드행 기차를 타지 않을 수 없었다.

그러나 피카소는 이러한 짧고도 불만스러웠던 마라가 체류 기간에도 시간을 마련해서 그림을 그렸다. 이것은 6개월 후에 〈페르 이 프로마〉 지에 게재되니 어느 목로 주점에서 칸테 온도의 춤 노래를 듣고 있는 농부를 그린 목탄 데생으로 확실하게 알 수 있다. 그가 카사헤마스와 헤어진 것도 이집이었다. 그는 친구가 기타의 음색에 매료되어서 결국엔 자살을 포기해주

기를 바랐다. 그러나 그 어떤 것이라도 카사헤마스의 마음을 바꿔놓을 수
는 없었다. 지워버릴 수 없는 고민에 몸과 마음을 빼앗긴 카사헤마스는 파
리로 돌아가 어느 카페에서 자살을 함으로써 모든 것을 청산했다. 그 이외
에 그의 마음을 괴롭혀온 실연의 비극을 끝내는 방법을 끝내 발견하지 못했
던 것이다.

피카소가 이 시기에 어째서 이렇게 침착하지 못했는지의 이유를 사바르
테스는 이렇게 설명했다. 그가 별안간 파리를 떠나게 된 것을 카사헤마스
의 일도 있었고 크리스마스까지는 집으로 돌아온다는 약속도 있어서였지만
그것보다도 어디선가 얼마 동안 안정하고 싶다는 마음 때문이었고 바르셀
로나나 마라가나 마드리드라면 그 마음이 충족되리라고 생각했기 때문이
었다. 당시의 피카소에게 파리는 아직 잠시 여행할 장소에 불과했고 정착
할 장소로서는 너무 이질적이며 먼 곳처럼 생각되었다. 그래서 우선 기후
와 추억이 그를 마라가로 돌아오게 한 것이다. 그리고 이제는 마드리드가
전에 방문했을 때보다도 유망해졌는지 어떤지를 보려고 그곳으로 가게 된
것이라고 한다. 그러나 그 동기가 어쨌든 간에 결과는 확실해졌다. 피카소
는 그때 가족과 헤어진 후 다시는 마라가로 돌아가지 않았다.

마드리드에서의 〈젊은 예술〉

다시 마드리드로 돌아오게 된 피카소는 이제는 단순한 미술학도가 아니
라 이미 파리에 갔다왔다는 이유 때문에 친구들 사이에서 존경을 받게 되
었다. 그곳에서 바르셀로나 이래의 친구 프란시스코 데 아시스 소렐과 함
께 짧은 기간이지만 문학 운동에 열중했다. 소렐이 문학 관계의 편집을 책
임맡고 피카소가 미술 관계의 편집자가 되어서 잡지 〈아르테 호벤(젊은 예
술)〉을 간행한 것이다. 이 잡지의 창간호는 1901년 3월 10일에 발행되었으
며 그 첫페이지에는 〈젊은 예술〉은 성실한 잡지가 되겠다는 권두언이 실려
있었다. 다행스럽게도 소렐은 부친이 발명한 만병 치료기 '전기 벨트'의 특
허권을 상속받고 있었다. 그런데 이 특허료는 잡지를 발행하기에는 충분했
으나 그것을 지속시킬 만한 자금으로는 약간 부족했다. 같은 해 6월 공동
편집을 하게 되는 새로운 잡지 〈마드리드 예술 노트〉의 예고 기사를 피카소

의 데생을 넣어서 싣고는 이 〈젊은 예술〉은 폐간되었다. 그리고 아깝게도 이 새로운 출판은 실현되지 않았다. 왜냐하면 그때 자금이 없어져서 피카소는 단념하고 바르셀로나로 돌아오고 말았기 때문이다. 바르셀로나로 돌아온 피카소는 약속한 그림을 수개월간이나 전혀 받지 못했다는 마니야크의 재촉에 응해서 곧 다시 파리로 떠나게 되었다.

단지 다섯 권밖에 발행되지 않았지만 이 〈젊은 예술〉에는 피카소가 지난해 가을에 파리에서 수없이 그린 스케치와 그 이후의 스케치가 거의 모든 페이지마다 삽입되었었다. 이것은 모두 벨라스케스풍이나 툴루즈 로트렉풍이었다. 그 중에 목탄으로 된 두 장의 자화상이 있는데 이것은 모두 머리를 길게 기르고 굶주려 마른 모습이나 두 손을 호주머니에 찔러넣은 채 슬프고 의아스러운 눈길로 정면을 보고 있는 그림이다.

결국 성공하지 못했지만 〈젊은 예술〉의 참된 목적은 카탈루니아의 근대주의 운동을 마드리드에 이식시키는 데 있었다고 말할 수 있다. 바르셀로나의 〈페르 이 프로마〉 지가 미겔 우도리리요의 생각으로 역시 미술 편집과 카사스의 삽화를 풍부하게 게재한 것을 본딴 것이다. 그러나 젊은 근대주의자들에게 대단한 존경을 받고 있었던 카사스의 빈틈없는 초화상도 그의 젊은 경쟁자 피카소의 초상에 비하면 인습적인 구석을 면할 수 없었다. 〈젊은 예술〉의 삽화의 제재는 대단히 다채로웠다. 마치 음모라도 꾸미고 있는 듯이 서서 이야기하고 있는 친구들의 모습을 빠른 붓솜씨로 그린 데생이나 시인 피오 바로하의 식후의 이야기를 듣고 있는 청중의 캐리커처도 있었고 털목도리를 두른 치장한 상류 사회의 부인과 집시 처녀와 농부들이 지나다니는 거리와 카페 풍경도 있었다. 거기에 그려진 여자들도 머리를 꽃으로 장식한 라파엘전파풍의 이상화된 처녀에서 어깨에 숄을 걸치고 누추한 문에 서 있는 사실적인 창녀들에 이르기까지 참으로 다양했다.

이 잡지의 편집자는 모두 카탈루니아와 밀접한 연관을 갖고 있었다. 여기에는 카탈루니아 말로 된 번역으로 많은 사람에게 깊은 존경을 받고 있는 시인이며 화가인 르시뇨르가 마당을 산보하고 있는 광경을 그린 피카소의 삽화와 함께 게재되었다. 전체를 통해서 이 잡지의 경향은 극히 혁신적이었다. 카탈루니아에서 보내오는 원고는 물론 미겔 우나무노와 같은 작가의 기고도 있었다. 예를 들면 라몬 레벤도스의 마드리드 지식인 앞으로 보내는 서한이나 '법률 무용론'을 슬로건으로 투표의 기권을 호소한 마르티네스 루이스의 허무주의적 경향의 논설도 실렸다. 이렇게 해서 〈젊은 예술〉은 이상주의와 격렬함을 깃발로 내걸고 새로운 세대가 일어날 것을 선언했던 것이다.

바르셀로나 사라 파레스에서의 개인전

바르셀로나 사람들은 2년 전에 피카소의 재능과 강한 개성에서 받은 감명을 아직 잊고 있지 않았다. 그리고 그가 다시 나타난 후의 수일간 이야기를 사바르테스는 생생하게 다음과 같이 말했다. "그는 얼마 동안 자기 집에서 조용히 지냈다. 그 사이에도 기회만 있으면 카탈루니아의 친구들을 사로잡아 친구들은 그저 멍하니 그의 이야기에 귀를 기울일 뿐이었다. 얼마 후에 란브라스 거리 일대를 나다니게 되었고 우리와 잡담을 하든가 새로운 계획에 관한 이야기를 들려주었다. 그리고 마치 불꽃을 하늘 높이 쏘아올리듯이 끝이 없고 다채로운 구상을 펼쳐놓아 우리의 기대에 새로운 가능성을 엿볼 수 있게 해주었다."

한 달이 채 못 되었지만 마치 화약의 폭발처럼 짧으면서 정력에 넘쳐흘렀던 체류 기간에 그의 친구인 〈페르 이 프로마〉 지의 편집자들은 새로운 미술 운동을 위해 마련된 커다란 회장 사라 파레스에서 피카소의 전람회를 개최했다. 출품작은 모두 파스텔 그림으로 대부분은 파리나 마드리드에서 가져온 것이었다. 다음 6월 새로운 세대의 대표자 미겔 우도리리요는 〈페르 이 프로마〉 지에 '핀셀'이란 이름으로 열렬한 피카소론을 썼다. 이 글에는 라몬 카사스가 그린 피카소의 초상이 붙어 있었는데 우도리리요에 의하면 이 초상은 젊은 피카소의 개성을 정확하게 포착한 그림이라는 것이었다. 피카소는 이 그림에서 몽마르트르 언덕의 능선을 배경으로 서 있었다. "몽마르트르의 불순한 기후 아래 색이 바랜 커다란 파베로 모자(칠면조를 기르는 사람이 쓰는 모자)를 쓰고 자제심을 잃지 않은 남국 사람의 독특하고 날카로운 눈으로 응시하고 있는 얼굴에는 프랑스 사람들이 '작은 고야'라고 별명을 붙였던 피카소의 개성이 너무도 잘 나타나고 있다. 또 그는 피카소가 날로 쇠퇴해가고 있는 '작열과 건포도의 나라'의 영향을 떠나고 바르셀로나의 미술 학교의 교훈도 포기한 것은 현명한 일이었다고 말했다. 그리고 계속해서 다음과 같이 썼다. "피카소의 예술은 대단히 젊다. 그의 예술은 현대 청년이 젊기 때문에 범하는 약점에 단 한 치의 동정도 용서하지 않는 관찰, 정신, 추악함 속에서까지 아름다움을 발견하는 관찰 정신의 대변자이다. 더구나 그는 그것을 기억해두었다가 코의 모양을 그리는 그런 유형의 데생가는 아니며 눈앞에 있기 때문에 그것을 그릴 수 있다는 솔직한 태도로 종이 위에 그리는 것이다." 이어서 우도리리요는 피카소가 마드리드에서 그린 작품과 파리의 매력을 논하면서 마지막을 다음과 같이 매듭지었다. "파리는 그 경솔하고 천박한 생활 때문에 수시로 비난을 받고 있다는 것을 충분히 알고 있으면서도 피카소는 다시 한 번 가고 싶었다. 피카소는 최초의 방문 때처럼 화려한 꿈을 실현하기 위해서가 아니라 모든 예술이 더 한층 풍요한 꽃을 확실하게 꽃피게 하는 이 예술의 중심지에서 무엇인가를 배우겠다는 열렬한 기대를 지니고 파리로 떠났다." 우도리리요의 이 평론이 발표되었을 때 피카소는 이미 파리에서 거처를 정하고 있었으며 그의 새로운 시대는 시작되고 있었다.

사라 파레스에서 열렸던 파스텔 전람회는 '네 마리의 고양이'를 중심으로 해서 모이고 있었던 소수의 예술가 사이에서는 대단한 호평을 받았다. 그 대부분은 경쾌하며 시원한 필치와 속 깊이 빛을 간직하고 있는 색채에 의해서 특징이 지어지고 있었다. 그러나 특히 로트렉의 영향을 생각나게 하는 농후한 세기말적 분위기가 화면 전체에 깔려 있어서 자칫하면 그 풍부한 테크닉 속에 감추어져 있는 교묘함과 독창성을 찾아내지 못하는 수가 있다. 확실히 무대에 등장해서 풋트라이트 앞에 서서 인사하고 있는 가수를 정면에서 그린 작품(피카소 미술관 소장)에서는 그 배경 묘사와 구도와 분위기에서 로트렉과 더불어 드가를 생각나게 하는 것은 사실이지만 착색하지 않고 그대로 바탕의 쥐색을 살린 가수의 장갑 묘사에서는 장래 수없이 많은 발명을 하게 될 피카소의 창의의 단편을 확실하게 엿볼 수 있다. 이러한 작품의 색채는 대부분 하나의 광원에 비쳐져서 놀라울 만한 반짝임을 나타내고 있다. 〈거울 앞의 소녀〉에서는 거울이 광원이 되어 있고 현란하게 반짝이는 파란빛이 화면 전체를 뒤덮고 있으며 연인들이 마치 하나의 나무 기둥처럼 얼싸안고 있는 〈포옹〉에서는 처녀의 블라우스의 타는 듯한 빨간

색이 화면 전체를 비쳐주고 있다.

이 일련의 파스텔화는 대부분 P.R Picasso라고 서명되어 있다. 사실 마침 그 무렵부터 부친의 성에 모친의 성을 붙이는 스페인식 서명법을 따르지 않고 스페인에서는 그리 이상하지 않은 이름인 Ruiz를 생략하고 좀 색다른 이름인 Picass라는 어머니 쪽 성만을 사용하기로 했었다. 그리고 동시에 이 선택은 부친의 마음과 그 이상으로 숙부 사르바돌의 마음에 대한 피카소의 무관심의 표시이기도 했다. 이 두 사람은 전혀 이유가 없었던 것은 아니지만 루이스가를 자랑으로 여겼고 기회있을 때마다 그 이름을 더욱 높이려고 했었던 것에 반해서 피카소의 마음이 모친 쪽으로 기운 것은 오히려 당연했다고 할 수 있다. 그는 조그마하면서도 곱게 균형이 잡힌 민첩한 신체와 검은 눈동자를 모친에게서 이어받았고 더욱 그의 감각의 충실한 사자로 적당한 대단히 섬세하며 감수성이 강하고 창조력이 풍부하며 여성적인 것 같으면서 남성적인 손을 모친에게서 물려받았다. 아들의 비범한 재능을 부친이나 숙부보다 더욱 예민하게 간파하고 있었던 어머니는 아들에게 조언하든가 아들을 치켜세우는 일은 삼가했지만 인내와 이해 속에서 아들이 무엇을 계획하고 있으며 설사 그것이 미친 짓이나 다름이 없게 보여졌던 때에도 그가 언제나 옳다는 것을 아들이 틀림없이 증명하리라는 강한 확신을 지니고 있었다. 피카소가 다시 쫓기듯이 파리로 떠나려고 했을 때에도 적어도 그녀만은 한마디도 반대하지 않았다.

제3장 청의 시대(1901~1904)

두 번째의 파리

피카소는 1901년 봄에 다시 파리를 방문했으나 그 정확한 날짜에 대해서는 약간의 혼란이 있다. 친구 하이메 안드레이 본손과 둘이 플랫폼에 내린 순간을 그린 피카소의 스케치를 보면 이른 봄이었다는 것을 알 수 있다. 〈자화상〉이라고 이름붙인 이 그림의 배경으로는 사람의 왕래가 많은 육교

자화상
1901년
펜과 크레용
18×11

푸른 방
1901년
油
51×62

와 에펠 탑 그리고 마침 그곳을 지나가는 파리의 여성이 그려져 있고 전경
에는 바둑 무늬의 모자를 쓰고 가방을 손에 든 벅수염을 기른 본손과 화판
을 겨드랑에 끼고 단장을 손에 든 피카소가 그려져 있다. 그리고 이 두 사
람은 외투로 완전히——특히 피카소는 검은 모자를 쓰고 있어서 우리가
눈으로 볼 수 있는 것은 그의 눈과 헝클어진 검은 머리뿐이다——몸을 싸
고 있어서 아직 추웠을 때라는 것만은 확실하다.

화판 속에는 마니야크에게 건네줄 스케치가 들어 있었다. 그는 마니야크
에게 약속을 지키지 못했다는 변명의 편지를 쓰는 것보다는 매달 받을 수
있는 150프랑을 자기 그림과 직접 교환하는 것이 좋다고 생각했던 것이다.
마니야크는 자기가 찾아낸 이 젊은이가 다시 나타난 것을 보고 몹시 기뻐했
으며 피카소에게 쿠리시 거리 130번지에 있는 작은 집을 같이 쓰면 어떻겠
느냐고 제의했다. 이 집은 아파트의 맨 위층에 방이 두 개가 있는 집으로
창에서 남쪽을 내다보면 큰 거리 저편으로 플라타너스의 가로수가 보였다.
피카소는 보다 큰 쪽 방에서 수개월을 살았다.

사바르테스의 설명과 또 피카소의 두 장의 유채화 때문에 그 방의 내부와
창에서 내다보이는 전망이 어떠했는지를 상세하게 알 수 있다. 〈쿠리시 큰
거리〉의 이름으로 알려져 있는 유채화는 자유로운 기법의 인상파 스타일로
두우에 거리 쪽에 석양을 받고 서 있는 고층 건물과 큰 거리의 가로수 아래

를 산보하고 있는 몇 쌍의 남녀 모습이 작게 그려져 있다. 이와같이 아래쪽 큰 거리는 활기에 차 있으나 그것에 반해서 다락방으로 되어 있는 피카소의 방은 대단히 좁았다는 것을 또 하나의 다른 그림을 보면 알 수 있다.

그것은 화면 전체가 푸르스름해서 〈푸른 방〉이라고 불리어지고 있는데 벽, 목욕통, 물병, 가구류, 침대 커버의 위의 그림자 부분, 창의 주위 부분이 모두 파랗다. 이것을 보고도 알 수 있듯이 이 방은 아틀리에인 동시에 거실이며 침실이며 목욕실이었고 언제나 모델이나 친구들이 몰려와서는 묵고 가는 공동 휴식처이기도 했다. 침대 위의 벽에는 바다의 풍경화와 툴루즈 로트렉의 무용수 메이 밀튼의 포스터를 충실하게 묘사한 유채화가 걸려 있었고 둥근 테이블에는 꽃병이 놓여 있었다. 그러나 사바르테스가 설명했던 두 개의 의자는 이 그림에서는 찾아볼 수 없으며 또 그가 말한 만큼 어지러져 있지도 않다. 사바르테스의 말대로라면 모든 가구는 이 칠층의 방으로 옮겨진 상태대로 방치되어 있어야 했고 테이블 위에는 식사 때마다 장소를 장만해야 하므로 그때마다 마룻바닥에 놓여지는 물건이 늘어났고 벽에는 차례차례로 그림이 열을 지우고 있어야 하는데 그러한 상태를 피카소의 그림에서는 찾아볼 수가 없다. 그래서 생각할 수 있는 것은 이 그림을 사바르테스가 말한 대로 엉망으로 어지럽히기 전에 그려진 것이든가 그렇지 않으면 그의 많은 작품에서 찾아볼 수 있는 화면의 정리 감각이 이 그림에서도 현실의 난잡성을 억눌러버렸든가 일 것이다.

사실 확실하게 정리된 완전함보다는 난잡한 무질서 쪽이 피카소의 관념을 발전시키기에는 좋은 장소였다. 정돈된 방에서는 평형을 깨는 불안정이라는 것이 없다. 물체가 그 있어야 할 장소에 놓여져 있으면 독립성을 잃고 장식으로서의 기능 혹은 실용적 기능 속에 포함되고 만다. 그러나 간혹 불안전한 상태에 놓여진 물체는 더한층 강하게 우리의 주의를 불러일으키고 우리에게 그 뜻을 일깨워준다. 많은 사람에게는 단정하지 못한 상태라고 느껴지는 것이 주의 깊은 눈에는 오히려 플러스가 되는 예가 있다. 일찍이 라 보에시 거리의 아틀리에로 피카소를 방문했을 때 내가 난로 위에 걸려 있는 르느와르의 큰 그림이 기울어져 있는 것을 발견했다. 그러나 피카소는 태연하게 이렇게 말했다.

"그쪽이 더 좋아요. 대체로 그림의 효과를 죽이려고 생각한다면 그림을 벽에 정확하게 걸기만 하면 되는 거야. 그렇게 하면 그림은 없어지고 테만 남게 되지. 그림을 불안정한 상태로 놔둘수록 좋은 거야."

1901년 6월, 보랄 화랑에서의 개인전

이 젊은 천재 피카소를 라피트 거리에 가게를 가지고 있던 화상 보랄에게 처음으로 소개한 사람은 마니야크이다. 보랄은 당시 비교적 진보적인 그림을 전시하는 화랑가였으며 이미 2년 전에 피카소의 동향 선배 노넬의 개인전을 열었었다. 이 앙브로와즈 보랄은 라 레유니옹 섬 태생의 화상으로서 당시 유명한 화가와의 교제가 많았으며 자주 그들의 작품을 처음으로 일반에게 소개해서 이름이 난 사람이다. 그는 세잔의 후원자로 가장 널리 알려져 있으나 그 외에도 그의 술 저장소로 안내되어 이국적인 요리와 미주로 환대받은 예술가로는 드가, 르느와르, 오디롱, 르동, 고갱, 보랄, 로댕 등이 있다. 더욱이 그의 긴 생애에 걸친 활동 범위는 조형 미술에만 한정된 것이 아니었다. 유럽 여러 나라와 미국의 저명한 예술 애호가는 물론 말라르메, 졸라, 알프레드 쟈리, 아폴리넬과 같은 작가와 시인들도 그의 손님이 되기도 했다.

보랄은 바르셀로나를 방문했을 때 그의 공장까지도 찾아가본 일이 있는 친구 마니야크가 자기 가게에 왔을 때의 상황을 그의 회상기에서 이렇게 말하고 있다. 그때 마니야크는 '외견상 그럴 듯하게 멋을 낸' 처음 보는 스페인의 젊은이를 데리고 왔다고 했다. 그 청년 즉 피카소는 아직 열여덟이라고 하는데(이렇게 보랄은 쓰고 있다) 이미 백여 점의 그림을 그렸으며 그것을 전람할 생각으로 가지고 왔다고 쓰고 있다. 보랄은 그 작품을 보자 평소의 조심성도 잊어버리고 당장에 전람회를 마련해줄 것을 승낙했다. 그러나 보랄의 가게에서 개최하는 전람회는 대체로 호평을 받는 법인데 피카소의 경우는 실패로 끝났다.

"피카소의 그림은 오랫동안 일반 대중에게서 인정을 받지 못했다……. 내가 가게에 진열한 그 많은 그의 그림은 지금 같으면 누구라도 없어서 못 살 정도로 탐을 내는 것이었다. 그러나 그 당시는 액자의 쐐기값도 되지 않았다."고 보랄은 썼었다.

　보랄의 화랑에서의 전람회는 1901년 6월 24일에 열렸었는데 피카소보다 거의 스물이나 연상의 바스크 출신의 재주없는 화가 이토리노와의 이인전이었다. 안내장의 인쇄에 있어서도 이토리노의 이름을 먼저 써넣었다. 그러나 피카소의 75점의 작품은 〈라 가제트 달〉 지의 평론가 페리시앙 파규에 의해서 인정을 받았다.

　"피카소야말로 참으로 진정한 화가이다. 그의 물체의 본질을 꿰뚫어보는 힘이 그것을 충분히 입증해주고 있다."

　또한 파규는 놀라웁게도 이렇게 말했다.

　"참된 예술가는 모두 그렇지만 피카소도 색 그 자체를 열렬히 사랑하며 모든 것이 그 자신의 색을 지니고 있다는 것을 알고 있다. 그는 또 모든 주제를 사랑하며 모든 것이 그의 주제가 되었다. 꽃병 가득히 피어 있는 꽃, 아무것도 꽂혀 있지 않은 화병, 그것을 놓아둔 테이블, 더욱이 광채가 있는 주위 분위기, 신록을 등에 진 여러 색채의 빛이 있는 경기장의 모래, 부인의 나체…… 또 피카소가 독자적으로 발견한 주제도 있다. 가령 세 사람의 춤추고 있는 여자로 녹색의 짧은 스커트와 풀을 먹인 어린이용 페티코트 처럼 몸에 찰싹 달라붙은 흰 셔츠, 노란색과 흰 부인용 모자 등……. 이와같이 피카소에 있어서는 하나의 주제 속의 여러 구성 요소가 또한 하나하나의 주제이며 모든 것이 화면에 번역할 가치가 있는 것이다. 사실 그는 슬랭이건 곤고리즘──이것도 또 하나의 슬랭과 같은 것이지만──이건 옆사람의 사전이건 간에 상관없이 번역해버리고 만다. 피카소의 그림에는 과거 스페인 거장의 영향 이외에 들라크로와, 마네, 모네, 반 고호, 피사로, 툴루즈 로트렉, 드가, 포랭, 로프 그 이외에도 다른 화가의 영향도 찾아볼 수 있으나 그러한 것을 한번 받아들였다가는 곧 잊어버리고 마는 일시적인 영향이다. 확실히 그의 내부에서 우러나오는 정열의 물결은 아직 자기의 개성적 양식을 훌륭하게 만들어낼 만한 시간적 여유를 그에게 주고 있지 않다. 그러나 그의 정열과 청년다운 성급한 이 자발성이야말로(그는 아직 이십 세도 체 안 되었는데 하루에 세 장의 캔버스를 소모한다고 한다) 그의 개성이라 할 수 없다. 이러한 도에 넘치는 격렬함 속에 그를 위해서는 위험이 있다는 것을 부정할 수 없다. 왜냐하면 그것은 쉽게 경박한 재주로 끝나버릴 수 있기 때문이다. 폭력과 에너지가 별개의 것인 것처럼 다산과 풍요

또한 별개의 것이다. 피카소의 그림이 현재 이처럼 놀라울 만한 활력에 넘쳐 있는 만큼 만일 그렇게 되버린다면 그것은 참으로 슬픈 일이라 할 수 없다.”

파규는 이와같이 열렬한 찬사를 보내면서 자기가 가장 잘 알며 또 가장 좋아하는 감상법, 즉 인상파의 견지에서 피카소의 예술을 논하였다. 실제로 꽃 하나하나가 ‘빛이 있는 공기’에 ‘빛의 화가’가 소중히 여기는 분위기의 표현에 대한 그의 사랑을 이야기하고 있는 것이다. 파규가 지적하고 있는 것처럼 확실히 피카소의 그늘은 투명한 푸른색의 미묘한 조화에 의해서 만들어지고 있다. 그러나 동시에 이것도 파규가 인정하고 있는 것이지만 피카소는 색 그 자체를 사랑하며 ‘모든 것을 그 자체의 색을 지니고 있다’는 것을 강조하고 있다. 롱상의 푸른 잔디와 부인의 빨간 블라우스는 각각 생생한 광채가 나는 색반(色班)이어서 그것에서부터 그림 전체에 퍼지는 고유의 빛이 나오고 있다. 이래서 우리는 피카소가 모네의 몽롱하고 깊이 있는 색보다는 오히려 고호나 고갱이 발견한 색을 택하고 있다는 것을 알 수 있는 것이다.

피카소는 여러 가지 기법을 열심히 받아들여서 그 하나하나를 자기 방법으로 개발해나갔다. 1901년 작의 〈꼬마 무용수〉에서는 점묘파를 연상시킬 만큼 세밀한 색점에 의한 채색법을 사용했으나 그것은 쇠라처럼 대기의 미묘한 억양(抑揚)을 정성들여서 표현한 것이 아니고 무용수의 주위에 색점을 마치 폭포처럼 퍼부어서 무용수 의복의 색을 돋보이게 하고 동시에 배경에 깊이를 주며 동적 감정을 일으키기 위해서 색의 반점을 대량으로 사용했던 것이다. 즉 작품은 점묘주의를 단순하게 표절한 것이 아니다. 더구나 얼굴, 팔, 다리 등은 오히려 툴루즈 로트렉풍의 다른 양식에 의해서 그려지고 있다. 그렇다면 그 결과는 원칙적으로 무참한 모순을 어김없이 드러냈을 것 같지만 놀라움게도 사실은 완전히 그 반대였다. 피카소는 여러 양식 중에서 자기가 흥미를 느낀 것만을 닥치는 대로 훔쳐와서는 그것을 통합하고 완전한 조화를 이루어 그의 독자적인 창조물로 바꿔버리는 능력을 지니고 있었던 것이다.

피카소가 그 시기에 받은 영향은 참으로 다채로웠다. 어느 때는 경마장의 정경이나 놋쇠 대야 속에서 목욕하는 소녀상과 같은 드가가 단골로 그리는 주제를 택했고 또 어느 때는 부이알을 연상시키는 실내화를 그렸다. 또 검은 스타킹을 신은 발을 쳐들어 스커트 자락을 심하게 휘말아 올려가면서 춤을 추는 무용수가 있는 카바레 그림은 어김없이 툴루즈 로트렉을 생각나게 한다. 그렇지만 이런 것은 언제나 피카소 자신의 내부에서 일어나고 있는 열기와 조화를 이루어 억제력이 있는 대비가 작용되고 있으며 악센트도 질서의 감각이 유지되고 있는 상태에서 주어지고 있다. 그래서 우리는 이런 대비와 악센트를 훌륭하게 배합하는 그의 독창성을 눈으로 바라봄과 동시에 이러한 것이 솜씨있게 배치된 것을 보고 만족을 느끼는 것이다.

카바레 시대의 작품

다시 파리로 온 피카소는 모든 것을 6개월 전의 시점에서 다시 했다. 그러나 이전보다도 좀더 확실한 자신을 가지고 있었다. 주변 사람들이 그에게 무한한 소재를 제공했다 그는 그것을 어느 때는 부드럽게, 어느 때는 신랄하게 표현했다. 보트 놀이를 하는 어린이들, 룩상부르 공원에서 쉬고 있는 사람들, 경마장에 모인 화려한 차림의 숙녀들, 관광용 증기선의 갑판에 새치름하게 앉아 있는 여자들을 스케치하기도 하고 밝고 편안한 분위기에 넘친 유채화를 그리기도 했다.

또한 이러한 것 이외에 야하고 현란한 밤의 세계는 호기심이 많은 피카소의 주의를 끌었다. 특히 처음 수개월간의 대부분 작품은 바르셀로나에서 그리기 시작했던 카페나 카바레 그림의 연장이었다. 물론 이전에 비해 비판 정신이 왕성해졌으며 돈푼깨나 있는 작가들의 턱없이 소란하게 노는 모습을 신랄하게 그렸다. 예를 들면 돈 많은 난봉꾼이 너무 먹어서 헐떡이고 있는 옆에는 보석으로 치장한 여자가 남자보다 더 큰 얼굴을 하고 함지박만하게 입을 벌리고 웃고 있는 그림이라든가 풀을 뻣뻣하게 먹인 와이셔츠의 가슴이 터질 것처럼 보이는 뚱보가 약하디약한 여가수의 매력의 노예가 되어 있는 모습을 그린 극장 풍경이 여러 점 있다. 그 외에도 고급 창녀나 젊은 처녀를 그린 초상화가 대단히 많다. 이 작품은 대체로 대중적인 뮤직 홀의 무대 뒤에서 막간을 이용해서 그린 스케치를 기본으로 삼고 그린 것이지만 그 중에는 〈보석 목걸이를 단 창녀〉와 같은 걸작 초상화도 있다. 그녀는

보석 목걸이를 한 창녀
1901년
油
65×55

깃털 장식이 달린 아라베스크 무늬의 모자와 가슴을 파낸 드레스의 선 사이로 졸린 듯한 관능적인 눈썹을 가신 무표징한 일굴을 드리내놓고 긴 목에는 보석을 바둑 무늬 모양으로 장식한 야한 목걸이를 하고 있다. 그리고 요란하게 반지로 치장한 암소의 젖꼭지처럼 살이 오른 왼손 손가락으로 자기의 노출된 어깨를 애무하고 있다. 확실히 그녀의 육체는 확실한 실체(實體)를 가지고 있으나 피카소는 그 효과를 내기 위해서 두텁게 살을 붙이지 않았다. 입체감은 타원형 모자와 깃이 달리지 않은 옷의 대담한 곡선으로 만들어내고 있다. 이 대담하면서도 무거운 필치와 윤곽선은 이 작품에 있어서도 또 이 시기의 다른 그림에 있어서도 피카소 자신이 말하고 있는 것처럼 반 고호의 영향을 가장 많이 받고 있었다는 것을 보여주고 있다. 간결하게 그려진 그 머리 부분은 노골적인 방법을 사용하지 않으면서도 이 여성의 거만함을 표현했고 아름답게 칭찬은 했으나 그래도 어쩔 수 없이 드러나는 그녀의 천박한 아름다움을 용서없이 파헤친 피카소의 붓은 동시에 그녀의 다시 없는 자신——거의 백치와 같은 뻔뻔스러움——도 정확하게 표현하고 있다.

그는 놀랍고 특이한 수법에 의한 성격 표현의 힘을 다른 초상화에서도 발휘하고 있다. 피카소는 보랄 화랑에서 개인전을 열었을 때 날카로운 비평가이며 동시에 명성있는 수집가이기도 한 구스타브 고퀴오와 알게 되었고

하이메 사바르테스의 초상
1901년
油
81×66

그 바로 직후에 그의 초상을 두 장 그렸다. 그 하나는 자기의 수집품 앞에 앉아 있는 고퀴오를 그린 것이며 다른 한 장은 마치 난봉꾼처럼 차리고 카바레의 군무(群舞) 쇼가 비치는 거울을 등지고 앉아 있는 그림이다. 그 외에도 피카소를 따라서 바르셀로나에서 온 변함없는 친구 마테오 데 소도와 하이메 사바르테스도 피카소의 훌륭한 성격 묘사의 좋은 모델이 되었다. 특히 데 소도의 초상은 젊은 화가의 표정의 엄숙함을 참으로 훌륭하게 표현했으며 그의 끝없이 깊은 듯하며 슬픔을 담고 생각에 잠긴 듯한 눈과 깨끗하게 다듬어진 콧수염 밑에 드러나 있는 엄숙하고 금욕적인 찌푸린 얼굴과 끝이 뾰족한 짧은 턱수염은 벨라스케스 작품 중 슬픈 광신적인 표정의 수도사를 연상시키게 한다.

사바르테스의 초상은 그가 파리에 묵고 있는 사이에 두 장을 그렸는데 사바르테스는 처음 초상화는 자신이 파리에 도착해서 얼마 되지 않았을 때 본인도 모르게 제작된 것이라고 말했다. 〈하이메 사바르테스의 초상〉은 어느 날인가 피카소가 약속 시간에 늦어 카페로 달려왔는데 사바르테스가 카페의 테이블 앞에 앉아서 그가 온 것도 모르고 걱정스러운 모습으로 멍하니 앞을 바라보고 있는 광경을 보았다. 그날 피카소는 아틀리에로 돌아가자 한 장의 초상화를 그렸다. 이것은 후에 러시아의 수집가 세르게이 시츄킨의 손에 들어간 그림으로 젊은 시인이 신경질적인 표정을 한 채 손으로 맥주잔을 누르고 있고 근시 특유의 눈매로 친구를 찾으려고 카페 안을 살피고 있는 모습이 그려져 있다. 이 그림은 사바르테스를 쏙 빼다놓은 듯이 그린 그림인데 피카소가 때로는 그렇게 했듯이 이때도 모델없이 제작한 것이다.

사바르테스는 피카소보다도 6개월이나 뒤에 가을이 끝날 무렵 파리에 왔었다. 그리고 곧 쿠리시 거리의 아파트 다락방으로 피카소를 찾아갔었는데 거기서 그때까지와는 전혀 다른 양식의 작품이 수없이 쌓여 있는 것을 보고 몹시 놀랐다. 그래서 어떻게 생각하느냐고 피카소에게 질문을 받자 사바르테스는 정직하게 "좀 지나면 내 눈에도 익숙해지리라고 생각하지만……." 이라고 대답했다. 눈앞의 작품과 스페인에서 그린 작품과의 사이엔 지금까지 이사했을 때마다 그와 수반해서 일어났던 변화와는 비교도 안 될 정도의 차이가 있었다. "그 색채와 리듬의 대비는 대단히 강렬해서 마치 트럼프의 배면에 그려져 있는 그림 같았다." 사바르테스는 특히 고쿼오 초상의 눈부실 정도의 선명한 색채에 완전히 혼을 빼앗기고 말았다.

피카소는 아무리 일에 쫓겨도 절대 미술관을 도는 일에 시간을 아끼지 않았다. 이 일은 그 시기의 파리 체류 중 그의 가장 즐거운 낙이었다. 그때는 그도 대부분의 미술관 상태를 대강 알고 있었다. 룩상부르 미술관의 인상파의 그림 앞에서 오랜 시간을 보냈고 당시에는 아직 무지의 개척 상태였던 이집트나 페니키아 미술에 크게 흥미를 느껴서 루브르 미술관에도 자주 드나들었고 또 크루니 미술관의 고딕 조각도 자세하게 음미했다. 또 그 정도는 열중하지 않았지만 일본의 우키요에〔浮世繪〕 판화의 매력도 알기 시작했다. 다만 그것이 인기를 얻어 많은 세월이 지난 것이어서 그만큼 피카소의 흥미도 그리 대단하지는 않았다. 아직 어느 누구도 주목하지 않은 것을 발견하는 쪽이 그에게 더한층 큰 만족을 가져다주었기 때문이다.

1901년의 여름과 가을은 많은 선구자의 기법을 빌려서 그것을 자기의 것으로 소화하려는 연구와 실험의 시대였다. 피카소는 경애하는 거장들의 작품을 간접적으로 묘사하여 그것을 바탕으로 해서 번안 작품을 만듦으로 많은 것을 배웠다. 20세의 생일을 맞이하는 10월경에 그는 벌써 주목할 만한 가치가 있는 작품을 많이 남겼다. 그리고 바야흐로 그의 독자적 양식을 향해서 최초의 한 발을 내디딜 준비를 끝마쳤던 것이다.

막스 자콥

　보랄 화랑에서의 개인전은 얼마 안 되는 비평가와 수집가의 눈을 즐겁게 해주었을 뿐이지만 그것을 계기로 피카소는 몇 명의 새로운 친구를 얻게 되었다. 어느 날 깨끗한 실크 모자와 좋은 양복으로 극심한 가난을 감춘 한 젊은이가 이 개인전을 보러 왔다. 그는 유태인의 아들로 브류타뉴에서 태어난 시인 겸 미술 평론가인 막스 자콥이었다. 그는 그림을 보자 이 젊은 외국 화가의 작품에 크게 감동되었다. 그날로 두 사람 사이가 맺어지고 그 후 자콥이 나치의 강제수용소에서 죽게 되는 1944년까지 변함없이 지속된 깊은 우정의 시작에 대해 피카소는 다음과 같이 쓰고 있다.

　"피카소의 최초의 대규모적인 개인전을 보았을 때 전문적인 미술 평론가로서의 나의 눈은 놀라움에 빛나 주최자 앙브로와즈 보랄에게 찬사를 보내지 않을 수 없었다. 그날로 나는 피카소의 후원자 마니야크로부터 그의 집을 방문하자는 초대를 받았다. 그리고 거기서 나는 처음부터 피카소와 의기가 투합되었다. 피카소는 스페인의 많은 가난한 화가와 함께 마룻바닥에 앉아서 식사하며 토론하고 있었다. 그는 하루에 두세 점의 그림을 그렸고 밤이 되면 나와 같이 실크 모자를 쓰고 당시 유명했던 뮤직 홀에 가서는 무대 앞에 앉아서 인기 스타를 스케치했다……. 그는 프랑스 말을 거의 못 했고 나도 스페인 말을 전연 몰랐으나 우리 둘은 우정의 악수를 나누었다."

　피카소와 자콥은 여러 가지 점에서 다른 성격의 소유자였지만 처음 만나는 순간부터 본능적으로 서로를 깊이 이해했다. 막스 자콥은 신비주의자이며 인생의 향락을 마음속으로부터 바라는 동시에 한편으로는 죄의식에 시달려서 그 결과 엄격한 참회의 날을 보내고 마지막에는 속세를 버리고 수도원 생활을 하게 된 사람이다. 그러나 그는 시와 그림 양쪽에 뛰어난 재능을 타고 나서 젊은 피카소처럼 고민에 차 있는 인생 드라마를 날카롭게 느끼는 감각의 소유자였다. 그의 친구 앙드레 빌리는 그의 성격에 대해서 이렇게 말했다.

　"그에게는 원한, 교활, 탐욕, 우수, 신랄함, 감미로움, 선량, 잔인, 음탕, 그 외의 모든 성격이 있었다. 적어도 천진난만, 소박함, 쾌활함, 밝은 마음, 겸손, 몰이해 이외의 것이라면. 그리고 나의 옛 기억만을 의지한다면 성자다움 이외의 것이라면 어떠한 성격도 그의 내부에 존재하고 있었다.”

이 자콥과 처음 자리에서 답례 방문을 약속한 피카소는 곧 시끄러운 스페인 친구들을 데리고 호텔의 작은 방으로 그를 방문했으며 자콥은 진심으로 환영했다. 이렇게 해서 '피카소 일당'에게 프랑스 문화의 향기를 불어넣어 줄 한 사람의 새로운 멤버가 참가하게 되었던 것이다. 밖의 차가운 공기가 못 들어오게 닫아둔 방에는 담배 연기로 가득 찼고 그 속에서 자콥은 밤 늦게까지 자작시와 보들레르, 베를레느, 랭보 등 이름은 들었으나 내용은 거의 몰랐던 19세기 시인의 작품을 반복해서 읽어주었다. 그리고 그의 열변을 듣고 있는 사람들의 열의 앞에 말의 장해는 급속도로 사라지게 되었다.

르 쥬트의 장식

밤이 되면 '피카소 일당'은 몽마르트르의 '네 마리의 고양이'를 비롯해서 도처의 카바레에 나타났고 어쩌다 표를 얻게 되면 물랭루즈에 가기도 했다. 방종한 스페인의 피가 경묘하고 우아한 파리의 노예가 된 것이다. 그곳에서는 여러 계층의 여자가 서로 모자의 크기와 가는 허리를 경합했고 남자들은 실크 모자를 쓰지 않으면 명예가 훼손된다고 생각했다. 막스 자콥의 말을 빌리면 이러한 장소를 찾아갈 때 피카소도 모든 사람이 그랬듯이 실크 모자를 썼다고 한다. 과연 반라의 여자들에게 둘러싸여서 자기가 입은 야회복 차림새를 점검하고 있는 스케치 자화상을 보면 피카소는 명주 옷깃에 장식을 달고 동백꽃으로 가슴을 치장하고 실크 모자를 썼다. 그러나 피카소가 이렇게 화려하게 낭비를 하는 일은 극히 드문 일이었다. 피카소는 대체로 극히 조용한 가게에서 친구들과 같이 어울리는 것을 좋아했다. 그 하나가 라비니양 광장에 있는 작은 보헤미안풍의 카바레 '르 쥬트'였고 한동안 '피카소 일당'의 근거지였다. 그곳에는 촛불에 비쳐진 어두컴컴한 통로와 얼룩으로 뒤덮인 벽에 끌려서 모든 종류의 예술가와 뚜쟁이와 여러 직업의 여자들이 모여들었다. 사바르테스가 기술한 것을 보면 '피카소 일당'은 매일 밤 이 카바레의 한 방에 모여서 애교있는 가게 주인 프레데가 테이블 대신 놓아둔 술통 위에 따라주는 맥주나 체리 브랜디를 마시고 그의 노래와 기타 연주를 들었다고 한다. 그들은 옆의 홀에서 떠들고 있는 파리 특유의 사교적 모임 같은 것을 거들떠보지도 않았으나 다만 간혹 열광적인 댄스나 싸움이 벌어지면 끝이 없는 토론을 중단하고 가만히 옆방의 동정을 살폈다. 피카소는 대체로 말없이 친구들의 논쟁에 귀를 기울였지만 간혹 간결한 설명으로 친구들을 놀라게 하거나 때로는 날카로운 역설을 던지든가 했다.

그러나 이 우중충하고 불결한 벽과 거미집에 짜증이 나기 시작한 그들은 어느 날 드디어 '종유동(鍾乳洞)의 방'이라고 불리우고 있었던 이 방을 깨끗이 단장할 생각을 했다. 그들은 우선 벽을 전부 희게 칠을 한 후 그 위 각자가 생각한 대로의 그림을 한 구획씩 맡아서 그리기로 했다. 피죠트는 에펠 탑과 그 위를 날으는 산도스 듀몽의 비행선을 그렸고 피카소는 서너 명의 나체 여인상의 윤곽을 그렸다. 그런데 누군가가 그것을 보고 '성 앙트안느의 유혹'이라고 말하자 순간 피카소는 그리는 일을 중단했다. 그 한마디로 그는 그릴 의욕을 상실하고 말았던 것이다.

사바르테스는 피카소가 후에 이 장식을 단숨에 완성했다고 말했다. 그러나 이것은 '성 앙트안느의 유혹'과는 전연 닮은 점이 없는 그림이었다. 작업 중에 피카소가 일하는 모습에 대해서는 이 설명 이외에도 사바르테스나 다른 친구들의 발언이 남아 있다. 보통 피카소는 작업 중에 아틀리에에 남을 들어오게 하지 않았으나 특별히 허락을 받은 사람들은 한결같이 대작의 경우건 그리 중요하지 않은 작품의 경우건 구별없이 제작에 온몸과 마음을 바치는 피카소의 모습에 깊은 감명을 받았다고 했다. 피카소는 언제나 필요하다고 생각되는 곳에는 정확하게 선을 그었다. 그것은 마치 눈에 보이지 않은 형체가 거기 있어서 그것을 염두에 두고 있는 것 같았다. 그의 평생의 친구였던 모리스 레이나르는 피카소는 일종의 황홀 상태에서 붓 끝에 '심혈을 기울이고' 선을 그었다고 말하고 있다. 또 사바르테스는 "집중해서 생각하며 일사불란으로 말없이 제작에 열중하고 있는 피카소 모습을 보는 사람은 누구나 먼 곳에서 보았든 가까운 곳에서 보았든지 간에 곧 그의 진지한 모습에 감동되어서 침묵을 지키게 되었다."고 말했다.

바르셀로나로 떠나다

겨울이 가까워지자 친구들은 피카소의 성격이 바뀌기 시작했다는 것을 알게 되었다. 그는 성격이 까다로워지고 이유를 말하기도 하고 하지 않기도 했는데 어느 순간 친구 앞에서 모습을 감추기도 했다. 마니야크와의 사이에는 설명할 수는 없으나 불길한 예감을 느낄 만한 싸늘한 공기가 감돌기 시작했다. 파리의 거리도 처음처럼 매력적이지만은 않았다. 한번 그 황홀한 매력과 불결함을 맛본 피카소는 단숨에 그 성과를 자기 것으로 소화하자 전환의 필요를 느끼게 되었다. 그러던 어느 날 자기의 의도를 가까운 친구에게도 알리지 않는 평생의 습관──사실은 그 자신이 언제나 마지막 순간까지 결정을 내리지 못해서 그랬지만──을 깨고 곧 파리를 떠날 생각이라고 말했다. 그리고 기다리고 있었던 부친의 편지를 받고 출발의 가능성이 생기자 피카소는 마니야크가 제공해준 좁은 아파트에 대한 불만을 감추려고 하지 않았다. 이렇게 해서 친구들의 걱정도 아랑곳없이 또 그들과의 다정한 우정에도 종지부를 찍고 피카소는 두 번째 파리 체류의 막을 내렸다.

청의 시대

이미 앞에서 말한 바 있는 〈푸른 방〉은 그 후 수년에 걸쳐 피카소 작품에서 중요한 역할을 하게 되는 청에 대한 편애가 처음으로 화면에 나타난 최초의 작품 중 하나이다. 피카소는 그와 같은 무렵에 또 하나의 다른 크기로 내용이 비슷한 중요한 작품을 그렸다. 그것은 수개월간 그의 머리에서 사라지지 않았던 사건을 주제로 한 것으로 〈추억〉이라는 제목이 붙여졌으나 친구들은 그것을 〈카사헤마스의 매장〉이라고 부르고 있다. 사바르테스의 말에 의하면 그가 파리에 도착해서 피카소의 아틀리에를 방문했을 때 이 커다란 그림은 방 한 구석에 쌓아둔 잡동사니를 감추기 위해서 가리개 대신으로 사용되고 있었다고 한다. 따라서 그 그림은 아틀리에 안에서 가장 오랫동안 사람의 눈에 띈 그림이었다.

카사헤마스의 매장(추억)
1901년
油
150×90

  이 작품에는 거의 같은 크기의 습작이 있다. 전경에는 수의가 입혀진 남자의 유체가 누워 있고 그 주위에 고개를 숙이고 있는 많은 문상객을 그린 그림이다. 습작보다 약간 큰 완성작에는 이 문상객의 무리가 훨씬 줄어들었고 화면 오른쪽에 돌로 만들어진 묘비가 덧붙여져 있다. 슬픔에 잠겨 있는 이 사람들이나 수의가 입혀진 사자도 화면의 위쪽 반을 차지하고 있는 넓은 하늘 아래 작게 보인다. 이 하늘 부분에는 엘 그레코를 연상시키는 복잡한 구도 속에 구름 사이를 날아가는 우의적(寓意的)인 인물상이 그려져 있다. 중심에는 아래쪽의 사자를 덮어준 흰 천과 호응하듯이 새하얀 말과 그 위에 여자의 팔에 안긴 거의 모습을 보기 힘든 그림자 같은 기사가 있다. 그 주위에는 어린이를 데리고 가는 어머니, 꼭 껴안은 두 여인, 빨간색과 검정색 양말 이외에는 몸에 아무것도 걸치지 않은 벌거벗은 구름 위의 세 무리의 여자들을 볼 수 있다. 이 작품을 보고 곧 느낄 수 있는 것은 그림이 지니고 있는 초자연적인 전체 분위기와 서커스의 정경(情景)이나 매춘굴을 연상시키는 디테일의 모순된 배합과 각 인물의 무리가 배경의 격렬한 리듬에 의해서만 연결지어지고 있어서 구도상으로 통일을 이루지 못하고 있다는 점이다. 그리고 또 무거운 듯한 옷을 입은 문상객의 취급법도 자세히 보면 묘한 흥미를 불러일으키게 한다. 습작에 있어서나 완성작에 있어서나 이러한 인물들의 조각상과 같은 형태는 새로우면서 보다 개성적인 양식의 등장을 말해주고 있다. 짙은 푸른 의상의 주름 밑에 거의 움직임을 보여주지 않고 있는 그들의 경직되어버린 자태는 슬픔의 깊이를 더한층 강조하고 있으며 마치 석상처럼 움직이지 않는 모습은 정신이 바위나 나무 속에 갇혀버린 것처럼 보인다. 인상파적으로 반짝반짝 빛나는 대기 속의 빛은 자취를 감추고 그 대신 견고한 형태가 등장하게 된 것이다.

이 두 그림 즉 〈카사헤마스의 매장〉과 그 습작은 조상적(彫像的) 형태의 발견과 그 자신의 독특한 상징주의의 시작을 나타낸 최초의 작예(作例)이다. 이것은 또 그의 청년 시대 위기의 종결과 가족의 영향으로부터의 완전한 이탈을 알리는 것이기도 했다. 그 주제는 피카소를 개인적으로 깊게 감동시켰으며 그는 이 드라마를 자기 가까이에서 목격함으로써 삶과 죽음의 잔인하기 그지없는 싸움임을 알았고 부활에 내한 문세도 생각하게 되었다. 더구나 그는 친구의 비극을 가까운 거리에서 지켜보았기 때문에 마치 그것을 자기의 일처럼 느꼈고 그것을 적절하게 표현하는 일을 자기의 과제로 삼았다. 그리고 이 작품에서 그는 벌써 센티멘털리즘과 낭만파적 상징주의에는 위험한 함정이 감추어져 있다는 것을 알아차려서 그러한 것을 자기 그림에서 배제하기 위해서 합창하는 천사의 양말에 난잡한 채색을 하고 상상(想像)이 초절적(超絶的) 세계로 비약하는 것을 방지하기 위해서 스스로 희극적인 센스를 바탕으로 해서 닻을 사바 세계인 현실에 확실하게 내리게 했던 것이다. 이렇게 해서 저승까지 끌려내려간 그는 우선 자기 구제의 길을 찾아내지 않으면 안 되었다. 백마를 타고 구름 사이를 지나 올라가는 사나이나 아래 세상의 문상객들도 어떤 의미에서는 모두 잠재적으로 피카소 자신의 상징이었던 것이다.

피카소의 이 주목할 만한 이중 성격은 다음 해 파리에서 알게 되는 친구 모리스 레이나르가 일찍이 지적한 일이 있다. 레이나르는 후에 이렇게 기술하고 있다.

"스페인 사람의 마음의 움직임에 어두웠던 우리에게는 피카소가 일종의 신비적 분위기에 싸여 있는 사나이처럼 보였다. 때로는 꼼짝 않고 생각하

자화상
1901년
油
81×60

며 때로는 극적으로 타오르는 그의 예술의 중후한 표현과 온화한 호인다운
성격, 혹은 차례차례로 유머를 보이는 센스, 혹은 고상한 위트를 사랑하는
마음과의 심한 대조에 우리는 놀랄 뿐이었다. 물론 때로는 전혀 예기치 못
했을 때 별안간 엄습하는 스페인 사람 특유의 우울한 발작에 피카소가 괴로
움을 받고 있다는 것을 우리는 알고 있었지만 그것이 얼마나 깊은 것인지는
이해할 수 없어서 우리는 다만 그것을 파리에서의 변동이 심한 보헤미안 생
활 때문이라고 생각했다.”

　이와같이 깊은 감수성과 넘쳐흐르는 생명력을 함께 몸 속에 간직한 채 피
카소는 가난의 시대를 견디어내면서 드디어 몇 년 후에는 그의 이름을 전세
계에 알리게 되는 양식을 창조했던 것이다.

　몇 사람의 전기 작가, 예를 들면 거트루드 스타인 등은 청의 시대의 양식
전환을 바르셀로나에의 귀국, 나아가서는 스페인의 영향에만 돌리고 있다.
그러나 이와 같은 견해를 피력한 사람은 〈추억〉 이외에도 여러 점의 중요한
작품이 1901년에 파리에서 그려졌다는 사실을 잊고 있다. 이러한 작품 중에
는 어머니와 어린이를 테마로 삼은 두세 개의 연작 〈팔꿈치를 굽힌 아를
캥〉, 양손으로 힘없이 숙인 머리를 받치고 있는 〈머리를 틀어올리는 여자〉,
신선하며 사랑스런 〈비둘기를 안은 어린이〉 또 굶주림과 추위에 만신창이

가 된 몸을 외투로 푹 싸고 슬픔과 절망을 알면서도 그래도 정열을 잃지 않은 눈으로 정면을 보고 있는 훌륭한 〈자화상〉 등이 포함되어 있다.

말하자면 과도기에 해당하는 이 해 가을에 피카소는 새로운 방향을 완전히 무시한 것은 아니지만 때로는 인상파의 기법으로 돌아오고 있었다. 예를 들면 배우 〈비비 라 퓨레〉의 대단히 표정이 풍부한 초상화에서는 저속한 보헤미안 배우의 얼굴 근육의 움직임을 정확하게 잡아내어 이 배우의 개성인 비극적인 평범함을 유감없이 보여주고 있다. 이 작품은 기교적으로도 가장 뛰어난 것 중의 하나이기도 하지만 또 동시에 이런 종류의 작품의 마지막 것이기도 하다. 아마도 같은 해에 툴루즈 로트렉이 세상을 떠났다는 사실과 완전히 무관하다고만 생각할 수는 없는 일인 것 같다.

이제 피카소에게 있어서는 단순하게 표현 기법을 바꾼다든가 혹은 경박한 몽마르트르 나이트 클럽의 화려한 색채를 버린다든가 하는 것만이 아니라 좀더 성숙한 사회관을 갖는 일이 필요하게 되었다. 벡크 교수의 말을 빌리면 "피카소는 분명하게 경험에 의해서 자기를 단련하고 사회에 대해 불손하고 비판적인 지금까지의 태도를 버리고 고민을 짊어진 인간에 대해 깊은 동정을 보이게 되었다."는 것이다.

1902년 1월, 바르셀로나

바르셀로나로의 귀국은 피카소에게 남의 영향에서 벗어날 수 있고 소모된 체력을 회복할 수 있는 좋은 결과를 가져다주었다. 당시의 그에게는 그것이 무엇보다도 필요했었다. 더욱이 자기의 독립을 자각함으로써 지금까지의 여러 형태의 마음은 초조감도 고칠 수 있었다. 그리고 다시 한 번 라메루세도 광장의 부모 곁에 거처를 정하고 그와는 별도로 란브라 델 센트로 거리에 가까운 콘데 델 사르트 광장에서 테라스가 달린 방을 작업실로 빌렸다. 이 아틀리에는 당시 안셀 페르난데스 데 소도의 소유였으나 그것을 화가 로퀘롤이 빌려 사용하고 있었다. 피카소는 이 두 사람의 동의를 얻어서 하루종일 창문을 통해서 햇빛이 들어와 여름에는 더워서 견디기 어려울 지경이었지만 어쨌든 이 방의 한 구석에 어느 누구에게도 방해를 받지 않고 일할 수 있는 장소를 마련하게 되었다. 그는 언제나처럼 캔버스와 마룻바닥에 놓아둔 팔레트에만 정신을 집중하며 다시 청의 시대의 테마와 씨름하기 시작했다. 게다가 이곳 바르셀로나에서는 파리 이상으로 많은 알코올 중독의 창녀와 헌신적인 가난한 어머니들, 어찌할 바를 몰라서 체념하고 고개를 푹 숙이고 있는 인물들 등 이 시대 그의 작품에 번번이 등장하는 사람들을 실제로 볼 수 있었다. 피카소가 이와 같은 사람들이 어떤 시대에도 존재하고 있다는 것을 최초로 안 것은 다른 곳이 아닌 카탈루니아의 수도 바르셀로나의 번잡한 큰 거리에서였다. 그러나 피카소는 언제나 그랬지만 하나 혹 몇 개의 같은 테마에만 집착하지 않았다. 그는 자기 방의 창문을 통해서 보이는 광경에도 다시 한 번 흥미를 느껴 빛의 가감으로 여러 형태로 변화하는 집집의 지붕에 끌렸다. 예를 들면 이 무렵 창문에서 집집의 지붕, 테라스, 굴뚝 등을 내려다본 풍경화를 그리고 있으나 이것은 이전에 쿠리시 거리에서 그린 〈푸른 방〉과 같은 인상파적 풍경에 비하면 훨씬 더 구축적(構築的)이며 형식에 치우치고 있다.

예측할 수 없는 분망하고 자유로운 그의 행동과 어떻게 보면 시간을 무시하고 있는 듯한 태도와는 달리 피카소의 일상 생활은 극히 간결하게 영위되고 있었다. 그의 제작 활동이 단조로울 정도로 규칙적인 것은 언제나 피카소 생활의 커다란 특징이었다. 많은 스페인 사람처럼 피카소도 초저녁 잠이 없어서 늦게까지 잠들지 않았으며 따라서 철야했을 때(이것도 드문 일은 아니었지만)는 하는 수 없이 늦잠을 잤다. 그의 하루는 우선 라 메루세로 광장의 부모집에서 나오는 것에서 시작되어 구 시대의 좁은 거리를 지나 열한시 전후에 란브라 델 센트로의 아틀리에에 도착한다. 오정이 어지간히 지나면 '네 마리의 고양이'에 나타나 이야기의 꽃을 피우면서 많은 시간을 소비하여 점심을 들고 다시 친구와 헤어져서 혼자 아틀리에로 돌아와서 집에 돌아갈 시간이 될 때까지 제작에 온 정성을 쏟고서야 비로소 란브라스 거리의 카페를 여기저기 둘러보든가 친구와 이야기를 주고받으면서 집으로 돌아왔다. 그리고 밤이 되면 다시 한 번 외출하여 말벗을 못 만났을 때는 거리를 지나다니는 사람을 바라보든가 기분 전환으로 슬롯 머신을 하면서 시간을 보내고 친구와 어울리게 되었을 때는 카페의 테이블가나 플라타너스 가로수로 치장한 란브라스 거리를 거닐면서 열띤 토론을 오랫동안 벌였다. 이 대화는 빈번하게 그를 흥분 상태에 빠뜨리게 했고 그것을 가라앉히기 위해서 피카소는 닥치는 대로 종이 쪽지에 그 인상을 그리든가 또는 장시간에 걸쳐 독서를 하지 않으면 안 되었다.

피카소는 바르셀로나에서는 파리처럼 주위의 변화에 마음을 쓰지 않아도 좋아서 안정을 얻을 수 있었다. 흥미있는 화랑은 사라 파레스 화랑 단 한 집이었고 게다가 그곳에 진열된 작품은 파리의 라 퓨트 거리에 줄지어 있는 화랑의 많은 전시물에 비하면 문제도 되지 않았다. 카탈루니아 프리미티프의 회화나 다채색(多彩色) 조각만 하더라도 파리의 여러 미술관의 무진장한 소장품과는 도저히 비교할 수도 없었고 더구나 당시 바르셀로나의 미술관에는 아직 카탈루니아 미술품이 모아지지도 않고 있어서 그것을 보려면 산속 깊이 들어가 교회의 어둠침침한 벽이나 천장을 바라보는 수밖에 없었다. 그러나 당시 새로 외워둔 일로 머리가 가득 차 있었던 피카소에게는 카탈루니아 미술을 감상한다는 것은 중요한 일이 못 되었다. 그것보다도 그의 소원은 그리는 것이었으며 사실 그가 빛나는 지중해의 광선에 자극을 받아서 정해진 액수였지만 다달이 틀림없이 가족에게서 물질적 원조를 받아 쉴 틈도 없이 그저 그리기만 했었다.

이렇게 피카소가 바르셀로나에 있는 사이에 파리의 벨트 웨일 화랑에서는 마니야크의 주선으로 바로 전 해에 그린 유채화와 파스텔화를 합해서 약 30점 정도를 모아 피카소전을 열었다. 화랑주 벨트 웨일 양은 '사과를 세 개 싸놓은 정도'로 키가 작은 여자였으나 용기가 있었고 천부적인 날카로운 감식안을 지니고 있어서 당시 화랑 경영주 사이에서는 뛰어난 존재였다. 그리고 그녀의 주선으로 평론가 아드리앙 파르쥬가 이 피카소 전의 카탈로그의 서문을 썼다. 그는 서문에서 〈룩상부르 공원〉, 〈정물〉, 〈보석 목걸이를 단 창녀〉 등에 주목하여 "이 일련의 훌륭한 작품은 때로는 수성(獸性)을 생각나게 할 만큼 심한 상태로 때로는 의식적으로 억제된 상태로 우리의 눈을 대단히 즐겁게 해주고 있다."라고 말했다.

지난 번 보랄 화랑에서의 개인전 때처럼 모여든 친구들 사이에서는 열광적인 찬미의 소리가 일어났으나 그림은 한 점도 팔리지 않았다. 가난한 생활에 종지부를 찍겠다는 꿈은 물거품처럼 사라졌다. 호사스러운 생활은 고사하고 그의 조그마한 소망까지도 만족시켜줄 수가 없었다. 피카소의 복장은 예전과 다름이 없었고 다만 조끼와 넥타이에 대해서만 여러 가지 배합을 생각해내서는 좋아하는 정도였다. 그러나 솔레르라는 재단사와 알게 된 후부터는 피카소의 복장도 어느 정도는 개선되었다. 피카소는 후에 솔레르와 그 가족의 훌륭한 초상화를 양복 대금 대신 그려주었다. 피카소 옷차림의 마지막 마무리이며 포인트가 되는 것은 당세풍의 단장으로 그는 그 단장으로 곧잘 장난삼아서 플라타너스의 가지를 내려쳤다.

이러한 가난 속에서도 피카소의 제작에 대한 열의는 식을 줄 몰랐고 ‘네 마리의 고양이’에 모이는 친구들을 모조리 스케치해서는 가차없이 자기 위트의 희생물로 삼았다. 한 장의 도화지에 여러 사람의 모습을 그리는 일도 빈번히 있었고 그때에는 누구나 할 것 없이 날카로운 필치로 묘사되어지고 말았다. 르시뇨르와 카사스는 수염이 난 노파로 둔갑되기도 했지만 그 중에서도 피카소가 몇 번이나 싫증도 안 내고 캐리커처한 것은 그 당시 가장 친한 친구이며 그 해 가을에 같이 파리로 가게 되는 화가 세바스티아 후니엘이었다. 그의 넓은 이마와 숱이 많은 검은 머리, 창백한 작은 얼굴에 비해서 지나치게 많은 콧수염 등이 특히 특징적이어서 극화하기가 좋았기 때문이다. 예를 들면 보고 있으면 저절로 웃지 않을 수 없는 투우사의 모습이나 고대인의 복장으로 바위 위에 앉아서 물의 요정을 정신없이 보고 있는 낭만파 시대의 화가 모습이나 또 한 손에 하프와 한 권의 시집을 가지고 사람들에게 시를 읽어주고 있는 모습 등 여러 가지 모습의 후니엘 상이 있다. 그 밖에 마네의 〈오란피아〉를 흉내낸 데생도 있다. 그 그림에서는 대단히 살이 찐 흑인 여자 오다리스크에게 마르고 왜소한 후니엘이 과일 그릇을 바치고 있으며 침대 옆에서 시중들고 있는 남자는 피카소 자신이 되어 있다. 그리고 세 사람이 모두 이런 종류의 극화에 어울리게 나체로 그려져 있다.

또 스케치북에서 찢어낸 다른 도화지에는 가슴 위에 해골을 얹어놓고 양다리 사이에서 빨간꽃이 피어나고 있는 색다른 포즈의 여자를 비롯해서 대단히 아름다운 여자의 나체상이 흐르는 듯한 필치로 그려져 있다. 그러나 이 페이지의 제일의 테마는 개를 데리고 골목에 앉아 있는 거지와 지나는 길에 돈을 던져주고 있는 실크 모자에 짧은 케에들르를 치고 다이아몬드 반지를 낀 그로테스크할 정도로 살이 찐 부자로 거기에 ‘자비’라는 글자가 씌어 있다. 그리고 그 도화지 왼쪽에는 망토를 입고 검은 곱슬머리가 아닌 가발을 쓰고 그 위에 이집트의 왕관을 얹어놓은 묘한 차림을 한 남자가 한 사람 그려져 있다. 이 인물은 다른 인물과 전연 관계가 없는 것처럼 보인다. 아마도 이러한 여러 인물들은 별다른 의도 없이 같은 화면에 그려진 것 같지만 놀라운 일은 그 옆 얼굴에 얼마 안 되는 콧수염이 모양없이 나고 있는 것으로 봐서 틀림없이 피카소 자신이 그려져 있다는 것을 알 수 있다.

사바르테스의 다음 이야기는 바르셀로나에서 생활한 피카소의 밝은 면을 우리에게 잘 전달해주고 있다. 그 이야기에 의하면 당시 파라레로의 뮤직홀에는 '아름다운 체리트'라를 미녀가 출연하고 있었다. 그 요염한 몸짓, 몸의 윤곽선, 얼굴과 머리의 윤기, 눈매, 목소리 모두 아름답지 않은 구석은 한 군데도 없었으며 그녀가 의상을 벗어던질 때는 홀은 떠나갈 듯이 소란스러워졌다고 한다. 그녀에게 반해버린 친구에게서 그 말을 들은 피카소는 만사 제쳐놓고 직접 확인하러 갔다. 그 다음 날 사바르테스가 점심때쯤 피카소의 집을 방문했더니 모친이 나와서 피카소는 아직 자고 있다고 말하면서 피카소의 침실로 안내했다. 피카소는 체리트의 균형이 잡힌 아름다운 육체를 우아하며 성확한 선으로 모든 각도에서 잡아 그린 데생 디미에 피몬혀서 자고 있었다. 피카소는 그녀의 매력적인 인상을 머리 속에서 온통 쏟아내서 화면으로 옮겨질 때까지 잠을 잘 수 없었던 것이다.

조소적 형태에 대한 감각의 성장과 더불어 새로운 자유로움과 강한 힘이 나타나게 되는 것은 특히 데생에서 더욱 그랬다. 고의로 극화한 것은 별도로 한다면 이러한 스케치에서는 노골적인 풍자는 모습을 감추고 대신 인간 얼굴의 표정 깊숙이 감추어져 있는 의미를 끄집어내려는 의도를 찾아볼 수 있다. 이러한 데생에서 빈번하게 등장하는 테마는 두 인물의 만남이다. 그것은 어느 때는 근엄하게 인사를 교환하는 두 사람일 수도 있고 어느 때는 온 정열을 모두 털어놓고 한 개의 나무처럼 꽉 껴안은 모습이며 옷을 입거나 혹은 벌거벗은 두 사람일 수도 있다.

피카소는 날이 지나자 다시 파리로 되돌아갈 생각을 하기 시작했다. 프랑스의 친구 가령 그의 인간이나 예술을 이해했을 뿐 아니라 새로운 자극까지 주었던 막스 자콥과 같은 친구를 생각할 때마다 바르셀로나에서 겪게 되는 많은 몰이해에 대한 불만이 늘어만갔다. 바르셀로나의 화가와 파리의 시인이나 평론가와는 그 지성의 수준에 너무 큰 차가 있다는 것을 피카소는 깨달았다. 막스 자콥에게 보낸 편지를 보면 알 수 있듯이 피카소는 말의 장해를 급속하게 해소하고 있었다. 물론 그것은 스페인 억양이 짙은 프랑스 말이었지만 프랑스 사람에게도 충분히 의미가 통할 수 있는 것이었다. 그 편지에는 투우장의 수많은 스케치와 차양이 넓은 검은 모자와 통이 좁은 바지, 그리고 단장을 든 차림으로 투우장을 배경으로 선 자화상이 들어 있었다. 그리고 관례대로 우선 편지를 자주 쓰지 못함을 사과하고 그 이유로는 일에 쫓기고 있기 때문이라든가 또는 일을 하고 있지 않을 때는 놀기에 바쁘다든가 아무것도 하기 싫을 정도로 지긋지긋함을 느끼고 있기 때문이라고 변명을 하고는 이어서 막스에게 살짝 이렇게 털어놓았다.

'친구들이라고 하면 당시의 예술가 부류들이지만 그들에게 내 그림을 보였더니 정신이 지나쳐서 형태가 부족하다고 말했다네. 정말 가소로운 소리지. 자네라면 이런 작자들에게 어떻게 말하면 좋은지 알 것이네. 그리고 그들은 정말 형편없는 책밖에 못 쓰고 그들의 그림은 입에 담을 가치도 없는 것이네. 그것이 그들의 생활이며 생활의 모든 것이기도 하다네! 폰보나는 대단한 다작의 작가이지만 실제로는 아무것도 그리지 않고 있네. 내가 지금 동봉한 스케치를 바탕으로 해서 한 장 그리고 싶어하네. 〈두 사람의 자매〉 이것은 산 라자르 병원의 창녀와 수녀를 그린 것이야. 〈페르 이 프로마〉 지를 위해서 무엇이든 좋으니까 자네가 쓴 것을 보내주었으면 하네. 잘 있게, 나의 친구. 답장을 부탁하네.

자네의 친구 피카소.
스페인 바르셀로나 메루세도 가 3번지'

〈두 사람 자매〉의 스케치와 유채화는 모두 현재까지 남아 있으며 두 여인이 마주서 있는 점에게서는 그 전후에서 그려진 많은 두 인물의 만남의 그림과 같은 테마를 취급한 것이라고 말할 수 있다. 그러나 이 그림은 연인끼리나 깃털 장식을 단 모자를 쓴 숙녀와의 만남은 아니다. 이 그림에서는 한 창녀가 고뇌 끝에 눈을 감고 머리를 숙이고 조용한 생활을 보내고 있는 언니에게 위안을 얻으려 하고 있다. 두 사람이 모두 옷은 입고 있으나 신을 신지 않았으며 그 소박하고 엄숙한 자태는 중세 카탈루니아 지방의 미술 인물상을 생각나게 한다. 거리에는 억제된 비애감이 있으며 대체로 감동적이라고 말해도 좋으나 그것은 두 사람의 엄숙한 포즈로 해서 구제되고 있다. 그러나 피카소의 관념은 우선 극히 생동적인 방법으로 현실과 깊은 연관을

두 사람의 자매
1902년
油
152×100

싯는 것에서부터 출발하고 있다. 호기심이 상한 피카소는 성별의 실태를 조사하기 위해서 파리 체류 중에 여러 차례 산 라자르 병원을 방문하여 우연히 아는 의사가 있는 것을 기회로 그의 도움을 받는 직원처럼 자유롭게 병동에 출입해서 환자를 스케치할 수 있는 허락을 받았다. 환자들은 프리기아 모자처럼 당시의 피카소 그림에 자주 나오는 스타일의 차양이 없는 두건 같은 것을 쓰도록 되어 있었다. 그리고 수없이 이곳에 입원하게 되는 거리의 여자에 대한 흥미는 병원을 떠나서 소독약으로 손을 씻고난 다음에도 피카소의 머리 속에서 사라지지 않았다. 그래서 그는 병원에서 돌아오는 길에 외래환자가 모이는 카페에 곧잘 들렀는데 그곳에서는 병동과는 다른 분위기 속에서 성병 환자를 관찰하고 그녀들과 이야기를 주고받을 수 있었다.

파 리

피카소가 다시 국경을 넘어서 예술에의 자극이 풍부한 나라로 가려고 한 것은 막스 자콥에게 쓴 편지에서도 확실히 엿볼 수 있다. 그러나 실제로 출발한 것은 그로부터 수개월 후로 그가 세 번째 파리의 땅을 밟은 것은 1902

년 여름이 끝날 무렵이었다. 처음에 피카소는 라텡 구역의 어느 작은 호텔 오텔 데 제콜에 묵었으나 곧 시스케트라는 스페인의 조각가와 함께 더 싼 방으로 옮겼다. 그 집은 세느 강가에 있는 17세기 건물을 개조한 오텔 듀 마로크——현재의 루이 15세 호텔——의 작은 다락방이었다. 그곳은 생 제르망의 큰 거리에 가까운 책방과 화랑이 줄지어 있는 작은 거리였다. 이 좁은 다락방에는 커다란 철제 침대가 보란 듯이 놓여 있어서 두 예술가 중 의 한 사람은 거의 매일 침대 위에서 지내지 않으면 안 되었다. 그리고 때 로는 이 침대 위에 차례차례로 완성되는 피카소의 그림이 산처럼 쌓이는 수 가 있었다. 그러나 두 사람이 제대로 식사다운 식사를 하는 일이란 거의 없 었다.

얼마 후에 곤궁하기 짝이 없는 생활을 보고 놀란 막스 자콥은 피카소를 형편없는 다락방에서 구해냈다. 이때 자콥은 백화점에서 일하고 있어서 안 정된 생활을 하고 있었다. 파리의 산업 중심지에 가까운 볼테르 큰 거리 6 층에 있는 피카소가 있었던 다락방처럼 삭막했으나 공간만은 충분해서 막 스 자콥은 피카소를 자기 방으로 데려왔다. 그곳에는 침대도 실크 모자도 하나밖에 없어서 두 사람은 그것을 교대로 사용하지 않으면 안 되었지만 그 래도 피카소는 대단히 좋아했다. 막스와 같이 있을 수 있다는 것과 제작에 불편이 없을 정도의 방의 넓이만으로 충분했다. 막스가 밤에 자고 있을 때 피카소는 제작했고 낮에 막스가 가게에 나가면 피카소가 침대를 차지하는 식이었으며 다른 일도 이런 방법으로 이루어졌다.

그들은 때로는 간단한 생활 필수품도 살 수 없을 정도였다. 막스는 따뜻 한 마음의 소유자였지만 그가 할 수 있었던 일은 다만 가난을 피카소와 똑 같이 나눠갖는 정도의 것이었다. 피카소가 곧잘 이야기하는 다음의 일화는 당시의 가난을 여실히 말해주고 있다. 어느 날 두 사람은 있는 대로 돈을 털어서 소시지 한 개를 샀다. 그것은 두 사람의 주린 배를 채우기에 충분할 것으로 생각되어 그것을 요리하기 위해 급히 다락방으로 돌아왔다. 그런데 프라이 팬으로 소시지를 볶자 별안간 폭발하여 알맹이는 모두 사방으로 흩 어지고 말았다. 이 냄새만으로는 굶주린 배를 달랠 재간이 없었다. 그로부 터 6개월 후에 바르셀로나로 돌아온 피카소는 막스 자콥에게 그리운 듯이 이렇게 써보냈다. ‘나는 지금 볼테르 큰 거리 방의 오믈렛과 콩과 치즈와

프라이드 포테이토를 생각하고 있네. 그리고 그때의 가난한 생활을 생각하면 슬퍼지네.'

피카소는 여러 차례 실의의 늪에 빠져 자기가 하고 있는 일의 궁극적 가치를 의심하여 고민했지만 그래도 그때의 수개월 동안 만큼 자기에 대한 환멸과 가난에 괴로움을 당한 일은 없었다. 이 해가 끝날 무렵에는 파리의 밝은 태양도 색이 바랜 것처럼 보이게 되었고 생활비도 이유없이 늘어만 가는 것처럼 보였다. 그림은 한 점도 팔리지 않았고 무엇보다 곤란했던 것은 기분파인 막스 자콥이 언제나 그랬지만 또 일자리를 그만둔 일이었다.

세 번째 파리 체류가 끝날 무렵 겨우 〈해변의 모자〉가 200프랑에 팔렸으나 자포자기한 피카소는 남은 그림도 전부 같은 값에 팔려고 했다. 그러나 그것도 여의치 않아서 하는 수 없이 그림을 몽마르트르의 피쵸트에게 맡겼지만 맡겼다는 것은 말뿐이고 자칫 잘못하다간 모두 없어지고 말 것이었다. 후에 맡긴 그림을 찾으러 간 피카소는 애쓴 끝에 찬장 밑에서 겨우 그림을 찾아냈다. 피카소의 궁핍한 생활은 말로 형용키 어려울 정도여서 그의 추억에 의하면 출발 전날 밤 추위를 면하기 위해서 다량의 데생을 태워버렸다고까지 한다.

이 세 번째 짧은 파리 체류 중의 작품은 캔버스를 살 돈이 없어서 소품만이지만 오텔 듀 마로크의 좁은 다락방에서 그린 〈해변의 모자상〉과 같은 질적으로 높으며 깊게 우리의 마음을 감동시키는 작품도 있다. 그러나 돈과 장소의 부족 때문에 이 시기의 피카소에 있어서는 데생이 무엇보다도 알맞은 표현 수단이었다. 눈에 보이는 모든 것의 본질적인 특징을 순간적으로 보았을 때의 형상대로 스케치해서 재현해내는 일을 계속하고 싶다는 피카소의 억누를 수 없는 욕구는 결코 만족될 수가 없었다. 장작 대신 태워버린 데생이 만일 남아 있다면 이 수개월 동안의 그의 제작의 중요한 내용을 틀림없이 말해주었을 것이다.

바르셀로나 1903년 1월~1904년 4월, 장님과 비전

파리에서의 가난했던 공동 생활에 향수의 마음을 지니고 앞에서 썼던 막스 자콥에게 보낸 편지는 바르셀로나의 마테오 데 소도의 아틀리에에서 보

소렐 일가 1903년 油 150×201

낸 것으로 첫 부분에 이 아틀리에에서 본 대성당 탑의 스케치가 그려져 있다. 이 리에라 데 산 후안의 아틀리에는 3년 전인 1900년에도 카사헤마스와 같이 지낸 곳이지만 이번에도 데 소도와 공동으로 빌리지 않으면 안 되었다. 피카소가 코메르시오 거리에서 단독으로 아틀리에를 빌릴 수 있게 된 것은 1904년 초의 일이었다.

수년 동안을 이렇게 쉴새없이 바르셀로나와 파리 사이를 왕복한 것은 사바르테스의 의견으로는 이때 피카소의 마음속에 병처럼 서식하고 있었던 불안감 때문이라고 한다. 확실히 1900년에서 1904년 사이에 피카소는 피레네 산맥을 여덟 번이나 넘었고 또 더욱더 제작에 필요한 영감과 안정을 줄 수 있는 정신 환경을 찾아서 마라가와 마드리드도 방문했다.

자기의 길을 가지 않으면 안 된다는 것을 깨달은 인간이 맛보는 고독감이나 미지의 세계로 파고드는 사람만이 지니게 되는 의혹은 피카소에게는 이제는 낯선 것이 아니었다. 막스 자콥에게 보낸 편지 끝에 적은 것처럼 '무엇인가를 해내기 위해서' 겨울이 되어도 바르셀로나에 있을 결심을 했다.

1904년 봄까지 계속된 이 1년 남짓한 바르셀로나의 체류 동안 청의 시대의 가장 칭찬받을 만하고 가장 감동 깊은 작품을 몇 점 그렸기 때문에 우리는 이 시기를 기억해야만 한다. 색채상으로 보나 주제상으로 보나 전형적인 청의 시대 양식에 넣어야 할 많은 작품에 섞여서 색다른 대작을 두 점

인생
1903년
油
197×130

　그렸다. 그 중 하나는 재단사 소렐이 부인과 네 아이들, 집에서 기르고 있는 개와 함께 야외로 소풍을 갔을 때의 가족 모습을 그린 〈소렐 일가〉이다. 깔개 위에는 엽총과 노획한 토끼, 술병과 과일이 놓여 있어서 이 소풍의 즐거움을 말해주고 있다. 즐거운 듯이 화가를 보고 있는 부모와 아이들이 그들이 보여지고 있다는 것을 느끼게 되자 순간 동작을 멈추었기 때문에 화면에는 일종의 무시간성이 지배하고 있으나 그렇다고 해서 생기를 잃고 있지는 않다. 그 결과 거기에는 친밀함과 현실감이 흐르고 있어서 어딘지 모르게 크루베의 초상화를 생각나게 한다.

　이 그림은 훨씬 후에 리에쥬 미술관이 소장하게 되었다. 피카소는 처음에 이 그림의 위쪽에는 손을 대지 않고 그대로 놔두었다. 그리고 한 친구에게 배경을 그려달라고 부탁해서 그 결과 거기에는 작은 숲을 그린 상투적인 배경이 그려졌다. 그리고 거의 10년이 지나서 이 그림을 입수하게 된 카안와일러가 그것을 팔기 전에 피카소에게 보여주었다. 피카소는 이 배경이 마음에 들지 않아서 나무를 지워 없애고 당시 그가 몰두하고 있었던 큐비즘적인 리듬의 배경을 만들어보았다. 그러나 그것도 마음이 차지 않아서 피카소는 모든 것을 지워버려 그림을 보는 사람의 눈이 인물에게만 집중되도록 배경을 평면적으로 만들어버리고 말았다.

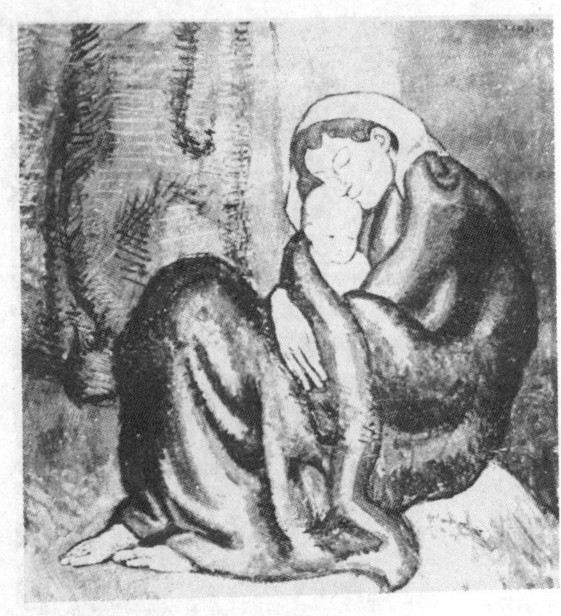

모성
1901년
油
112×98

　또 하나의 예외적인 그림 〈인생〉도 〈소렐 일가〉처럼 1903년의 대작으로
관점에 따라서는 이 해의 가장 야심적인 작품이라 할 수 있다. 확실히 이
작품의 크기는 압도적인 것이며 구도도 습작으로 몇 번씩이나 신중하게 다
듬어진 끝에 만들어진 것이다. 이 그림에서는 〈추억〉과 통하는 일종의 상징
성을 찾아볼 수 있으나 그 의도하는 바가 대단히 난해해서 그것 때문에 '문
제작'이라는 한마디로 해결해버리는 비평가도 적지 않다. 그러나 성애(性
愛)와 생활의 모순을 어떻게든지 설명해보려고 노력했다는 것은 전체적으
로 엄숙함을 자아내고 있는 인물의 자세를 보면 알 수 있다. 구성은 간결
하다. 남자에게 몸을 맡기고 있는 나체 여인에 대해 오른쪽에는 옷을 입은
부인이 배치되어 있으며 그녀가 가슴에 안고 있는 어린이를 남자가 의미있
게 손으로 가리키고 있다. 남자와 모친 사이에는 나체와의 습작이 마치 아
틀리에를 연상시키 듯이 겹쳐져 있다. 이 나체는 모두 응축되어 있었으며
커다란 고민을 표현하고 있다. 이 두 장의 데생을 여기에 그린 것은 괴로움
을 더한층 크게 상징하기 위한 것이라고 해석할 수 있다. 그리고 이미지를
별도로 덧붙이는 이와 같은 방법을 보았을 때 우리는 후에 다른 종류의 현
실을 도입하기 위해서 그림 속에 실체의 것을 도입하게까지 되었던 콜라쥬
의 기법을 머리에 떠올릴 수 있다. 이 그림에 있어서 하나의 착잡한 테마가

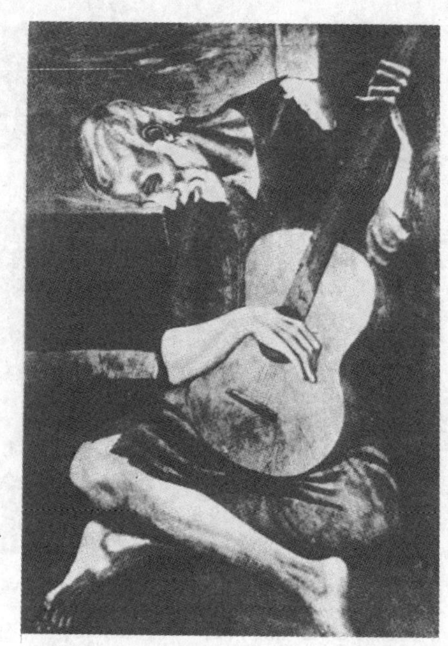

늙은 기타수
1903년
油
121×81

피카소의 의식 속에서 최초의 의도와는 달리 방향을 바꾸었다는 것은 확실하다. 이 그림을 위한 많은 밑그림 데생 중의 한 장에는 왼편의 남녀가 완전 나체이며 남자 얼굴이 명백하게 피카소 자신의 얼굴로 되어 있는 것이 있다. 그러나 유채화에서는 이 남자를 친구의 얼굴과 닮게 그렸고 허리에 천을 두르게 했다. 이 두 가지의 세부 변화는 작품을 추구하는 사이에 망설임이 생겨 최초로 머리에 떠오른 극히 자연적인 관념과는 별개의 것으로 변화해갔다는 것으로 보여주고 있는 것이다. 그러나 이 변화는 정성을 다해서 제작했음에도 불구하고 좋은 결과를 가져왔다고는 생각할 수가 없다.

물론 이 두 점의 대작 이외에도 수많은 작품을 그렸고 그 중에는 이 두 작품 이상으로 성공했고 확실히 보다 감동적인 것도 있다. 이 작품은 모두 서로 양식상으로 대단히 가까우며 모두 청색이 자아내는 신비적인 분위기에 젖어 있으나 그래도 서로 각각 다른 변화가 있고 그 하나하나에서 후에 되풀이되어 등장하게 되는 많은 요소의 원인을 찾아볼 수 있다. 예를 들면 〈늙은 기타수〉의 길게 늘어진 사지와 비틀어진 자세와 무엇이 더 있을 것 같은 동작은 엘 그레코의 마니엘리즘 양식을 연상시키지만 노인의 몸을 기타의 손잡이를 중심으로 기하학적으로 구성하고 있는 것은 후의 큐비즘 시대의 정물화에서 볼 수 있는 구도법의 전조이기도 하다.

맹인의 식사
1903년
油
95×95

〈머리를 틀어올리는 여자〉도 또한 사지를 고의로 비틀어 극적 효과를 내고 있다. 청의 시대의 모든 그림에 공통되어 있는 것이지만 여기서도 손의 표현이 특히 우리의 흥미를 끈다. 늘어진 신경질적인 손은 동물의 조각처럼 날카로운 감각과 원숭이의 손처럼 날쌔며 또 정확하게 물건을 잡을 수 있는 힘을 남보다 훨씬 강력하게 부여받고 있는 것처럼 보인다.

피카소가 손을 강조한 데는 특별한 의미가 있다. 왜냐하면 그가 장님에 대해서 생각하고 있었다는 것을 확실하게 밝혀주는 일련의 작품도 바로 이 무렵에 그려졌기 때문이다. 그 적절한 예가 〈맹인의 식사〉이다. 이 그림에서는 눈두덩이 동굴처럼 파인 장님의 남자가 허기진 배를 움켜쥐고 테이블 앞에 앉아 길고 예민한 손으로 눈앞에 물병과 빵을 더듬고 있다. 그리고 물병을 만지고 있는 손이 이제는 그의 눈으로 볼 수 없는 외부 세계와의 유일한 연락 수단이 되고 있다. 그는 이제는 이 촉감을 이용해서 오히려 변덕스러운 빛과 색의 변화에 방해받지 않고 물체의 본질적인 이미지를 마음속으로 뚜렷하게 전달받고 있다.

피카소는 지각 작용에 있어서 물체를 볼 수 있다는 것과 안다는 것은 큰 차이가 있다는 사실을 알고 대단히 놀랐다. 피카소는 물체의 피상적인 외견만으로는 도저히 만족할 수가 없었다. 보는 것만으로는 물론 지각 이외에 감각의 도움을 빌린다 하여도 충분하지 않았다. 지각이 이해에까지 도

늙은 유태인
1903년
油
125×92

달하기 위해서는 지각 작용과는 다른 어떤 형태로 마음의 움직임이 개입할 것이고 물체를 감동적으로 보며 또한 느끼는 심안이라고나 할 수 있는 지각 기능은 이 마음의 움직임과 오감(五感)에 의한 지각의 접점 근처에 위치하는 것이다. 그리고 이 심안은 외부 세계와의 창이 달려져 있으면 있을수록 더한층 강렬한 힘을 발휘하게 되는 것이다.

나중에 피카소 자신이 다시 한 번 긍정한 말이기는 하지만 그는 다음과 같은 수수께끼 같은 말을 남겼다. "실제로 중요한 것은 사랑이다. 그것이 어떤 종류의 사랑이건 간에. 그리고 황금의 방울새가 더 아름답게 울도록 그 눈을 멀게 하듯이 화가의 눈도 멀게 해야 한다."

이것은 오로지 보다 강렬한 표현과 우리가 살고 있는 현실 세계의 보다 깊은 이해를 일생 동안 추구해온 사람의 말로 받아들이지 않으면 안 된다. 약간 과장된 주석이기는 하지만 이 피카소의 말은 파스칼의 "예수 그리스도는 잘 보이는 사람을 장님으로 만들고 장님에게 빛을 준다."는 말과 통하는 것이 있다.

이 장님에 의해서 생각되는 것은 마치 피카소가 독특한 시각을 하늘에서 부여받은 것을 비난하듯이 그의 생애에 그림자처럼 따라다녔다. 그런데 무엇보다도 시각에 의해서 살고 있는 그와 같은 인간이 가령 한 순간이라 하더라도 장님의 우월성을 생각한다는 것은 하나의 역설이기는 하지만 사랑 그 자체가 맹목적이라는 점과 더구나 결과를 예측할 수 없는 창조 활동에 있어서는 맹목이 꼭 필요한 것이라는 사실을 이해한다면 납득이 가는 일이다. 바르셀로나에서는 거의 모든 길 모퉁이마다 장님이 있었고 피카소는 그들을 모델로 대단히 감동적인 그림을 수없이 많이 남겼다. 예를 든다면 의미 전달의 기능을 잃은 지 오래된 푹 파인 눈을 무표정하게 놓아둔 채 웃고 있는 유태인을 그린 〈늙은 유태인〉이 그렇다. 그의 옆에는 삶을 이어가는 데 없어서는 안 될 돈과 이 늙은 몽상가의 내부로의 세계에 공급해주는 소임을 맡고 있는 눈이 날카로운 소년이 있다. 또 다른 그림에서는 무릎을 껴안고 보이지 않는 눈으로 허망스럽게 하늘을 보고 있는 고독한 부랑자의 애처로운 모습이 그려져 있다. 그 모습은 이집트 신의 좌상을 생각나게 하며 우리는 이런 정도까지 깊은 불행을 모르는 인간에 비해서 이 남자가 훨씬 위대한 시력을 지니고 있다는 것을 깨닫게 된다. 1년 후인 1904년에 파리에서 제작된 에칭 〈가난한 식사〉도 이와같이 친구의, 이 경우는 여자 친구의 눈을 빌린 장님의 테마가 있다. 도움이 안 되는 그의 눈은 방의 한 구석에 고정되어 있으며 뼈만 남은 긴 손으로 가만히 여자의 어깨를 안고 손끝으로는 여자의 옷소매를 느끼고 있다.

청의 시대에는 이 이외에도 이렇게까지 비애를 느끼게 하지 않는 테마를 그린 것도 있으며 또 어린이를 주제로 한 작품도 많다. 피카소는 모친의 가슴에 안겨 있는 젖먹이의 엄숙한 매력에 사로잡힌 것을 비롯해서 모든 어린이를 언제나 사랑했으나 이 사랑의 정도는 가난과 병과 기형(奇形)에 마음을 빼앗기고 있었던 이 시대에 가장 강했던 것 같다. 그 하나의 예가 아바 콘웨이 부인의 수집 중 〈비둘기를 안은 어린이〉이다. 이러한 주제는 자칫하면 감상의 함정에 빠지기 쉬운 것인데 피카소는 반 고호의 재래라고 생각할 정도로 대담한 붓 놀림과 윤곽선에 의해서 그 위험을 회피하고 있다. 물체의 표면은 살붙임을 거부하고 그늘은 색채 효과의 복잡화를 초래하기 때문에 배제하고 있다. 화상에 입체감을 주는 관용의 수단을 스스로 부정함으로 그렇지 않으면 감상을 불러일으켰을지도 모르는 이 부드러운 윤곽선에 강력한 힘을 준다는, 어떻게 생각하면 거친 방법으로 기법과 주제 사이의 대립 관계에 화해의 길을 준 것이다. 푸딩 그릇의 밑바닥을 긁어대는 소녀를 그린 〈먹보 어린이〉에서도 같은 말을 할 수 있다. 그러나 만일 기법면에서 그런 정도의 숙달된 강한 힘이 없었다면 그 주제로 보아서 청의 시대는 감상에 젖는 시대라는 치욕적인 평가를 받았을지도 모른다.

확실히 청의 시대 그림의 몇 점은 예를 들어 장님 거지의 그림이나 현재 시카고 미술관에 소장되어 있는 〈늙은 기타수〉 등은 감상에 젖어 있는 면이 없지 않다. 그러나 그 극적 비애감은 어디까지나 현실 세계의 관찰을 기본으로 하여 조성된 것이어서 그것이 그러한 그림의 완전한 구세주가 되어 있다. 피카소가 전념한 것은 어떻게 하면 심리적 흥미를 배제하느냐 하는 것이 아니고 어떻게 하면 과도한 혹은 어울리지 않는 감상의 함정에 빠지지 않고 심리적 흥미를 그림 속에 삽입하느냐 하는 방법을 발견하는 것이었다.

그러나 같은 청의 시대의 그림 중 초상화는 이러한 비난을 받지 않아도 된다. 〈청의 남자〉를 비롯해서 페레 로메우의 부인이나 사바르테스나 마테오 데 소도의 상 그리고 그 이외의 수많은 초상화가 그 예이다. 이러한 초상화 속에는 안셀 데 소노를 그린 것도 있다. 그 작품에서는 얼굴, 손, 테이블 위의 글라스 등이 일련의 형태와 바탕색의 훌륭한 대조의 효과를 보여주고 있다. 또 세바스티아 후니엘을 그린 두 점의 초상화도 있다. 큰 쪽 초상의 배후에는 졸린 눈을 하고 엷은 입술에 꽃 한 송이를 문 창백한 얼굴의 거리 여자가 지나가는 사람처럼 서 있다. 그녀를 물리치는 것은 인간이 아니며 받아들이는 것도 현명하지 않은 유혹의 화신으로 망령처럼 거기에 서 있는 것이다. 그것은 후니엘의 정성들여서 가꾼 매끄러운 얼굴에는 나타나지 않은 내면의 갈등을 상징하고 있는 것이다. 이와 같은 상징적인 의미의 복잡한 형태가 덧붙여진 초상은 이것뿐이다. 피카소는 또 하나의 후니엘의 상에서 모델의 용모 그 자체에서 이미 충분한 심리적인 흥미를 느끼고 있다. 피카소가 초상 예술를 좋아한 것은 마치 무용가나 체조 선수가 근육의 힘을 교묘하게 지배해나가면서 훌륭한 연기를 피력하는 것처럼 자기 솜씨의 확실함을 즐겼기 때문이다.

피카소가 사람의 눈에 띄지 않은 좀더 넓은 방을 얻어서 코메르시오 거리의 새로운 아틀리에로 옮긴 것은 1904년 봄의 일이다. 마침 그때 같은 거리 아파트의 두 개가 붙은 다락방을 빌리고 있었던 사바르테스의 기억 덕분으로 피카소가 이사를 하자마자 일을 바로 시작한 것을 알 수 있다. 피카소

부친은 무엇인가 결정적인 걸작을 그리게 해서 아들의 발전을 확인하려는 의도에서 그에게 한 장의 커다란 패널을 사주었다. 그러나 피카소는 그것을 보통의 캔버스와 같은 것이라고 생각하고 그 위에 여러 사람의 인물상을 그린 후에 그대로 놓아두었다. 그러나 남에게 공개하지 않은 이 새로운 집은 작품 창조의 새로운 전개를 위해서 꼭 필요했던 집이었다. 이 무렵 피카소는 화구와 붓을 지참하고 사바르테스의 방을 찾아가 '앗시리아의 양각과 같은 양식으로 1901년에서 1904년에 이르는 청의 시대를 대표하는 것과 같은 일련'의 벽화를 그렸다. 또 그 반대쪽의 벽에는 반라의 무어 인이 목을 매고 나뭇가지에 매달려 있고 그 밑에 젊은 전라의 남녀가 정열적인 사람의 행위에 열중하고 있는 그림을 그렸다. 또 천장 가까운 벽에 달려 있는 둥근 창을 크게 뜨고 있는 눈으로 삼아서 그 주위에 두세 개의 선을 긋고 그 밑에 "내 수염은 설사 내 몸을 떠난다 해도 우리는 같이 신이다."라는 말을 써넣었다. 이 '나와 같이'라는 한마디로 우리는 피카소의 야심을 알 수 있는 동시에 그의 마음에 의혹이 자리잡고 있었다는 것도 알 수 있다. 몇 년 전에 카사헤마스와 함께 리에라 데 산 후안에 살고 있을 때도 그랬지만 피카소는 그리기를 마치면 이미지를 더한층 확실하게 하기 위해서 곧 명(銘)을 써넣었다.

피카소는 바르셀로나를 떠나기 전에 다시 한 번 좀더 좋은 방이 필요하다고 생각해서 같은 메르시오 거리의 다른 아틀리에로 옮겼다. 그러나 설비가 좋아졌다 해서 그는 만족하지 않았다. 결국 바르셀로나는 파리와 같지 않았기 때문이었다. 1904년 4월 그는 카탈루니아를 떠났다. 이번에야말로 영원히.

제4장 시인들의 집합소(1904~1906)

세탁선, 파리 영주

지금은 에밀 구도 광장이라고 불리우고 있는 몽마르트르 언덕의 남서면의 한 곳에 한 채의 낡은 집이 서 있었다. 막스 자콥은 이 집을 '세탁선'이라고 이름을 붙였다. 아마도 그것은 세느 강에도 오는 세탁선과 많은 점에서 닮아 있어서 그랬을 것이다. 실제로 이 건물은 이층이 외부와 접하고 있어서 드나드는 사람은 갑판으로 들어와서 계단을 여러 층 내려가 어두운 통로를 지나서 겨우 밑의 층에 이를 수 있다는 점에서 배를 닮고 있는 하나의 특징이 있었다. 그러나 건물 안팎에는 물이나 위생 설비도 거의 없다는 점에서는 세탁선답지 않았다. 그리고 반대쪽 벽에 나 있는 많은 커다란 유리 창문이 이 언덕 사면에 다닥다닥 붙어 있는 건물이 아틀리에의 아파트였다.

심하게 헐은 다락방과 지하실밖에는 없는 것처럼 보이는 황폐한 집이었지만 세기가 바뀌는 시기에 보헤미안 생활의 중심으로 널리 알려진 집이었다. 이전에는 그곳에 고갱과 상징파의 문학가와 예술가가 살고 있었으나 1904년 4월에는 바르셀로나에서 온 피카소와 세바스티아 후니엘 이 비달의 거주지가 된 것이다. 이 두 사람의 삼등열차 여행과 처음으로 프랑스 사람을 만났을 때의 광경은 피카소 자신이 〈할렐루야〉라고 이름진 가벼운 스케치로 널리 알려지고 있다. 두 사람이 도착했을 때의 모습은 커다란 트렁크를 안은 후니엘을 그린 최초의 스케치에 그려져 있다. 그 밑에 "…… 그리고 정각 아홉시 그들은 드디어 파리에 도착했다."라는 설명문이 씌어 있다.

그리고 모자를 안 쓴 후니엘이 혼자 프록 코트를 입은 대머리의 작은 남자의 돈이 가득 들어 있는 가방을 액자에 넣은 그림과 교환하고 있는 광경을 그린 마지막 장의 이 그림은 이 시리즈의 클라이맥스가 되어 있다. 이 설명문에는 "나는 듀랑 르엘(원문대로. 사실은 듀랑 류엘)을 불러서 그에게서 많은 현금을 받았다."라고 씌어 있다. 이 〈할렐루야〉라는 제목에 대해서 약간 설명하면 이것은 인생의 괴로움을 설명한 그림이 들어 있는 설화적인 이야기의 판화집의 이름으로 19세기 스페인에서는 흔히 길거리에서 팔리고 있었다. 스페인에서는 이러한 이야기는 반드시 불행한 결말로 끝이 나 있었다. 이 이야기의 마지막에는 두개골, 관, 장사의 행렬 등이 등장했고 〈할렐루야〉의 한마디로 결말이 지어졌다. 그러나 피카소의 〈할렐루야〉는 당대 제일의 부자 화상과의 만남으로 연결되었는데 이것은 피카소의 선천적인 낙천주의의 덕이라 할 수 있다.

피카소는 최후까지도 파리에 온 일이 있었지만 언제나 불과 몇 주일밖에는 머무르지 않았다. 그러나 이번에는 사정이 달랐다. 피카소는 많은 그림과 캔버스를 미리 라비니양 가 13번지의 새 거주지로 부쳤다. 때문에 파리에 도착하자마자 바로 이 집의 맨 위층——즉 거리에 면한 층——의 아틀리에에서 안정할 수가 있었다. 그리고 앞으로 5년 동안 피카소는 이곳을 제작과 생활의 장소로 정해 친구와 어울리는 근거지로 삼게 되었다.

피카소가 아무리 천부의 재능을 지녔다 해도 또 그것을 아무리 강하게 확신하고 있었다 해도 대도시 파리는 젊은 예술가에게는 조금의 관심도 보여 주지 않는다는 것을 경험으로 알고 있었다. 이번에도 모리스 레이나르에 의하면 그는 '파리를 정복하기 위해서도 아니고 또 유혹하기 위해서도 아니고 인생의 구원의 길을 찾아서 파리로 온 것'이다.

낯선 타향에서의 그의 긴 방랑 생활의 제일보이며 그 후의 역사에 커다란 영향을 미치게 되는 이 이주의 동기에 대해서 여러 의견이 일치를 보이고 있는 것은 아니지만 어쨌든 이 후로 그는 사실상 프랑스의 예술가가 되었다. 그리고 그의 명성이 널리 퍼지게 되자 프랑스의 관계(官界)에서조차 약간 망설이는 기운이 없지는 않으나 서서히 그의 존재를 프랑스 전통의 명예로 환영하게 되었다. 물론 피카소는 언제나 스페인 이외에는 고국으로 느낄 수 없었다. 그는 프랑스의 국적을 요구한 일은 없었지만 초기에 정치

정세의 악화로 스페인에 돌아갈 수 없게 되고서는 스스로 프랑스를 제이의 고향으로 인정하게 되었다.

"화가로서의 피카소의 활동은 모두 파리에서 꽃피었다. 그의 재능의 다채로운 표현은 그대로 프랑스 현대 미술사의 일부를 형성하고 있다. ……피카소는 자기 나라의 옛날부터의 정체성(停滯性)이 자기 창조력의 발전을 위해서는 커다란 장해 이외에 아무것도 아니라는 것을 확실하게 깨달았다."

이 말은 시인 피에르 르벨르디의 말이지만 스페인의 작가 중에는 이러한 말을 인정하지 않고 피카소가 스페인에서 배운 것을 열거하고 그에게 흐르고 있는 스페인 사람의 피는 결코 변하지 않았다는 것을 지적하여 이에 항의하고 있는 무리도 적지 않다. 그러나 공평하게 보아서 세계의 모든 예술가를 똑같이 끌어들일 수 있을 만한 매력을 지니고 있는 파리의 유인력이 다만 '네 마리의 고양이'에 모이는 사람에서나 매력을 찾아볼 수 있는 스페인의 유인력과는 비교가 되지 않게 강했다는 것은 부정할 수 없을 것이다. 또 이후의 그의 예술의 혁신적 경향은 파리에서니까 인정을 받았지 스페인에서는 용서되지 않았을 것이라는 것을 그가 본능적으로 예감하고 있었다는 말도 있다. 사실 훨씬 후에 피카소는 레이나르에게 이렇게 말했다. "만일 세잔이 스페인에서 제작을 했다면 화형(火刑)을 당했을 것이다."

피카소가 파리에서 얻으려 한 것은 근본에 있어서 '인생의 구원'이었다. 원래 회화는 생명과 끊을 수 없는 관계이다. 그의 일상 생활은 눈을 통해서 이루어지고 있는 것이며 그는 가장 깊은 의미에서 볼 필요가 있었다. 통찰력이 늘어나고 있는 자기 시각이 자기를 어디로 인도해가는 것인지, 그리고 자기도 확실하게 알고 있는 자기의 위대한 재능이 그 시각 세계를 어떻게 표출할 것인지 피카소는 언제나 이 의문 때문에 괴로워했다. 자기의 의도를 데생으로 뚜렷하게 남에게 전달하는 것이 놀라울 정도로 쉽다는 것을 알았을 때의 기쁨은 친구들의 칭찬의 말도 그를 만족시키지 못했고 오히려 그를 그 독으로 몰아넣었다. 다시 레이나르의 말을 빌리면 "피카소는 개화하고 있는 천재가 안고 있는 불안한 고독을 맛보고 새로운 세계가 부르는 소리를 듣고 있었다."는 것이다.

물론 바르셀로나에서 1년에 걸친 집중적인 활동을 계속한 후에 파리로 왔다고 해서 그의 작품이 단번에 새로워질 수는 없었다. 바르셀로나의 길

모퉁이를 잠자리로 삼고 있는 가련한 사람들이 피카소와 같이 여행을 하고 파리로 온 것만 같았다. 파리에 도착한 후에도 그의 마음에서 떠나지 않았던 이미지는 역시 이러한 사람들의 모습이었다. 꼬마들이 보고 있는 앞에서 수프 그릇에 고개를 파묻는 거지의 모습도, 양손을 마구 흔들어대면서 알 수 없는 말을 내뱉는 누더기를 입은 정신 병자의 모습도, 빈 손을 내밀고 적선을 바라는 등이 굽은 장님의 모습도 모두 바르셀로나와 다를 것이 없었다. 세계 어디에서나 볼 수 있는 구제할 수 없는 비참한 궁상에 허덕이는 이러한 사람들이 예전과 다름없이 피카소의 화첩을 메꾸어나갔다.

여기서 1904년 여름에 제작된 두 점의 걸작품에 주목할 필요가 있다. 하나는 현재 미국 오하이오 주 토레도 미술관에 있는 〈까마귀를 안은 여자〉의 이름으로 알려져 있는 커다란 그림이다. 이 그림의 색채와 꿈꾸는 듯한 눈길로 새의 머리에 입을 맞추고 있는 여자의 야윈 몸은 그 이전의 많은 작품에 비교하면 조소성이 적어졌다고는 하나 확실히 청의 시대의 연장이다. 이 화면에는 기도하는 듯한 모습으로 새를 안고 있는 여자의 가늘고 긴 손이 중요한 초점이 되고 있으나 이것은 역시 엘 그레코의 마니엘리즘을 생각나게 한다.

똑같이 길게 늘어진 손은 앞에서 언급한 또 하나의 걸작인 커다란 에칭 작품 〈가난한 식사〉에도 역시 등장하고 있다. 이미 이것보다 5년 전에 리카르도 카나르스라는 바르셀로나 출신의 친구가 피카소에게 에칭 제작을 권했다는 것이 기록에 남아 있으나 당시의 작품으로는 창을 왼손에 들고 발을 벌리고 서 있는 소품 투우사의 그림 단 한 점밖에는 남아 있지 않다. 창을 왼손에 들고 있는 것은 에칭을 막 시작한 피카소가 모양이 좌우 반대로 나오게 된다는 것을 잊고 있었기 때문이다. 물론 그는 곧 화면의 위쪽에 〈El Zurdo(왼손잡이 사나이)〉라고 이름을 넣어 이 잘못을 감추었다. 이 투우사는 초상을 그려준다고 해서 일부러 실내에서 포즈까지 취한 것이라고 생각되지만 그의 발 밑에는 작은 올빼미가 한 마리 그려져 있다. 피카소는 이로부터 50년 후에 다시 이 새에 흥미를 느끼고 대단히 많은 스케치나 채색화를 남기게 되지만 이 에칭이 올빼미를 그린 최초의 예이다.

〈가난한 식사〉는 원숙미가 있고 기법적으로도 훌륭한 작품이지만 동판이 너무 비싸서 아연판도 남이 사용했던 것을 이용해서 남이 새긴 풍경의 자국이 희미하게 남아 있다. 앞에서 말한 카나르스가 역시 이 무렵에 파리에 살고 있었으므로 피카소에게 여러 가지로 조언을 해주고 있었다. 피카소의 판화 예술의 권위자인 벨른할트 카이저의 말에 의하면 "피카소는 자기가 원하는 대로의 효과를 올릴 수 있을 때까지 에칭의 기법을 익힐 수 있게 된 것은 카나르스의 지도의 덕이었다."고 한다.

페르난드 올리비에

파리에 도착한 지 얼마 안 돼서 〈가난한 식사〉의 제작 중에 '세탁선'의 어두컴컴한 복도에서 피카소는 한 소녀와 자주 마주치게 되었다. 그녀는 지하실에 하나밖에 없는 공동 수도에서 물을 긷기 위해서 곧잘 복도를 지나다녔다. 그녀의 녹색 눈, 반듯한 얼굴, 야성적이며 탐스러운 적갈색의 머리 등 한번 보면 잊기 어려운 무엇이 그녀에게 있었다. 그는 그녀에게 말을 걸었다. 피카소의 최초의 사랑이 발단이 된 이 우연한 상봉이 그 후 어떻게 결말이 났는지는 그녀 자신이나 그 밖의 많은 기록 때문에 우리는 잘 알고 있다. '사랑스러운 페르난드'는 최초의 명성을 함께 나누는 사이가 되었다. 그녀의 설명에 따르면 처음에 만난 것은 다음과 같았다고 한다. 어느 더운 여름 날 오후 그녀는 광장의 밤나무 밑에서 여자 친구들과 잡담을 하고 있었다. 그때 별안간 소나기가 쏟아졌다. 급히 집 안으로 뛰어들어온 그녀는 입구에 서 있는 젊은 스페인 인의 검은 눈동자를 피할 수가 없었다. 새끼 고양이를 안고 있었던 그 청년은 장난기를 섞어 웃으면서 길을 막았다고 한다. 그리고 그녀가 피카소의 초대를 받고 아틀리에에 처음 들어갔을 때 놀란 일도 그녀는 잘 기억하고 있다. 벽에는 커다란 푸른 그림이 여러 점 세워져 있었고 책상 서랍에서는 새앙쥐를 기르고 있었다고 한다.

그러나 페르난드는 곧 피카소가 하자는 대로 한 것은 아니었다. 그녀는 모자 장수의 딸로 피카소보다 6개월 뒤에 파리에서 태어났으나 모친이 사망한 후 이모 밑에서 자랐다고 한다. 그러나 그녀는 이모를 대단히 싫어해서 17세가 되던 해 이모 곁에서 떠나기 위해 안 지 얼마 안 되는 어떤 사람인지도 모르는 조각가와 결혼했다. 그러나 얼마 지나지 않아서 이 남자는 정신 병자가 되어버려 그녀는 다시 그와도 헤어질 수밖에 없었다. 그녀의

몽마르트의 피카소와 페르난드 올리비에 1906년경

말에 의하면 두 사람이 같이 살게 된 후에도 그녀는 이유를 밝히지 않고 피카소의 구혼을 거절했다고 한다. 두 사람이 바르셀로나의 부모를 방문했을 때에 부친 돈 호세조차도 그녀가 그렇게까지 완강하다는 것이 믿어지지 않아서 좀더 강경하게 결혼을 조르라고 아들에게 충고했을 정도라고 한다.

페르난드 올리비에는 그녀의 회상록 속에서 두 사람의 나이를 합해 겨우 40을 넘을 정도의 매일매일의 생활의 기쁨과 환멸을 이야기하고 있다. 또 그녀는 그녀 나름대로 관찰한 두 사람의 주위에 모여드는 보헤미안의 생활과 여러 나라에서 모여드는 가난한 지식인과 돈 많은 수집가의 이야기를 그녀의 독특한 솜씨로 생생하게 묘사하고 있다.

젊은 애인의 뛰어난 아름다움과 건강하고 당당한 자태와 그리고 그녀의 신뢰감 등이 피카소의 마음에 새로운 희망과 기쁨의 등불을 밝혀주었다. 그것은 당연한 일이지만 그의 생활에 그리고 그의 예술에 뚜렷하게 반영되고 있다. 스페인 특유의 질투심 때문에 피카소는 그녀를 언제나 독점하고 싶어했고 그 결과로 많은 스케치와 초상화가 만들어지게 되었다. 그녀는 또 신이 없어서 아틀리에에서 밖으로 나갈 수 없었던 수주일 동안에 시간을 잊게 해준 헌 책더미가 그렇게 고마울 수 없었다는 이야기도 하고 있다. 안달루시아 사람인 피카소는 그녀를 마치 신처럼 모셨다. 혼자 외출하는 것은 용서되지 않았으며 마루를 청소하는 일도 먹을 것을 장만하는 일도 언제나 피카소가 했다. 이러한 피카소의 사랑에 대해서 그녀는 "얼마간의 차와 어느 정도의 책과 한 개의 침대 겸용 의자 그리고 얼마 안 되는 집안 일, 이러한 생활에 나는 만족했고 행복하기만 했다."고 말하고 있다. 그녀는 게으르고 사치스러운 여자로 생각되고 있으나 실제로는 요리를 잘 해서 작은 석유 난로로 멋진 요리를 만들 수 있었다. 게다가 경제 관념도 발달해서 그녀는 피카소와 그의 친구들의 식사를 하루에 2프랑으로 해결하는 방법도 알고 있었다.

페르난드의 회상록에 씌어 있는 피카소에 대한 그녀의 인상을 인용할 만한 가치가 있다.

"그는 처음 본 사람을 단번에 자기 편으로 만들어버리는 그런 형의 사람은 아니었지만 그의 이상하게 엉기는 듯한 눈매는 사람의 마음을 쉽게 끌어당기고 말았다. 그의 사회적 지위를 판단하는 것은 어려웠지만 반짝이는 눈빛과 그 속 깊이 감추어져 있는 화염은 자석처럼 흡인력을 지니고 있어서 나는 그 힘에 거역할 수 없었다. 또한 그는 피부가 검고 키도 작았으며 마음이 급해서 옆에 있는 사람도 편안히 있을 수가 없었다. 그 어두운 깊은 눈은 날카로웠으며 접근하기 어려웠고 사람을 찌르는 것만 같았다. 거동도 어딘지 모르게 자연스러움이 없었다. 손은 여자처럼 생겼고 의복은 초라했고 단정하지도 않았다. 이지적이지만 완고하게 생긴 이마에는 언제나 윤기 있는 검은 머리가 늘어져 있었다. 그리고 반은 보헤미안이고 반은 노동자의 차림을 하고 있었으며 오래 입어 허름해진 재킷의 깃은 언제나 검은 머리로 덮여 있었다."라고 쓰고 있다. 또 그녀의 회상에는 어느 겨울 날 난로를 피울 석탄이 떨어져서 두 사람은 하는 수 없이 침대에서 이불을 뒤집어쓰고 추위를 면하고 있는데 이웃 석탄집 주인이 그녀의 '눈이 마음에 들었다'고 말하면서 마음씨 좋게 석탄을 꾸어주었다는 이야기와 두 사람이 현금없이 식량을 얻을 수 있는 방법을 연구했다는 이야기도 씌어 있다. 그것은 식료품을 배달해달라고 부탁하고는 그 소년이 오면 방 안에서 "거기 두고 가요. 지금 벗고 있어서 문을 열 수가 없어요."라고 소리질렀다고 한다. 이렇게 해서 그들은 일주일 정도 장만하는 시간을 벌었다고 한다. 또 그들이 기르고 있었던 개 프리카가 마음씨 좋은 사마리아 사람처럼 어디에서인지는 모르나 한 묶음의 소시지를 물어온 일도 있었다고 한다.

'세탁선'은 불결하고 있기 편한 곳도 아니었고 많은 사람이 사는 곳이라 언제나 소음 때문에 괴로움을 당해야 했다. 겨울에는 커피 찻잔에 얼음이 얼었고 여름의 더위도 견디기 어려웠다. 이웃에는 화가, 조각가, 문필가, 유머리스트, 배우, 세탁녀, 양복, 일꾼, 행상인 등 잡다한 인종이 모여 살고 있었다. 지붕에 쌓인 눈에 미끄러져 추락사한 비극도 석유 난로에 질식할 뻔한 사나이가 화가 난 나머지 난로를 창 밖으로 던져버렸다는 희극도 피카소의 기억에는 생생하게 남아 있다. 그러나 사람들의 생명력과 연대감은 가난이나 불쾌감보다 강했다. 몽마르트르의 중심에 자리잡고 있었던 이 불결한 보헤미안의 사회에는 다정함과 남의 소문과 열렬한 인생극이 넘쳐 있어서 하나의 완전한 부락과 같은 분위기를 지니고 있었다. 그래서 젊은 스페인 사람이 피카소와 그 친구들의 모험에 넘쳐 있는 이러한 환경은 어울리는 그 무엇이 있었다. '세탁선'의 주민들은 그들의 기묘한 언동이나 생각을 때로는 이해할 수 없었으나 그래도 그들을 소중한 이웃으로 환영해주었다.

피카소는 광장의 나무 그늘에서 친구들과 환담을 하든가 이웃 사람과 어울리든가 하는 일을 곧잘 했고 때로는 먼지투성이의 길바닥에 수탉, 암탉, 토끼, 말, 새 그 밖에도 무엇이건 그 모양을 한번에 그리는 방법을 아이들에게 가르쳐주기도 했다.

피카소의 친구

당시 여러 분야의 사람이 여러 가지 이유로 해서 바르셀로나에서 파리에 와 있었으나 그 중에는 고갱과 교우가 있었던 조각가 겸 도예가 파고 듀리오, 마른 몸집의 라몽 피죠트, 이미 거장의 관록이 충분했던 스로아가, 판화가 겸 화가인 리카르도 카나르스(그의 아름다운 아내를 모델로 한 피카소의 멋진 초상화가 있다), 한없이 농담을 좋아했고 농담을 위해서라면 어떤 사람이라도 희생물로 하는 것을 주저하지 않았던 조각가 마노로 우게 등이 있었다. 마노로는 장군의 아들로 부친이 쿠바 전쟁에 출정한 후부터는 바르셀로나에서 무엇이든지 자기 혼자서 해나가기지 않으면 안 될 경우에 놓여지게 되었다. 그러나 그는 곧 자기의 재간으로 생활하는 방법을 배웠다. 그의 끝이 없는 재치있는 농담에는 아무도 당해내지 못해서 모든 친구들은 그의 용서할 수 없는 거동도 결국엔 용서하고 말았다. 그의 장난에 관한 이야기는 끝이 없는데 예를 들면 그의 부친이 바르셀로나 경찰의 기동력을 이용해서 아들을 잡아들인 일이 있었다. 부친은 엄숙하며 자상하게 아들을 타일렀다. 감동한 나머지 눈물을 흘린 아들은 단 한 가지 소원으로 아버지를 포옹하게 해달라고 부탁했다. 아버지는 아들의 이런 태도에 놀랐으며 또 그 다음에는 아들과 함께 자기의 시계가 없어진 것을 알고 더욱 놀랐다고 한다. 사실 마노로는 살인 이외의 일이라면 무엇이든 했다고 웃으면서 스스로 말했다고 한다. 그러나 그는 조각에 뛰어난 재능을 지니고 있었다. 그는 남의 마음을 쉽게 매료시키는 매력을 지닌 가장 사랑스럽고 진정한 보헤미안이었다. 후에 바르셀로나의 슬픈 뉴스를 듣게 되었을 때 피카소는 만일 그들이 마노로를 총살형을 하려고 해도 그의 농담 때문에 웃어버려서 틀림없이 총을 잘못 쏠 것이라고 말했다.

　피카소의 재능과 개성은 이와 같은 친구들의 칭찬과 귀감의 대상이 되었고 그들은 가능한 한도의 원조를 아끼지 않았다. 먹을 것이 없어서 곤란을 받고 있다는 말을 들은 파고 뒤리오가 정어리 깡통 한 개와 빵 한 조각 그리고 포도주 한 병을 남모르게 피카소의 방문 앞에 놓아둔 일도 있었다. 마노라와 데 소도는 막스 자콥의 힘을 빌려서 피카소의 데생 한 묶음을 끼고 얼마에라도 좋으니까 팔려고(만일 팔리면 팔리는 대로 피카소는 그것을 아끼지 않고 친구들과 같이 써버리고 말았지만) 라피트 거리의 화상을 한집 한집 찾아다녔고 그래도 팔리지 않으면 골통품상까지도 찾아다녔다. 레슬러 출신의 스리에 할아버지도 이러한 골통품상의 한 명이었다. 메드라노 서커스의 반대편에 가게를 가지고 있었던 이 괴짜는 장사용 침대와 매트 외에도 앙드레 르벨의 말을 들어보면 그는 타고난 본능적인 감각으로 르느와르나 뒤발리에 르소 심지어는 고야의 작품까지 모아두었다고 한다. 그래서 그는 근처에 살고 있는 예술가들에게는 없어서는 안 될 존재였다. 그 이유는 그들의 작품을 값비싸게 사주어서가 아니고 아사 직전의 궁지에서 구해주었기 때문이다. 그에게서 적은 돈을 빌리는 일은 언제나 가능했지만 터

살로메
1905년
드라이포인트
41×35

무니없이 비싸게 치렀다. 피카소도 옆의 카페에서 술 한 잔을 대접하고 훌륭한 스케치 열 장을 단 돈 20프랑으로 바꾼 일도 있었다.

　뿐만 아니라 약간의 돈을 벌기 위해서 다음과 같은 시도도 해보았으나 그것도 그리 큰 성과는 얻지 못했다. 자기가 직접 인쇄기를 가지고 있어서 수요가 있을 때는 판화의 인쇄를 하고 있었던 옛 코뮨 정부 지지자의 친구인 르라톨의 도움을 입어 피카소는 14매로 되어 있는 에칭집을 만들었다. 주로 아를캥이나 서커스단 또는 괴물처럼 살이 찐 헤롯 왕 앞에서 춤추는 〈살로메〉 등을 그린 이 판화는 크기는 여러 종류가 있었지만 전체로서는 선의 치밀하기나 주제의 재미는 다시 없을 정도의 일품이었다. 14매 중에는 구작 〈가난한 식사〉도 포함되어 있었으나 1913년에 보랄이 원판을 사서 재판을 내기 전의 이 오리지날판은 현존하는 피카소의 에칭 중 가장 부수가 적은 명품이다. 이 판은 라피트 거리에 있는 작지만 장사에 열성있는 화상 크로비스 사고의 손으로 판매되었으나 친구에게 나누어줄 돈은 고사하고 피카소 자신에게도 한 푼도 생기지 않았다.

　대부분의 화가는 전람회에 출품할 기회를 절대 놓치지 않는 법인데 피카소는 자기 작품의 공개를 언제나 거부했다. 그가 그림을 파는 것은 즐거움을 맛본다기보다는 단지 생계를 유지하기 위한 수단일 뿐이었다. 그래서 그림을 팔면 초라한 기분에 빠졌고 환상과 가격 흥정을 해야 할 지경이 되면 오히려 그냥 주는 쪽이 낫다고 생각했다. 사실 이 무렵에는 판 것보다 그냥 준 쪽이 많았고 전람회를 싫어하는 그의 마음은 지금까지의 실패에 기인하고 있다는 것을 부정할 수 없으나 실제로 천재로서의 자신과 타인의 반응에 대한 의혹이 그렇게 만든 것이라 해야 할 것이다. 그 결과 피카소는 자기 작품을 상품으로 전시하는 것보다는 오히려 자랑스럽게 간직하는 것이 좋다고 생각했다. 보랄까지도 원칙적으로 안면이 없는 손님에게는 피카소의 그림을 보여주지 않았으며 선택된 몇 사람에게만 그 기회를 주었다.

이미 1905년의 살롱 도톤느나 이것보다 더욱 혁신적인 살롱 데 앙데팡당의 출품자 명단에는 마티스, 브라크, 블라망크, 듀피이, 프리에스 르오의 이름은 나와 있으나 피카소는 이러한 인간이 많이 모이는 곳에 얼굴을 내밀기를 워치 않았다. 피카소는 당시 유행된 이론에는 거의 흥미를 보이지 않았고 다만 자기 자신만을 의지해서 고독하고 위험한 길을 택했다. 또 많은 화가가 굶주림에서 어느 정도 헤어나기 위해서 〈버터 접시〉나 기타 잡지에 삽화를 그리고 있었으나 피카소는 그런 흉내를 낼 의사도 시간도 가지고 있지 않았다. 물론 단 한 번 풍자 잡지 〈후루 후루〉에 삽화를 그린 일은 있었던 것 같다. 이와는 달리 장 롤랑과 피카소의 친구 구스타브 고퀴오가 쓴 희곡 〈성 르레트〉를 위해서 포스터를 그린 일은 있었다. 그러나 이 포스터는 무명의 화가가 만들었다는 이유로 그랑 규니율 극장의 지배인으로부터 거절당했다.

최초의 후원자들

피카소는 일반 사람들에게 적극적으로 작용하지는 않았지만 그래도 여러 나라의 방문객이나 수집가가 그의 불굴의 에너지가 만들어내는 신작을 사가기 시작했다. 청년작가 앙리 피에르 로슈에게 안내되서 피카소의 은신처를 찾아온 레오 스타인, 거트루드 스타인 남매도 그런 사람 중의 한 쌍이었다. 이 미국인 남매는 파리에 도착한 지 얼마 안 되었지만 부지런히 미술과 음악 세계에 이상한 열의를 지니고 파고들었다. 벌써 몇 년 전인 1902년에 레오가 런던에 들렀을 때 그로서는 처음으로 윌슨 스티아라는 현대 화가의 작품을 구입했고 파리에 나타나서는 버나드 베렌슨의 도움을 얻어 보랄 화랑에서 몇 점의 세잔 그림을 보고는 그 중에서 풍경화 한 점을 구입했다. 그리고 반 고호와 고갱의 그림을 수집하게 되자 그의 수집욕은 어느 정도 만족하게 되었다. 그리고 드디어는 1905년의 살롱 도톤느에서 누이의 찬성을 얻어 대담하게도 마티스의 〈화려하면서 힘차다〉 초상화를 자기 것으로 했다. 이 그림은 마티스를 비롯해서 드랑, 블라망크, 브라크 등 '야수파'라고 불리어진 일런 화가의 강열한 색채에 대한 비난의 대상이 된 작품이다. 그들의 화법은 자유롭지만 약간 독단적인 선명한 원색의 사용을 특색으로 삼아서 선배인 신인상파 화가보다도 더한층 형태에 대해서 무관심했었다. 그리고 그들의 격렬한 에너지는 그들 중에서 가장 연장자이며 '야수의 왕'이라고 불리어진 천재 마티스 주위에 결속되고 있었다.

스타인 남매는 피카소 예술과 인간에 커다란 감명을 받았다. 그러나 레오가 처음에 화상 크로비스 사고에게서 150프랑에 산 세로가 긴 커다란 유채화를 누이 거트루드는 좋아하지 않았다. 그것은 빨간 꽃을 바구니에 넣어 들고 있는 대단히 젊은 처녀를 그린 작품으로 청색을 주조로 한 1905년작이었다. 그러나 그들은 그 후 처음으로 피카소의 아틀리에를 방문했을 때 600프랑 정도의 그림을 샀다. 피카소의 그림이 한번에 이렇게 팔린 것은 처음 있는 일이었다.

허술하게 차린 이 열성있는 두 예술 탐험가 남매는 그림에 대해서 극히 대담했고 남에게 친절했으며 손님을 좋아했다. 거트루드의 회상록에는 흐류리유스 거리의 그들 아파트에서 여러 차례나 열렸던 만찬회의 광경을 묘사하고 있으며 실제로 그 후 몇 년에 걸쳐 많이 초대했었다. 20세기 초의 10년간 세계에서 파리에 모였고 그 빛나는 시대에서 산 젊은 시인, 화가, 음악가의 거의 대부분이 한번은 이 아파트를 방문했었다 해도 과언은 아니다. 그러나 이 남매가 1년 이상 피카소와 마티스의 그림을 사왔음에도 불구하고 이 두 화가가 처음으로 그들의 아파트에서 만난 것은 1905년의 가을이 되고서였다.

아틀리에 청의 시대 후기

페르난드는 피카소를 알기 전에는 낮에는 그의 아틀리에에 언제나 스페인 사람들이 와 있어서 대체 언제 그림을 그리는 것인지 이상하게 여기고 있었는데 친해지고 보니까 가스등이나 전등이 없었는데도 불구하고 그는 밤에 일하는 것을 좋아한다는 것을 알게 되었다고 술회하고 있다. 1909년 이전의 피카소 그림은 대부분이 마룻바닥에 앉아서 머리 위에 달아놓은 램프빛을 의지해서 그려진 것이다. 그러나 처음 시절에는 램프 기름을 살 여유조차 없어서 왼손에 촛불을 들고 오른손으로 그린 일도 있었다. 앙드레 사르몽이 막스 자콥을 데리고 처음 피카소의 아틀리에를 방문했을 때 그는 때마침 그런 방법으로 '푸른 그림'을 그리고 있었다고 한다.

이 시대에 그림이 전체적으로 푸른 기운이 도는 것은 촛불의 빛이 약해지면서 그것이 황색을 약하게 하는 특성을 지니고 있어서 그렇다는 해석이 전에 발표된 일이 있었다. 그러나 피카소가 그런 오산을 알지 못한 채 범했다고는 도저히 생각할 수 없다. 피카소만한 색감과 화재에 대한 지식을 가지고 있는 사람이라면 인공 광선의 일시적인 굴절 같은 것은 충분히 시정할 수 있었기 때문이다. 이러한 생각은 "색 중의 색 청색 중에서도 가장 뛰어난 청색 그대야말로 이 세상에서 가장 훌륭한 것이다."라고 한 피카소의 말을 생각해보면 참으로 무의미한 일이라 하지 않을 수 없다. 이와같이 피카소는 밤에 일하는 것을 좋아해서 아침 여섯시까지 자지 않는 일이 자주 있어서 아침이 이른 방문객은 환영받지 못했다. 다행히 아파트의 여자 관리인이 피카소에게 호감을 가지고 있어서 돈과 관계가 있을 것 같은 손님 이외는 쫓아달라고 안심하고 부탁할 수 있었다. 어느 아침 참사관 올리비에 상셀이 깨끗하게 차려입고 실크 모자를 쓰고 방문하자 그녀는 문을 두드리면서 이렇게 말했다. "일어나요. 이번에는 중요한 손님이 오셨으니까."

그러자 피카소는 잠옷 바람으로 이 저명한 수집가를 맞아들였으며 페르난드는 그림 뒤로 가서 숨었다. 방으로 들어온 상셀은 실크 모자를 놓기에 알맞은 장소가 없는지 방을 둘러보면서 "자, 바지를 입으세요. 감기 들면 안 되니까요."라고 정중하게 말하면서 서서히 신작을 감상하기 시작했다고 한다.

그러나 조금 더 좋은 시간에 방문한 손님은 소문난 곱슬머리 밑에 검은 구즈베리 열매 같은 눈을 반짝이면서 흰 셔츠 위에 푸른 재킷의 띠를 허리에 맨 모습으로 자기가 직접 문을 열고 기다리고 있는 피카소를 발견할 수 있었다. 다음에 유화구 램프를 화구용 기름을 겸용해서 사용하고 있는 파라핀 기름, 그리고 검은 파이프 담배 등등의 냄새의 마중을 받고는 벽에 세워진 캔버스 더미를 지나 겨우 방 중앙의 공터에 놓여진 화가(畵架) 밑에서 제작 중의 그림을 찾아볼 수 있었다. 사실 피카소는 그 무렵에도 아직 캔버스를 위에서 굽어보든가 또는 책상다리를 하고 앉아서 그린다는 식의 특수한 각도에서 화면을 대하는 것을 좋아했다. 물론 그림의 크기 여하에 따라서 여러 모양으로 위치를 고쳐잡았다. 화가의 오른쪽 바닥 위에는 화구, 검은 담비 털의 붓, 많은 보시기, 헌 천조각 그리고 양철통 등이 언제나 바로 손에 잡히는 범위 안에 어지러히 놓여 있었다. 방은 충분하게 넓었고 가구라고 할 수 있는 것이 거의 없었으면서도 이 아틀리에에는 언제나 잡다한 물건이 잔뜩 흩어져 있었다. 이 점에서는 쿠리시 큰 거리의 다락방도 예외는 아니었고 또 이 이후의 아틀리에 라 보에시 거리의 아파트, 그랑 조큐스탕 거리의 큰 아파트도 라 칼리폴리니의 별장도 노틀 담 드 비의 아틀리에도 모두 같다고 할 수 있다. 어디를 가나 피카소 주위는 그의 상상력을 키우는 소재가 모아져 있었다. 사르몽이 처음으로 피카소의 아틀리에를 방문했을 때 본 것을 다음과 같이 열거하고 있다.

"거기에는 베니어판으로 된 식기선반, 고물상에서 사온 평범한 둥근 테이블, 침대 대신 사용하고 있는 긴 의자 그리고 화가가 한 명씩 있었다. 아틀리에의 한쪽을 막아서 만든 작은 방에는 침대 등이 있었다. 이 작은 방은 약간 구석지게 만들어져 있어서 흔히 보는 '하녀 방'처럼 생겼었다. 우리는 그곳에서 페르난드 올리비에가 나타날 때까지의 짧은 시간에 피카소에게 많은 장난을 했다."

그러나 은연중 주위에 놓여 있는 그림이 지니고 있는 힘에 압도된 사르몽은 "그곳에서 하나의 새로운 세계를 발견했으며 완전히 압도당하고 말았다."고 한다.

이와같이 난잡한 속에서 특히 몇 개가 약간 그 장소에 어울리지 않는 느낌을 주어 보는 이의 주의를 끌었다. 그것은 마룻바닥 중앙에 아염제 대야가 놓여 있었는데 그 속에는 폴 크로델과 페실리앙 마귀의 책이 넣어져 있었다. 바닥이 울퉁불퉁하게 되어 있는 코너 벽에는 피카소가 일부러 정성들여서 만든 특별한 것이 놓여 있었다. 두 사람이 처음 알게 되었을 때 피카소는 그녀의 초상을 데생한 일이 있었는데 그것은 그녀에게서 받은 것으로 푸른 셔츠로 가장자리 장식을 만들어 달아서 막스 자콥이 제공해준 조화를 넣은 두 개의 세루리안 블루 꽃병과 함께 마치 제단처럼 벽에 장식을 한 것이다. 이것은 반은 장난으로 반은 사랑하는 여성에게 헌신적인 마음을 나타낸 것인데 페르난드는 이러한 방법이 그녀가 말한 일이 있는 그의 '신비주의'의 표현인지 그렇지 않으면 다만 그녀를 놀라게 하기 위해서 침대의 머리맡에 놓아둔 것이었는지 결국 정할 수가 없었다.

페르난드의 출현은 피카소와 막스 자콥의 우정에 결코 금을 가게 하지 않았을 뿐만 아니라 이 시인의 그녀에 대한 진실한 사랑은 그녀와 피카소가 헤어진 후에도 오래 후에도 오래 계속되었다. 막스와 같이 있는 일은 대단히 유쾌하였다. 그의 기지는 남달리 뛰어났으며 또 독창성이 풍부해서 언제나 상대를 지루하게 하지 않았다. 그는 곧잘 자작시를 읽어주었는데 그 태도는 자신에 넘쳐 있었으며 또 그가 읊조리는 희가극의 일절은 모든 사람을 황홀하게 했다. 피카소는 언제까지나 조용히 그의 목소리를 듣고 있었다. 그러나 아무리 막스의 농담이 거침없이 나와도 또 더없는 진지한 그의 사색을 가지고 있었어도 사르몽이 말한 것처럼 "너무나 과도한 우정은 그 가치를 잃은" 것이다. 두 사람의 우정은 이미 퇴조기에 접어들고 있었다.

시인들의 집합소

피카소는 제작 중에는 남이 근접하는 것을 용서하지 않았지만 친구없이는 하루도 살 수 없는 인간이었다. 바르셀로나에서도 그랬지만 파리에서도 문학의 세계에 흥미를 가진 덕으로 피카소는 몇 가지 중요한 해후를 경험했는데 그것은 그에게 있어서나 새로운 친구에게 있어서나 대단히 큰 의미를 가지게 되었다. 앙드레 사르몽이 '세탁선'으로 처음 피카소를 방문했을 때 그 입구에서 우연히 막스 자콥과 마주쳤다. 또 피카소는 약 일주일 전에 산라자르 역 근처의 바에서 정열과 재기에 넘친 한 시인과 알게 되었다. 그는 폴란드 사람과 이탈리아 사람의 피를 반반씩 이어받고 있었으나 스스로는 프랑스를 조국으로 택해서 코스트로비스키라는 어머니의 성을 버리고 아폴리네르라고 자칭하고 있는 사나이였다.

두 젊은 프랑스 인이 피카소 집 문 앞에서 만난 날 피카소는 곧 그 밤이 지나기 전에 기욤 아폴리네르를 그들에게 소개했다. 장소는 일주일 전에 만났던 소란한 바였다. 막스 자콥은 그때의 광경을 이렇게 기록하고 있다. "조용했지만 열을 띠고 네로에 대한 의견을 계속해서 말하면서 우리 쪽은 보지도 않았으나 아폴리네르는 그 짧고 우람한 호랑이의 발처럼 생긴 손을 기계적으로 내게 내밀었다. 겨우 이야기가 끝나자 그는 일어나서 별안간 큰소리로 웃으면서 우리를 밖의 어둠 속으로 내몰았다. 이렇게 해서 내 인생의 가장 멋진 나날이 시작된 것이다."

그러나 그것은 막스 자콥 한 사람만의 대사건은 아니었다. 이 네 사람의 만남에서 시작해서 화가와 시인이 참가하게 되었고 그리고 친밀하고 뜻있는 교우를 통해서 서로 영향을 주고받게 되는 새로운 시대가 시작되었다.

그들 모두가 피카소의 시인에 대한 흥미를 만족시켜주었고 이 모임이 성장해감에 따라 친구 사이에서 피카소의 세력은 늘어갔다. 또 피카소는 알프레드 쟈리와도 사귀게 되었으며 그의 재능과 기지와 기교한 거동은 피카소에게 깊은 감명을 주어서 1907년에 그가 죽은 후에도 오랫동안 피카소의 마음속에 남아 있었다. '포스트롤 박사의 파다피직'이라든가 기괴하며 동물적인 인간의 권화인 유뷔 영감과 같은 인물을 만들어낸 쟈리의 창의(創意)는 유효하다고 한다면 어떤 수단을 사용하더라도 기성의 외형을 분쇄하려는 생각을 더욱더 지니게 되었던 피카소의 마음과 일맥상통하는 것이 있었다. 조매(嘲罵)나 음란이라는 위험한 무기를 훌륭하게 조작하는 쟈리의 수완은 피카소에게 커다란 자극을 주었다. 파리적이고 기지에 넘친 그의 희곡은 프랑스의 관객에게는 지나치게 자극이 강한 요리였지만 인습적인 생각에 대해서 분망하며 혈기 왕성한 비판을 좋아했던 피카소의 스페인적 식욕을 위해서도 대단히 매력적인 것이었다. 피카소의 아틀리에에는 피에르 르벨디, 모리스 레이나르, 샤르트 빌드락, 줄르쥬 듀아멜 그리고 피에르

막골르랑 등의 젊은 시인들이 자주 드나들게 되었다. 피카소는 그들의 열렬하지만 지성을 잃지 않는 대화에 흥미를 느꼈고 자기의 그림에 대한 그들의 평가를 좋아했다. 그것은 많은 점에서 상반되고 있는 사람 사이에서 느낄 수 있는 매력이었다. 피카소는 대체로 조용히 그들의 토론을 듣기만 했으나 때로는 깜짝 놀랄 만한 역설이나 터무니없는 농담을 하여 자기의 감정을 뚜렷이 나타냈다. 그는 다만 언제나 주의를 기울여 친구들의 동정을 살피고 그들의 말에 귀를 기울여 그들이 말하고자 하는 것이 무엇인지를 재빨리 알아차리려고 애를 썼다. 한편 친구들은 대체로 다양했고 그 일동은 복잡하며 활기에 넘쳐 있었다. 그렇기 때문에 그들은 자기들의 재능과 젊은 정열을 부드럽게 제어하는 피카소의 신비적인 힘과 자기를 표현하는 독창적인 말과 풍부한 작품의 힘에 매료되었던 것이다. 그들의 방문이 너무도 빈번해서 어느 날 누군가가 피카소 방의 문 위에 '시인들의 집합소'라는 간판을 달 필요가 있다고 말을 했을 정도였다. 오정때쯤 우선 나타나는 것은 대체로 아폴리네르와 막스 자콥과 마노로였다. 이래서 페르난드는 '세타선'에서 지낸 수년간 피카소와 둘이서 식사를 한 기억은 몇 번밖에 없었다고 한다. 그녀는 자주 스로브 하나로 여러 사람의 식사를 준비하지 않으면 안 되었다. 때로는 그녀의 예찬자인 이웃의 석탄 가게에서 모두를 불러서 캐비지 수프를 대접해준 일도 있었다.

"그럴 때 모두가 이웃집으로 갔으며 아폴리네르가 특히 기뻐해서 크게 웃었던 일을 들려주고 싶을 정도지요."라고 그녀는 말했다.

장미색의 시대

사르몽이 처음 피카소의 아틀리에를 방문했을 때 그는 푸른 그림을 그리고 있었다. 주위는 청 일색이었다. 1904년의 가을과 겨울에는 아직 청의 시대의 감정과 마니엘리즘이 남아 있었다. 〈다림질하는 여인〉은 '세탁선'에 사는 세탁녀가 다리미 위에 무겁게 체중을 얹고 있는 것을 거의 회청색 일색으로 그린 것이다. 특히 강조되어 있는 팔의 길이와 가냘픔 그리고 아무 장식도 없는 가난한 방은 창백한 여자의 얼굴에 떠 있는 연한 웃음 이외에는 구제할 길이 없는 비애를 암시하고 있다. 머리보다도 높이 치켜진 모난

배우
1904~5년
油
196×115

  어깨는 〈늙은 기타수〉와 같은 계통의 슬픔을 나타내고 있으며 두 작품이 모두 엘 그레코나 중세 화가들의 마니엘리즘적인 비틀어짐을 보여주고 있다.

  그 작품보다 훨씬 큰 〈배우〉도 극적인 절박함이 넘쳐 있는 그림으로 이웃 사람을 모델로 삼고 있다. 배우는 말라서 야윈 팔과 손을 바람에 휘날리는 죽은 나뭇가지처럼 굴곡시키고 푸른 주름 장식을 단 핑크 의상을 입고 길게 늘어진 허리를 비꼬면서 텅 빈 무대 위의 프롬프터 복스 너머로 관객에게 무엇인가를 몸으로 이야기하고 있다. 그 배우가 누군지 알 길은 없으나 마음속의 고민과 외적인 궁핍으로 해서 흥분된 상태를 연기하고 있다는 것은 몸의 동작으로 보아서 틀림없는 일이다. 화면 전체가 청으로 지배되고 있는 점으로 보아서 파리에 도착해서 얼마 안 되는 무렵의 아직 색조에서 벗어나지 못한 시기의 것이나 색은 훨씬 부드러워졌으며 보다 솜씨있게 억제되어 있다. 그 현대 감각은 여기서도 역시 고딕적이지만 딱딱한 윤곽선은 보이지 않고 필치도 자유로우며 개성적인 터치를 보이고 있다.

  그러나 〈늙은 기타수〉나 그 이외의 청의 시대의 대부분의 그림과는 달리 배경에 깊이가 있고 배우는 사차원의 공간 속에서 움직이고 있는 것처럼 보인다. 그것 때문에 이전에는 볼 수 없었던 색채의 사용법 때문에 이 그림은 새로운 경향에의 출발을 예고하고 있다. 이후 2년간 피카소의 활동은 편의

아를캥
1905년
油
100×99

상 일반적으로 '장미색의 시대'라고 불리어지고 있으나 알프레드 바는 이것을 다시 〈배우〉를 출발점으로 하는 '서커스 시대'를 비롯해서 다섯 개의 짧은 시기로 세분하고 있다. 피카소는 이 2년 정도의 사이에 비참한 낙오자들을 아름답게 그렸던 차가운 청의 세계에서 점점 떠나버리고 있었다. 그는 몽마르트르에서 새로운 친구들을 찾아낸 것이다. 서커스 공연장이나 무대 위에서의 생활은 역시 불안한 것이지만 거기에는 예전처럼 절망감은 없다. 희극 배우도 하나의 예술가이며 불안과 위험에 넘쳐 있는 장소에서 기술과 용기를 경합한다는 것은 바로 투우사를 닮고 있었다. 그리고 그 희극 배우나 배우들이 피카소의 다음의 창조의 장(場)이 되는 것이다.

아 를 캥

이미 청의 시대의 극히 초기부터 장님, 거지나 창녀들과 같이 같은 카페의 테이블에 앉아 있는 또 하나의 다른 인물상이 피카소 작품에 등장하고 있다. 그 인물은 무대 의상을 입고 있으나 그도 역시 자기들이 무시당하고 있는 사회의 행위를 연기하는 극단의 일원이며 또 그 희생자의 한 사람일 수밖에 없었다. 그러나 그의 행위는 희극적인 것이든 비극적인 것이든 어느 쪽이든 간에 그의 진짜의 모습을 나타내고 있지 않다. 왜냐하면 그의 진짜 비극은 그의 연기에 있는 것이 아니고 그 자신의 내부에 있기 때문이다. 그 인물이 바로 〈아를캥〉이다.

아를캥의 모습은 피카소의 생애를 통해서 단속적으로 그의 작품에 등장하고 있다. 문학적으로 요소와는 전연 인연이 없는 큐비즘 시대의 그림에 있어서조차 아를캥의 의상 특유의 마름모꼴 모양이 그 존재를 암시하고 있다. 융 박사는 이렇게까지 완고한 집념은 자기를 아를캥으로 만들어버리고 싶어하는 피카소의 잠재적 욕망의 반성 이외의 아무것도 아니라고 해석하고 있다. 사실 확실히 초기의 작품에는 아를캥의 모습을 한 자화상이 많다는 것이 그 견해를 한층 뒷받침해주고 있다. 그러나 아를캥이 피카소의 자기 묘사의 유일의 수단이라고 속단해서는 안 된다. 그의 변장하려는 욕망은 자기 자신을 참으로 다양한 모습으로 만들고 있어서 황소, 말, 올빼미, 비둘기, 생각에 잠겨 있는 연인, 턱수염을 기른 예술가, 나아가서는 촛불을 들고 있는 어린이상까지도 자기 자신의 상징이라고 할 수 있기 때문이다.

피카소는 특히 젊은 시절에 이와 같은 아를캥을 즐겨 그렸는데 그것은 이 전설적인 인물과 자기와 어딘가 닮은 점이 있어서 그랬을 것이다. 그가 그린 아를캥은 바토가 그린 우아하면서 경박한 예기인(藝技人)도 아니며 세잔이 그린 파격적인 의상을 입고 우쭐대고 있는 젊은이도 아니며 단순한 어릿광대도 아니다. 그는 광대는 틀림없으나 진실을 말하며 변장은 하고 있으나 그 쾌활함과 유연한 몸놀림으로 해서 쉽게 구별이 된다. 여러 가지 색으로 색칠이 된 마름모꼴 모양의 상의를 입은 이 아를캥은 자신은 언제나 그늘에 숨어서 손을 더럽히지 않고 모든 것을 웃음거리로 만들 수 있는 능력의 권화라고 해석하는 것이 옳을 것이다. 그는 훔치기 위해서 또 훔칠 수 있다는 것을 입증하기 위해서 그리고 자기의 운명을 시험하기 위한 목적만으로 남의 집에 숨어 들어가는 도둑이며 또 자기의 성격을 바꾸고 남의 성격으로 위장할 수 있는 인간이다. 그리고 기성의 질서와 힘 겨루기를 한다는 커다란 야망을 품고 있다. 아를캥은 19세기의 화가들에게는 소홀하게 취급당했으나 이 세기 말 세잔의 〈말르디 그라〉에 의해서 다시 화려하게 등장하게 되었다. 피카소는 이 세잔의 그림이 아직 러시아의 수집가 시츄킨의

곡예사의 가족과 원숭이
1905년
템페라
104×75

손으로 들어가기 전에 이것을 보랄 화랑에서 보았다. 따라서 이 주제는 피카소가 세잔에게서 받은 최초의 영향이라고 말할 수 있다. 이것은 세잔 예술 속에 감추어져 있는 위대한 양식상의 변화의 영향을 피카소가 전면적으로 흡수하게 되는 약 6년 전의 일이다.

아를캥은 서커스의 시대를 통해서 피카소의 관심의 중심이었다. 예를 들면 무대를 내려온 애완동물과 가족에 둘러싸여 있는 화사하고 신경질적인 아를캥을 곧잘 그렸다. 벌거벗은 채로 머리를 빗고 있는 아내 옆에서 자상하게 애기를 안고 있는 광경이나 또는 〈곡예사의 가족과 원숭이〉에서 볼 수 있는 것처럼 무대 위의 또 하나의 주역인 원숭이와 함께 애기를 안고 있는 젊은 아내를 위로하고 있는 광경 등이다. 그 이외에도 때로는 소년의 모습이 되고 때로는 곡예사와 개를 데리고 있는 길손이 되고 나아가서는 같은 무리인 장님의 얼굴을 근심스러운 듯이 들여다보고 있는 아를캥이 빈번히 등장하고 있다.

이러한 인물상에는 지금까지의 작품에서처럼 여전히 자기 세계에 틀어박혀 있는 고독감이 흐르고는 있지만 어딘지 모르게 밝고 명랑함을 느낄 수 있으며 거기에서 '아름다운 페르난드'를 사랑함으로 얻게 된 새로운 행복

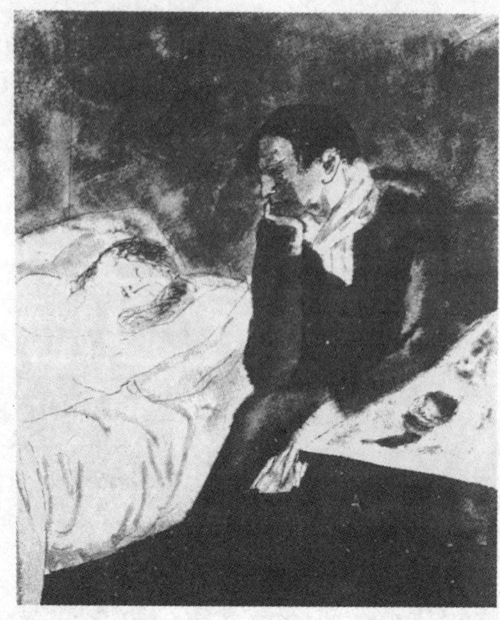

명상
1904년
수채
35×25

감을 읽을 수가 있다. 또 1904년 가을에 피카소는 어떠한 가난 속에서도 결코 잊은 일이 없었던 잠자는 처녀의 아름다운 나체를 보고 있는 남자의 상을 두 점 수채화로 그리고 있는데(〈명상〉 참조.) 그 중의 하나는 틀림없는 피카소의 자화상이다. 이후에 이 테마는 여러 차례 되풀이해서 그려지게 되는데 이러한 수채화가 최초의 것이다.

서커스 시대를 통해서 화면에 덮여 있었던 초절적이며 음산한 청의 장중한 느낌은 점차 따뜻하며 애무하는 듯한 장미의 붉은색으로 바뀌어져간다. 늙은 천민의 모습은 사라지고 대신 손으로 만질 수 있는 젊음과 사랑이라는 세계가 출현한다. 서커스 사람은 가난해도 이제 고독하지는 않다. 그들에게는 친구가 있다. 굶주리고 야윈 안색이 나쁜 발이 부자유스러운 사람에 대신해서 청춘을 구가하는 젊은이와 때로는 남자인지 여자인지 구별하기 어려운 색다른 지체(肢體)의 인물이 피카소의 주제가 된 것이다.

서커스와 〈살당방크〉

몽마르트르는 파리의 시내에 있으나 거의 독립된 마을과 같은 기능을 지닌 곳이다. 그곳에는 거리로 나서기만 하면 여러 종류의 오락장과 극장이

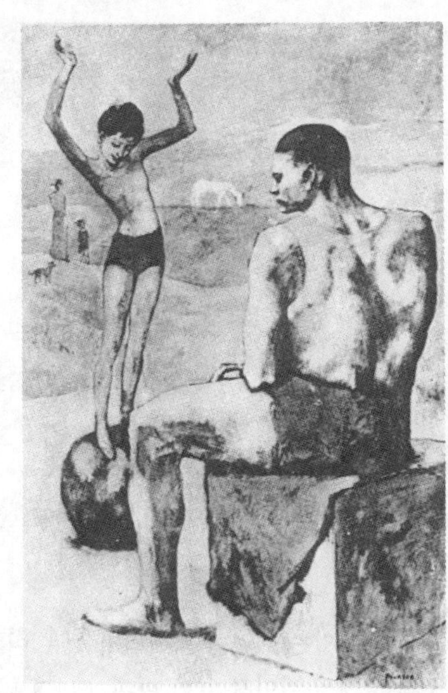

공 굴리는 소녀
1905년
油
146×94

줄을 서고 있었다. 당시의 예술가들에게 가장 인기가 있었던 곳은 지금도 파리 사람들을 매료하고 있는 메드라노 서커스였다. 어릿광대, 곡예사 말 등이 드가, 툴루즈 로트렉, 포랭, 쇠라를 비롯해서 수많은 화가의 눈을 즐겁게 해주었다. 피카소도 어느 때는 무대 뒤에서, 어느 때는 큰 거리에서 열리는 정기적인 마을의 여흥 공연에 가서 아를캥이나 마술사나 지방을 전문으로 도는 예능인과 친구가 되어 그들이 모르는 사이에 그들의 모습을 그렸다. 그들은 파라핀 기름 램프의 붉은 불이 켜지는 무대 옆에 천막을 치고 기거하고 있었다. 그곳에서 처자와 재주를 익힌 애완동물 원숭이, 산양, 흰 새끼말 등이 공연에 필요한 많은 도구류 사이에 끼여서 기거하고 있었다. 그리고 대도시에서 매일 매일 일어나는 일에 구애받지 않고 오직 그들의 재주를 익히고 그것을 관중 앞에서 보여주고 있었다.

후에 러시아의 수집가 모르조프의 소장이 되었다가 러시아의 어느 미술관이 소장하고 있는 중요한 작품이 있다. 그것은 〈공 굴리는 소녀〉라는 이름의 푸른 타이츠를 입고 커다란 공을 굴리는 소녀를 그린 작품이다. 소녀 앞에는 핑크와 청색으로 그려진 덩치가 큰 지도자가 앉아 있고 여름의 카스딜리아 평야처럼 타는 듯한 불모의 평지를 그린 배경에는 한 마리의 백마를

살당방크의 가족
1905년
油
213×230

쳐다보고 있는 어린이를 데리고 있는 여자가 서 있다. 그리고 공기처럼 가볍게 땅에서 떨어져 있는 마른 소녀와 커다란 돌 위에 앉아 있는 근육질의 젊은 운동가의 우람한 신체가 훌륭하게 대조적으로 구상되고 있다. 이 두 사람의 상은 질서있고 간결하여 고전적인 구도를 만들어내고 있으며 아무것도 그려져 있지 않은 주위의 공간조차도 생동적이며 흥미 깊은 분위기를 조성하고 있다.

1905년 봄에 피카소는 두 개의 대작을 완성시키기 위한 준비로 수많은 유채화와 습작을 그렸다. 그 중 하나는 결국 최종적으로는 커다란 수채화만으로 끝났지만 현재 볼티모어 미술관에 있는 〈서커스 집안〉이 바로 그것이다. 물론 화면의 부분적인 습작은 많이 남아 있다. 이것은 야외의 서커스단의 생활을 묘사한 것으로 공 굴리는 연습을 하고 있는 아이를 지켜보고 있는 아를캥과 가사에 쫓기고 있는 여자들이 그려져 있다. 다른 습작에서도 많이 볼 수 있는 백마와 세워놓은 사다리도 등장하고 있다. 또 하나의 작품은 현재 워싱톤 국립 미술관에 있는 〈살당방크의 가족〉으로 가로 세로가 7피트나 되는 유채화이며 지금까지 피카소의 작품으로는 가장 큰 것이다.

어느 시기의 노력과 발견의 모든 것을 쏟아놓은 대작이 반드시 그 시기의 가장 감동적이며 성공한 작품이라야 한다는 법은 없다. 피카소의 청의시대에 그린 2년 전의 대작 〈인생〉에서는 알레고리와 감상이 미적 충격력을 흐리게 하고 있으며 오히려 소품 속에 만족할 만한 것이 많다. 그러나 이 〈살 당방크의 가족〉에는 자연스러움과 예민한 판단력 사이에 훌륭한 균형이 유지되어 있어서 감상적인 부분을 조금도 찾아볼 수 없다. 피카소는 서커스 친구들의 습작을 바탕으로 해서 텅 빈 풍경과 푸른 하늘의 배경 속에 그들의 모습을 맵시있게 그리고 있다. 밑그림 스케치 한 장에는 기수 한 사람이 낙마한 모습을 그린 드가를 생각나게 하는 경마장 풍경이 배경이 되어 있다. 그러나 완성작에는 이러한 배경 묘사는 일체 배제되어 그 결과로 보기에 따라서는 명령이 내려지기를 기다리고 있는 듯이 지친 듯 서 있는 인물들 사이에 일종의 이탈감이 흐르고 있다. 또 왼쪽에는 인물을 다섯이나 모아놓고 있으면서 오른쪽에는 앉아 있는 처녀 한 사람밖에 없다는 불안정한 구도는 어떤 돌발 사건이 일어날 것만 같은 분위기를 더한층 강조하고 있다. 각 인물의 형성 과정은 습작에 의해서 알아볼 수가 있다. 앉아 있는 처녀는 마요르카풍의 베일이 달린 모자를 쓰고 있는 부인상에도 등장하고 있으나 모자를 머리 위에 가볍게 올려놓은 모습이 다나그라 인형을 연상하게 한다. 등을 돌리고 있는 소녀는 최초의 스케치에서는 꽃바구니를 들지 않고 개를 만지고 있는 모습으로 그려져 있었다. 빨간 속옷이 터질 것처럼 보이는 배가 큰 광대는 이 떠돌이 곡마단 일행의 아버지처럼도 보이고 '단장'처럼도 보이나 이런 모습은 피카소의 작품에는 많은 선례가 있다. 보통의 경우 그는 빨간 옷을 입고 도구 상자 위에 앉고 옆에는 키가 큰 젊은이를 거느리고 있다. 그 최초의 작품은 에칭의 〈살로메〉에 그려져 있는 음탕스러운 헤롯 왕이며 그가 쓰고 있는 왕관을 본딴 모자는 같은 무렵에 만들어진 블론즈의 〈광대〉 흉상에도 나타나고 있다. 아폴리네르의 장서 인장을 위해서 디자인한 대식한(大食漢)의 왕의 모습도 이 광대의 변화이다. 그러나 보다 빈번하게 그린 것은 이 그림의 왼쪽 소녀와 손을 잡고 있는 광대를 마주보고 서 있는 아를캥이다. 피카소는 마지막에 그 얼굴을 자신의 것으로 그렸다. 그것은 자기 자신을 어디까지나 방랑의 친구와 일체화하려는 마음에서 나타난 것이다. 이상의 여섯 인물을 보기에 따라서는 서로 고립되어 있는 것처럼 보이나 사실은 하나의 목적 아래 통합되어 있다. 즉 모두가 함께 합침으로 비로소 하나의 단체가 형성되는 것이다. 그리고 그 표현에서 나타나고 있는 신선함은 그들 존재의 신비로움을 더한층 강조하고 있다. 1918년 이 '위대한 피카소'가 뮌헨의 헤르다 폰 게니히의 소장품이었던 당시 그 신비스러움의 노예가 된 라이나 마리아 릴케는 이 그림이 있는 방에서 살고 싶다고 말했을 정도이다. 파리의 떠돌이 연예인에 대한 피카소의 정열에 감염된 릴케는 이것에 자극을 받아 〈듀이노의 비가〉 제5장을 썼는데 이것은 '이제는 내가 잊어가고 있는 파리가 온통 담겨져 있는 이 멋진 피카소(〈살당방크의 가족〉)와 같이' 기거했기 때문이라고 그는 친구에게 말했다. 그리고 그는 다음과 같은 말로 이 그림의 떠돌이 연예인을 노래하고 있다.

우리에게 말하라 그들이 대체 누구인가를
우리보다는 좀더 덧없는 이 아크로바트는…….

몽마르트르의 생활

"우리는 모두 대단히 가난했지만 그래도 아직 살고 있다니 얼마나 멋진 일인가." 그 중에서도 가장 궁핍했던 막스 자콥이 이렇게 말했다. 실크 모자를 쓰고 말쑥하게 양복을 차려 입고 언동도 조용했던 그였지만 그의 가난은 감출 도리가 없었다. 가브리엘 거리에 있는 그의 방의 초라함을 보다못한 피카소는 장식한 가리개를 하나 바람막이로 주었다. 물론 그 피카소도 처음에는 생활 상태가 좋을 리가 없었다. 스리에 할아버지와의 굴욕적인 거래도 그를 편안하게 해주는지 못했다.

텔르톨 광장으로 통하는 급한 언덕길 양쪽에는 레스토랑이 몇 집 있었고 모든 예술가들이 그곳에서 값싸게 허기진 배를 채울 수 있었다. 피카소도 페르난드도 그 중의 한 집이 단골이었는데 그 집을 선택한 이유가 여러 가지 있었다. 첫째는 바로 옆이 전당포였기 때문이고 또 이 집 주인 벨르낭 씨가 마음이 착해서 외상을 거절한 일이 없었기 때문이다. 이 레스토랑에 가면 '피카소 일당'이나 남자 연기자나 여자 연기자의 누군가를 반드시 만날 수 있었다. 가게 안은 시끄러웠으며 음식 냄새가 차 있었다. 그러나 무엇보다도 피카소에게 편리했던 것은 그곳에서 벌어지는 화제는 지루하기 짝이 없는 것이어서 자연히 식사를 끝마치게 되면 곧장 집으로 돌아와서 일할 마음이 생긴 점이다. 또 언덕을 올라가면 예전 '르 쥬트'의 지배인이었던 털복숭이 프레데가 연 지 얼마 안 되는 조그마한 카페 〈라팡 아질(뛰는 도끼)〉이 있었다. 그 가게는 후에 유명해졌으며 현재도 영업을 하고 있으나 왕년의 모습은 외관만 남아 있다. 〈라팡 아질〉은 개점 당초에는 시인이나 화가들 사이에서 인기있던 카페여서 피카소도 자주 출입했다. 밤이 되면 모두 모여서 제멋대로의 의견을 내기도 하고 폴이나 듀랑이 낭송하는 비용이나 롱살의 시에 귀를 기울이기도 하고 어느 때는 프랑시스 카르코가 노래한 '카페 콩셀'풍의 선율을 듣기도 했다. 여름에는 작은 테라스의 아카시아 고목 밑에서 포도주가 달린 멋진 요리를 프랑으로 먹을 수도 있었다. 전람회의 오프닝이나 나중에는 친구의 장례식에 이르기까지 기회만 닿으면 이 '프레데의 가게'에 모이는 것이 습관처럼 되었다. 어두컴컴한 가게에는 빚 대신에 예술가에게서 빼앗은 작품이 진열되어 있었다. 우도리리요, 쥬잔느 바라돈 또는 그리 유명하지 않은 화가들의 작품, 그리고 화려한 황색과 적색으로 재색된 로드랙 시대의 피카소 그림도 걸려 있었다. 이 그림은 그 후 역사적으로 흥미있는 작품이 되었다. 전경의 테이블을 향해 앉아서 잔을 매만지고 있는 아를캥 모습의 인물은 피카소 자신이며 그 옆에 옆 얼굴만 보이고 앉아 있는 것은 카사헤마스의 친구였던 창백한 얼굴의 제르메느 피죠트이다. 그녀는 가게 안쪽의 술통에 걸터앉아서 기타를 치고 있는 프레데의 연주에 귀를 기울이고 있다. 후에 피에르 막콜르랑과 결혼한 프레데의 딸 마르고가 기르는 까마귀가 손님 사이를 날아다니고 있다. 이 까마귀는 1904년 피카소의 그림에도 나온다.

피카소는 〈라팡 아질〉에서 주고받게 되는 진지한 이야기나 떠들썩한 잡담에 흥미를 가졌으며 또 그곳에서 새로운 친구를 사귀게 되는 일도 즐겁게 여기고 있었다. 그러나 그의 작품을 이해해보려는 부질없는 생각으로 이것저것 질문하는 사람들에 대해서는 자기의 시간만 버리게 돼서 호의를 가질 수가 없었다. 이런 그의 기분을 어느 날 밤 아틀리에를 찾아온 세 사람의 젊은 독일인에게 노골적으로 드러내보인 일이 있다. 장시간에 걸쳐서 자세하게 그림을 감상한 후 피카소의 제안으로 일동은 언덕 위의 〈라팡 아질〉에 걸려 있는 피카소의 그림을 보러 갔다. 그 후 그들이 진지한 태도로 테라스에 나와서도 피카소의 미학 이론을 들으려고 하자 피카소의 대답은 순간적이며 또한 효과적이 되었다. 그는 별안간 호주머니에서 알프레드 쟈리에게서 받은 권총을 꺼내들고 흥분했을 때 곧잘 한 것처럼 허공에 대고 두세 발을 쏘았다. 독일인들은 놀라 어둠 속을 향해 쏜살같이 도망쳤고 피카소는 태연히 가게 안으로 들어와 사르몽을 비롯해서 놀란 친구들에게 자초지종을 설명했다.

같은 전술을 다른 날 밤 마노로와 둘이서 집으로 돌아오는 길에 마차 안에서도 사용했다. 이때는 같이 탄 시인이 자기의 시를 들려주려고 귀찮게 굴어서 우선 마차의 천장을 쏘고는 두 사람은 마차에서 뛰어내렸다. 당황한 채 남게 된 시인은 독일 사람이었는데 마부와 경관에게 혼이 났을 뿐만 아니라 하룻밤을 유치장에서 보내지 않으면 안 되었다.

네덜란드 방문과 조각

피카소가 파리에서 만난 많은 외국인 중에 스킬페롤드라는 네덜란드의 작가가 있었는데 그는 1905년 여름 스코레담에 있는 자기 집으로 피카소를 초대했다. 피카소는 일 개월 정도 그곳에서 평탄한 풍경과 자기보다 머리 하나는 더 큰 당당한 체격의 네덜란드 처녀를 놀라운 눈으로 보면서 보냈다. 체류가 끝나 파리로 돌아온 피카소는 그들의 모습을 몇 작품 그렸다. 그녀들의 훌륭한 체격에 감탄한 피카소는 그 작품 속에서도 인물의 조소적이고 기념비적 성격을 강조하였다. 레이스 모자를 쓴 나체의 처녀를 핑크와 그레이의 두 가지 색만으로 그린 〈아름다운 네덜란드 처녀〉라고 불리는 작품은 이미 1920년대 초기의 거대한 나체상을 예고하는 것이나 보다 직접적으로는 조각에 대한 피카소의 최초의 진지한 관심을 불러일으킨 작품이다.

현재 알려져 있는 한 피카소의 최초의 조각 작품은 1901년 작의 작은 부인 좌상이다. 또 코가 뭉개져나간 〈피카돌〉과 마침 '청의 시대'의 회화와 유사 주제로 풍부한 감수성을 보인 1903년의 〈장님 가수〉는 모두 강한 표현력을 지니고 있는 두부상(頭部像)이다. 그것에 이어서 1905~6년경에 극적인 표현의 〈광대〉, 우아하며 풍부한 형태를 가진 〈꿇어앉아서 머리를 빗는 소녀〉 또 〈페르난드의 두부〉와 〈아리스 드랑의 두부〉 등 훌륭한 초상을 제

광대
1905년
브론즈
높이 41

작했다. 이러한 작품은 모두 보릴의 손으로 수년 후에 블론즈로 주조돼었다. 이때 피카소는 한때 화가보다도 조각가가 되는 것이 아니냐고 말이 나올 정도로 조각에 몰두했으나 몇 가지 예외를 빼놓는다면 이 화려한 출발이 이어지게 되는 것은 거의 20년 이상이 지난 후의 일이 된다. 이러한 조각 중에서 가장 완성도가 높은 〈광대〉 흉상은 거친 모델링으로 빛을 잡아 그것을 상 전체에 반사시키는 표현법을 사용하여 소박한 강인성을 나타내고 있다. 얼굴은 섬세하며 머리 위에 모자와 왕관은 활짝 핀 꽃과 같다. 그것은 어느 날 밤 막스 자콥과 같이 서커스를 보고 돌아와서 밤 늦게 착수한 것으로서 점토의 형형은 처음에는 자콥의 얼굴을 닮고 있었다. 그러나 다음 날 다시 손을 본 결과 얼굴의 윗부분이 모델과 다른 것이 되고 말았다. 그래서 얼굴의 상부가 변해버려서 모자를 씌우게 된 것이다.

최초의 신고전주의 시대

네덜란드 여행에 이어지는 수개월 사이에 이른바 장미색 시대의 새로운 단계를 맞이하게 된다. 이미 서커스 시대에 있어서 내성적이지만 이전처럼 병적이 아닌 아를캥의 출현에 의해서 청의 시대는 과거의 것이 되었지만 이

부채를 가지고 있는 소녀
1905년
油
100×81

제는 그 서커스 시대도 지나가고 주제를 보다 객관적으로 잡고 미적인 고려
를 보다 중시하는 새로운 방법이 시작되었다. 로마네스크 예술이나 고딕
예술에 의한 신장화(伸長化)나 노골적인 왜곡화(歪曲化)는 물러나고 루브르
미술관에 있는 알카이기(期) 및 고전기의 희랍 조각과 그 이전부터 흥미를
가지고 있었던 이집트 예술 연구의 영향이 화면에 나타나게 되었다. 생전
의 트리스탕 쇠라의 콜렉션 속에 스케치가 한 장 남아 있는데 이것은 당시
피카소가 지니고 있었다는 것을 잘 나타내고 있다. 곡예하는 소녀의 모습
위에 대담한 윤곽선으로 이집트풍의 부인이 그려져 있으며 그 옆 얼굴에 그
려져 있는 커다란 눈이 정면으로 본 형태의 이집트 회화 특유의 표현으로
되어 있다. 기타의 여백 부분은 수영복만 입고 소프트를 쓴 남자들, 작은
코끼리, 양쪽 눈이 옆에서 본 것처럼 그려져 있는 공장과 하마, 꽃 한묶음,
잉크의 얼룩을 흑인의 얼굴로 만든 것, 그리고 동방풍의 돔이 달린 문의 스
케치 등 여러 대상과 희화적 인물이 그려져 있다. 이것은 모두 그저 흘려
그린 것에 지나지 않으나 중요한 의미를 지니고 있다.

　고전적인 경향은 이 시대의 극히 초기의 작품 〈부채를 가지고 있는 소녀〉
와 〈슈미즈를 입은 여자〉에 대단히 명확하게 나타나 있다. 그 조용하고 양
식화된 몸놀림은 이집트 예술을 생각나게 한다. 색은 모두 청의 시대에 가

말을 끄는 소년
1905년
油
221×130

까우나 간결하고 원숙한 형태와 우아한 비율은 마니엘리즘의 왜곡화를 완전히 벗어던지고 새롭고 명쾌한 형태의 탐구를 지향하게 되는 그 후의 1년간의 신 시대를 예고하고 있다. 잘 길들여진 말을 끌든가 안장없는 말에 타고 있는 나체 소년을 그린 스케치나 유채화에는 한가로운 목가적인 분위기가 감돌고 있다. 〈수사장(水飼場)〉이라는 이름으로 알려져 있는 것은 실제로는 완성되지 않은 대작을 위한 소년과 말의 습작으로 그려진 작품이다. 이 훌륭한 구도는 명암, 수직의 형태로 악센트를 붙여가면서 말과 소년의 전체를 화면 중앙에 하나의 타원형으로 구성한 것으로 고전적 경향을 뚜렷하게 보여주고 있다. 이것은 모두 습작이지만 데트 갤러리 소장의 〈말을 끄는 소년〉 등과 더불어 그 자체로 이 테마에 대한 피카소의 숙달된 솜씨를 충분히 엿볼 수 있다. 알프레트 바가 쓰고 있는 것처럼 이러한 습작에는 '구성과 동작의 자연적인 숭고함이 절로 갖추어져 있어서 이것에 비하면 희랍의 전통을 정통적으로 이어받았다고 일반에게 인정받고 있는 앵그르이나 피비 드 샤반느조차도 비속하며 퇴색되어 보일 정도'이다.

〈거트루드 스타인의 초상〉

1906년 봄에 피카소는 거트루드 스타인에게 그녀의 초상을 그리고 싶다

거트루드 스타인의 초상
1906년
油
100×81

고 말해서 그녀를 놀라게 했다. 확실히 그 당시 두 사람 사이는 극히 다정했는데 그녀가 피카소의 까다로운 성격과 그의 예술적 의미의 다양성을 완전하게 이해하고 있는 것은 아니었지만 그의 천재성과 반짝이는 눈의 노예가 되어 있었다. 또 피카소는 그때까지 레오 스타인의 검고 숱이 많은 턱수염, 금테 안경, 딱딱한 거동, 학자풍의 풍모를 여러 차례 스케치했다. 레오는 진귀한 책을 많이 수집하고 있어서 특히 그것이 자랑거리였었다. 그는 농담으로 피카소의 꿰뚫어보는 듯한 날카로운 눈으로 보면 책이 타서 구멍이 뚫릴 것이라고 말하면서 책을 보여주지 않으려고 할 정도였다. 거트루드는 자기 자신은 잘 몰랐지만 특이한 풍모의 여자로 양감이 풍부한 육체, 균형잡힌 얼굴, 지적인 표정, 게다가 남자 같은 목소리는 그녀의 강한 개성을 잘 나타내고 있었다. 초상의 모델이 되어주었으면 좋겠다는 피카소의 말에 그녀가 놀란 것은 당시 피카소는 모델을 직접 자기 앞에 놓고 그리지 않았기 때문이었다. 가령 서커스단 사람들이 바로 이웃에 살고 있었지만 그는 한번도 그들을 아틀리에로 불러서 포즈를 취하게 하지 않았다. 이런 점으로도 피카소는 화가들 사이에서는 색다른 사람으로 취급을 받았고 모델을 실업자로 만든다는 비난까지 받았을 정도였다. 그러나 이 경우처럼 특히 정성을 들여서 그리려고 할 때나 습관대로의 방식을 사용할 때는 언제나 까다로운 주문을 모델에게 했다. 거트루드 스타인의 말을 들어보면 그

자화상
1906년
油
91×71

녀는 팔십 번 이상이나 포즈를 취했다고 한다.

"피카소는 캔버스 바로 옆에 의자를 놓고 얌전히 앉아서 회갈색의 물감을 풀어놓은 작은 팔레트를 손에 들고 그것에 좀더 회갈색의 물감을 풀어넣어서 그리기 시작했다." 옆에서는 페르난드가 라 홍테느의 이야기를 아름다운 목소리로 낭독하며 모델의 무료함을 달래주었다.

거트루드 스타인은 피카소의 끈기가 어째서 이렇게 오래 지속되는 것인지 이해하기 어려웠다. 아마도 스페인 사람과 미국 사람 사이에 무엇인지 모르나 견인력 같은 것이 작용하는 때문이라고 상상할밖에 달리 생각할 방도가 없었다. 그러나 그녀는 처음 화면의 얼굴은 자기를 꼭 닮아서 만족했으나 피카소는 불만이었다. 그 결과 그림은 좀처럼 진척이 없었고 드디어 어느 날 피카소는 별안간 목에서 위를 지워버리고 초조한 듯이 소리질렀다. "아무리 노려봐도 더 이상 내게는 당신이 보이지 않아요."

이렇게 해서 그 그림은 미완성인 채로 남게 되었고 그는 스페인으로 여행길에 올랐으며 수개월간 보내다가 가을에 파리로 돌아왔다. 그리고 본인을 다시 만나기 전에 기억만으로 거트루드상에 착수하여 두부를 완성해서 그것을 본인에게 증정했다. 그녀는 그 작품을 흔쾌히 받고는 만족의 뜻을 표시했으나 많은 사람들은 그 얼굴이 가면처럼 굳어 있은 점에 놀라 오히려 비판적이었다. 그 비난에 피카소는 이렇게 대답했다.

"모두들 그 초상이 그녀를 전혀 닮지 않았다고 비난하지만 별로 걱정할 일은 못 되지. 그러는 중에 그녀가 초상을 닮게 될 테니까."

확실히 그대로 되었다. 이 초상화를 평생 자기 옆에 놔두었던 거트루드 스타인은 사후 유언에 의해서 그것을 뉴욕의 메트로폴리탄 미술관에 기증했으나 그 무렵에는 보는 사람마다 그 초상이 놀랄 정도로 본인을 닮았다고 칭찬을 받았다. 이 그림은 피카소의 경우 모델을 정면에서 다루는 것보다 상상의 눈으로 그리는 것이 더한층 관찰이 깊고 날카로워진다는 것을 입증해주는 좋은 예로 아직도 이 미술관의 벽에 진열되어 있다.

이 시기의 또 다른 중요한 초상화는 하얀 속옷을 입고 손에 작은 팔레트를 들고 있는 〈자화상〉이 있다. 두부의 표현은 거트루드 스타인상처럼 명쾌하고 엄격하다. 크게 뜬 눈이 재빠른 솜씨로 정확하게 그려져 있으며 지금까지의 초상화에서 볼 수 없었던 자신과 이해력에 넘쳐 있다.

고 솔

1906년 여름 피카소는 또 별안간 스페인으로 가고 싶은 생각이 일어났다. 당시의 피카소에게 파리는 이제 없어서는 안 될 존재였지만 그 충동을 누를 수가 없었다. 이제 겨우 화상이나 수집가로부터 보수를 받을 수 있는 몸이 되었고 많은 친구도 사귀게 되어서 파리에서의 생활은 그 어느 때보다 재미있었고 또 경제적으로도 대단히 윤택해지고 있었다. 물론 아직 생활에 큰 여유가 생긴 것은 아니어서 돈이 생기게 되면 곧 화재와 식량 그리고 페르난드를 위한 선물로 당장 없어지고 말았다. 그러나 이제는 전처럼 가난에 시달리지 않게 되었다. 그래서 이번처럼 작품이 평소보다 다소 많이 팔린 기회에 페르난드와 자기 자신을 위해서 바르셀로나행 표를 두 장 사는 것은 쉬운 일이었다.

누가 뭐라 해도 역시 스페인은 피카소에게 있어서는 본질적인 것이었다. 국경을 넘으면 그의 성격은 일변했다. 페르난드의 말에 의하면 "파리에서의 그는 아무리 노력해도 자기 것이 안 되는 분위기에 압박되어서 숨이 막힐 것만 같았고 마음의 안정을 찾을 수가 없었는데 스페인에서는 쾌활하고 적극적이며 재기 발랄했으며 생기를 되찾고 사물을 대하는 태도에도 확신과 침착함이 있었다. 즉 모든 점에서 여유가 있었고 평소의 거동이나 성격과는 달리 행복해 보였다."라고 한다.

바르셀로나에서 양친과 옛 친구를 만나본 후 피카소는 페르난드와 피레네 산맥 남쪽 사면에 있는 어느 시골 마을을 찾아들었다. 그곳에서 농민의 생활을 본 피카소는 친구 팔라페스의 농장에서 지낸 옛 일을 생각하자 더한층 마음의 여유를 느끼게 되었고 또 싼값으로 제작에 필요한 공간과 고독을 만끽할 수 있었다. 대담한 변화가 많은 카탈루니아 산맥에 비하면 프랑스의 풍경은 부족함이 많았다. 프랑스에는 송이버섯의 향기는 가득 차 있었으나 피카소가 바란 것은 사향초와 실삼목나무와 썩은 올리브 기름의 코를 찌르는 듯한 달콤하면서도 새콤한 냄새였다.

두 사람이 정한 곳은 프랑스와 국경이 가까운 곳으로 당나귀나 겨우 다닐 수 있는 길이 나 있는 고솔이라는 마을이었다. 이 마을은 시장이 열리는 텅 빈 광장과 그것을 둘러싸고 있는 열서너 채의 집의 전부였고 석벽은 태양과 바람과 눈에 시달려 금색으로 변색되고 있었다. 한편 과일나무에 덮인 자색의 평지 저쪽 정상에 아직 눈이 남아 있는 카디 산이 솟아 있었고 그 정상 부근에는 보트 모양의 조각 구름이 푸른 하늘에 유유히 흐르고 있었다. 페르난드는 이 사랑스러운 벽촌이 피카소의 육체적 정신적 건강에 얼마나 적합한 곳이었느냐 하는 이야기와 함께 밀수단과 함께 산속 깊이 들어갔을 때의 이야기, 또 산림 감시원과 동행한 긴 모험 이야기를 회상했다. 피카소는 늘 감시원들의 이야기를 주의 깊게 들었다. 그들 사이에 이해와 존경의 마음이 깊어간 것은 당연한 일이었다.

그러나 그 여행은 별안간 중단되었다. 페르난드의 말대로라면 그 마을에서 티푸스가 발생한 것이다. 질병의 위험에 대해서 극도로 신경질적인 피카소는 곧 당나귀를 타고 마을을 빠져나가 피레네 산맥을 가능한 한 빨리 넘어서 보다 위생적인 프랑스로 가자고 말했다고 한다.

그러나 이 짧은 체류 사이에, 더구나 산을 탐험하는 데 많은 날을 소비했는데도 불구하고 피카소는 상상 이외로 많은 작품을 남겼다. 그 대부분은 여전히 주변 사람, 정물, 풍경을 주제로 삼은 것으로 유리가 끼워지지 않은 작은 창이 있는 사각의 집과 머리를 스카프로 싼 콧날이 오똑한 농부와 풍설에 시달려온 노인의 메마른 얼굴, 게다가 페르난드의 조용하고 아름다운 모습을 애정을 가지고 스케치한 것들이다. 그러나 동시에 고전적인 깨끗함을 지니고 있으며 관능적인 이해력에도 부족함이 없는 일련의 나체 여인상도 있다. 이 우아한 신체는 산맥과 대지의 따뜻한 색으로 칠해져 있다. 그 중에서도 희랍풍을 가장 완벽하게 그려내고 있는 것은 〈화장〉이라는 제목의 작품이다. 아무 장식도 없는 벽면을 배경으로 옷을 입은 여자가 손으로 받쳐들고 있는 거울에 자기 모습을 비쳐보고 있는 나체 여인을 그린 이 그림에는 〈늙은 기타수〉나 〈곡예사의 가족과 원숭이〉의 마니엘리즘의 흔적이 전혀 없다. 이 그림과 같은 경향의 고전적인 평형을 지니고 있는 〈빵을 머리에 인 여자〉 등에서 볼 수 있는 차분한 분위기는 파리에 돌아와서도 당분간 계속되었다. 그 해 가을 작품에는 고솔에서의 여름 중에 내용있는 행복감을 반영하고 있기 때문이다. 그러나 형태는 다시 강조되었고 조형적 변형이 재차 고개를 들었다. 그것은 고솔의 깊은 산촌 마을에는 존재하지 않았던 여러 가지 불안의 반영이라 해도 좋을 것이다.

세로 길이가 긴 그림 〈농부와 소〉도 양식은 대단히 다르지만 역시 이 시기와 관계가 있는 작품이다. 한 쌍의 맨발의 남녀가 두 마리의 소와 나란히 뛰고 있다. 여자는 왼손에는 꽃다발을 가지고 있고 남자는 화환으로 가득 찬 바구니를 머리 위로 쳐들고 있다. 이 그림의 구성은 독특하며 흥미가 가는 이유가 몇 가지 있다. 인물의 머리가 적고 동체는 길게 늘여놓았고 특히 팔을 과장해서 그린 남자의 비율은 청의 시대의 신장화라고 할 수도 없으며 고솔 시대의 나체 여인보다 유형적인 몸매라고 할 수도 없는 별종의 것이다. 인간의 형체는 전체적으로 모진 리듬을 가지고 있으며 기하학적인 최초의 출현을 알리고 있는 것이다. 더구나 장미색 시대를 통해서 진전된 조용하고 평온하며 조소적인 폼은 무너지고 대신 인체는 심한 움직임을 보이게 되었다.

〈농부와 소〉는 아마 파리에 돌아와서 제작된 것이라 생각된다. 그 작품은 그의 정신적 동요를 반영하고 있으며 옛 작품에서 배운 새로운 표현 방법의 발견을 말해주고 있다. 피카소가 고솔로 가는 길에 바르셀로나에 들렀을 때 옛 친구 미겔 우도리리요가 마침 스페인에서 처음으로 엘 그레코 평전을 출판했다는 것을 지적했다. 이 평전 외에도 같은 해 가을 파리에서 발행된 두 종류의 잡지에도 엘 그레코의 〈성 요셉과 어린 예수〉의 도판이 게재되어 있다. 그리고 그것은 〈농부와 소〉의 구도와 대단히 흡사하다. 물론 그레코의 그림에는 소가 없으며 또 요셉의 머리 위에는 화환 대신 한 무리의 천사가 춤을 추고 있으나 동체에 비해서 머리가 적다는 것과 화면 전체의 느낌이 청의 시대 2년 후의 피카소가 다시 한 번 엘 그레코를 생각했다는 추정을 뒷받침해주고 있다. 이 그림에는 밑그림 데생이 세 장 있는데 이 그림의 영감원(靈感原)의 이해에 도움을 주며 동시에 여러 가지 원천에서 얻어온 아이디어를 긁어모아서 혼성하는 피카소의 능력을 이해하는 데 도움을 준다. 첫째 데생은 두 마리의 소를 데리고 경사진 산길을 내려오는 시골 소년을 그린 간단한 것이고 둘째 데생은 장님 꽃장수가 꽃바구니를 어깨에 메고 큰소리로 꽃을 팔고 다니는 그림이다. 꽃장수는 꽃다발을 손에 쥔 소년이 인도하고 있으나 이 남자에게도 소년에게도 두드러진 왜곡은 없으며 움직임은 작아서 아무리 보아도 실제의 사생을 기본으로 한 스케치 같다. 세 번째의 데생도 제이의 것과 같은 주제이나 움직임이 대단히 강조되고 있다. 두 인물이 큰 걸음걸이로 걷고 있으며 제이의 데생이 지니고 있는 세심한 사실을 후퇴한 대신 동체가 어지간히 신장화되고 있다. 이 데생에서 완성작 〈농부와 소〉에로의 전개 과정에 있어서 일어난 현저한 변화는 소가 그려졌고 옷에 모진 주름을 덧붙인 일이다. 그것에 의해서 양식적으로는 물론 정신상으로도 장님 꽃장수에서 춤추고 있는 것처럼 심한 움직임을 보이고 있는 농부와 소로의 변모가 완성된 것이다.(이 스케치를 마지막으로 이후 30년간 피카소는 장님의 주제는 취급하지 않았다.) 이와같이 해서 우리는 〈농부와 소〉를 형성한 세 가지 상이한 원천을 더듬어볼 수 있다. 즉 엘 그레코의 〈성 요셉과 어린 예수〉, 소를 끄는 시골 소년, 그리고 장님 꽃장수가 그것이며 그것은 모두 다른 장소에서 다른 기회에 피카소가 목격한 것이었다.

1906년 여름 바르셀로나 및 고솔의 방문은 피카소의 발전에 있어 대단히 중요한 의미를 지니고 있다. 그는 다시 한 번 카탈루니아의 로마네스크 및 고딕 예술에 접촉했으며 또 엘 그레코에 대한 정열을 재현시켰다. 그러나 무엇보다도 중요한 것은 그보다 조금 앞서서 파리에서 공개된 로마기 이전의 고대 이베리아 조각의 발견이었다. 1903년 마라가 근교의 오스나에서 발

두부
1908년
油
62×43

굴된 브론즈류가 루브르 미술관의 소장이 되고 또 〈엘체의 부인상〉의 이름으로 알려진 다채색 흉상도 공개되었다. 이러한 조각의 이색적인 양식, 세련에 대한 무관심, 거칠고 품위없는 박력, 그리고 피카소 자신의 피 속에 흐르고 있는 것과 똑같은 민족적 유사성이 새로운 형태를 목메이게 찾고 있는 그를 매료시켰다. 거트루드 스타인상의 두부와 윤곽이 굵은 커다란 눈을 한 몇 점의 두부 그림의 명쾌하고 협잡물을 배제한 조소적인 형태가 그 영향을 틀림없이 받고 있다고 할 수 있다. 조용하고 고전적인 비율은 벌써 보다 원초적인 생명력에 의해서 뿌리째 흔들리고 있었던 것이다(〈두부〉 참조).

그러나 가장 눈에 띄는 것은 인체상의 변화이다. 서커스의 시대 및 제일고전시대의 여인 나체상에 있어서는 길고 풍만한 허벅지를 더한층 이상화하였고 그것이 처녀처럼 팽팽한 가슴의 가냘픈 동체와 서로 어울리도록 필요 이상으로 길게 하는 경향이 있었다. 그러나 고솔 여행 이후의 나체상에서는 두 사람의 인간을 마주 세워놓은 작품은 많았으나 인체가 중후하게 살이 붙여진 조각처럼 간결한 엄숙함을 나타내는 대신 일화적(逸話的)인 표정이나 장식은 배제하고 있다. 거기에서 고전적 분위기에서 기성의 비례 법

두 명의 나부
1906년
油
152×93

직을 일제 인성하지 않은 새로운 분위기에의 이행을 찾아볼 수 있다. 그리고 그러한 인간상이야말로 일어나려고 하는 위대한 사건과 새로운 미의 개념 즉 큐비즘의 탄생을 예고하고 있는 것이다.

제5장 아비뇽의 아가씨들 (1906~1909)

새로운 동향과 마티스

　1903년 당시 매년 열리고 있었던 관례적인 전람회의 숨막힐 듯한 아카테미즘의 지배에 항의해서 살롱 도톤느가 설립되었다. 이 경쟁 상대는 매년 봄 개최되는 무상 무심사의 살롱 데 앙데팡당 단 하나뿐이었다. 그 제일회전에는 모리스 드니, 보날, 부이얄, 세리쥬 등 나비파의 화가에 있어서는 그들 최초의 지도자며 그 해 말르케스 군도에서 세상을 떠난 고갱의 대회고 특별전이 개최되었다. 다음 1904년에는 세잔의 그림 32점이 처음으로 공개되었고 1905년과 1906년에도 다시 10점씩 세잔의 작품이 출품되었다. 그리고 거장 세잔이 죽은 다음 해인 1907년에는 일반에게는 아직 그 예술의 의미가 거의 이해되지 않고 있었음에도 불구하고 친구들의 주선으로 세잔의 대회고 특별전이 개최되었다.

　살롱 도톤느는 이러한 선각자들을 재인식하는 한편 현란하고 대담한 색채 때문에 비평가를 놀라게 하고 대중을 계몽시킨 야수파의 요새가 되었다. 그 그룹의 지도자 마티스가 1906년에 살롱 데 앙데팡당에 출품한 혁신적 대작 〈삶의 기쁨〉은 그 해 가을 살롱 도톤느의 흥분의 예고였다. 화려하면서도 평탄한 채색은 지금까지 그의 양식의 파괴를 의미했고 비평가들을 놀라게 했다. 쇠라의 점묘주의의 후계자이며 당시 살롱 데 앙데팡당의 부회장으로서 권위가 대단했던 옛 친구 시야크도 이 그림을 용서할 수 없는 배신으로 보았다. 그러나 이러한 비난에도 불구하고 이 그림을 곧 레오와 거트루드 스타인이 샀으며 가을에 고솔에서 막 돌아온 피카소는 그들의 콜렉션 속에서 그 그림을 볼 수 있었다. 그리고 그에 못지 않게 중요한 일은 역시 스타인 남매의 덕으로 곧 피카소와 마티스가 알게 되었다는 것이다.

단속적이었지만 긴 우정의 출발점이 된 이 만남의 광경을 피카소와 행동을 같이 한 페르난드 올리비에는 생생하게 글로 기록했다. 프랑스 태생의 화가 마티스는 이때 37세의 피카소보다 12세 연장이었다.

"마티스는 잘생긴 얼굴로 붉고 짙은 턱수염을 기른 거장형의 사람으로 대단히 느낌이 좋았다. 그러나 동시에 진짜 표정은 커다란 안경 속에 감추고 있는 것처럼도 보였다. 그는 이야기할 때는 언제나 첫마디를 신중하게 골랐다……피카소와 만나고 있을 때에도 조금도 태도를 흩뜨리지 않았다. 한편 피카소는 이런 경우에 언제나 무뚝뚝했으며 어딘가 모르게 부자연스러웠다. 마티스는 당당하게 보였다."

그 규칙적인 자제심, 주도한 계획성, 종횡무진한 이야기 솜씨 등에 있어서 마티스는 피카소와는 정반대 성격의 소유자였다. 그는 시회가 있을 때마다 자기의 작품을 전람회에 출품하는 것을 좋아했고 언제나 다른 화가와 비교함으로 무엇인가를 흡수하려고 애썼다. 그러나 피카소는 남에게 보이는 것을 싫어했고 남에게서 배우는 것도 남몰래 혼자서 했다. 그러나 '호사와 정밀(精密)과 일락(逸樂)'에 대한 마티스의 뚜렷한 취향에도 불구하고 심한 견제 의식을 가지고 서로 기질이 달랐으나 1954년 마티스가 죽을 때까지 두 사람의 교우 관계는 계속되었다. 세상을 떠나기 전의 몇 년간 마티스는 니스의 아파트에서 침대에 누운 채 생활을 했으며 그때 피카소는 가장 부지런한 위문객 중의 한 명이었다.

세상에 나오다

피카소는 자기 전람회를 여는 일에는 별로 흥미가 없었으나 호기심에서 남의 개인전에는 자주 가보았다. 피카소에게 있어서 문제는 창조 행위였지 그 결과의 발표는 아니었다. 친구를 만나게 되면 우선 "어때, 그리고 있어?" 하고 물어보았지 결코 "전람회는 했었어?"라든가 "팔렸나?"라고는 말하지 않았다. 그러나 그 마지막 질문에 피카소가 관심이 없었던 것은 아니었다.

피카소가 몽마르트르에서 가깝게 지내고 있는 친구들은 모두 크건 작건 간에 창조적 예술가였지만 화가 친구들의 화려한 발표 활동이나 이론에 그는 별로 흥미를 느끼지 않았다. 그는 현재도 그렇지만 당시에 있어서도 미술가보다는 오히려 시인 친구의 상상력과 기지에 찬 사색을 좋아했다.

1906년이 끝날 무렵에 당시 25세의 피카소는 그 젊은 나이에 비해 남이 부러워할 지위에까지 오르고 있었다. 그것은 화가의 출세로서도 대단히 드문 예이다. 그러나 주목할 것은 그가 어떠한 고생에도 굴하지 않았고 그림에 관한 한 어떠한 타협도 하지 않았다는 점이다. 결국 피카소의 그림은 사고에게도 보랄에게도 팔리게 되었고 주문도 늘어나고 있었다. 대담하며 정확한 수집 때문에 당시 파리에서 가장 유명했던 스타인의 콜렉션 속에도 그의 그림은 많이 들어 있었다. 회화, 조각, 판화 그리고 여러 가지 재료를 이용한 스케치 등에 있어서 피카소는 놀랄 만큼 숙달된 솜씨를 보이고 있었으므로 모든 사람이 그가 현재 뛰어난 재능을 지니고 있으며 따라서 영광스러운 장래도 약속받고 있다는 것에 아무런 의심도 품지 않게 되었다.

피카소의 생활도 실질적으로 안정되어가고 있었다. 많은 친구들 사이에서도 가장 살림 형편이 나아졌으며 주위에는 누구나 돌아보지 않고는 못 견디는 미인이며 활발한 여인도 있었다. 따라서 피카소가 이러한 고생의 결정을 버리리라고는 아무도 상상하지 못했을 것이다. 당시에 있어서 가장 감수성이 뛰어났고 이해력도 있었던 친구나 후원자의 칭찬을 얻고 있는 이 분위기로 계속 그림을 그리리라고 생각했다 해도 과언은 아니었다.

대립하는 여러 양식

그러나 피카소는 언제나 의혹이라는 악마에 사로잡혀 있었다. 고솔에서 알카디아풍의 기분 좋은 여름을 보내고 수개월 후에 파리로 돌아왔을 때 그는 작품 제작에 있어서 여러 가지 갈등을 보이고 있었다. 그 중에도 아직 해결되지 않은 두 가지 경향의 갈등이 특히 심했다. 하나는 화려한 장식화에의 경향이며 그것은 이미 소를 데리고 뛰면서 축제에 들떠 있는 농부를 그린 세로가 긴 그림 〈농부와 소〉에서 전형적으로 찾아볼 수 있다. 거기에서는 움직이고 있는 인물의 표면적인 디자인을 위해서 형태는 희생되어 있다. 그러나 또 하나의 좀더 정적이며 엄격한 방향의 양식은 무엇보다도 양감의 표현을 중시하며 대상의 현실의 존재감을 캔버스에 정착해보려고 하는 것이었다. 스페인 여행 이후의 작품에서는 인물의 형태는 중후하며 조소적이 되었고 옛날부터라고는 하지만 아카데믹한 기준의 허용 범위를 훨씬 넘은 자유로움을 가진 음영법(陰影法)의 채용에 의해서 이차원의 화면에 삼차원의 세계를 더욱더 강하게 표현하려고 하고 있었다. 피카소는 실로 많은 것을 남에게서 흡수했다. 상기한 두 가지 경향에서도 똑같이 그 흔적을 찾아볼 수 없다. 인상파풍의 분위기 표현이나 툴루즈 로트렉의 바탕 세계에 기쁨을 표시한 것은 이제는 과거의 일이 되었고 청의 시대에는 형태의 가장 조소적인 표현에 눈을 돌리고 있었다. 다만 아를캥이나 서커스 가족의 주제에는 부분적으로 분위기 표현이 부활되고 있었다. 가령 대작 〈공굴리는 소녀〉의 배경 등이 그 현저한 예이다. 다음에 희랍 조각의 진지한 연구가 운동 선수처럼 날씬한 체구의 말을 끄는 소년상이나 풍만한 육체의 고솔이 농촌 부인상을 만들어냈고 아카데미즘에 돌아옴이 없이 형태에는 야무짐을, 비율에는 우아함을 주게 되었다. 피카소에게 있어서 아카데미즘에 돌아간다는 것은 도저히 생각할 수도 없는 일이었다. 그러나 이 고전적인 조용함도 곧 표현력이 보다 풍부한 인체의 재현법에 길을 양보하고 말았다. 즉 과거의 것이 아니고 현대의 인간상이 등장하게 되는 것이다.

피카소는 자기의 예술 표현에 대한 양식상의 영향뿐만 아니라 그때 그때의 신사조에 대해서도 예민했다. 당시의 지식인들 사이에서는 사차원의 존재라든가 잠재 의식의 해명 같은 과학 분야에 대한 새로운 관념, 원리, 사색이 화제가 되었고 물질면에서도 전기와 가솔린의 사용에 의해서 문명인의 시야가 넓어지고 있었다. 또 알타미라 동굴 벽화의 발견이라든가 고갱과 같은 상상력이 풍부한 화가에 의해 발견된 미개 민족, 미개 세계의 탐험은 야만 문명이라고 불리었던 문명을 재평가하고 인간 정신의 역사에 관한 많은 발견을 이루었다. 또 바스코 다 가마의 제일회 항해 이래 아시아에서 수입된 예술품은 유럽의 예술 양식에 외적인 영향을 주고 있었으며 일본의 우키요에 판화는 19세기의 유럽에 유행해서 선풍을 일으키고 있었다. 그러나 좋은 취미의 기준에서는 부정되고 있었던 예술과 미가 새로운 의미를 갖게 된 것은 선교사나 탐험가에 의해서 아프리카나 남해 여러 섬의 '야만인'

들의 손으로 만들어진 '진품'이 유럽으로 들어오게 된 20세기 초가 되고서
부터였다.

〈아비뇽의 아가씨들〉

장식성과 조소성이라는 정반대의 두 개의 경향을 동시에 추구해간다는
불안정한 혼란 상태에서 피카소는 1907년 봄에 하나의 해결책을 찾아냈다.
그는 스케치와 밑그림으로 수개월에 걸쳐 준비를 한 후에 거의 사방 8피트
의 대작을 확신을 가지고 단기간에 그렸다. 캔버스의 선정에 언제나 세심
한 주의를 하는 피카소는 이때도 애용하는 가는 올의 캔버스로서는 이만한
크기를 견뎌내지 못할 것이라고 생각해서 양질의 캔버스 보강을 위해서 안
감을 대어서 그리고 커다란 정방형의 특제의 변형 테를 씌웠다. 피카소는
제작 도중이며 아직 완성된 작품은 아니라고 생각했으나 친구에게 이 그림
을 보여주었다. 그 후 그는 이 그림에 손을 대지 않았다. 친구들은 그 대담
하고 힘찬 신작에 어안이 벙벙했다.

언뜻 보면 이 그림은 목가적 환희에 넘쳐 있어서 보는 사람은 우선 그것
에 끌린다. 고솔의 하늘을 생각나게 하는 한없이 깊고 푸른 커튼을 배경으
로 그 앞에 다섯 명의 나체 여인의 색조가 싱싱하게 빛나고 있었기 때문
이다. 그러나 검은 눈을 크게 뜨고 앞을 응시하고 있는 부인들의 범하기 어
려운 신선함에 마음이 가게 되면 보는 사람은 최초의 정령에서 깨어나게
된다.

그녀들의 존재는 심상치 않다. 그리고 그들의 발 밑에는 아를캥의 모자
를 거꾸로 세운 듯한 메론 껍질에서 빠져나온 한 무더기의 작은 과일이 그
려져 있으나 이것은 어딘지 모르게 장소를 잘못 찾아든 것 같은 느낌을
준다. 왼쪽 여인은 남은 네 명의 자매의 자태를 보려고 하는 듯이 적갈색의
커튼을 밀어젖뜨리고 있다. 그 자태, 특히 엄숙한 옆 얼굴은 틀림없이 이집
트적이며 중앙에 그려져 있는 두 사람은 부드러운 핑크색의 살결이 푸른 커
튼에 반사되어 중세 카탈루니아의 프레스코 그림과 같은 느낌을 갖게
한다.

이들 세 사람은 움직임이 없다. 확실히 전통적인 우아함이 결핍된 기괴

한 모습이지만 안정되어 있으며 차분하다. 상하로 겹쳐진 오른쪽 한 쌍의 여인들은 현저하게 대조적이다. 두 사람의 얼굴은 대단히 그로테스크하게 왜곡되어 있으며 마치 다른 세계에서 강제로 데려온 것처럼 보인다. 위의 여인은 벽의 감실(龕室)에 안치된 조각상처럼 커튼 사이에 틀어박혀 있으며 쭈그리고 앉아 있는 아래 여인은 통째로 구운 새끼 돼지처럼 팽창되어 있고 허리에서 위쪽을 180도로 틀고 푸른 눈을 유별나게 빛내면서 앞을 보고 있다. 얼굴은 모두 가면 같고 나체부와는 전혀 다른 성질을 갖고 있다.

친구들의 의견은 당황스런 느낌은 있었으나 확실히 부정적이었다. 어느 한 사람도 이 새로운 출발의 동기를 이해할 수가 없었다. 피카소는 무슨 일이 일어났는가 하고 몰려와서는 놀라 떠들어대는 방문객 중에서 레오 스타인과 마티스가 토론하는 목소리를 들었었다. 두 사람이 도달한 유일의 설명은 피카소가 사차원의 창조를 시도해본 것이라는 것이었다. 그러나 마티스는 정말 화를 냈다. 처음으로 그가 말한 것은 이 그림을 모욕적이며 현대 동향의 우롱을 노린 것이라는 말이었다. 그리고 어떻게 해서든지 피카소를 '굴복시켜' 이 괘씸한 속임수를 후회하게 해야 한다고 언급했다. 당시 친구가 된 지 얼마 안 되는 줄르쥬 브라크까지도 마티스의 견해와 다른 것이 없었다. 그가 처음으로 입에 담은 말은 "세 끼의 식사가 실밥과 파라핀제가 된다고 선언된 것이나 다름이 없는 것이다."라는 말뿐이었다. 러시아의 수집가 시츄킨은 슬픈 듯이 말했다. "프랑스 미술을 위해서 참으로 한탄해야 할 만한 손실이다."

1년 전의 최초 평론에서는 대단히 깊은 이해를 보인 아폴리네르도 처음에는 이 이해할 수 없는 변모를 납득하지 못했다고 〈레틀 모데르느(1905)〉에서 말했었다.

"피카소의 작품은 젊어서 인생에 환멸을 느낀 사람의 그림이라고 하지만 나는 그렇게 생각하지 않는다. 그는 모든 것에 매혹당하며 환희와 공포를 거친 것과 섬세한 것을 훌륭하게 조화시킬 수 있는 상상력을 이용하는 확실한 재능을 지니고 있는 것처럼 보인다."

그러한 그도 지금 이 대작뿐만이 아니라 피카소 자신의 내부에서 일어나고 있는 어떤 변모에 직면해서 당황하고 있는 것이다. 많은 고생을 겪은 끝에 얻은 명성에 대한 피카소의 무관심보다도 자기 말을 하나의 도전으로 받아들이지 않을 수 없다고 생각하게 된 피카소 내면의 갈등 쪽이 훨씬 중요했던 것이다. 내면의 갈등을 모르는 예술가는 "자연의 연장 같은 것이어서 이 작품은 지성을 통해서 나온 것이 아니다."라고 아폴리네르는 쓰고 있다. 그러나 피카소는 "모든 것은 자기의 내부에서 끄집어내지 않으면 안 된다."라고 말하며 고독에 사는 별종의 예술가가 된 것이다. 아폴리네르가 이렇게 쓴 것은 5년간에 걸쳐 피카소의 변모를 살핀 후에 쓴 《큐비즘의 화가들》에서였다.

"이전의 피카소는 제일 타입의 화가였다. 그런 그가 제이 타입의 화가가 될 때 보인 변모만큼 엄청났던 일은 달리 예를 찾아볼 수 없을 것이다."

아폴리네르가 〈아비뇽의 아가씨들〉을 보러 왔을 때 젊은 예술가의 재능을 발굴하는 데 유명한 평론가 페리크 페네옹을 데리고 왔는데 페네옹이 이 작품을 보고 피카소에게 준 유일한 격려의 말은 캐리커처에 전념하라는 것이었다. 이것은 그렇게 어리석은 조언은 아니었다. 왜냐하면 초상화의 명품은 본래 많건 적건 간에 캐리커처적 성격을 품고 있기 때문이라고 피카소는 나중에 술회했다.

피카소는 친구들의 이구 동성의 비난에 평정스러운 태도로 있을 수가 없었다. 자기가 친구들의 이해력의 한계를 밝히고만 일에 대해서 대단히 낙담했으며 그것만이 아니고 보랄까지도 다시는 그의 신작을 사려고 하지 않았기 때문에 그는 다시 예전의 궁핍 생활로 되돌아갈 조짐도 있었다. 그가 대담하게 시도한 결과 맛보지 않으면 안 되었던 고독은 심해서 그의 새로운 친구 카안와일러에게 드랑이 이렇게 말했을 정도였다. "피카소는 틀림없이 언젠가 저 큰 캔버스 저쪽에서 목을 매게 될 것이네."

자기의 판단을 피카소만큼 철저하게 신뢰하지 못하는 사람이라면 또는 자기의 개성을 피카소만큼 자각하지 못하는 사람이라면 확실히 이 시점에서 다시 한 번 옛날로 돌아가 예전의 양식에 복귀하든가 또는 그 후의 방향을 수정하든가 했을 것이다. 그러나 피카소에게 있어서 비평은 하나의 도전이며 그는 그것을 지금까지 보였던 고독으로 더한층 험한 길을 뚫고 나가는 자극으로 삼았다.

피카소는 〈아비뇽의 아가씨들〉에 이어 수개월간을 바가 위대한 작품의 '추신'이라고 이름부르고 있는 일련의 작품 제작으로 소비했다. 그 기간에 친구들은 자기들을 그렇게 심한 혼란에 빠지게 했던 〈아비뇽의 아가씨들〉을 다만 피카소의 발전의 전기로서만이 아니고 현대 예술의 움직임에 새로운 시기를 긋는 것으로 이해하게 되었고 점차 칭찬하게 되었다. 그리고 그런 변혁을 참지 못하고 후에 큐비즘을 전연 가치없는 것이라고 선언한 레오 스타인을 빼고는 늦건 이르건 간에 모두 그 눈부신 공적을 인정하게 되었다.

그러나 최초의 비난의 소리에도 두 사람의 예외는 있었다. 비평가이며 수집가이기도 했던 독일 사람 빌헬름 우데는 이 작품을 보자 열렬한 찬사를 보냈다. 그는 연하의 친구 다니엘 헨리 카안와일러에게 이 그림에 대해서 어딘지 모르게 앗시리아풍의 이색적인 작품이라고 설명했으며 카안와일러도 곧 우데의 평가에 동의했다.

카안와일러는 이 혁신적인 그림을 통해서 피카소와 알게 되었으며 그 후 피카소 생애의 친구가 되었고 또 최초로 큐비즘의 권위있는 역사가가 되었다. 그 무렵 그는 런던 재계에서의 화려한 장래를 버리고 피카소나 드랑, 블라망크, 브라크 등의 젊은 화가의 독창성과 생명력에 반해서 화상을 경영하기 위해 파리로 온 지 얼마 안 되었을 때였다. 이러한 화가들은 그가 비니옹 거리에 개설한 화랑에서 최초로 전람회를 가진 사람들이다.

피카소는 결코 자기 스스로 그림의 제목을 붙이지 않았으므로 이 작품의 제목의 기원에 대해서는 약간의 의문이 남아 있다. 처음에 이 작품을 〈아비뇽의 아가씨들〉이라고 부른 사람은 앙드레 사르몽이며 그것도 그림의 완성 후 수년이 지나서가 아닌가 생각된다. 그 유래 중 하나는 이 나체의 여인들이 애교를 부리고 있는 모습이 바르셀로나의 아비뇽 거리에 있는 매춘굴의 창녀를 닮고 있어서이며 또 하나는 나체 여인의 한 명이 막스 자콥의 아비뇽 태생의 할머니를 모델로 한 것이라는 듣기 거북한 소문이 있었기 때문이다.

나체 여인상의 대작을 그려보려는 생각은 벌써 고솔 체류 때부터 피카소의 마음에 싹트고 있어서 군상과 단독상의 습작을 많이 그렸었다. 그 중 마지막 단계의 스케치는 〈아비뇽의 아가씨들〉에 이르는 과정을 보여주고 있어서 대단히 흥미롭다. 그것은 구도의 형성 과정만이 아니고 필요없는 일화적 부분을 차례로 배제해가는 과정도 보여주고 있다. 처음의 스케치에는 인물이 일곱이며 그 중 두 사람은 창녀집에 찾아온 수병이었다. 그들 중의 한 사람이 다섯의 나체 여인 사이에 꽃다발을 안고 앉아 있으며 다른 한 사람은 어떤 물체——피카소의 말에 의하면 두개골로 만들 생각이었다고 한다——를 안고 커튼 근처에서 화면에 등장한다. 그래서 피카소는 처음에는 일종의 죄의 응보로 Memento mori(죽음을 잊지말아라)의 우의화(寓意畵)를 그릴 작정이었다는 해석이 나오기도 했다. 그러나 피카소가 극히 열성적인 도덕적 의도를 지니고 있으리라고는 생각할 수 없다. 이 두개골은 아마도 피카소 속에 있는 스페인적인 피 즉 죽음에 대한 끊임없는 관심과 관련이 있는 것으로 생각된다.

더욱이 습작이 이루어짐에 따라서 구도는 점차 최종 모습에 가까워지며 일체의 일화적인 것은 배제되고 드디어 수병도 꽃도 없어지고 전경의 과일만이 남게 되었다. 그리고 인물은 마치 카바레나 어떤 작은 무대처럼 그리 깊이가 없는 커튼으로 배후를 차단당하게 된다. 그러나 이 커튼은 주름 부분에 리드미컬하게 하이라이트를 주어 강한 악센트를 지니게 하며 또 그레코 그림의 하늘처럼 측량하기 어려운 깊은 맛을 나타내는 청계동의 색으로 채색되어 있다.

왼쪽 세 사람의 나체 여인은 거의 변화없는 복숭아색으로 평탄하게 칠해져 있으며 음영이라든가 원근법 같은 양감의 표현을 위한 전통적인 기법은 일체 사용되고 있지 않으면서도 인체는 약하지도 않고 가공적이지도 않다. 이 놀라운 효과는 데생이 확실하고 감수성이 풍부하기 때문에 가능하다. 이와 같은 양감의 표출에서는 카탈루니아의 프리미티프선이 형태의 정수(精髓)를 간결하게 그려내고 있다. 나체 여인의 눈과 코는 명쾌하게 선으로 그려졌으며 눈, 귀, 코도 확실히 알 수 있게 그려졌는데 그것이 혹은 정면에서 혹은 측면에서 얼굴의 방향과는 상관없이 관찰되어서 그려져 있다. 그러나 그런 것은 단순한 상징도 아니며 어느 순간에 우연히 그렇게 보여서 그렇게 그렸다는 것도 아니다. 각자의 눈, 귀, 코는 모두 머리에 유기적으로 연결되어 있으며 그 얼굴에 생명을 주고 있는 것이다.

이와 같은 방법은 인상파나 그 후계자인 야수파의 화가들은 결코 해낼 수 없는 방법이다. 선에 의한 형태의 한정은 기만이며 이것은 피카소의 신념이었다. 선은 형태를 가두어버리고 외부 세계와 격리시켜버린다. 따라서

아비뇽의 아가씨들
1907년
油
244×234

대상은 선으로 데생해서는 안 되며 주위의 빛을 전신으로 받도록 톤과 색에 변화를 주어가면서 칠함으로써 포착해야 하는 것이었다. 그러나 피카소는 다르게 생각했다. 그의 대상의 포착법은 정열적이며 고국 스페인처럼 명철했다. 그는 선과 색과 톤의 억양에 의해서 대상의 존재를 확립했다. 그는 옛 법칙과 선입관을 스스로 던져버리고 자기 자신이 적절하다고 생각하는 방법을 대담하게 채용했다. 그것 때문에 일어나는 위험을 스스로 겪어나가면서 자기 감정의 표출을 위해 보다 어울리는 새로운 방법을 여기서 발견한 것이다.

그런 의미에 있어서 〈아비뇽의 아가씨들〉은 피카소의 내적 투쟁의 자취를 역력히 남긴 싸움터라고 할 수 있는 작품이다. 오른쪽 두 사람의 인물은 이 왼쪽 세 사람과는 전혀 다른 취급을 받고 있다는 것을 쉽게 인정할 수 있다. 그 잔인하며 불길한 얼굴은 다른 세 사람의 정상적인 얼굴을 엄숙하고 다시 없이 우아하게까지 보이게 하고 있다. 서 있는 여자의 얼굴에는 쐐기처럼 생긴 커다란 코가 솟아 있고 콧날에서 턱선 가까이까지 짙은 녹색의 줄이 드러나지 않게 그어져 있다. 한편 앉아 있는 여자의 얼굴은 거대한 코를 강하게 단숨에 그어내린 곡선에 의해서 구성했으며 이 선을 경계로 뺨의

적갈색과 코 그늘의 짙은 청색을 서로 대립시켜 이 대비가 평범한 얼굴을 견고하게 만들고 있다. 이렇게 해서 놀라울 만큼 혁신적인 수법으로 무서울 정도의 비대칭(非代稱)적인 가면과 같은 얼굴에 피카소는 생명을 불어넣은 것이다.

이러한 두 개의 두부의 탄생에 기여한 힘이 무엇이었느냐 하는 점에 대해서 피카소가 이 그림에 착수한 것은 아프리카 조각에서 강렬한 인상을 받은 후라고 생각되었지만 이러한 추정은 확실하게 사실과 반대되는 것이다. 왜냐하면 왼쪽의 나체 여인은 전혀 그런 경향을 보이고 있지 않기 때문이다. 그들 세 사람은 틀림없이 이베리아의 브론즈 조각과 카탈루니아의 벽화 그리고 어떤 종류의 이집트 미술의 영향에서 생겨난 것이다. 게다가 피카소 자신이 이 그림을 그리기 시작했을 때는 아직 흑인 예술에 특별한 흥미를 가지고 있지 않았다고 단언하고 있다. 그러나 오른쪽 두 여인의 얼굴은 그 정신에서 전혀 다른 종류의 것이다. 흑인의 가면이 가지고 있는 야만적인 간결함과 혈연적인 연결이 있는 점으로 보아서 아마도 그 이외의 부분은 현재 우리가 볼 수 있는 상태로 완성된 1907년 봄 이후에 다시 수정해서 그려진 것이 아닌가 하는 생각이 든다.

널리 알려져 있는 일이지만 블라망크나 드랑은 이보다 일이 년 전에 이미 아프리카의 가면을 구입했으며 또 블라망크는 일찍이 1904년 어느 술집에서 흑인 조각을 두 점 발견해서 그것을 자기 집으로 가져갔다는 소문도 있다. 이 두 사람의 원시 조각열에 곧 마티스도 전염되었다. 그러나 피카소가 이 중대성을 알게 된 것은 〈아비뇽의 아가씨들〉을 그리고 있었던 1907년 봄의 일이다. 그는 도르카데르의 역사 조각 박물관을 방문하여 우연히 그곳의 민속학실에서 흑인 조각의 멋진 콜렉션을 발견했다. 이 도르카데르의 흑인 조각은 당시는 과학적 자료로서의 가치밖에는 인정되고 있지 않았으며 예술 작품으로 진열하려는 의도는 전혀 없었다. 뿐만 아니라 그 작품은 조명 조건이 나쁜 유리 케이스 속에 잡다하게 싸여 있어서 그 형태의 놀라울 만한 독창성에 흥미를 갖는 사람이 있으리라고는 상상도 못 하는 것 같았다. 그렇기 때문에 발견의 감동은 더한층 컸다고 할 수 있다. 피카소는 그날의 감격을 후에까지 역력히 기억했다. 그러나 중요한 것은 피카소 이전에 흑인 미술을 알고 있었던 화가는 많이 있었지만 그 중의 어느 누구도 그것을 작품상에 반영하지 못했는데 그 반대로 피카소만은 그 중요함을 이해했고 심원한 의미를 깨달아서 예술에 일대 혁명을 일으켰다는 점이다. 이 발견 후 얼마되지 않아서 피카소도 렌느 거리의 화상에서 흑인 조각을 사기 시작했다. 처음에 구입한 물건이 반드시 우수한 가치가 있는 것만은 아니었지만 모두 생명력에 넘쳐 있었으며 아카데미즘의 속박에서 해방된 것으로 그의 상상력을 자극하지 않은 것은 하나도 없었다. 이 새로운 발견의 감동에서 갑자기 오른쪽 두 여인의 얼굴이 탄생했고 이렇게 해서 양식상의 통일을 완전히 무시한 〈아비뇽의 아가씨들〉이 만들어진 것이다.

피카소의 가장 힘찬 작품의 대부분이 그러하듯이 〈아비뇽의 아가씨〉도 많은 모순의 유기적이면서 강인한 총계(總計)이다. 그리고 그의 예술관과 미학이 마치 제작 도중에서 극적으로 변화한 것과 같은 생각을 갖게 한다. 즉 지휘관이 전투 도중에 전술을 변경한 것이라고 말할 수 있는 것이지만 그 생각의 변화의 자취를 애써 감추려고 하지 않고 미완성의 상태로 두 가시 생각을 드러내보인다. 그래서 우리는 그의 의도의 전개를 명확하게 알 수 있는 것이기도 하다. 사실 이 그림은 장미색 시대의 달콤한 매력과 이제 일어나려고 하는 엄격한 방향과의 사이에 존재하는 것으로 생각되는 깊은 못(淵)의 교량적 역할을 하는 발판 노릇을 하고 있는 것이다. 오른쪽 두 개 얼굴의 야만적인 모습에서 그것이 고전미의 규범을 완전히 무시하고 있는 것이라는 것을 느끼게 될 때 우리는 '미즉진 진즉미(美即眞 眞即美)'라는 명제가 사실은 거짓이라는 것을 알게 된다. 확실히 이것은 사람의 얼굴이지만 현실적으로는 어떠한 얼굴도 이렇게 이상한 모습을 하고 있지는 않다. 그러나 우리의 감각은 그 존재의 강인함에 깊은 감명을 받고 현실감을 느끼게 된다. 허먼 멜빌의 예언적인 말을 빌린다면 "지옥과 천국에서 이루어지고 있는 것과 같은 이 얼굴은 우리 내부에 있는 모든 기성의 지식을 뒤엎고 우리를 다시 이 세상에서의 경이적인 어린이로 되돌려주고 있는" 것이다.

〈아비뇽의 아가씨들〉은 마티스의 〈삶의 기쁨〉이 세상에 나온 지 1년이 경과되지 않은 동안 완성되었으며 이 두 그림은 외면상으로는 닮은 점이 있다. 그러나 그 후 이 두 작품은 전혀 다른 운명을 걷게 되었다. 마티스는 그의 방식대로 아직 물감이 채 마르기 전에 이 그림을 공개해서 불과 수주일 사이에 어느 유명한 콜렉션에 첨가되어 오랫동안 세계의 견식있는 관람자의 칭찬을 받았다. 그러나 〈아비뇽의 아가씨들〉은 거의 사람의 눈에 띄지 않은 채 피카소의 아틀리에에 처박혀 있었으며 그것이 일반에게 공개된 것은 완성 후 30년이 지나고서였다. 그 사이에 이 작품은 액자에서 떼어져 두루마리가 되어진 채로 아틀리에의 한 구석에 놓여져 있었으며 자크 두세가 1920년에 이것을 샀을 때도 내용을 검토하지도 않고 그 모양대로 가지고 갔다. 그러나 두세는 이 그림의 중요성을 인정해서 자기의 콜렉션 중에서도 특별 대접을 했다. 그 후 초현실주의자의 갈채를 받아서 1925년 간행된 〈초현실주의 혁명〉에 비로소 〈아비뇽의 아가씨들〉이라고 명명되어 도판이 게재되었다. 그러나 1927년 프티 파레 미술관에서 샀고 그 후 얼마 되지 않아서 뉴욕의 근대 미술관이 다시 살 때까지는 극히 한정된 사람을 제외한다면 대부분은 그 존재조차 모르고 있었다. 런던에서는 1949년의 현대 미술 연구소 주최의 피카소전과 1960년의 데트 갤러리 전람회 때 두 번 상기 미술관에서 빌려서 전람된 일이 있다. 이 역사를 보아도 피카소는 선전 의도 없이는 절대 행동하지 않는다는 악의에 찬 풍설은 바가 지적하는 대로 당치 않은 말이라는 것을 알 수 있다.

그러나 이 그림은 이러한 초기의 은둔 상태에 있어서조차 이것을 본 사람에게 지대한 영향을 주었다. 드랑과 브라크는 이것을 계기로 야수파의 한계를 느껴 조형적 가치의 탐구에 눈을 돌렸다. 특히 브라크는 처음에는 분개했으나 곧 적개심을 버리고 친구가 되어 후에 큐비즘의 모험의 길을 같이 걷게 되었다. 마티스까지도 다음 해의 그림에서는 〈삶의 기쁨〉에 있어서의 평면적인 색 모양을 버리고 형태의 재현으로 전향하는 징조를 보였다.

〈아비뇽의 아가씨들〉의 중요성을 이렇게까지 강조하는 것은 이 그림에서 비로소 피카소가 완전한 독립을 했기 때문이다. 그는 처음으로 여기서 지금까지 자기가 받은 많은 영향에서 탈피했으며 질서와 생명력을 겸한 그림을 자기의 직관적 사고에 의해서 창조한 것이다. 확실히 구도의 대강(大綱)은 세잔의 대수욕도(大水浴圖) 속에서 다루어져 있는 여인의 나체상을 본떴다고 할 수 있다. 또 같은 세잔의 〈성 앙트완느의 유혹〉에서 중앙의 양팔과 옷 끝을 쳐들고 있는 나체 여인도 그에게 틀림없이 암시를 주었을 것이다. 실내를 커튼으로 가리는 착상도 또한 세잔의 〈오랑피아〉의 것이다.

그러나 낭비가 없는 필법, 필요한 부분만을 강조하는 강하고 과감한 선의 묘사, 그리고 장식과 기교와 그림처럼 아름답다는 아름다움을 배제했다는 이 세 가지는 당시의 어떤 화가의 작품에서도 찾아볼 수 없으며 보는 이로 하여금 강력한 호소력을 느끼게 한다. 전경에 작게 그려진 정리된 과일은 그림을 크게 보이게 하며 나아가서는 나체 여인에 솟아오른 듯한 당당한 위험을 느끼게 한다. 거의 핑크와 청의 대비만을 기조로 한 억제된 색채, 간결하며 또한 거의 완벽하게 다듬어진 평면적이지만 양감에 넘쳐 있는 여체, 이상하게 왜곡된 두 개의 흑인 조각 같은 얼굴 등은 지금까지의 미의 개념에 대한 도전이며 동시에 환희의 범주를 확대해준 것이었다.

니그로 시대

피카소를 매료한 아프리카 조각은 한 마디로 말해서 여러 가지 모습을 가지고 있다. 니그로 가면의 간결한 얼굴은 원시 시대 밀림의 공포를 힘차게 표현하고 있는 것도 있으며 거칠고 사나운 표정이나 함축성있는 온화한 얼굴 생김은 오늘날 잊혀진 인간과 동물 왕국과의 연결을 우리에게 생각나게 해준다. 그리고 좀더 외형적으로 본다면 기하학적인 형태나 모양을 솜씨있게 사용함으로써 형태가 지니고 있는 추상적인 아름다움의 기쁨을 전해주기도 한다. 아름다움의 유일한 불변적 특질인 원과 직선에 의해서 구성된 단순한 기본형이 놀라울 정도의 정확성을 가지고 응용되고 있다. 그러나 무엇보다도 피카소의 영감에 새로운 감명을 준 것은 이러한 많은 가지 각색의 요소가 내포되어 있다는 사실과 이 니그로의 미술에서 발산되고 있는 강렬한 생명력이었다.

〈아비뇽의 아가씨들〉에 이어 제작된 작품에 의해서 피카소는 다시 발견을 확대해가고 있었다. 그 대부분은 〈아비뇽의 아가씨들〉에 직결되는 '보유(補遺)이며 거기서는 왜곡된 조소적인 두 개의 얼굴이 대단한 열의로 발전되어가 드디어는 고전적 비례가 방해가 되는 새로운 인간 형태를 구축하게 되었다. 엘 그레코나 카탈루니아 프리미티브 미술의 표현력이 풍부한 왜곡에 대신해 이제는 본질적으로 조각적인 형태에 기본을 둔 격렬한 표현 양식이 등장하게 된 것이다.

니그로의 뛰는 여자
1907년
油
61×43

1907년 봄과 가을에 피카소는 인체 건축의 정점에 있는 두부에 가장 깊은 관심을 갖게 되었다. 이 시기의 습작 중에 〈아비뇽의 아가씨들〉의 오른쪽 상단의 무서운 얼굴과 같은 두부를 몇 점 찾아볼 수 있는데 빛을 받고 있는 튀어나온 뺨의 뼈만을 남기고 뺨 전체에 굵은 평행선을 비스듬히 그어서 코의 그늘로 만든 얼굴을 대부분의 비평가는 상아해안 지방의 가면에서 힌트를 얻은 것이라고 생각하고 있다. 〈아비뇽의 아가씨들〉 이후 1907년 여름까지를 니그로 시대라 부르는 것은 그 밖에 이와 비슷한 이유도 포함해서인 것이다. 이 시기에 니그로 미술이 영향을 주었다는 것은 틀림없는 일이며 그 영향이 다시 큐비즘 시대 전체에 걸쳐서 미묘한 형태로 많은 영향을 주고 있으나 피카소의 감수성이 풍부한 감각은 그 외에도 더욱 많은 것을 접취하고 있다.

피카소는 니그로 조각의 강렬한 표현과 원시적인 강인성에 대한 공감을 전에 이차원의 화면에 견고한 형태의 재현에 전념했던 시기에 느낀 일이 있었다. 그런 생각은 조각의 계시에 의해서 유도된 것이지만 조각 그 자체에 다시 손을 댄 것은 2년 후의 일로 그때까지는 조각가로서 생각하면서 손은 화가로 움직이고 있었다. 예를 들면 〈탁상의 꽃〉과 같은 정물화에서조차 꽃

가리개 앞의 나부
1907년
油
152×101

은 놀라울 정도로 조소적인 중후함을 갖추고 있어서 마치 그대로 브론즈로 주조할 수 있지 않을까 하는 생각을 갖게 한다. 윤기나는 색면을 굵은 윤곽선과 중후한 그늘로 막아나가는 수법은 니그로의 나체 조상에 있는 종려나무 잎의 모양과 문신의 패턴을 연상시킨다. 현재 러시아에 있는 대작 〈가리개 앞의 나부〉에서는 조소적인 형태 감각과 밀림의 초목을 통과한 광선과 같은 강렬한 조흔(條痕)으로 악센트를 붙인 박력 넘치는 자극적인 면이 조합되고 있다.

　니그로 조각의 이러한 영향은 여전히 피카소의 관심을 뿌리 깊게 사로잡고 있는 고대 이베리아의 브론즈 조각의 영향과 결합되어서 하나가 되어 있다. 예를 들면 〈노란 옷의 부인〉 등에서는 아직 고대 이베리아 조각과의 유사성을 찾아보는 일이 가능하다. 그래서 이 시기의 작품 전부를 ‘니그로’라고 붙이는 일은 그 원천 관계를 지나치게 단순화하려는 행위가 되며 또 개개의 작품이 지니고 있는 의미도 잃게 된다. 레이나르는 오히려 ‘선사적’ 또는 ‘전(前)희랍적이라고 부르는 것이 보다 진실에 가까운 것이라고 말했으나 만일 어떻게든 불러야 한다면 바가 말한 프로트 큐비즘적이라는 말이 어울릴 것 같다. 왜냐하면 이베리아 조각의 영향도 니그로 조각에의 접근도 모두 일관해서 큐비즘이라는 새로운 양식의 탄생에의 포석이 되고 있기

두 사람의 나부(우정)
1908년
油
152×101

때문이다.

그러나 1907년 말에 가리개 앞의 나부의 표면을 장식하고 있는 불꽃 모양은 빛을 잃고 대신 더한층 견고한 구성이 화면을 지배하게 되었다. 예를 들면 역시 러시아의 어느 나체 여인을 조합한 〈두 사람의 나부(우정)〉가 그것이다.

이 〈두 사람의 나부(우정)〉는 1908년 봄에 완성한 것이지만 거기에 이르기까지는 다수의 습작을 하고 있었다. 색은 황토계의 선명하고 따뜻한 색이고 인체는 여러 개의 모가 진 면으로 구성되어 있어서 나무 조각을 조합한 조각상이라고 착각할 정도로 조각적인 중후함을 갖추고 있다. 그 작품은 시츄킨이라는 러시아의 상인이 산 50점 정도의 피카소 그림 중의 하나이며 이 남자는 당시 빈번히 파리로 와서 그림을 샀으며 질로 보아서도 수집품의 다양성에 있어서도 1914년 이전에 유럽 제일의 프랑스 회화 콜렉션을 만든 사람이다. 그는 이미 모네, 드가, 툴루즈 로트렉, 고호, 고갱 등을 모았으며 마티스와 사귀게 된 후에는 그의 작품을 마음대로 사들였으나 마티스는 피카소에 대한 존경의 뜻으로 피카소를 이 후원자에게 소개한 것이다. 그 후 전쟁과 러시아 혁명이 그의 왕래를 가로막을 때까지 시츄킨은 피카소의 아틀리에에 자주 나타나서 그의 발전 상황을 열심히 관찰했으며 그 작품을 많이 사들였다. 그리고 마티스와 피카소를 당대 최대의 화가로 인정했었다.

문학상의 친구들

〈아비뇽의 아가씨들〉에 물의가 생겼다고 해서 막스 자콥이나 아폴리네르가 피카소의 아틀리에에 오지 않거나 하는 일은 없었다. 그뿐만이 아니라 사람을 만나야 하는 일이 많아져 보통 사람과 같은 생활 방식을 해야 할 필요가 생겨 피카소는 예전처럼 자주 야간 작업을 하지 않게 되었다. 그래도 아침은 여전히 늦어서 아침 일찍 찾아오는 사람에게는 친한 친구와 극히 열성적인 애호가를 빼고는 누구든지 상관없이 좋지 않게 대했다. 그래도 야간에 일을 하지 않고 있을 때 찾아오는 방문객은 언제나 환영을 받았다. 그리고 같이 담소하고 노래하고 포도주나 알코올로 폭음했으며 또는 상상력이 한계를 탐색했고 마음에 들지 않는 사람은 처음부터 혹평하기도 했다. 페르난드의 말에 의하면 모두 같이 각종 흥분제를 먹어본 일도 있으며 호기심에 끌려서 마약이 가져다주는 환각 속을 헤맨 일도 있었다고 한다. 계속해서 그녀는 "이럴 때 우정은 더한층 두터워졌으며 모두 대단히 관대해졌다고 한다. 그러나 다음날 아침에 잠이 깨면 전날 밤의 깊은 영적 교섭을 잊고 다시 소란스럽게 언쟁을 하기 시작했다. 우리들의 사이만큼 조롱과 악랄하며 모욕적인 말이 존경을 받는 세상은 없었을 것이다."라고 말했다.

이러한 마약이나 아편을 사용해서 얻는 위험하고 일시적인 즐거움은 곧 그만두었다. 독일의 젊은 화가 비켈즈가 마약의 과도 사용으로 자기의 아틀리에에서 목을 매고 자살을 하였기 때문이다. 〈라팡 아질〉에서 거행된 추도식 때 참석자의 마음속에는 생각하기만 해도 끔찍한 후회의 마음이 생겼다.

"냄새가 있는 것은 수없이 많지만 아편만큼 지적인 냄새를 지니고 있는 것은 없다."라고 피카소는 말했지만 그럼에도 불구하고 그 사용을 중지한 것은 비켈즈의 자살만이 이유가 아니었다. 아편을 피우면 상상력과 영상 세계는 확실히 평소보다 예민해지지만 동시에 그 눈에 떠오른 세계를 그려보려는 의욕은 현저하게 감퇴된다는 것을 깨달았기 때문이다. 그 황홀한 불모성이야말로 피카소에게는 다시없는 위협이었기 때문이다.

몽마르트르에서는 부자유스러운 일은 거의 없었지만 피카소는 대안(對岸)의 크로즈리 데 릴라에서 모이는 문학 집단에 마음이 끌려 세느 강을 건너가서 요란스러운 탐론에 자주 참가했다. 그는 추위를 막기 위해서 발목까지 오는 무겁고 모양없는 외투로 몸을 싸고 매 화요일마다 페르난드를 데리고 도보로 파리의 거리를 횡단했다. 꽤 먼 거리였지만 얼굴에는 젊음이, 마음에는 희망이 깃들고 있을 때는 걷는 것도 즐거운 일이었다고 그녀는 회상했다.

'시와 산문'의 이름으로 알려져 있었던 주 일회의 이 집회는 시인인 폴 홀과 앙드레 사르몽이 주최자였으며 단골로는 시인, 문학가, 화가, 조각가, 음악가 등이 모였고 젊은이나 나이 든 사람도 있었고 시끄러운 사람이나 성질이 괴팍한 사람도 있었으나 모두 재능은 뛰어난 사람들이었다. 피카소는 지성이 불꽃 튀는 이 회의 분위기를 좋아했으며 장 모레아스와 같은 시인들과 이야기를 주고받는 것을 좋아했다. 그들은 피카소의 마음을 사로잡고 있는 많은 문제는 이해하지 못했지만 일반적인 입장에서 본다면 대단히 날카로운 의견을 내기도 했다. 피카소는 그들의 상태를 너무 잘 이해하고 있어서 그들이 자기의 일을 오해하고 있었다 해도 문제가 되지 않았다. 그리고 그 모임에는 옛부터의 친구도 참가하고 있었다. 아폴리네르, 레이나르, 가끔 얼굴을 내미는 브라크, 죽을 때까지 친구였던 알프레드 쟈리 등이다. 이 모임은 풍부한 술로 열기를 띠었고 격렬하거나 기지에 찬 토론으로 활기를 띠었다. 그 카페의 주인에게 항의를 받아 한 사람도 남기지 않고 쫓겨나서야 토론이 멈추게 되는 일도 많았다.

피카소의 취미는 대체로 이 모임의 문학적인 방종과 일치했으며 문제가 취미의 영역을 넘어 깊은 이해가 필요하게 되는 단계까지 이르게 되면 피카소의 유머와 아이디어를 공감할 수 있었던 사람은 아폴리네르 이상가는 사람은 없었다. 이 아폴리네르의 출생과 성장에 대한 것은 역사적 사실보다 오히려 전설적인 면이 많았으나 그는 여러 나라를 편력한 사람인데다 그의 외국어 실력과 문학에 대한 이해는 남의 추종을 불허했다. 그는 독창성이 뛰어났는데 그것은 현실을 깊고 옳게 인식한 데서 비롯된 것이었고 또 인간은 모든 위선과 무익한 자기 한정(限定)에서 해방되어야 한다는 희망에서 뒷받침되었다.

"확실히 피카소도 같은 감수성의 소유자였다. 피카소로 하여금 그것을 깨닫게 한 것은 아폴리네르였다. 피카소가 자기 마음의 계시에 귀를 기울이고 예술에는 절대적 법칙이 없다는 것을 깨닫게 한 것도 아폴리네르의 힘이었다."라고 레이나르는 말했다. 또한 그는 다음의 격언도 인용했다. "인간은 인생의 최초 부분은 죽은 자와 다음 부분은 살아 있는 자와 그리고 제삼의 부분은 자기 자신과 함께 지낸다."

사실 피카소는 인생의 최초 시기를 종교와 역사와 문학과 미술이 이상적 형태를 하고 있는 범주 속에서 보냈으므로 그도 이상과 정통과의 완성이라고 할 수 있는 어떤 것을 목표로 삼고 있었다. 그러나 이러한 어린 꿈은 당장 과거의 망령 때문에 자기 완성을 할 수 없다는 것을 뚜렷하게 인식하게 되었을 때 사라지고 말았다. 그리고 그 순간에 피카소는 새롭고 더한층 넓은 시야의 필요를 느꼈고 또한 그것을 획득했다. 더구나 그것은 화가와의 답답한 토론을 통해서가 아니고 시에 대한 이해와 시를 만들어내는 사람에 의해서 배양된 자기 상상력에 대한 자신을 통해서 이루어지게 되었던 소린가.

피카소의 아틀리에에 복잡하게 널려 있는 책은 여러 가지여서 그에 있어서의 미술과 형이상학과의 밀접한 결합을 예상한 사람은 심한 혼란을 받지 않을 수 없었다. 베를레느, 랭보, 말라르메의 시집과 디트로, 레티프 드 라 블돈느 등의 18세기 철학자의 저서에 섞여서 셜록 홈즈, 니크 커터, 바흐로빌 등의 추리 모험 소설도 있었다. 다만 사실 소설과 심리 소설에 속하는 책은 한 권도 찾아볼 수가 없었다. 이런 종류의 책에는 상상력과 드라마가 결핍되어서 흥미를 느끼지 못했기 때문이다. 그것은 예술 그 자체가 아니고 오히려 응용 예술이라고 생각했음에 기인한 것이었다.

세무 관리 루소

살롱 데 앙데팡당은 출품 의사가 있는 사람에게는 누구에게나 개방된 부감사전이어서 이전에 입시세(入市稅) 사무소에 근무했던 시민세 징수관으로 '세무 관리'라는 별명이 아폴리네르에 의해서 붙여진 겸손한 작은 사나

이 앙리 루소도 약간 색다른 그림을 그곳에 전람할 수 있었다. 그는 이미 1895년에는 쟈리와 사귀게 되어 그에 의해서 그 작품이 인정되어 〈전쟁〉이라는 대작을 석판화로 공개까지 했으나 화가로서의 전문적인 훈련은 일체 받은 일이 없었다. 그러나 소박한 유채 기술과 강렬한 상상력 때문에 당시 아카데미즘의 요구에 물들지 않는 예술을 창조하고자 하는 젊은 화가들의 작은 그룹 사이에서 점차 이름이 알려지고 있었다. 그는 누구보다도 성실한 인간이며 사람과 사귀는 것을 좋아해서 파리 시 변두리에 있는 페레루 거리의 조촐한 아틀리에로 친구를 초대해 담소하고 바이올린을 직접 연주하며 손님을 대접했다. 그는 1910년에 세상을 떠났으나 죽을 때까지 가난했다. 그러나 그가 주최하는 야회(夜會)에 모인 사람들은 각별히 훌륭한 사람들이었다.

1905년의 살롱 도톤느에 이 세무 관리의 밀림을 그린 대작을 포함해서 세 점의 그림이 입선되었다. 그로부터 2년 후에 피카소는 골동상인 스리에 할아버지 가게에서 그가 그린 부인상의 대작을 발견했다. 처음에는 산더미처럼 쌓인 먼지투성이의 그림 속에 파묻혀 있는 부인의 두부밖에는 보이지 않았으나 피카소는 그것만으로 그 그림이 강한 신념과 독창성을 지니고 있는 가장 훌륭한 작품의 하나라는 것을 당장 알 수 있었다. 피카소가 그 그림을 5프랑에 사고 싶다고 말하자 스리에 할아버지는 이렇게 대답했다.

"좋구말구요. 그린 사람은 루소라는 사나인데 캔버스는 상등품이라 훌륭히 사용할 수 있어요." 그런데 피카소가 기뻐한 것은 두 사람이 이 그림을 잡다한 물건 속에서 꺼내보니까 푸른 목걸이와 허리띠가 달린 검은 드레스를 입고 열려진 창에 기대 서 있는 부인의 전신이라는 점이었다. 부인 옆에는 레이스가 달린 긴 커튼이 쳐 있었다. 창의 난간 사이에서는 꽃이 있는 풍경이 보였다. 후에 피카소가 이 그림을 작가 자신에게 보였더니 이 노화가 루소는 그것은 몇 년 전엔가 폴란드 출신의 학교 선생을 그린 작품으로 커튼은 동양적인 분위기를 내기 위해서 그린 것이며 배경의 경치는 잘 알고 있는 파리 시를 둘러싸고 있는 요새지대라고 설명해주었다. 이것이야말로 피카소가 드나리니에의 걸작 중 하나를 찾아낸 것이다. 그 후 여러 해 동안 피카소는 이 그림을 자기 옆에 언제나 놓아두고 지냈으며 가장 마음에 드는 그림의 하나라고 말했다.

그 이유는 이 그림을 발견해서 그것을 아틀리에에 진열했다는 것과 이 노화가를 축복해주자는 친구들의 희망이 있어서 피카소는 당시 쟁쟁한 예술가를 상당히 많이 초청하여 루소에 경의를 표하는 연회를 개최했다. 이 '세무 관리의 밤'은 거의 전설적인 사건으로 되어 있다. 그곳에서 작은 천재가 얼마나 명랑하며 열광적인 분위기 속에서 환영을 받았으며 소란스러우며 무슨 말인지 알아들을 수 없는 찬사에 얼마나 황홀했던가 하는 것을 모리스 레이나르, 페르난드 올리비에, 스타인 등의 세 목격자가 각기 기술하고 있다. 그러나 그날 밤에 벌어진 일이란 난잡하기 그지없으며 기록도 각각 달라 몇 가지 엇갈리는 점이 있다. 제일 먼저 기록한 모리스 레이나르는 "연회가 어떤 상태로 끝났는지 확실히 알 수 없다."는 것을 인정했으나 그날 밤의 중요한 사건에 대해서나 그 모임이 대단히 성대했었다는 점에 대해서는 세 사람의 기술이 일치하고 있다. 그 광경을 전부 이야기하자면 너무도 장황하기 때문에 그들의 기록과 또 다른 목격자의 이야기를 참고하여 요약하면 그 연회는 대체로 다음과 같았던 것 같다.

만찬회를 위해서 특별히 거창하게 준비하지는 않았지만 평소에는 마치 헛간처럼 어지러웠던 아틀리에가 말끔히 치워졌고 치장도 했으며 그곳에 30명 정도가 앉을 수 있는 벤치식의 긴 테이블이 놓였고 약간 이상하기는 하지만 그런대로 축제 같은 분위기를 만들고 있었다. 테이블 정면에는 '루소 예찬'이라는 글이 씌어진 깃발이 놓인 특별석이 주빈을 위해서 마련되었으며 그 뒤의 벽에는 그 부인상이 깃발과 랜턴으로 장식되어 걸려 있었다. 참가자들은 뜻하지 않은 일로 많이 놀랐지만 제일 놀란 것은 요릿집에 주문했던 요리가 오지 않았던 일도 그것이 피카소가 날짜를 하루 잘못 말해주어서 그렇게 되었다는 것을 알았을 때였다. 그런 불상사를 들은 손님들은 허기진 배를 포도주로 채웠기 때문에 축제 기분은 더한층 높아갔다. 다행스럽게도 페르난드와 몇 명의 친구들이 부지런히 움직인 덕택으로 그녀가 어느 친구의 아틀리에에서 정어리와 발랑시엔느풍의 즉석 밥요리를 만들어주어서 급한 것은 면하게 되었다. 요릿집의 요리는 오지 않았으나 아무도 애석하게 생각하지 않았다. 그뿐만 아니라 '세탁선'의 미로와 같은 복도에 취해 쓰러진 몇 사람의 손님은 다음 날 그 주문 요리를 먹게 되어서 오히려 감사할 정도였다.

가령 마리 롤랑상이 식전에 술을 치나치게 마셔 파이로 가득 차 있는 쟁반 속으로 쓰러졌다는 몇 가지 소란이 있었지만 일동이 자리를 잡고 앉아 아폴리네르는 예정대로 주빈을 소개했다. 그러나 이 연로한 주빈은 주위의 멋진 축제 기분에 놀라 가지고 있던 바이올린을 끌어안고는 몹시 감동하고 말았다. 그는 특별석으로 안내되자 기쁨을 감추지 못했으며 그 기쁨은 하룻밤 내내 그의 얼굴에서 사라지지 않았다. 다만 졸음이 와서 바이올린을 팔로 안은 채 잠들었을 때와 머리 위의 촛농이 그의 대머리에 떨어졌을 때만은 다른 표정을 지었다. 그 이외의 때는 그가 좋아하는 대중 음악을 노래하면서 부인들의 댄스 반주를 했다.

손님들도 다양해서 그 중에는 키가 크고 마른 피죠트와 같은 스페인 사람도 있어서 스페인의 의식 무용도 벌어졌다. 시인들의 예정에 없었던 즉흥 여흥도 있었다. 앙드레 사르몽은 테이블로 뛰어올라가서 루소를 예찬한 즉흥시를 낭송했으며 아폴리네르는 놓치지 않고 그 동안 소홀히 지냈던 사람에게 무소식의 빚을 갚기도 했고 스스로 우러난 시흥에 못 견뎌 자작한 시 한 편을 인상 깊은 목소리로 낭송했다. 그 마지막 일정은 이렇다.

그대의 영광을 찬미하려고 우리 여기에 모였네
피카소가 따르는 이 술도 다만 그대를 위해
이제야 마시자 찬미의 잔을
'영원히 행복하시라. 만세 루소'의 소리도 드높이.

자욱하게 방 안 가득히 찬 담배 연기와 손님들의 상기된 이야기 소리를 깨고 돌발 사건이 일어나기도 했다. 가령 몹시 술에 취한 사르몽이 별안간 사람을 가리지 않고 때리고 덤비는 일이 벌어지기도 했다. 그러나 이때도 피카소가 브라크의 도움을 얻어 그를 손님에게서 떼어내어 근처의 아틀리에도 돌려보냈기 때문에 회장은 곧 정상화되었고 분위기도 명랑해졌다. 그리고 〈라팡 아질〉의 프레데가 애완 당나귀를 끌고 오기도 했고 그곳 주민도 참가하여 연회는 밤을 새며 계속되었다.

결국 연회는 성공을 거두었다. 친구들은 술과 함께 진심에서 우러나는 축복을 그에게 보내 루소는 감동을 소박하게 받아들였고 깊이 마음에 새졌다. 루소는 자신의 독특한 성격 때문에 참가자의 성의와 찬사를 털끝만큼도 의심하려고 하지 않았지만 안면이 없는 사람도 참가한 이와 같은 집회에 다소라도 사람이 나쁜 예술가가 있었다면 이 모임 전체가 실제로는 명랑을 가장한 악의적인 노름이라고 생각했을지도 모른다.

기묘하지만 사랑스러운 이 남자에게 피카소는 애착을 느끼게 되었고 한편 루소도 아카데믹한 감상적 환상과 그와는 정반대의 계통에 속하는 피카소의 작업과의 차이를 식별하지는 못했지만 그의 재능을 인정하고 있었다. 그것은 그의 유명한 다음의 말로 확실하게 알 수 있다.

"피카소, 우리 두 사람은 현대에 있어서 최대의 예술가일세. 자네는 이집트 양식으로, 나는 현대적 양식으로지만."

피카소는 이 찬사에 감사했고 그것에 보답했다. 드와니에의 작은 자화상과 그것과 쌍을 이루는 부인의 초상은 어디로 이사를 가든지 가까이에 놓고 지냈다. 그리고 그 영향은 생각하지 않았을 때 생각하지 않은 형태로 모습을 나타냈다. 예를 늘면 1936년에서 38년에 길쳐 어린이와 이부의 그림에서 특히 그것이 현저하게 나타나고 있다.

피카소는 어떤 곳에서라도 영상 세계의 독창성과 재능을 당장 찾아낼 수 있었다. 사실 루소의 자화상이나 밀림의 풍경화는 확실히 강렬한 독창적 개성을 간직하고 있다. 더구나 그것은 그것을 본질적으로 현대화하는 또 하나의 다른 특성을 지니고 있다. 그 특성에 대해서 콕토는 쿠인 콜렉션 경매를 위한 카탈로그의 서문에서 루소의 〈잠자는 집시 여인〉을 다음과 같이 말하고 있다. 또 이 그림은 현재 뉴욕 근대 미술관에 진열되어 있으나 1897년에 완성되어 거의 30년이 지난 후에 피카소의 추천으로 수집가인 존 쿠인이 산 것이다. "이것은 시적 회화 또는 일화적 회화와는 정반대의 것이다. 우리의 눈앞에 있는 것은 오히려 직관적인 지식과 성실과의 기적에 의해서 회화화된 시이며 시적 존재 그 자체이다. 이 집시의 여자는……시의 비밀의 혼이며 신념의 행위이다. 그리고 사랑의 증표인 것이다. 회화는 '시적 존재 그 자체이다.'라는 이 개념이야말로 회화를 단순한 장면의 설명이라는 구속에서 해방하는 것이다. 이제 회화는 그 자체의 연상 작용에 의해서 빛을 내며 외계 것의 반영에 지나지 않는다는 것으로 해서 그 힘이 약해짐이 없이 그 자체가 존재라는 예전의 권리를 다시 한 번 주장할 수 있게 되었다.

결 투

아마 체구는 작지만 균형이 잡힌 체격을 하고 있어서 그랬겠지만 체격이 좋고 근육이 잘 발달된 운동가에 대해서 피카소는 언제나 찬미의 마음을 품고 있었다. 친구들 중에서도 아폴리네르는 여간 당당하지 않았고 특히 드랑과 블라망크, 브라크는 특히 남의 눈에 띄는 존재였다. 세 사람 모두 체격이 좋았고 자기들의 체력에 자신을 가지고 있었다. 그 중에서도 브라크는 얼굴의 생김새가 뛰어났고 카우보이처럼 가슴을 펴고 걸어서 먼 곳에서도 금방 알아볼 수 있었다. 예전에 그와 사귄 지 얼마 안 되었을 때 피카소는 자기들이 창립하려고 하는 체육 학교의 상상도를 희극적인 필치로 스케치한 일이 있었다. 그것은 우스꽝스러울 정도로 머리가 작은 거대한 근육 덩어리가 자기들의 계획을 선전하기 위해서 등장하고 있는 그런 형국의 그림이었다. 실제로 피카소가 한 운동은 권투뿐이었으며 페르난드가 지적한 대로 맞는 것보다 때리는 쪽을 좋아했다. 그러나 한번 드랑과 상대하게 되자 그는 그 길로 나가는 것을 단념하지 않을 수 없었다.

'세무 관리의 밤'이 개최되기 약 1년 전쯤에 다행히 실질적으로 손해가 없는 희극으로 끝나서 다행이었지 만일 폭력 사태라도 일어났으면 대단한 사건이 될 뻔한 일이 일어났다. 아폴리네르가 막스 데로오의 평론 중에서 남이 보면 아무렇게 느끼지도 않을 세 줄 정도의 기술에 모욕받았다고 생각해서 결투를 신청했다. 그 직후 아폴리네르는 난처한 얼굴로 피카소의 아틀리에를 찾아와 조언을 구했다. 그 결과 저널리스티이며 유명한 검객이기도 했던 장드 미티와 막스 자콥을 후견인으로 정했다. 라비니양 광장 일대에서 수주일에 걸쳐 이야깃거리가 오고 갔다. 드디어 마지막 단계에서 막스 자콥이 새 실크 모자에 외안경을 쓰고 격식을 차려 옷을 입고 상대방을 방문하게 되었다. 그리고 아폴리네르는 불안해 하면서 피카소의 아틀리에에서 기다리고 있는 사이 각각 단골로 다니는 카페에 자리를 잡고 있는 양자 사이에 교섭이 이루어져 드디어 관계자의 문학적 재능과 식전술의 교환이 효과를 나타내 관계자 일동이 만족할 만한 문서가 작성되었다. 이렇게 해서 쌍방이 서로 명예를 손상함이 없이 피의 충돌을 피할 수 있었다.

피카소에게는 기분 전환을 하려고 생각하면 언제나 초대해주는 곳이 있었다. 아폴리네르는 피카소나 그 밖의 다른 친구들을 르 베제네에 있는 모친의 집으로 데리고 갔으며 또 어느 때는 파리에 있는 자기 아파트로 초대를 했다. 그들은 그곳에서 엄숙하면서도 기지에 넘친 차 대접을 받곤 했다. 토요일에는 스타인 식구들이 자기 집을 개방해 피카소는 그곳에도 우아한 꽃처럼 아름다운 모자를 쓴 페르난드를 데리고 자주 나타났다. 보랄의 화랑 지하실에서 만찬회가 열리는 일도 있었다. 그곳에는 젊은 스페인 태생의 화가를 만나고 혀가 얼얼한 쌀요리를 맛보려고 저명한 노예술가와 수집가가 곧잘 모였다. 환대할 테니 와달라고 부탁하는 독일 사람도 있었다. 가령 그는 우데의 친구인 부자 화가가 주최한 연회에서 예찬자에게 둘러싸이는 일도 있었다.

가정에서의 생활은 의견이 지나치게 상반되는 일도 있었지만 여전히 페르난드와 단란하게 사랑하면서 지냈다. 그리고 두 사람이 함께 친구들과이 친밀한 교제를 즐겼다. 후에 초상화 화가로 크게 인기를 얻은 네덜란드의 화가 반 돈겐의 귀여운 딸을 위해서 즐거운 마음으로 데생을 해보이기도 하고 종이 인형을 만들어준 일도 있었다. 피카소가 어린이를 사랑하는 것은 동물에 대한 애정과 같아서 그것이 상상력에 한없는 기쁨과 자극을 주었기 때문이었다. 그들은 말로 통하는 이상으로 깊이 이해할 수 있었다. 어린이들은 이성과 현실적인 배려에 바탕을 둔 이 세속적인 세계에서는 잊혀지고 마는 원초적인 것, 본능적인 것과의 연결을 그에게 주었던 것이다.

피카소의 아틀리에는 한없이 쌓이는 캔버스와 많은 물건 때문에 꼼짝도 못 하는 상태였는데도 각종 동물의 집으로도 겸하게 되었다. 물론 좀더 이국적인 조수가 곁에 있었으면 피카소는 한층 더 좋아했겠지만 당장으로서는 몇 마리의 개와 고양이 및 거북이와 원숭이 한 마리씩을 기르는 것으로 만족했다. 이러한 동물은 어디에 살고 있을 때에도 언제나 깊은 경의와 애정을 가지고 관찰하며 같이 놀았던 동물 친구들이었다. 막스 자콥은 피카소가 파리에 처음 왔었을 때 곧잘 밤중에 동물원에 가서는 관리인 아들인 친구의 안내로 신기하며 매혹적인 동물을 관찰했다고 말했다.

큐비즘의 개시

프랑스에서는 봄 특히 여름이 되면 화가들은 파리를 떠나서 지방의 변화에 넘치는 풍경 속에 젖고 싶다는 충동에 사로잡혔다. 1908년 초 브라크와 드랑은 피카소의 위대한 회화 〈아비뇽의 아가씨들〉과 그곳에서 그려진 두 점의 괴물적인 얼굴의 기억을 상기하면서 시골로 갔다. 브라크는 세잔의 발자취를 더듬어 마르세이유 근방의 레스타크로 갔다가 가을이 되자 다수의 풍경화를 가지고 돌아왔다. 그 중의 여섯 점을 살롱 도톤느에 응모했다. 그러나 심사원들은 지금까지의 그의 작품 속에서는 찾아볼 수 없는 경향에 당황했다. 색채는 지상의 요소가 아니라 억제되었고 단순한 기하학적 형태에 강조가 되어 있었다. 심사원의 한 사람이었던 마티스는 '야수'라는 이름을 지어준 장본인인 비평가 루이 보그셀에게 브라크의 작품에는 '작은 입장체(규브)'라고 할 수 있는 것이 현저하다고 지적했다.

두 점의 작품이 각하되어서 기분이 상한 브라크는 즉석에서 다른 출품작도 취소해버리고 말았다. 다행스럽게도 카안와일러가 이 새로운 양식에 두려움도 없이 자기 화랑에서 11월에 브라크의 개인전을 열어주었다. 그것이 지금까지 큐비즘의 최초 전람회로 인정되고 있다. 이에 기분이 좋아진 브라크는 다음 해 봄에 다시 이 두 작품을 살롱 데 앙데팡당에 출품했다. 그러자 비평가는 기다렸다는 듯이 경멸의 뜻을 나타냈다. 보그셀은 카안와일러 화랑에서의 개인전에 관한 평론에서 이미 '작은 입방체'에 관한 마티스의 소견을 인용하고 있었으나 이번에는 어느 잡지에서 맹렬히 통박했으며 그 양식을 농담으로 '페루의 큐비즘'이라고 명명했다. 이 잡지는 이런 일이 없었으면 이제는 벌써 잊혀진 잡지가 되고 말았을 것이다. 부적당하기 짝이 없는 '큐비즘'의 명칭은 그 이후 하나의 부적처럼 사용되었으나 1913년에 아폴리네르가 이 새 양식을 옹호하는 글 속에서 그 명칭을 처음으로 시인했던 것이다.

라 리유 데 브와

이 해 봄 피카소는 신경이 곤두서지는 초조감 때문에 고통을 받으면서도 파리에 머물러서 자기가 발견한 것에 대한 연구를 계속 밀고 나가고 있었다. 페르난드의 말을 들어보면 피카소는 아직도 비겔즈의 죽음으로 대단히 정신적인 충격을 받았으며 또한 불안을 갖게 한 죽음이 자기 가까이에서 두 번째로 일어나 그 죽음의 악몽에서 헤어나지 못해 1908년의 늦여름이 되어서야 남방의 긴 여행보다는 프랑스의 벽촌이 편견도 극복하고 마음도 달래줄 수 있을지 모른다고 생각했다고 한다. 우연히 어느 친구에게선가 아라트의 수풀과 오와즈 강 사이에 끼어 있는 골짜기의 빈 농가 이야기를 듣고서 그는 그 장소가 어떤 곳인지 몰랐으나 파리에서 30마일 정도 떨어진 라 리유 데 브와라는 작은 촌에서 우울증을 고치기 위해 페르난드와 개와 고양이를 한 마리씩 데리고 여행길에 올랐다. 그가 빌린 집은 입구 바로 앞에 밭이 있는 소박한 것이었으나 제작도 파리에서 이삼 일 묵을 작정으로 오는 친구들을 대접하기에는 적당한 공간의 여유가 있었다. 피카소는 곧 목장과 숲에서 신선한 기운을 되찾게 되었고 따라서 마음도 거의 가라앉힐 수 있었다. 그러자 라 코루냐에서의 스케치와 후의 오르다 데 산 후안에서의 스케치 이래 그는 처음으로 단순히 인물의 배경으로서의 풍경이 아니고 풍경 그 자체가 본래 지니고 있는 특질이 가져다주는 주제에 흥미를 갖게 되었다.

호와즈 지방의 푸르른 전원은 그의 팔레트에도 영향을 주었다. 그 수개월간의 제작은 '녹색의 시대'라고 불러야 한다고 누가 지적한 것처럼 녹색이 그의 작품을 지배하고 있었다. 어쨌든 넓은 지평을 맹렬히 동경하여 하나의 새로운 경험이 시작되었고 그가 라 리유 데 브와에서 제작한 회화는 그대로 하나의 그룹을 형성하고 있다.

풍경을 보고 있노라면 눈이 촉각을 확장하는 능력을 가지고 있으며 먼 쪽으로 전개해가는 여러 물체의 표면을 애무할 수 있는 것도 가능하다고 생각할 정도였다. 집의 벽이라든가 먼 산의 경사 같은 상상력에 의해서 손 안에 든 성냥갑처럼 촉지(觸知) 가능한 것이 될 수 있다. 그런데도 불구하고 과

집과 정원
1908년
油
73×60

거의 대풍경 화가들은 분위기적인 효과를 위해서 이 감각 작용을 무시
했다. 대비의 강한 명암의 톤과 색채가 전경에 놓여지고 가장 먼 부분은 푸
른 노을로 가려지게 되어 있었다. 대상의 크기가 지평선 상의 소실점(消失
占) 쪽으로 점점 작아져가는 원근법이 공간의 일류전을 완결시켰다. 그러
나 그러한 법칙에 의해서 얻어진 화상은 피카소의 입장에서 본다면 물체를
전혀 만져볼 수 없기 때문에 애매한 것으로 만들어버리고 만다는 것이
었다. 그는 눈이 인간 형태의 성립을 보다 완벽하게 파악할 수 있도록 그
형태를 마음대로 자유롭게 취급한다고 생각해서 그도 이번에는 풍경을 그
렇게 조각적 형태로 취급했다. 불필요한 세부는 모두 현저한 특징을 강조
하기 위해서 희생시켰고 유서있는 원근법의 법칙도, 키로 잴 수 있는 거리
감을 줄 수 있는 시도도 모두 포기했다. 실제로 라 리유 데 브와의 풍경화
〈집과 정원〉에서는 배경과 전경이 쌍방의 표면에 서로 접하고 있는 것처럼
보이는 작용 속에서 융합하고 있다. 눈은 오솔길이 우묵한 사이로 사라지
는 자취를 더듬고 또다시 빛 속에 드러나 있는 모가 난 면 위로 돌아오면서
전경과 배경의 표면을 이동해가면서 그림의 안쪽으로 유도해가는 교묘하면
서도 일정한 방법을 받도록 하고 있다. 일정한 면에서 삼차원적 화면 조직

과일이 있는 정물
1908~9년
74×61

속에서 그림 표면의 연속성을 단절시켜 통일을 피괴하는 깃과 깊은 불합리한 동굴에 눈이 빠지게 되는 일 따위는 하고 있지 않다. 나무와 집과 오솔길은 융합하여 눈이 그런 것의 사이를 직접 느끼면서 배회하여 그런 것의 본래의 실제감을 즐길 수 있도록 유도되고 있다. 집은 틀림없이 집이며 나무 또한 그렇다. 그런 것은 감각으로 잡고 또 사랑할 수 있는 대상으로 나타나 있다.

이와같이 개개의 대상의 존재를 확실한 것으로 하려는 객관적 정신은 풍경에만 한정되어 있는 것이 아니다. 그것은 피카소가 파리에 돌아가서 그린 일련의 정물화에서도 나타나고 있다. 이러한 정물화는 대체로 테이블 위에 놓여진 바리테나 병으로 되어 있고 그런 단순한 부엌용품의 존재는 완전히 정착한 것으로 보인다. 그러한 것은 낯익은 대상으로서 완벽한 균형의 효과를 첨가하거나 제외할 수도 없는 조직체의 구성 부분으로 존재하고 있다.

라 리유 데 브와로 떠나기 전에 피카소는 그가 제일 마음에 두고 있던 두 화가를 생각나게 하는 요소가 짙은 작품을 즐겨 그렸다. 그 하나로 중심적 존재가 되고 있는 것은 주름진 무늬가 있는 천에 놓인 과일 앞에 검은 실크 모자가 있는 그림으로 이것은 세잔 후기의 그림에 대단히 특징적인 것

해변의 나부
1908년
油
130×97

이다. 또 하나는 꽃의 그림으로 여기에서는 꽃이나 잎을 화면 중앙에 놓는
방법인데 그 간결한 형상이 세무 관리 루소의 양식을 생각나게 한다——
옆에 놓여진 스푼을 보면 피카소 쪽이 보다 복잡한 감수성의 소유자라는 것
을 특징적으로 나타내고 있기는 하지만 같은 세부의 철저한 생략 및 형태를
조각적인 통합체에 집약시키는 처리 방법은 그 해 가을에 그려진 서너 점의
강렬한 두부의 습작에도 나타나 있다. 〈농부(農婦)〉라는 이름의 '무거우면
서도 정적'인 인물화가 있는데 그 작품에서는 인물의 건강하고 덩치가 좋
은 비율을 강조하기 위해서 색채도 모노크롬에 가까운 것으로 억제되어
있다. 니그로 조각이 지니고 있는 신성한 특성이 다시 표면화되고 있는 것
이다.

　겨울 동안 색채를 형태에 종속시키는 경향이 계속되었다. 전체적으로 적
갈색의 빛을 발하는 것과 같은 나체 여인의 구성을 시츄킨이 사서 자기의
콜렉션에 첨가했다.

　또 〈해변의 나부〉라는 주목할 만한 인물화가 있다. 여기서는 평면적이며
모가 난 형상이 부드러워지고 있다. 여자 몸의 부분 부분은 모두 곡선적이
며 조개를 닮은 양괴상(量塊狀)에 살붙임을 하고 관절 부분에서 결합하고

있다. 아라베스크를 생각나게 하는 장식적 곡선으로 장식된 관절 부분은 나무와 가지 사이의 응어리를 닮고 있다. 양감을 높이기 위해서 전면과 등이 함께 그려져 있다. 가슴, 견갑골(肩胛骨), 복부, 둔부 등이 동시에 눈에 들어온다. 인간의 모습을 한 키가 큰 조각상이 모래 위에 고정시켜놓은 크고 넓직한 발 위에서 뻗어나와 있다. 살아 있는 몸의 각 부분을 분해하여 조상된 모습으로 다시 조립한 하나의 새로운 건축적인 전망이 우리 앞에 전개되고 있다. 이차원적인 표현 수단의 한계가 전면과 배면 어느 쪽도 감추지 않고 동시에 그것을 하나의 설득력있는 전체에 통합함으로써 극복하고 있다.

1909년 여름, 오르다 데 산 후안

피카소는 다음 해 여름이 올 때까지 스페인에 머물겠다는 생각을 하게 되었다. 화가에게는 여행한다는 것이 곤란한 일이다. 그는 자기가 숙시(熟視)하고 있는 물질적인 세계와 밀착하고 있으며 눈으로 보는 것을 받아들여서 전신의 감각 기능을 가지고 물체를 느꼈다. 그리고 제작에 필요한 도구, 재료의 종류에 어느 정도는 방해를 받게 되는 것이다. 그는 자기의 시각적 환경에 대단히 근본적인 영향을 받고 있어서 지나치게 이곳 저곳으로 움직이고 있으면 집중력이 쉽게 약화된다. 자기를 둘러싸고 있는 대상의 신비를 마음의 눈으로 똑바로 인식하며 또 자기의 재능의 가능성을 남김없이 나타낼 시간을 찾아내려고 하는 것이라면 쉬지 않고 환경을 바꿈으로 자기의 감성을 둔화시키는 위험은 범하지 않을 것이다. 그러나 비교적 움직임이 적은 생활을 하고 있으면 여행을 했을 때 눈에 익지 않은 광경을 보게 되어 신선한 충격과 흥분을 얻을 수 있는 것이다.

피카소는 프랑스에서도 마음에 드는 지역 범위를 벗어나 여행한 일은 거의 없으며 그나마 그 지역도 파리와 지중해 연안으로 한정되어 있다. 그 결과 어느 장소에서나 연상한 것을 그대로 보존할 수 있었다. 또 그것은 현실의 것이거나 상상의 것이거나 그 지역의 토착민에 의해서 기억에 남아 있는 것이었다. 말년에 피카소는 칸느에서 고대 목가극의 임금님처럼 뿔장식을 달고 턱수염을 기른 두부의 옆에서 목신(牧神)을 닮은 생물이 하늘을 향해서 피리를 불며 고대의 영을 깨우는 것과 같은 스케치를 완성한 후에 이렇게 말했다.

"참 이상한 일이야. 파리에서 나는 이런 목신이나 켄타로스와 같은 신화 속의 인물을 절대로 그리질 않아. 그들은 언제나 이 근처에 살고 있는 것 같은 생각이 든단 말이야."

피카소는 새로운 환경으로 옮기게 되면 그의 양식에는 곧잘 변화가 일어나게 되지만 강한 식별력과 여러 감각을 명확하게 구별할 수 있는 능력 때문에 그 영향은 그 장소에 언제나 한정되었다.

그가 다라고나 지방의 친구 팔라레스를 방문하여 스페인의 농부들을 처음 사귄 이래 10년이 지났다. 그것은 그가 멀리 지평선을 울퉁불퉁한 모습으로 가리고 있는 불모의 텔엠 산과 그 산을 배경으로 전개하는 황량한 풍경 냄새를 맡은 이래 10년이었다. 그는 도중에서 바르셀로나에 잠시 동안 들러 가족을 찾아보았다. 그는 매일 페르난드를 데리고 양친과 함께 점심 식사를 같이 했다. 때로 식사가 끝나면 친구들과 같이 티비다보의 고대(高臺)까지 나가보기도 했다. 그 고대는 가까운 산 속에 있었으며 그곳에서는 도시를 한눈에 내려다볼 수 있었다. 그러나 그러한 일은 일시적인 즐거움이었다. 언제나처럼 그의 여행 목적은 인적이 드문 벽촌의 조용함이어서 곧 페르난드와 같이 한여름의 찌는 듯한 더위 속에서 다시 오르다의 작은 마을로 떠났다.

그는 파리를 경험했을 때 처음 이 마을을 방문했던 이후 많은 발견을 했기 때문에 이곳에서의 일도 예측할 수 있었다. 그는 자기가 있는 환경을 새로운 빛으로 비추어보았다. 재능에 넘친 10년 전의 스케치를 돌이켜보면 농민들의 생활을 관찰한 것을 재빨리 단편적으로 묘사하면서 세부를 잡아낼 수 있었던 자기의 능력을 의식하는 한 젊은이의 탐구의 기쁨을 찾아낼 수 있다. 그러나 그 후 10년 사이에 피카소는 끊임없이 변화하는 현상을 거울에 비쳐진 이미지가 아니고 이제는 자기의 상상력 속에 명확하게 지각할 수 있는 하나의 현실——즉 자기가 사는 세계에 대해서 그가 가장 깊은 곳에서 느낀 것을 객관화할 수 있는 것——의 구조를 별개의 눈으로 보며 그것을 자기 작품에 나타내는 것을 배운 것이다. 그는 새로운 직감에 의해서 이제는 자신의 작품에 시간을 초월한 특징을 주며 개개의 회화에 그 자체의 생명을 줄 수가 있게 되었다. 객관적 현실과 예술 작품과의 이 관계는 큐비즘의 모험적인 실험에 의해서 변화하고 있었다. 그의 흥미는 또한 1년 전에 일 드 프랑스의 숲을 이룬 경사지에서 그의 앞에 열려 있었던 오솔길에 있었다. 그러나 오와즈 강은 에브로 강으로 바뀌었고 루소의 정글 정경을 연상시키는 짙은 녹색으로 채색된 북 프랑스 숲은 지중해에서 세잔이 즐기던 깃털 같은 소나무와 올리브나무로 변하고 있었다. 목초지는 계단식 포도밭으로 바뀌고 북 프랑스의 음울한 대기는 사라지고 스페인의 강렬한 빛과 광대하고 맑은 하늘이 전개되고 있었다.

최초로 완성된 풍경화에는 원추형을 한 불모의 산이 그려져 있다. 그 그림은 사각의 돌집과 지붕 위쪽 길가에 실삼나무가 심어진 오솔길이 화강암의 비탈길을 지나 베아드 사르바돌의 작은 동굴까지 뻗어 있는 것을 알 수 있을 정도로 재현적이다. 그러나 이 경관은 가혹한 분석이 이루어지고 있으며 여러 형태는 기하학적으로 단순하게 재편성되고 있다. 피카소는 표면에 어지럽게 깔려 있는 세부의 안쪽까지두 볼 수 있는 방법을 스스로 찾아낸 것이다. 그의 지성을 개입시켜 예전에는 자연을 모방함으로 그가 느낀 기쁨을 억제해왔던 것이다. 그러나 이제는 보아온 것, 알게 된 것에 의해서 자기 자신에게 전달된 정감을 깊이 생각한 후에 서술하게 되었다. 만일 이 목적에 도움이 되는 것이라면 어떠한 하잘것없는 수단도 사양하지 않았다.

이 최초의 풍경화 구도에서 산 정상이 중앙에 놓여져 있는 것과 그 산의 모양이 세잔의 생 빅트와르 산을 그린 회화를 연상시킨다. 형태의 단순함이 강조되었고 목적에 합당하지 않은 세부는 모두 배제되어 있다는 것은 세잔이 에밀 베르나르에게 보냈으며 그래서 그 예로 곧잘 제시되고 있는 편지 속에서 표명한 "자연 속에서 원통 구(球)와 원추를 찾아내지 않으면 안 된다."라는 견해를 피카소가 의식한 증거이다. 뿌리 깊이 잠재하고 있는 형태의 제원리를 분석하지 않으면 안 된다. 그렇지 않으면 자연의 피상에 나타나 있는 착종(錯綜)한 세부가 진짜 본질을 애매한 것으로 만들어버리고 만다.

〈산〉에 뒤를 이어 여섯 점 혹은 그 이상의 멋진 명쾌한 풍경화가 그려졌으나 그 중에서 가장 널리 알려진 것은 〈공장〉과 〈저수지 오르다〉이다. 후자에서는 언덕 위에 위치하고 있는 작은 마을 그 자체가 중앙의 탑 주위에

저수지 오르다
1909년
油
81×65

결정처럼 모인 형태의 초점이 되고 있다. 그 이외의 작품에서는 집과 집이
모지고 육중한 산과 산이나 종려나무의 퍼진 가지와 융합하고 있으며 그 나
뭇가지의 규칙적인 리듬은 하늘 부분에서 반복되고 있다. 피카소는 그가
인간 형태의 분석에서 이미 발견하기 시작한 것을 확실히 표현할 수 있는
필요한 풍경을 찾아낸 것이다. 그가 자연 속에서 보는 형태는 수정을 작고
엷게 깍아낸 돌의 집척(集積)이었고 딱딱하고 반짝거리는 절단해낸 평면이
었다. 이제는 빛은 원했건 원하지 않았건 정해진 하나의 위치에 무수한 절
단된 평면과 같은 형태 위를 비치는 것이 아니고 개개의 표면 밑에서 방사
하고 있는 것처럼 보였다. 그것은 경관을 일시적으로 비쳐주기 위한 것이
아니고 개개의 대상을 돋보이게 하기 위해서 사용되었고 그의 대상의 존재
와 일체화된 부분이 되고 있었던 것이다.

　이 그룹의 회화에서는 이 앞 단계에서 형태의 양해를 방해하는 것을 용서
하지 않는 뜻으로 유보된 색채가 다시 숨어들고 있다. 이 색채는 세잔이 채
용한 것과 같은 방법이며 형태의 실제감을 높이기 위해서 사용되고 있다.
즉 하나의 면에 따뜻한 갈색계의 색채로 음영을 붙이고 차가운 청 또는 녹
색의 음영을 칠한 인접하는 면과 대조시키는 방법이다. 음영을 붙인 것은
면과 면 사이에 확실한 능선을 만들어 굴곡을 강조하는 데 도움을 주기 위

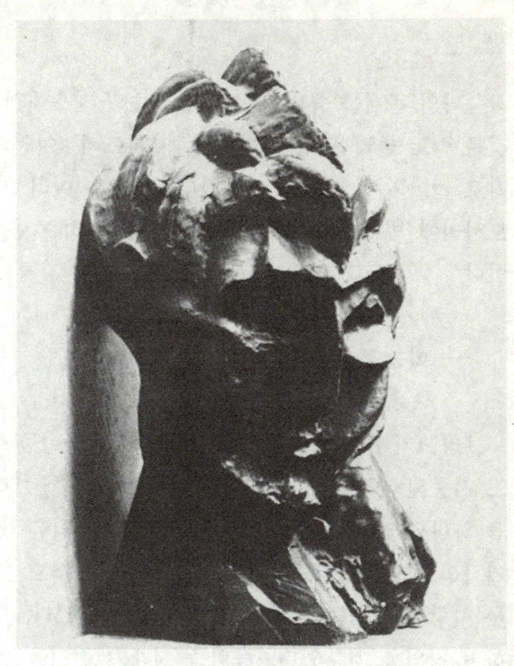

여인의 두부
1909년
브론즈
높이 41

해서이다. 세잔은 색채를 분위기의 효과를 위해서만 사용했지만 피카소가 제일 문제로 삼는 것은 실재하는 것의 외관을 형태로 나타내기 위해서였다.

　피카소는 이 시기에 두부를 그린 일련의 주목할 만한 작품에서 이러한 원리를 응용했다. 이 일련의 두부는 풍경화와 같은 특성을 구비하고 있으나 부동의 바위와 같은 외관 밑에 아직 표정을 잃지 않고 있다. 이러한 두부를 구성하고 정감이 반짝임처럼 발산하고 있다. 인간의 얼굴이라는 것, 인간 형태라는 것이 참으로 변화에 찬 창의에 의해서 개조되고 있다. 우리는 어느 두부에서는 고딕 사원의 끝이 뾰족한 궁륭(穹隆)이, 또 다른 두부에서는 손도끼로 깎아 만든 니그로 신과 같은 목조 조각적 특징을 찾아볼 수 있다. 그러나 형태상의 고려가 인간의 표정을 지우지 않고 있으며 그 표정은 어떤 면에서는 큐비즘 시대의 어느 시점보다 강하게 나타나고 있다. 우리는 벨라스커스가 그린 얼굴에 나타나 있는 고민을 연상할 수도 있다. 스페인적인 표현주의는 새로운 방법에도 불구하고 아직도 역력한 자취를 남기고 있는 것이다.

　피카소가 이러한 두부를 그린 후에 그린 두부와 삼차원적으로 대응하는 작품과의 관계를 큐비즘 조각의 최초의 시도에서 해명해보려고 생각했다는 것은 별로 놀라운 일이 아니다. 브론즈의 〈여인의 두부〉는 그가 가을에 파리로 돌아와서 원형을 만들었다. 이것은 여러 가지 면으로 분해되었고 그 모서리에 빛이 닿는 대상의 표면과 완전히 같은 개념에 따라 만들어진 것이다.

파리로 돌아오다

브라크가 1908년 가을에 '큐비즘'의 별명이 붙여지게 되는 풍경화를 가지고 지중해 지방에서 돌아오고 피카소도 또한 브라크와는 관계없이 그와 축을 하나로 하는 경향의 그림을 가지고 라 리유 데 브와에서 돌아온 것은 불가사의한 일치였다. 이때부터 1914년에 전쟁으로 떨어져 있게 될 때까지 이 두 사람 사이에는 긴밀한 교제가 있게 되었다. 그들은 서로의 작업을 주시하며 창의를 겨루었다. 큐비즘 시대가 절정을 맞이할 무렵의 그들의 그림은 간혹 누가 그린 것인지 판별하기 어려웠으며 특히 그들이 남몰래 제휴해서 제작하고 있었을 때는 특히 그러했다. 물론 피카소 자신의 말을 빌리면 자기가 태어나서 자란 일 드 프랑스에 충실한 브라크는 '언제나 크림을 가지고' 있어서 이 크림은 스페인 사람에게는 농후하여 불필요한 것으로 느껴졌다고 한다. 그러나 이 새로운 양식을 만들어낸 개개의 착상에 둘 중 누가 먼저 손을 댔느냐 하는 것을 밝히는 일은 불가능하다. 큐비즘의 형성을 향하는 단계에서 그들이 서로 각각 다르게 움직였으나 같은 결과에 도달했다는 것은 이념의 일치가 활기를 띤 분위기 속에서 익어갔고 새로운 표현 양식에의 참을 수 없는 희구가 결실을 맺었다는 것을 암시하고 있다. 동시에 1907년의 〈아비뇽의 아가씨들〉이 다른 어느 창조적 업적보다도 앞섰다는 점을 잊어서는 안 된다.

피카소와 브라크 사이에 서로 경쟁심이 없었던 것은 아니지만 참된 것이었고 또 결실이 많은 것이었다. 피카소보다 1년 늦게 태어난 브라크는 몽마르트르의 '세탁선'에서 가까운 아틀리에에 살고 있었으며 그들의 새로운 이념에 대한 검토는 조직적으로 이루어진 성찰적(省察的) 정신이 깃들어져 있었다. 처음에 그는 완강한 부임의 태도로 반응을 보였으나 이미 해체 상태에 있었던 야수의 그룹에 한계를 느꼈고 마티스나 옛 친구 뒤피, 피리에스, 마르케 등에게 부인될 수 있는 그림을 그림으로 그들과 인연을 끊은 것이다.

피카소에게는 브라크와의 접촉이 자극이 되었다. 그들은 사물에 대한 사고법만이 아니라 즐거움까지도 나누어 가졌다. 피카소는 언제나 친구들과 행복을 나누어 가지려는 생각을 하는 사람이었으며 그래서 브라크가 어울리는 부인을 맞이해야 한다고 생각했다. 후보에 오른 여인은 몽마르트르의 카바레 '르 네앙'의 후원자 딸이며 또 막스 자콥의 종매이기도 했다. 어느 날 밤 브라크는 막스와 그 일이 성사되기를 바라는 다른 친구들이 입회한 가운데 그녀를 공식으로 소개받았다. 이 맞선을 위해서 그들은 최고급의 예복을 빌려 입고 실크 모자와 망토를 입었으며 우아한 단장으로 준비를 하였다. 효과는 절대적이었다. 후원자도 그 처녀도 이 빈객들에게 반해버리고 말았으나 그들이 세속적인 분위기를 깨지 않고 견뎌내기란 어려운 일이었다. 그리고 밤이 깊어짐에 따라 분위기는 엉망이 되고 말았다. 그들이 그 자리를 파하고 나올 무렵에도 약혼은 결정되지 않았으며 그때쯤에는 그들은 있어주기를 바라지 않는 손님이 되어버렸다. 그들은 자기들이 빌려 입고 온 옷을 확인하는 것도 불가능해져서 멋대로 모자와 망토를 가지고 나오는 가장 간편한 방법을 썼으나 그런 행위로 인해 불행하게도 그 이상 혼인 교섭을 할 수 없게 되었다. 사태가 이렇게 되어도 큰 문제는 아니었다. 왜냐하면 피카소는 곧 근처에 사는 대단히 매력적인 여성을 브라크에게 소개했기 때문이며 그녀는 브라크와 결혼해서 생애의 반려자가 되었다. 드랑의 결혼에도 피카소는 대단히 애를 썼다고 하며 또 아폴리네르에게 천진난만하며 재기에 넘친 그의 뮤즈 마리 롤랑상을 소개한 것도 피카소였다. 그는 알게 모르게 관계하면서 친구들의 행복에 관심을 지니고 있었던 것이다.

제6장 큐비즘의 창시 (1909~1914)

쿠리시 가(街)로의 이전

스페인 불모의 암산과 포도밭에서 보낸 여름은 피카소에게 훌륭한 영향을 주었다. 그는 새로운 양식을 위해 확고한 발전을 보이는 수많은 작품을 가지고 파리로 돌아왔다. 처음에 품었던 위구(危懼)의 마음을 깨끗이 씻어 버린 보랄은 곧 이 작품을 자기의 화랑에 전시했다. 그리고 평론가들의 적의와 대중의 조소에도 불구하고 거트루드 스타인이나 시츄킨을 비롯해서 수는 적으나 형안의 찬미자들은 예전처럼 계속 작품을 사들였다.

피카소는 드디어 지금까지 살고 있었던 지저분하고 불편한 환경에서 벗어날 여유가 생겨서 페르난드와 샴종 고양이와 함께 같은 지역내의 피갈 광장에 가까운 쿠리시 가(街) 2번지 아파트에 아틀리에를 장만했다. 늘어나는 작품의 수와 혼자 있어야 할 필요 때문에 그는 '세탁선'에서의 제작에만 전념할 수 있는 하나의 아틀리에를 마련했다. 그리고 그는 카안와일러가 그의 소유물 일체를 몽파르나스로 옮겨줄 때까지 몇 년간 이곳을 창고로 사용했다.

북쪽 창의 커다란 아틀리에로 이어져 나무를 통해서 건너편 남쪽을 전망할 수 있는 아파트의 부르주아적인 호화함은 지나치게 두드러져서 그들의 얼마 안 되는 가구와 수많은 무거운 캔버스를 운반한 사람들은 이 젊은 커플이 복권에 당첨된 것이 틀림없다고 생각할 정도였다.

페르난드는 이 새로운 환경에 불안을 느꼈다. 그녀는 에이프런과 모자를 쓴 하녀가 일하는 자기들의 새로운 생활 양식이나 그들이 초대에 대한 답례로 얼마 동안 하고 있었던 일요일 오후의 리셉션은 느긋하면서도 산만했던 초기 생활의 묘미와는 바꿀 수 없는 것이라고 생각했다.

피카소가 장만한 가구류는 그의 마음에 드는 다양한 양식의 것이 어지럽게 혼합된 것이었다. 단순한 선의 육중한 떡갈나무 가구류와 등받이 쪽에 마호가니를 사용한 루이 필립 조(朝)의 크고 긴 의자와 그랜드 피아노와 더불어 부친에게서 선물로 받은 이탈리아제 나무를 조각해서 세공한 아름다운 가구도 한 점 끼어 있었다. 피카소에게는 좋은 취미지만 실내 장식은 상상력에 방해가 되며 정신을 침체시켰다.

그는 다이닝 룸의 벽에 일부러 짚으로 테를 두른 착색 석판화를 서너 점 걸어놓았다. 페르난드의 말을 빌리면 이것은 문지기의 방에나 어울리는 것이었다. 아틀리에에서는 아직 마르지 않은 물감에 묻는 것이 염려되어서 청소를 한다든가 먼지를 터는 것을 일체 금지시켰기 때문에 그곳에는 강렬한 푸른색이 마음에 들었다며 사온 글라스라든가 왕족풍의 커트 글라스류, 오뷰슨이나 보베의 다피스리의 천조각, 악기, 도금한 낡은 액자 등의 잡동사니가 날로 늘어났으며 특히 아프리카 조각의 콜렉션은 점점 넓어지고 있었다. 또한 브라크, 드랑, 마티스와의 사이에서 전개된 진기한 목걸이나 키타의 진품을 찾아내는 경쟁은 날로 심해져서 출처가 같은 상아 팔찌가 그들 여자 친구들의 팔을 화려하게 장식하기도 했다.

피카소는 변함없이 친구들을 찾아다녔으나 언제나 출발 전에 페르난드에게 지겨울 정도의 시간 낭비라고 잔소리를 했다. 그리고 그는 방문 중에 언제나 말없이 조용히 있었다. 그럼에도 불구하고 그는 그 나름대로 즐거이 여기고 있는 이러한 교제를 안 하고는 살아가지 못했던 것이다. 토요일에는 프르류스 거리에 있는 스타인 남매의 아틀리에를 꼭 방문했다. 그곳에서 언제나 그가 매주 금요일에 정확하게 방문하고 있는 마티스를 만났다. 스타인 가에서는 두 사람이 모두 가장 존경받는 손님이었다. 마티스는 화술에 능해 이야기 꽃을 피웠고 피카소는 풍자적으로 말을 했지만 말수가 적었으며 자기 이야기의 결말을 모르는 사람들을 깔보는 경향이 있었다. 그는 자기 작품의 설명을 요구하는 일이 특히 싫어서 언제나 그것을 피하려고 했다. 설명을 하지 않으면 안 되었을 때는 그의 이상야릇한 프랑스 말 때문에 더한층 지겨운 일이 되고 말았다.

　피카소에게 있어서 가장 중요한 활동은 제작에 끊임없는 리듬을 주는 일이었다. 그는 새로운 아틀리에에 들어앉게 되면 오후와 밤에는 반드시 형태를 갖추어가고 있었던 새로운 양식의 발전을 착실하게 추구했다. 이제 단계는 비류(比類)할 것이 없는 발명의 연속이었고 뜻하지 않게 그가 주도자의 위치에 앉게 되는 혁명 운동의 확립을 이룩하고 있었다.

　몽마르트르에서 결성된 그룹의 필두에는 피카소와 브라크가 위치하고 있었다. 위대한 재능이 있으며 매력적인 개성의 소유자이기도 한 화가 드랑은 한때 같은 길을 걷는 것처럼 보였으나 큐비즘의 창시자로서의 피카소와 브라크에게 좀더 밀접하게 맺어지게 되는 예술가는 따로 두 사람이 있었다. 그 사람들은 후안 그리스와 페르난드 레제였다. 마드리드 출신의 스페인 사람 그리스는 '세탁선'에서 가난하게 살고 있었다. 그는 〈아제트 오불(버터 접시)〉 등의 삽화가 실리는 잡지에 캐리커처를 그려 겨우 호구지책으로 삼고 있었다. 그러나 피카소와의 우정이 그에게 새로운 세계를 열게 했고 1910년에는 그도 재빨리 큐비즘 양식의 가능성을 탐구하기 시작했다. 페르난드 레제는 1년 정도 빨리 노르망디에서 파리로 와서 피카소와 브라크를 만난 직후에 독자적인 원통 형태의 단순화의 발명을 시작하였는데 '듀비즘(원관주의)'이란 별명이 붙게 되었다.

　큐비즘에의 흥미는 놀라울 정도로 빠르게 파리에서 다른 나라로 퍼져 갔다. 그것은 마치 새로운 세대의 화가들이 도처에서 하나의 움직임을 기다리고 있었던 것처럼 보였다. 재현을 희생으로 한 형태의 단순화는 프랑스와 러시아 또는 이탈리아와 미국과 같은 멀리 떨어져 있는 나라에 있는 예술가들과 때를 같이 해서 내밀게 되었고 이것을 큐비즘 운동의 첫걸음이라 할 수 있다.

　그들의 동기가 된 것은 같은 것은 아니었다. 러시아 사람 말레비치나 네덜란드 사람 모드리안은 파리에서 큐비즘에 접촉한 후 색채와 형태와의 순수한 추상에 도달하기를 바란 나머지 대상과의 모든 관련을 무시한 방향으로 개척해나갔다. 그들이 탐구한 것은 원이나 장방형과 같은 단순히 기하학적 형태를 지니고 아름다움에 기본을 둔 플라토닉한 완전함이었다. 대상 주제의 완전한 부정과 절대에의 탐구로 통하는 이 길은 피카소의 본성(本性)과는 무관한 것이었다. 그들의 거의 광신적 탐구가 가져다주는 이 점이 무엇이었든 간에 그것은 회화의 역할을 장식적 및 지적인 제상(諸相)으로 좁히는 경향의 것이었다. 이와같이 회화에서 모든 대상 주제를 따라서 시적인 암시물이나 상징을 빼앗아버리는 것은 피카소의 생각으로는 말하자면 회화를 거세하는 것처럼 보였다. 그는 순수하지 않은 것과의 관련의 경우 이외에는 순수함에는 관심이 없었다. 그는 완전이라는 것에 흥미가 없었다. 왜냐하면 그것은 정적이며 생명을 빼앗긴 종말을 의미하기 때문이다. 그에게 있어서 예술과 생명과는 불가분의 것이며 영감은 이념적인 아름다움의 원칙에서보다 오히려 그가 살고 있는 현실 세계에서 오는 것이다. 그의 작업이 아무리 난해한 것으로 보인다 해도 그것은 언제나 근원적으로는 하나의 주어진 대상에의 정성을 다한 관찰과 애정을 수반하고 있다. 그것은 절대로 추상적인 계산은 아니었다.

큐비즘의 발견에 자극을 받은 다른 화가들은 가령 마리네티가 주도한 이탈리아의 미래파나 영국의 소용돌이파처럼 그들 나름대로의 그룹을 만들었다. 이 새로운 시대에 있어서 수많은 발명에 놀라 그들은 그들의 미학적 이론의 기초를 기계 형태와 이론 및 기계적 리듬의 반복 위에 두었다. 그들은 회화라는 정적인 예술에 운동을 도입하려고 해서 가령 뛰고 있는 인간의 다리를 복수의 연속하는 위치에 그렸다. 그러나 이 점에 있어서 그들은 큐비스트와는 궤도를 달리했다. 후자는 그것과는 완전히 다른 보다 교묘한 수단으로 사차원 즉 시간을 대상의 표현으로 도입했기 때문이다.

그러나 큐비즘은 이론에서 시작한 것은 아니다. 피카소의 마음에는 하나의 주의를 창조하려고 하는 생각도 하나의 유파를 만들어보려는 의식도 없었다. 그를 몰아붙이고 있는 의도는 과거와 단절하고 인상파가 빠지기 쉬운 관능적 이미지 대신 살아 있는 대상을 유입하여——그는 인상파를 다만 일기가 어떻다는 것을 알려만 주는 정도의 것이라고 풍자했다——예술 작품에 그 자체가 속으로 간직하고 있는 생명을 부여하려고 했다. 그것을 하기 위해서는 새로운 수단이 고안되지 않으면 안 되었다. 큐비즘의 역사는 그러한 수단 발견의 과정에 지나지 않는다.

〈아비뇽의 아가씨들〉에 계속되는 10년간은 모든 예술에서 선례를 볼 수 없는 개혁을 눈으로 직접 보는 시기였지만 그 성과는 충분히 이해되지 않았다. 큐비즘이 출현하자마자 그 영향은 다른 예술에도 파급되기 시작했다. 금세기 예술이 피카소 및 브라크의 큐비즘 회화에 본보기를 두고 또한 조각, 건축, 장식 예술, 발레, 무대 장치, 문학 등도 그 뿌리에서부터 표면적인 면에까지 큐비즘의 개념에 의해서 수정을 받았다 해도 과언은 아니다. 큐비즘은 예술의 역할에 대한 근본적인 사고법에 도전한 것이기 때문에 그 영향은 원대한 것이었다. 즉 큐비즘은 예술을 이상주의에서 그리고 또한 예술이 절대미를 창조하는 것을 목적으로 삼아야 한다는 신념에서 구제한 것이다. 그것은 특정 예술 형식의 어떤 것에 반대한 캠페인이 아니며 예술을 복잡한 양상으로 나타내보이고 있는 현실과의 관련이라는 기본적인 문제에까지 끌어올리는 것이다. 가령 인상주의와 같은 지금까지의 반항 운동은 시각적인 여러 문제에만 극한되어 있었지만 큐비즘은 객관적 세계의 본질적인 존재성 그 자체와 그것이 우리 인간에 대해서 다양한 관계의 탐구를 구한 것이다. 큐비즘이 르네상스 이래의 가장 의미 깊은 혁명이라고 부르는 이유도 또 우리 시대 예술의 모든 분야에 영향을 계속적으로 준 이유도 바로 이 때문이다.

그러나 예술에는 종극적 해결이라는 것은 없다. 오히려 칸트가 말한 것처럼 예술이란 '끝없는 종말'인 것이다. 예술가는 작품의 제작에 종사하는 동안은 그가 만들어내는 것의 마지막 단계를 결코 완전히 시각화할 수는 없으며 또 자기의 작품이 자기를 어디로 이끌고 가는지를 정확히 판단할 수도 없다. 성공하기 위해서는 그가 스스로 선택한 길을 따라나가 발견을 이룩하지 않으면 안 된다. 이것이 그가 끊임없이 영감을 자기 것으로 하기 위한 필수의 조건이었다. 지금까지 언급한 것처럼 피카소나 브라크는 새로운 미의 여러 법칙을 이끌어내기 위한 계산에 기초를 두고 제작한 것은 아니었다. 앙드레 부르통은 피카소는 자기 작품을 설명하기 위해서 측정(測定)과 수학적 계산을 이용했다고 말했다. 그와 같은 단정은 사실과는 거리가 있는 말이지만 이것은 보험 회사의 통계 관계 일로 생계를 이으면서 몽마르트르의 카페에 늘 모습을 나타내고 있었던 수학자 프랑세와 피카소가 친했었다는 사실에 유래하고 있는 것인지도 모른다. 프랑세는 수학의 문제를 종이에 써가면서 솜씨있게 피카소와 브라크의 흥미를 불러일으켰으며 그들이 열심히 탐구하고 있는 것을 알고 있어서 황금 분할이나 당시 유행한 사차원의 법칙에서 발전한 계산법과 큐비즘을 이론적으로 관련지어보았다.

그러나 그의 공론(空論)에는 피카소나 브라크도 거의 관심을 갖지 않았으며 또 그러한 이론은 그들의 회화에 있어서의 발명 후에 생겨난 것이 틀림이 없다. 하지만 이러한 공론은 이론화하려는 유행을 만들게 되어 다른 수학자들과 실제적인 면에서 뜻을 같이 하려는 큐비즘의 화가들 가령 그레에즈나 메진제 등이 차례 차례로 이론화를 이룩해나갔다. 이론은 필연적인 기성 사실의 뒤를 따라왔고 예술이 만들어낸 많은 발견을 정당화하고 더한층 합리적인 것으로 입증했다.

다른 사람들이 어떠한 계산을 시도해보든지 피카소는 수학을 이해하는 능력이 전혀 없다고 농담을 섞어가면서 말을 했었다. 그의 기하학의 이용 방법은 인류의 과학적 기능이 연역법이나 이론을 성립시킬 정도로 충분히 발달하기 이전에 처음으로 선이나 원을 그린 혈거인(穴居人)들의 본능처럼 직감적인 것이었다. 그러나 수학적 계산에는 부족함이 많았다 해도 그의 작품에는 아무런 미비점이 없다. 그것은 완벽한 감수성과 인간적 의식과의 관련에 있어서 현실을 바로 보고 이해하려고 하는 강역한 욕구에 자극된 것이기 때문이다. 다른 말로 바꿔 말하면 그것은 진리의 탐구였다. 예술은 외견적으로 현상하는 것을 받아들이고 누리는 것으로 만족해왔지만 피카소의 탐구 정신은 그것으로 충분함을 느끼지 못했으며 그러한 그의 불만은 그로 하여금 자기 주위 세계에 대한 우리의 지각이 갖추어야 할 본질을 깊게 추구하게 했다. 표면적으로 현상하는 것이 불충분하다면 대상은 그 존재에 대한 우리의 이해와 평가를 높일 수 있는 분해와 분석을 이룰 수가 없는 것이다.

큐비즘의 초상화, 분석적 큐비즘

새로운 아틀리에에서 그린 최초의 중요한 캔버스 〈앉아 있는 여인(녹의의 여인)〉은 세잔의 기법을 생각나게 하는 형태 구조를 보여주고 있다. 녹색계와 적갈색계의 대비는 세잔의 프로방스 풍경에 유래하는 것이다. 그러나 앉아 있는 연인의 얼굴 부분에는 보다 엄밀한 형태 분석과 보다 억제된 색채의 선택이 이루어져 있다. 이 새로운 훈련이 갖는 엄격함은 이 이후의 작업에서 색채의 사용 범위를 더욱 한정하게 되며 드디어는 오크르에서 갈

앉아 있는 여인
(녹의의 여인)
1909년
油
95×80

색 혹은 회색으로의 교묘한 추이(推移)만이 겨우 모노크롬의 상태에 빠지는 것을 구해주고 있다. 오르다에서의 풍경화에 사용되었으며 마지막으로 이 작품에서 볼 수 있는 녹색군도 구축해버리고 만다. 명확한 공간 개념을 만들어낸다는 것은 그것을 색채에 의해서 강화하기에 앞서 우선 긴요했기 때문이다.

마침 그때 대상을 그 통상적인 외관과 거의 식별할 수 없게 될 때까지 파괴하고 색채의 다용을 포기해가는 과정이 극점에 달한 시기에 피카소는 몇 점의 초상화를 그렸다. 역설적으로 들릴지 모르지만 그는 그래서 거트루드 스타인의 경우처럼 모델이 여러 차례 포즈를 취할 것을 요구했다. 이 연작의 처음 것은 1909년 봄의 〈크로비스 사고의 초상〉으로 큐비즘의 영향은 그 형태 파악에 역력히 나타나고 있으나 전체의 구성과 색채는 세잔에게 배운 것이 아직 현저히 남아 있다. 제2의 작품은 그 해 여름 오르다 데 에브로를 방문했을 때 그린 것이다. 그것은 친구인 팔라레스를 그린 것으로 색채는 훨씬 소박해지고 있다. 세 번째는 줄르쥬 브라크의 초상으로 알려진 것으로 같은 해 가을 파리로 돌아와서 그렸다. 그것은 가벼운 기분으로 그린 것으로 모델과 닮았느냐 어떠냐 하는 것은 문제도 되지 않는 그로테스크한 캐

크로비스 사고의 초상
1909년
油
81×65

리커처에 가까운 것이다. 그러나 이 점은 다음 해에 그려지는 세 점의 대초
상화에서는 사정이 달라지고 있다. 이 작품에서는 대상의 형태를 잘게 분
해하여 모가 난 리듬이 형태를 재구성하고 있음에도 불구하고 그 모델과의
상사성이 경탄할 만해서 그려진 인간을 쉽게 식별할 수 있는 특색을 지니고
있다.

　이 연작의 첫번째는 〈앙브로와즈 보랄의 초상〉이며 1909년에서 1910년의
겨울 동안에 그린 것으로 곧 시츄킨이 사들였다. 이 작품은 엄격한 큐비즘
적 처리를 했음에도 불구하고 모델의 특징을 훌륭히 전달하고 있다. 보랄
의 말을 들어보면 당시 많은 사람들이 그라는 것을 몰랐으나 친구의 네 살
짜리 아들이 이 그림을 처음 보자마자 주저없이 보랄 아저씨라고 했다고
한다. 초상의 불독을 닮은 코나 입 주위와 벗겨진 이마가 배경의 회색 모노
크롬과 거기에 끊이지 않는 모가 난 리듬에서 따뜻한 색조를 만들고 있다.
악센트를 심하게 구사했지만 어디 한 군데 허술한 공간이나 결함이 없다.
이 작품의 결정 상태와 같은 표면은 완전히 하나로 연결되어 있는 것이다.

　같은 자질은 그 작품에 이어 그린 〈빌헬름 우데의 초상〉에서도 확실하게
나타나 있다. 이 작품에서의 색채는 보다 더 일관성있게 억제되어 있으나

앙브로와즈 보랄의 초상
1909년
油
92×65

피부의 색조를 애써 중시하지 않았으며 인물과 배경 사이의 색조는 통일되어 화면 전체에 걸쳐서 지배하고 있다. 그 배경은 난로와 책으로 적당하게 채워져 있다. 그 처리 방법은 주제에 훌륭하게 어울리고 있다. 그것은 예기치 못했을 정도의 웅변으로 피카소의 박식한 친구의 합리적이며 진지한 인격을 표현하고 있다. 이 상사성이 얼마나 진실했던가 하는 것은 나는 그때까지 한 번도 우테 씨를 만난 일이 없었음에도 불구하고 이 작품을 잘 알고 있었기 때문에 35년 후에 붐비는 카페에 그가 앉아 있었을 때 곧 그라는 것을 알았을 정도였다.

　이 세 점의 초상화 중 마지막 작품 〈카안와일러의 초상〉에서는 양식이 더욱 변화하고 있다. 여기서 참을성있게 포즈를 취하고 있는 것은 카안와일러이며 그는 이 포즈를 취하기 위해서 소비하지 않으면 안 되었던 방대한 시간에 대한 것을 후에도 잘 기억했다. 이 작품에서는 형태의 분석이 지나치게 가혹하기 때문에 눈과 코는 식별할 수 있지만 모델과의 상사성은 쉽게 이해하기 어렵게 되어 있다. 화면 전체가 알함브라에 있는 무어 인의 원천정(圓天井) 건축의 복잡한 벌집 모양의 의장(意匠)을 생각나게 하는 작은 면체의 패턴으로 구성되어 있다. 여기서는 그러한 면체는 수직의 화면에서

빌헬름 우데의 초상
1910년
油
78×58

솟아나 있는 것처럼 보인다. 하나 하나의 작은 면은 차례 차례로 이웃의 면
과 겹쳐져 수면의 잔물결처럼 기폭을 보이고 있다. 보는 사람의 눈은 그 속
을 눈, 코, 곱게 빗은 머리, 시계 줄, 맞잡고 있는 손 등의 목표물을 여기
저기서 더듬어 줍게 되지만 그 과정에서 주어진 대상에의 직접적인 상사성
을 표현하려는 의도는 없었다 하더라도 충분히 납득하지 않고는 못 배길 정
도로 현실적인 면과 면 위를 이동하는 쾌감을 연속적으로 맛볼 수 있다. 상
상력은 전체는 알 수 없으나 존재하는 것은 의심할 여지가 없는 하나의 장
면을 만나서 이 새로운 실재(實在)의 율동적인 생명에 의해서 자극을 받고
기쁜 마음으로 자기 자신의 해석을 창조해낸 것이다. 목이나 어깨 주위를
통과할 때 그것은 빛나는 공간적 상호 관계가 명확하게 결정된 가로나 건물
사이를 배회하는 것과도 같다.

"라파엘로의 그림에서는 코와 입과의 거리를 정확히 측정하기는 불가능
하다. 나는 그것이 가능한 그림을 그리고 싶다." 피카소는 이렇게 말했다고
전해지고 있다. 이렇게 해서 그의 목적은 이루어졌지만 이러한 삼차원적인
깊이에는 확고한 정밀성이 있다. 상상 면에서는 그것이 일 인치라도 또는
백 야드의 깊이를 가지고 있는 것으로도 받아들일 수 있지만 재현하는 것과

카안와일러의 초상
1910년
油
100×72

　분리된 이 새로운 실재의 감각은 하나의 시적 다양성을 창조해내고 있다.
　〈카안와일러의 초상〉은 분석적 큐비즘으로 알려지게 되는 양식의 가장 좋은 예의 하나이다. 형태의 본질을 정확히 보고 그 형태가 점유하는 공간과 형태가 놓여지고 있는 공간과를 이해하려고 하는 욕구는 형태의 표면에서 우리가 늘 가까이 하고 있는 외형이 모두 한꺼번에 그 습관상의 불투명함을 잃어버리고마는 것과 같은 엄밀한 분석을 이룩했다. 외관을 형성하는 피막(被膜)은 그것을 보다 투명한 것으로 만드는 결정체(結晶體)로 화했고 그 하나 하나의 작은 면은 우리가 표면 속에 잠재하고 있는 양을 알 수 있게끔 날카롭게 모를 세우고 있다.
　1910년 초에 분석적 큐비즘을 그리 구사하지 않고 그린 또 하나의 그림에는 〈만돌린을 타는 소녀〉가 있는데 그것도 어떤 의미에서는 초상화로 볼 수 있다. 이 경우는 피카소가 있는 그대로를 그리지 않고 이해라는 눈으로 그리는 경향이 강해져 있음에도 불구하고 모델에게 여러 차례나 포즈를 요구했다. 소녀의 이름은 파니 데리에라고 하며 피카소의 많은 친구들을 위해서 모델 노릇을 하고 있었으나 그를 위해서도 모델이 되어줄 것을 허락해서

만돌린을 타는 소녀
1910년
油
100×74

끈기있게 포즈를 취했다. 그는 그녀를 앞에 놓고 그리는 것에 익숙하지 않
아서 그녀의 존재에 난처함을 느꼈으나 그렇다고 제작에 집중력을 방해받
지는 않았다. 그러나 결국 견디지 못하게 된 것은 모델 쪽이었다. 지금까지
의 습관으로 볼 때 한 작품을 위해서 취하게 되는 것보다 많은 포즈를 취한
뒤에 그녀는 몸이 안 좋아서 내일은 올 수 없다고 말했다.

　"나는 그녀가 다시는 오지 않겠다고 하는 것으로 알아들었다. 그래서 나
는 이 그림을 미완성의 상태로 방치해두지 않으면 안 된다고 결심했지. 하
지만 아마 이런 상태가 가장 알맞았을지도 몰라." 이렇게 그는 말했다.

　만일 그가 계속 이 작품의 제작을 밀고 나갔으면 외견과의 상사성을 해소
하는 과정이 그대로 계속됐을 것이라고 상상하는 것은 당연한 일일 것
이다. 사실 소녀가 만돌린을 가지고 정면으로 서 있는 것은 쉽게 알 수 있
지만 도처에 변용(變容)의 조짐이 나타나고 있다. 그녀의 두부나 손과 가슴
은 화가에 의해서 고의로 변형되고 있다. 그녀의 오른쪽 가슴은 익은 과일
처럼 늘어져 있고 벗고 있는 것으로도 보이고 입고 있는 것으로도 보이는
단백함이 있으며 머리는 부분적으로 배경과 융합하고 있어서 다른 종류의
양의성(兩義性)을 환기하고 있다. 그 두부는 표면에 기호처럼 그려진 눈 이
외에는 아무 특징도 지니고 있지 않은 채 분할되어 있지 않은 하나의 블록

으로까지 단순화되어 얼굴의 전면 또는 투명한 그늘로 볼 수 있는 장방형에 의해서 그 크기를 증대시키고 있다. 이와 같은 다의성(多義性)을 용인하는 것은 회화의 모든 고전적 기준에서 본다면 참을 수 없는 일이지만 피카소는 20세기 회화의 주된 자산이 되고 새로운 양식의 모든 표현에 퍼져가게 되는 이 방식의 중요성을 발견해가고 있었다. 두부에서 사용하고 있는 형태의 간략화 또는 생략은 악기를 가지고 있는 양쪽 손에서도 사용되고 있다. 그러나 그 손의 모양은 간결화되어 있음에도 불구하고 줄을 타는 손의 정밀하고 민감한 작용은 신비적이라고 할 만큼 훌륭하게 그려져 있어서 그는 자기의 새로운 여러 개념의 연구에 몰두하고 있으면서도 여성의 매력에 대해서도 민감하게 반응하고 있는 것을 나타내고 있다. 특히 소녀의 품위있는 모습이 그것을 확실하게 말해주고 있다. 이 작품은 사실 품위있는 모습, 고전적인 비율, 본질적인 특징의 취사 선택, 소박하며 억제가 있는 색채 등이 자질이 놀라울 정도의 결합을 이루고 그 결과 그 수법이 혁명적인 것임에도 불구하고 희랍의 건축이나 바흐의 음악이 갖는 평정함과 필연성을 구비하고 있다. 인체의 형태가 이렇게까지 교묘하게 해체되고 다시 창조된 예는 극히 드문 일이라 할 수 있다.

카다케스의 여름

피카소는 그 후 18개월간 대상의 표면적 외형을 냉혹하리만치 희생하여 자기의 영감의 원천이 된 것과의 관련을 잃지 않고 다시 형태 분석으로 밀고 나갔다. 1910년의 여름은 페르난드와 앙드레 드랑과 같이 카탈루니아 연안에 있는 카다케스에서 보냈다. 친구인 피쵸트가 자기 집에서 같이 지내자고 했기 때문이다. 피카소는 수욕(水浴)을 하든가 살르다나를 추든가 하면서 즐거운 한때를 보내면서도 지금까지의 습관처럼 엄한 규율에 의해서 그림을 제작했다. 전 해에 오르다 데 오브로를 방문했을 때와는 달리 풍경은 그의 주의를 끌지 않았지만 그래도 새로운 고장에 가게 되면 언제나 그랬듯이 그는 스케치로 두세 점의 정경의 변화를 그렸다. 가령 낚시 배의 검은 모진 선수가 표현된 것 등이 그것이다. 기타 그의 작품은 일반적으로 인간과 물체 —— 악기, 과일, 글라스나 병 같은 것 —— 를 모티프로 하고 있으나 그것은 피쵸트 집의 실내에 놓여져 있는 것이다. 그는 언제나 보아 익숙해진 것, 자기 주변에 놓여져 있는 것을 골라 그렸지만 그러한 것은 그의 보는 욕구와 더불어 만지는 욕구도 충족해주었기 때문이다.

이 수개월간 드랑은 피카소와 대단히 가깝게 지냈음에도 불구하고 그와 같이 엄밀하게 분석을 하는 일이나 물체의 표면 안쪽에 있는 것을 집요하게 꿰뚫어보는 일에 결코 흥미를 느낄 수 없었다. 그러나 남쪽 프랑스로 가서 레스다크에서 여름을 보낸 브라크는 피카소가 생각하고 있었던 것과 같은 일을 별개로 추구하기 시작했고 독자적으로 중요한 발견을 이룩했다. 카안와일러의 말에 의하면 이 두 화가에 있어서 1910년의 여름은 새로운 발전을 위해 가장 소득이 많은 시기였다고 한다. 가을이 되자 피카소는 그가 도달한 상태에 대해 아직도 의심과 불만을 느끼면서 다수의 미완성 캔버스를 가지고 스페인에서 돌아왔다.

그러나 큐비즘이라는 새로운 조형 언어의 확립을 위해서 커다란 첫걸음을 내딛었다는 것이 곧 확실해졌다. 그 변화는 〈우데의 초상〉과 〈카안와일러의 초상〉을 비교해보면 가장 명확하게 알 수 있다. 전자는 카다케스 방문 이전에, 후자는 그 후에 그려진 작품이다. 즉 우데 쪽은 아직 표면의 조정만으로 작업을 진행시켰으나 후자에서는 모델을 공간적으로 투명한 벌집 모양으로 각각 세분된 여러 요소의 상태로 존재하는 삼차원적 조직체로 취급했으며 여러 가지 각도에서 관찰한 부분을 합리적으로 통일된 하나의 총합체로 결합하고 있다. 카안와일러의 말을 빌리면 "그는 커다란 전진을 했으며 갇혀 있었던 형태를 꿰뚫은 것이다."

같은 전진은 현재 데에트 갤러리가 소장하고 있는 1910년 초기의 〈앉은 나부〉에서 이삼 개월 후에 카다케스 방문 때에 그려진 길이가 긴 〈나부〉에 걸쳐서도 찾아볼 수 있다. 전자는 동굴같이 깊고 지붕에 널빤지를 고르지 않게 깔아놓은 것 같은 녹지가 인물의 배경이 되고 있다. 여기서는 아직 질량을 가진 여자다운 양괴(量槐)가 존재하고 있으나 〈나부〉에서는 거의 여자라고는 인정하기 어려운 건축장의 발판 같은 힘차고 거친 리듬과 요철과 투명으로 구성하고 있다. 외형적인 해부학적 양상이라든가 피부로 덮여 있는 육체의 탄력있는 양괴에 빛을 투영하는 모양을 상기시키는 것은 완전히 사라지고 있다. 화면에 남아 있는 조직체는 그 비율이 철저하게 인간적이며

앉아 있는 나부
1909년 혹은 1910년
油
92×73

하나의 삼차원인 '표의문학적' 기호로 긍정할 수 있을 만한 힘찬 새로운 구조를 지니고 있기 때문에 현실성을 갖게 되는 것이다.

이 새로운 방식을 논리적이라고는 하나 문외한에게는 점차 이해하기 어려운 것으로 변해가고 있다는 것은 의심할 여지가 없는 일이었다. 이것이 연금술적(錬金術的) 훈련이 되고 심원한 형이상학적 문제를 좋아하는 소수 사람들의 미학적 쾌락이 되는 위험성은 피카소나 브라크도 느끼고 있었다. 대상의 분석에 있어서 그것을 인식하기 위한 현실성의 증거가 될 수 있는 것이 완전히 소멸해버리고마는 위험성은 확실히 있었다. 브라크가 에스타크에 머무르고 있었을 때 그의 작품 하나를 한 개의 못과 그 그림자를 자연주의적인 수법으로 그려 마치 캔버스를 벽에 붙여놓은 것처럼 보이게 한 것도 이 위험을 회피하기 위해서였다. 이렇게 해서 그는 현실성이 갖는 두 개의 다른 면을 통일하려고 했다. 즉 이 못은 연기자가 말하는 독백 혹은 시의 주석 역할에 상당하는 것이다. 다음에 이 현실성의 제일 단계에서 제이 단계로의 추이에서 효과에 재미를 본 브라크는 문자를 도입하기 시작했다. 타 차원에서 도입된 이러한 요소를 각각 고유의 현실성을 지니며 그렇지 않으면 현실과의 조응(照應)이 인식 곤란한 것으로 되어버린 양식에 회화의 규모와 의의의 증대를 가능하게 하는 광범위한 연상 사상(事像)을 가져오게 되었다. 객관적 세계와의 맥락(脈絡)을 유지하는 문제는 인체를 취급하는 경우라면 비교적 손쉬운 것이다. 인체라면 연상사상은 대단히 강력해서 눈이나 콧수염이나 가슴이나 손에 조금이라도 닮은 것이 있으면 그것이 실마리가 된다. 그러나 평소 친근감이 적은 대상을 취급하는 경우에는 가령 테이블 가장자리에 달린 장식, 기타의 측면 곡선, 와인 글라스의 둥근 입과 원통의 손잡이, 파이프의 대통, 트럼프의 카드를 겹쳐 첫 세 글자를 굵게 쓴 것은 관객에게 회화의 배후에 있는 개념에의 출입구 역할을 이루고 있는 것이다.

피카소의 많은 스케치에는 앉아 있는 인물을 손쉽게 확인할 수 있는 것에서부터 점차 그 양상이 사라져 단순히 직선으로 둘러싸인 여러 가지 면의 형태로 변형되어가는 추이가 세밀하게 나타나는데 거기에는 언제나 그 스케치의 최초 모티프가 채택했던 세계와 상징적 연락을 할 수 있는 어떤 단서가 남겨져 있다. 그러나 이 시기에는 형태를 분해하고 자기의 영감에 따라 하나의 물체를 재구성하려고 하는 화가의 욕구가 너무나 컸기 때문에 "큐비즘 회화에는 언제나 〈병과 글라스〉라든가 〈트럼프와 주사위〉라든가 또는 〈기타가 있는 정물〉이라는 설명적인 제목을 준비하지 않으면 안 되었다."고 카안와일러는 주를 달고 있다. 이렇게 하면 회화는 단순한 추상적인 장식물이 되어버릴 위험이 없어지기 때문이다.

큐비즘의 영웅기

카다케스에서 여름을 보낸 피카소는 언제나처럼 파리로 돌아오는 긴 여행 길에 올랐다. 말년에 피카소는 몇 개월 동안 집을 비운 후 되풀이하게 된 이 귀환에 대해서 말을 했는데 휴가가 끝나 작업으로 돌아올 수 있는 지금의 풍조와는 전혀 다른 상황이었다고 말했다. 그가 기억하는 바에 의하면 역에서 몽마르트르까지 가는데 이틀이 걸린 일이 적어도 한 번은 있었다고 한다. 아침에 야간 열차가 올르세 역에 도착하면 마중나온 친구들이 플랫폼에서 그를 기다리고 있었다고 한다. 그리고 그들은 마치 승리의 개선처럼 다 함께 바나 카페와 아틀리에와 화랑을 차례 차례로 돌고 뉴스나 화젯거리를 빠짐없이 서로 교환하고 소란스럽게 토론을 전개했다. 피카소는 여행보다도 이 환영 잔치에 지친 후에야 조용한 먼지투성이의 자기 아틀리에로 돌아올 수 있었다고 한다.

안정을 되찾자 다수의 작품과 새로운 창의가 차례 차례로 우러나왔고 그것은 겨울 동안 끝없이 계속되었다. 브라크가 가까이 살고 있어서 두 사람은 서로 아틀리에를 방문함으로 양자의 접촉은 긴밀하게 이루어져 그 결과는 많은 경우 개개의 창의 중에서 과연 어느 것이 누구에 의해서 이루어진 것인지 알 수가 없을 정도였다.

따라서 이제와서 정확한 연대 결정을 한다든가 또는 어느 한쪽을 높이 사는 것은 어림없는 일이다. 브라크의 다음과 같은 말로 결실이 많았던 이 공동 작업에 대한 것을 알 수 있다.

"나와 피카소는 서로 기질이 대단히 달랐음에도 불구하고 굳게 손을 잡았는데 그것은 공통의 이념에 인도되었기 때문이다.……피카소는 스페인 사람이며 나는 프랑스 사람이다……. 그러나 그 수년간 우리는 이제 어느 누구도 입에 올릴 수 없으리라고 생각되는 이야기를 주고받았다……. 다른 사람들에게는 알 수 없는 말이었겠지만 우리에게는 커다란 기쁨이었던 사항을……. 우리 두 사람의 관계는 오히려 자일로 몸을 맨 등산가와 같은 것이라고 할 수 있었다."

그들이 공동으로 작업을 했을 때의 진지한 열정은 오히려 서로 누구의 작품인지 모르기를 바랐고 어느 시기까지 작품에 서명을 하지 않았을 정도였다. 그리고 "때로 우리는 자기 자신의 작품을 식별하기 어려웠을 정도였다."고 브라크는 인정했다.

그러나 그렇다고 해서 이 두 화가가 양식상의 차이가 없다고 생각하는 것은 속단이다. 차이가 있는 국민성, 프랑스 사람이 지니고 있는 미묘한 어감, 또 다른 스페인 사람의 극적이라고까지 말할 수 있는 정밀함 등이 각자 작품을 식별할 수 있는 도움이 되었다. 그러나 양자가 같은 길을 따라 탐구를 계속했으며 유럽 회화의 위대한 전통의 피를 이어받고 있는 이 두 혁명가는 그 전통에 다시 생명을 불어넣어주려고 했다. 그들의 발견은 엄격한 고전적 테두리 안에 짜넣어진 것이며 그 구성은 기본적으로는 화면의 심부(深部) 방향에서 겹쳐지는 계획에 의해서 구성되어 있었다. 또한 그런 것이 최대한의 의의를 발휘할 수 있도록 간결 명료하게 배치되었다. 〈만돌린을 타는 소녀〉 등의 작품에 있어서 중심 인물이 획득하고 있는 압도적인 중요성은 뜻하지 않게 엘 그레코의 〈성의 약탈〉의 구성을 생각나게 한다. 브라크는 장방형의 구성에서는 캔버스 네 귀퉁이가 맵시없이 늘어나는 것을 발견하여 때로는 화면을 타원형으로 구성했다. 장방형 속에 구성을 장방형으로 구성하는 것은 묘미없는 일이다. 그러나 구성을 타원형 속에 놓으면——이것은 피카소가 내게 지적한 바에 의하면 원근법적으로 본 평면을 의미할 수 있다고 한다——그림 전체가 삼차원적인 효과를 얻게 된다. 피카소가 그린 타원형의 작품 중 가장 초기의 것은 1910년의 나부가 있다. 이 작품은 화면 전체의 느낌이 구체(球體)에 가깝다.

"큐비즘 초기 무렵에 우리는 여러 가지 실험을 했다. 동그라미를 네모로 하는 즉 불가능한 일에 도전한다는 관용구(慣用句)가 우리의 야심을 북돋아 주었다.……물체를 발견하는 일에 비하면 그림을 그린다는 것은 그리 어려운 일은 아니었다."라고 피카소는 말했지만 이것이 정밀한 계산의 문제였다고는 절대 생각하지 말라고 경고했다. 그의 의도는 오히려 납득이 가는 방법으로 공간을 만들어가는 것 즉 새로운 현실을 창조하는 데 있었다. 그는 이런 이유 때문에 실제로 구상 회화를 그리고 싶다고 말했다. 그리고 후에도 그는 삼차원이나 이차원의 효과를 볼 수 있는 실험을 하기 위해서 커다란 진흙 공을 여러 개 자기 주변에 놓아두었다.

큐비즘에 있어서의 주제

많은 사람의 눈에는 현실에서 이탈하고 있는 것처럼 보인 큐비즘은 일상적으로 사용하고 있는 극히 일반적인 물체——파이프, 신문지, 병, 글라스, 혹은 인물 등——를 재료로 사용했다. 피카소와 브라크는 어떠한 경우에도 결코 자기 주변 환경에 있는 일상적인 사상(事象)에서 벗어나지 않았으며 그러한 사상은 반대로 양자의 작품에 있어서 그들에게 영향을 주었던 것이다. 거리와 서커스가 청의 시대, 장미색의 시대 풍토가 그러했듯이 과학과 기계적 발명의 세계가 수시로 큐비즘의 배경이 되었다.

금세기 초에 두 개의 발명은 인간과 중력과의 관계를 변경하는 힘을 가지고 있었다. 즉 그것은 건축물에 있어서의 철근 콘크리트의 사용과 비행기였다. 어느 쪽도 눈에 보이는 지지력(支持力)을 사용하지 않고 무거운 양괴를 공중으로 들어올리는 것을 가능하게 했으며 이 두 가지의 발명이 큐비스트의 흥미를 끌었다. 철근 콘크리트의 등장에 의해서 건축물은 원주나 여인상의 기둥으로 힘겹게 지탱하지 않으면 안 되었던 고래(古來)의 개념은 사라졌으나 그것은 종래에는 불가능했던 방법으로 콘크리트의 커다란 덩어리를 공중으로 들어올릴 수 있게 한 공학 공적에 힘입은 결과였다. 같은 시기에 프랑스 신문이 가장 좋아한 슬로건은 "우리의 미래는 공중에 있다."라는 말이었다. 브라크도 피카소도 재빨리 이 중요성을 이해했다. "우리들은 비행기를 만들고 있는 사람들의 노력에 대단한 흥미를 가졌다."라고 피카소가 말했다. "하나의 날개로 기체를 공중에서 유지하기가 어려운 경우에는 밧줄이나 와이어로 또 하나의 날개를 붙잡아 맸었다." 브라크에게 보낸 편지 속에서 우리는 그가 이 친구를 '친애하는 윌버'라고 부르고 있는 것을 찾아볼 수 있는데 이것은 물론 윌버 라이트를 암시하면서 장난을 하고 있는 것이다. 사실 지주와 강삭(鋼索)으로 조립된 프레리오 비행기의 모진 형태와 분석적 큐비즘 회화에 있어서 겹쳐지는 작은 면과 가는 선 사이의 유사성은 우연한 것은 아니다. 그것은 관찰의 결과이며 생활 형태의 변화 특히 공간의 또 하나의 극면을 정복하려고 하는 노력에 대한 혜안(慧眼)의 관심의 결과인 것이다.

이것과 관련되어서 간혹 복엽기(複葉機)의 날개나 새의 날개가 서로 겹쳐지는 우근모(羽根毛)를 연상시키는 분석적 큐비즘의 누적(累積)하는 면도 또한 서로 겹쳐지는 계획의 작용으로 공간 후퇴의 효과를 이끌어내고 있다. 이러한 것의 평면은 부감된 계단을 닮고 있으며 옛 선(線) 원근법의 수법과 같은 정도의 납득이 가는 깊은 감각을 만들어내고 있는 것이다.

세   례

여름이 다시 돌아오자 피카소는 스페인으로 돌아가지 않고 피레네 산맥의 프랑스 쪽에 있는 대단히 매력적인 작은 마을 세레에서 짧은 기간을 지냈다. 이곳은 마노로가 발견해서 여러 해를 보낸 곳으로 1914년 전쟁이 일어나기 전에는 큐비즘의 정신적 중심지가 된 곳이다. 커다란 플라타너스로 뒤덮인 좁은 거리는 산악부에서 내려온 농부로 붐볐고 그들이 끄는 당나귀는 방울 소리를 울리면서 이끼가 덮인 연못이나 손님으로 가득 찬 카페의 테라스 앞을 지나갔다. 마을 밖의 수리 시설이 된 목초지와 살구 나무가 있는 작은 숲과 포도밭의 향긋한 녹색으로 둘러싸여 있는 곳에 프랑크 하비랑드라는 친구가 그 당시 폐원되어 있었던 작은 수도원을 사서 마노로가 그곳에서 살고 있었다. 이 건물은 격조 높은 18세기의 것이었으며 오래된 고목의 무성한 뜰에 싸여 있었고 산에서부터 분류(奔流)가 흘러들어오고 있었다. 피카소는 이층 전부를 비워달라고 해서 페르난드와 같이 지냈다. 네댓 개의 훌륭하고 넓은 방과 공원을 내려다볼 수 있는 커다란 테라스가 있었고 작업하기에도 충분할 정도의 크기였다. 국경 바로 옆이라 세레 주민과 스페인의 고지대 사람들 사이에는 빈번한 왕래가 이루어지고 있었다. 이 스페인 사람들의 정의나 자유에 대한 무정부적인 생각은 피카소가 젊은 시절에 바르셀로나에서 안 것과 같은 열정적인 것이었다. 민족적으로는 같은 카탈루니아 사람이며 피카소와 동족이라고 할 수 있는 이 사람들과 찾아온 프랑스 친구 브라크와 막스 자콥이 함께 어울릴 수 있게 했다. 막스 자콥은 본질적으로 파리 사람의 세련된 분위기가 기질에 맞는 사람이었지만 이 풍토에 곧 익숙해졌으며 잠을 방해하는 개구리나 나이팅게일의 끊이지 않는 합창을 오히려 즐기게까지 되었다. 그는 그의 남달리 뛰어난 화술과 점성술로 카페에서 만난 부르주아들을 매료시켜 몇 프랑인가를 벌기도 했다.

큰 거리에 있는 그랑 카페의 테라스에는 저녁이 되면 거의 그들의 친구 피카소와 같이 여름의 긴 날을 보내려고 파리에서 온 예술가와 시인의 무리가 모여들었다. 이런 때 피카소의 꿰뚫어보는 듯한 검은 눈동자는 언제나 자기의 작업을 위해 새로운 재료를 찾아내서 흡수해버리려고 하는 듯 했으며 또 까다롭고 짜증스러운 듯이 보이다가도 기지에 넘치고 다감한 면을 드러내보이기도 했다. 예술가들의 몸차림은 각색이었고 그들이 데리고 온 스타킹을 신지 않은 여자 친구들도 화려한 색상의 옷을 입은데다가 말의 억양이 나름대로 독특해서 이러한 점이 그곳 사람들과 대조를 이루고 있었다. 이야기에 굶주리는 일은 거의 없었다. 만일 약간 지루함을 느끼게 되면 피카소는 조용히 대리석 테이블 위에서 스케치를 시작해서 그들의 여자 친구와 부인을 즐겁게 해주었다. 그는 동물이나 작은 새나 서로 알고 있는 사람들의 초상을 멈추지 않고 단숨에 그려보였다. 그는 그러한 방법으로 마음대로 인물을 그릴 수 있었으며 또 그것을 반대로 시작해서 그릴 수도 있어서 반대편에 앉아 있는 사람이 그대로 바른 방향에서 초상을 그려받을 수 있었다. 주민 중에서 가장 보수적인 사람까지도 곧 그들을 이해하게 되어 피카소가 가령 아틀리에를 장식하는 것이라고 말하면서 정육점에 '무겁고 붉은 커튼(고기를 말함)'이라는 터무니없는 주문을 해도 가벼운 놀람만을 나타낼 정도가 되었다.

예술가들 중에서 충분한 돈을 가지고 있었던 사람은 피카소뿐이었으나 당시 프랑스에서는 도시와 멀리 떨어져 있는 벽촌은 어디나 생활비가 싸서 그러한 것은 별로 큰 문제가 되지 않았다. 또한 호텔 주인은 예술가들의 다정한 친구였었다. 전쟁이 일어난 3년 동안 세레를 근거지로 삼은 사람은 마노로와 그의 처 도도테를 포함해서 작곡가인 데오다 데 세브라크, 브라크, 막스 자콥, 키스링, 피쵸트, 에루반, 후안 그리스, 하비랑드 등이었으며 후에 마티스도 참가했다. 피카소도 여러 번 이곳을 방문했으나 페르난드를 데리고 간 것은 한 번뿐이었다. 이곳에는 그를 즐겁게 해주는 것이 많이 있었다. 기후, 따뜻한 맛이 있는 주름진 노인들의 얼굴, 건강하며 체격이 좋은 여자들, 산의 풍경, 이 작은 마을의 견고한 석조 집과 그것을 둘러싸고 있는 각종 식물 등이었다. 특히 기뻤던 것은 쾌적한 환경에 넓직한 작업장을 가질 수 있으며 필요할 때는 언제나 제일 유쾌한 친구들과 같이 지낼 수 있다는 점이었다. 피카소는 행복하지 않을 수가 없었다. 쾌락이라는 것은 결국 그에게는 대단한 의미를 지니는 것이 못 되며 대체로 행복이 방해가 되지 않고 오래 계속된다는 것은 생각할 수 없는 일이기 때문이다.

최초의 방문 시기에 세레에서 그린 작품 중에 풍경화는 역시 드물었다. 그 중 집집마다 떨어지는 단속적인 그늘이 점묘법을 연상시키는 작고 짧은 터치로 표현된 것이 있으나 양식은 순수하게 큐비즘의 것이다. 이 작품의 특징적인 점을 완전히 모노크롬이라고 말해도 좋을 정도로 채색이 억제되어 있으나 그럼에도 불구하고 이 작은 마을의 그늘진 거리를 그대로 나타내었다. 이 작품을 뺀다면 이 벽촌에서의 환희를 이야기해주는 작품은 하나도 없다. 그는 브라크와 더불어 큐비즘의 조형 언어에 대한 발견을 더욱 밀

토레로(투우사)
1912년
油
135×83

고 나가는 일에 몰두하고 있었다. 〈럼 주의 병〉 및 〈토레로(투우사)〉는 이 새로운 훈련이 얼마나 엄격한 것으로 되어가고 있었는가를 보여주는 좋은 예이다. 대상의 분해는 철저하다. 그러나 해체하여 분리한 대상의 여러 요소를 다시 조립한 삼차원적 패턴에는 어떤 종류의 열쇠가 남겨져 있어서 대상을 식별할 수가 있다. 어떠한 경우에도 관련하고 있는 언어의 일부를 형성하는 무거운 대문자가 씌어져 있어서 이러한 것이 작품을 그 주제와 연결하고 있는 것이다.

〈시인〉 및 〈아코디언을 타는 사람〉은 세레에서 그린 두 점의 커다란 그림이다. 양쪽 모두 하나의 인물이 화면 중앙을 마름모꼴로 차지하고 있다. 한 번 보기만 해서는 화가가 의도하는 것을 이해하기는 불가능하며 실제로 후자의 경우는 아메리카에 살고 있는 이 작품의 최초 소유자가 몇 년 동안이나 이것을 풍경화로 생각하고 보고 즐겼다는 이야기가 있다. 회화를 전혀 엉뚱한 방법으로 감상하면 안 된다는 이유는 없지만 만일 화가의 의도에 합당한 감상을 하려면 큐비즘의 회화에는 흔히 어떤 열쇠가 준비되어 있다. 이 작품의 경우에는 주의해서 본다면 아코디언의 동체가 화면 중앙 가까이 즉 있어야 할 위치에서 확실하게 찾아볼 수 있다. 오벨리스크형의 건축물의 배후에서 돌출하고 있는 소용돌이 곡선상의 까치발로 해서 안락의자도 식별할 수 있다. 그리고 이 오벨리스크가 음악가의 신체인 것이다. 이와같이 복잡하게 절단된 대상의 외관을 표시하고 있는 것이 어떤 식으로 배열되어 있건 간에 그 표면을 더듬는 것만으로 즐거움을 맛볼 수 있다. 그러나 이 기념비적인 인물의 존엄성과 공간내에 있어서의 실재감의 확실함을 이해했을 때 만족감은 더욱더 커질 것이다.

큐비즘에 대한 최초의 반응

큐비즘의 활동이 가져온 자극이 화가들 사이에 퍼지자 그 생명력과 그것이 함축하고 있는 의의가 시인들 사이에서도 받아들여지게 되었다. 큐비즘의 영향은 스스로 염세주의 속에서 이미 반쯤 질식하고 있었던 로맨틱한 세기말적 향수를 그 뿌리에서부터 일소하는 데 도움을 주었다. 큐비즘은 화가들이 발명한 것이며 따라서 문학의 언어로 정의하는 일은 어려웠지만 그 형식과 시인들에게 같은 선을 따르는 실험을 해볼 마음을 일어나게 했다. 그 중에서도 피카소의 영상 세계에 확실히 매혹된 막스 자콥과 아폴리네르는 큐비즘의 영향을 스스로 문학의 양식에 도입하려고 노력한 초창기 사람들이었다.

막스 자콥은 피카소에 대해 깊은 애정을 갖고 있어서 그가 그것에 움직여졌다는 것은 있을 수 있는 일이다. 그의 시각적인 판단에는 한계가 있어 그림을 그리려고 할 때에는 양식을 바꾸지는 않았지만 시에 있어서의 그의 이미지 형태는 상징주의에서 말라르메의 모든 감상성을 배제한 난해하면서도 보다 사실에 근거를 둔 양식으로 옮겨져갔다. 그는 전에 다음과 같이 말한 일이 있다. "시의 경우 흥미는 현실과 상상과의 사이의 연락이 애매한 데서부터 생겨나는 것이다.……애매. 그것이 예술인 것이다."

애매함은 남았으나 그의 서술법은 피카소의 생명력에 자극을 받아서 보다 실제에 근거를 둔 것이 되었다. 그는 화가로서의 이해력에는 부족함이 많았으나 큐비즘에는 흥미를 일으켰다. 그래서 출판업자로서의 카안와일러가 1910년 자콥이 쓴 《성 마트렐》이라는 제목의 시적 소설의 삽화를 피카소에게 의뢰했을 때에는 대단히 기뻐했다. 피카소는 이미 1905년에 앙드레 사르몽의 작은 시집을 위해서 드라이 포인트의 스케치 한 점을 만들었으나 《성 마트렐》은 네 점이나 되는 에칭이 실리는 명예를 얻었다. 이 책의 예고는 막스 자콥 자신이 직접 썼는데 그것을 보면 피카소의 명성은 이미 널리 퍼져 있었던 것 같다. "피카소라는 이름이 가지고 있는 힘만으로도 그를 대중에게 능히 소개할 수 있어서 다른 수식어의 필요를 느끼지 않는다." 라고 썼기 때문이다. 그러나 그것이 전세계의 대중을 목표로 삼고 쓴 것이라 한다면 그러한 말은 그 당시에는 부적당한 말이라 할 수 있다.

이 동판화는 카다케스에서 지낸 여름 사이에 완성되었다. 유채화에 있어서의 큐비즘 기법과 같은 것을 에칭의 경우에서도 쉽게 찾아볼 수 있다. 즉 분석적 큐비즘의 짧은 터치는 어느 면에 음영을 붙여서 그것에 입체감을 주는 짧은 선과 점으로 바꾸어 놓여지고 있다.

이것은 이후 7년간에 걸쳐서 피카소의 삽화를 삽입하여 간행된 막스 자콥의 다섯 권의 시집 중 첫번째이다. 또한 3년 후에 출판된 《예루살렘의 사교좌(司敎座)》라는 두 번째 시집도 카안와일러에 의해서 간행된 것이다. 여기에도 에칭과 드라이 포인트가 세 짐이 첨가되어 있다. 큐비즘의 유체회에 있어서 발전한 것이 그 수법에도 적용되고 있다. 문자와 목재의 결 그리고 역설적이고도 자연주의적인 세부 등을 도입하는 일은 피카소에게는 아무런 어려움도 없는 일이었다.

큐비즘 독특의 조형 언어가 갖는 매력은 후에 다른 시인들에게도 전파되었으며 특히 피에르 르벨르디의 경우는 현저하며 그는 전후 후안 그리스의 다정한 친구가 되었다. 그러나 시인으로서 그 작품이 피카소와의 밀접한 교제에 의해 누구보다도 영향을 받는 것은 이 새로운 양식의 최초의 대변자가 된 아폴리네르였다. 그는 《칼리그램》에서 영상의 형태로 한 편의 시를 만들어낸다는 옛 수법을 실험적으로 부활시켰으며 그것은 확실히 시와 회화에 있어서의 이 새로운 양식을 기법 위에서 연결하는 것이지만 보다 깊은 여러 가지 영향에 대해서는 그의 시 형식과 구조에서 그것을 찾아보지 않으면 안 된다. 그는 본질적으로 시각적인 시인이어서 가령 《크리스틴 거리 월요일》이라는 시에서 전달되고 있는 복합적인 이미지에 큐비즘적 방법을 사용할 수 있었다. 그는 뚜렷하게 한정된 현실의 상태보다는 오히려 꿈의 애매함에서 기쁨을 찾아내고 있다.

아폴리네르는 훌륭한 시인일 뿐 아니라 위대한 선동가였다. 그는 피카소에게 큐비즘의 교황이라고 불린 일이 있으며 많은 캐리커처 속에는 아폴리네르가 교황이 되어 삼중관을 머리에 얹고 홀을 가졌으며 파이프를 물고 시계를 차고 앉아 있는 그림이 한 점 있다. 그는 근대적이며 인간 정신의 해방을 의도하는 운동에 속하는 것이면 무엇이건 열중했다. 그러나 이와 같은 자질은 많은 사람이 감사해야 할 만한 일이기는 하지만 그는 지나치게 절충주의적이어서 자기 주장이 없다고 생각되는 사람들과의 싸움에 그를 끌고 들어갔다.

조각상 사건

아폴리네르는 새로운 가치의 탐구를 위해서는 모험도 사양하지 않았다. 그러나 예기치 않은 곳에서 재능을 찾아보고 싶다는 소원과 예술의 엑조틱한 형태의 홍미 때문에 '조각상 사건'으로 알려지고 있는 돌발 사건으로 한때 상당히 곤란한 지경에 빠지게 되었다. 우연히 1911년 여름에 세상을 떠들썩하게 만든 루브르에서의 〈모나리자〉 도난 사건이 겹치는 일이 일어나지 않았다면 사태는 그렇게 복잡하게 되지는 않았을 것이다. 사건의 전말은 지금까지 기회있을 때마다 여러 차례 이야기되어왔다. 저널리즘은 여러 경우도 선풍을 일으키는 주장을 피력했지만 1915년에 아폴리네르가 친구인 마들레느 파제에게 보낸 편지에 쓴 내용이 아마도 진상일 것이다. 그의 설명에 의하면 사건은 모두 그가 제리 피에레라 칭하는 벨기에 사기꾼을 실무적 센스라기보다는 오히려 친절에서 비서로 채용한 것에서 비롯되었다. 이 남자는 사람들을 즐겁게 해주기 위해서는 터무니없는 이야기를 만들어내는 성격이 있었다고 한다. 제리는 1907년에 루브르에서 두 개의 로마기 스페인 조각을 훔쳐낸 모양이었다. 그리고 진상을 짐작하기에는 불가능할 정도의 과장을 섞어가며 피카소를 꾀어서 그 조각상을 사게 했다. 몇 년인가 후에 아폴리네르는 피카소에게 그것을 돌려주라고 부탁했을 때 피카소에게서 "그러한 조각상이 유래하는 고대적이기도 하며 미개적이기도 한 예술의 비밀을 발견하기 위해서 그것을 분해해버렸다."는 알쏭달쏭한 회답을 들었다. 1911년에 이 젊은 벨기에 사람은 빈털터리가 되어 다시 아폴리네르에게 돌아왔으나 시인을 놀라게 만든 것은 이 사나이가 루브르에서 훔쳐낸 조각을 또 한 점 가지고 있었다는 것이었다. 그는 자랑스럽게 자기가 조각을 훔친 것은 반은 장난이었는데 한편으로는 국가의 재보에 대해 감시가 얼마나 소홀한가를 폭로하기 위해서였다고 말했다. 이 사실에 대해서는 주의를 환기시킬 이유가 확실히 있었다. 서자 취급을 받고 진열되어 있었던 토로카테로 궁(宮)의 아프리카 미술이 그 가치를 알게 된 사람들에 의해서 도난을 맞는 일이 드문 일이 아니었다. 리네르는 이번에도 그를 거절하지 못했다. 그리고 그 조각상을 반환하라고 설득했으나 헛일이었다. 수일 후인 8월 21일에 루브르에서 〈모나리자〉가 없어졌다는 믿기 어려운 뉴스가 파리에 퍼졌다.

곧 혐의는 이 벨기에의 건달에게 갔으나 사실은 이 최후의 범죄에 대해서는 그는 죄가 없었다. 당황한 그는 〈파리 주르날〉 지로 찾아가 자기 입장을 설명했다. 그는 예의 조각상을 편집자에게 건네주고 그 거래로 받은 돈을 가지고 파리에서 도망쳤다. 온 프랑스를 돌아다니면서 그는 매일 발신지를 바꿔가면서 경찰에 편지를 보내 주문을 받아서 〈모나리자〉를 자기가 훔쳤다고 자랑했다.

한편 사태의 위험을 느낀 아폴리네르는 바로 이 도난 사건이 일어났던 날에 세레에서 돌아온 피카소에게 경고하러 갔었다. 찾아보니 두 개의 조각상은 벽장 깊숙한 곳에서 찾아냈으나 겁에 질려 어쩔 줄 몰랐던 이 두 사람은 이 골칫거리의 보물을 가방에 넣고 하룻밤 내내 이곳 저곳을 헤매다녔다. 그들은 자기들을 죄로 빠뜨리게 하는 이 무거운 짐을 세느 강에 던져버리고 이 사건에서 일체 손을 떼어보려고까지 생각했다. 그러나 결국 그들도 제리의 예에 따라 〈파리 주르날〉 지로 가져가기로 결심했다. 그러나 운이 나쁘게도 제리는 파리를 도망나갈 때 아폴리네르에게서 좀더 돈을 뜯어내려고 다시 한 번 그를 찾아간 일이 있었다. 아폴리네르는 마지막 친절로 또 동시에 그를 몰아내기 위해서 그를 리옹 역에 데리고 가서 열차에 태웠다. 그 일이 경찰로 하여금 시인에게 혐의를 갖게 하는 움직일 수 없는 증거가 되었고 그리고 9월 7일 각 신문은 30세의 폴란드 사람인 작가 기욤 아폴리네르가 레오나르의 걸작을 훔친 혐의로 체포되었다고 보도했다. 신문계의 일부 사람들은 그가 〈그로즈리 데 릴라〉에서 "모든 미술관은 상상력을 마비시키는 곳이기 때문에 파괴해야만 한다."고 선언한 일과 또 그가 적은 돈을 벌기 위해서 에로틱한 고전 작품의 신판을 출판하고 있었던 일을 재빨리 생각해냈다. 이러한 일은 경찰로 하여금 위험한 국제적 일당의 지도자를 적발했다고 확신시키기에 충분한 일이었다.

이틀 후 피카소는 친구가 궁지에 빠졌다는 것도 모른 채 아침 일곱시에 사복 형사의 방문을 받았고 즉각 참고인으로 법정에 출두할 것을 지시받았으며 두 친구는 경찰국에서 대면했다. 두 사람은 옷차림도 단정하지 않았고 수염도 깎지 않았으며 자기들이 뒤집어쓸지도 모르는 무서운 결과——감옥 추방 또는 이모 저모의 불명예——에 몹시 두려워하고 있었다. 그들의 극도로 흥분된 감정에서 우러나는 부자연스러운 거동에 판사도 어지간히 당황하였는지 피카소 쪽은 요청이 있는 대로 증인으로 출두할 것을 선서시켜 방면했고 불운한 아폴리네르 쪽은 감옥에 유치했다. 아폴리네르는 피카소가 산 고대 조각이 루브르의 것이었다는 것을 몰랐다고 진술했으며 피카소는 아폴리네르에 대해서 여기 있는 사람은 '현역의 가장 위대한 시인'이라고 판사에게 단언하여 서로 감싸주었음에도 불구하고 이러한 결과가 되었다.

다행한 일은 악당이라기보다는 약간 미치광이 같은 구석이 있었던 제리가 국외로 도망가기 전에 아폴리네르의 사건을 신문에서 읽고 사건의 전말을 거짓없이 고백한 편지를 써서 당국에 보낸 일이었다. 사건은 낙착되었고 아폴리네르는 일주일 동안 구류된 후 석방되었다. 그가 라 상테 감옥에서 나올 때 마중나간 친구들은 환성을 올렸다. 그러나 사건의 결말이 두 사람의 창작 활동에는 아무런 지장이 없었다고는 하지만 쉽게 잊어버릴 수 없는 일이었다. 〈모나리자〉 도난에 관련되어 체포된 유일의 인물이라는 괴상한 영예에도 불구하고 아폴리네르는 자기가 받은 모욕적인 대우에 크게 정신적 고통을 받았고 그의 가장 친했던 친구 중에서도 그를 피하는 자가 있었다. 피카소는 몇 주일 동안 마음의 안정을 찾지 못했다. 그는 복잡한 일이 아직 그를 기다리고 있는 것 같은 착각에 빠졌고 또 자기가 언제나 감시당하고 있다는 착각에 사로잡혔었다. 두 사람은 외국인이었으므로 그들이 프랑스 안에서의 입장이 위험하게 되어 국외로 추방될 공산도 있다는 그런 일에 생각이 미치게 되면 불안한 마음을 걷잡을 수가 없었다. 사실 전쟁이 일어나 아폴리네르가 지원병으로 자청했을 때 그의 프랑스에의 귀화는 이 사건 때문에 몇 개월이나 미루어졌었다.

가정 내의 변화

아마도 걱정거리가 직접 원인은 아니었겠지만 피카소가 건강을 해쳐서 소금과 후추를 뺀 식이요법을 하지 않으면 안 되었던 것은 이 무렵이다. 막스 자콥의 기억대로라면 그것은 '경탄할 만한 극기주의'였지만 피카소는 성찬이 마련된 식탁을 좋아하기는 했지만 절대 대식가는 아니었고 언제나 음식을 즐기기보다 건강에 대해 생각을 하는 사람이었다. 그는 오히려 마카로니를 먹고 물을 마시면 그것으로 충분히 행복을 느낀 사람이었다.

그의 예술은 힘의 쇠잔함을 느끼지 않고 진전을 거듭했으나 겨울이 되자 다른 면에서 몇 가지의 변화가 일어났다. 피카소와 페르난드의 생활은 언제나 원만하지만은 않았다. 거트루드 스타인을 비롯해서 친한 친구들은 둘 사이에서 때로 싸움이 벌어지는 낌새를 충분히 엿볼 수 있었다. 페르난드는 곧잘 귀고리를 달지 않고 외출하는 일이 있었다. 즉 전당포에 맡기고 있었던 것이다. 그리고 그녀는 스타인 남매의 미국인 친구에게 프랑스 말을 가르쳐 몇 프랑을 버는 일을 즐겁게 생각하고 있었다. 싸움에 잇따르는 화해를 몇 번이고 되풀이했으나 때가 흘러감에 따라 두 사람의 관계는 영속할 수 있는 가능성이 적어졌으며 특히 쿠리시 큰 거리로 이사하게 되자 더욱 두드러지게 되었다. 가난했을 때에 충실한 반려자였던 그녀가 아무런 제약이 없는 생활 속에서 어떻게 하면 좋았는지 몰랐다고 말했다. 집요하고 불처럼 타오르는 눈동자의 소유자이며 머리는 멋대로고 한 푼도 가진 것이 없었던 그녀의 애인은 6년 후에는 프랑스의 근대 운동 전문가들이 모두 경의를 표하는 위치에까지 올랐으며 또 그 명성은 이제 그녀만의 것은 아니었다. 처음에는 그녀를 자기 옆에 묶어놓지 않고는 못 견디었던 그의 질투심은 이제는 보다 자유로운 애정에 자리를 양보했으며 그들 사이에 확립되어 있었던 신뢰가 부정을 밝혀내는 여러 가지 사건 앞에서 소멸했을 때 그들의 자유로운 애정도 별안간 종국을 맞이하게 되었다.

피카소는 언제나 입장이 곤란한 상황에 빠지게 되면 그 자리에서 해결해버리는 버릇이 있었다. 이 경우도 그랬고 남에게 책임을 전가하려고 하지

218

않았다. 그래서 피카소는 곧 좀더 부드럽고 조용한 성격의 여자와 같이 생활을 하게 되었다. 그녀에게는 페르난드의 눈이 부실 것 같은 아름다움은 없었으나 그가 좀더 정관적인 상태에 놓여졌을 때 그 분위기에 맞는 침착한 매력을 지니고 있었다.

에바——마르셀 앙베르——의 결혼 전의 성은 구엘이라고 했다. 피카소는 그녀를 에바라 부르기를 좋아했으며 그것은 그녀가 그의 애정 생활에 있어서의 첫째 여성이라는 것을 암시하고 있는 것이다. 페르난드는 스타인의 집에서 예전의 애인인 폴란드 화가 말쿠시와 같이 있는 에바를 만난 일이 있었지만 그때는 그녀와 에바가 피카소의 애정 속에서 자리를 바꾸게 되리라고는 생각조차 못 했다. 에바가 피카소와 함께 생활을 하게 된 것은 큐비즘 때문에 자연주의적 스케치를 하지 않게 되었을 무렵이어서 그 사이에 극히 평범한 사진이 남아 있을 뿐 내세울 만한 그녀의 초상은 없다. 그러나 그녀의 이름은 큐비즘의 회화에 많이 나오고 있어서 그녀에 대한 추억을 영원한 것으로 하고 있다. “에바를 사랑한다(J'aime Eva).”라고 그림에 씌어진 말은 애인들이 나무껍질에 글자를 새기는 것과 같은 행위이며 피카소의 사랑 표시였다. 같은 의도로 당시 인기가 있었던 연가인 '내 사랑하는 사람'이라는 제목이 여러 가지 음부와 기타의 음악적 기호와 함께 자주 그림 속에 삽입되었다. 감정을 억제한 말은 근처에 있는 메드라노 서커스를 구경하러 다니다 익숙해진 것으로 '자 마농, 내 사랑하는 사람아, 내 진정으로 그대에게 인사하네.'라는 가사는 모든 사람의 머리 속에 새겨진 문구였다. 이것이 여러 가지 형태로 몇 번씩이나 등장하여 에바에 대한 새롭게 타오르는 열정의 헌사로 스케치나 그림 속에 삽입한 것이다.

1911년에서 12년에 걸친 겨울 동안 즉 이것은 이 새로운 연모의 정이 생기기 이전의 일이지만 피카소는 카안와일러의 아틀리에가 있는 조용한 장소에서 벗어난 몽마르트르의 거리를 네온으로 채색한 다소 값싼 나이트 클럽을 이곳저곳 찾아다녔다. 그러나 이미 별다른 자극을 못 받게 된 분위기에서 다시 더 무리한 마음의 위안을 끄집어내려는 시도도 신선미를 잃은 페르난드와의 내연의 관계도 봄이 되자 종지부를 찍게 되었다. 에바의 출현은 당연히 변화를 만들었다. 그는 새로 찾아낸 사랑을 즐겼으며 그리고 그 기쁨과 큐비즘의 발견을 밀고 나가는 자기의 내적 강제력을 경합시키시 위해서는 새로운 환경과 고립이 또다시 필요하게 되었다.

5월에 벌써 그는 파리를 떠날 차비를 차리고 있었다. 우선 아비뇽에 갔으나 곧 세레의 매력을 끌려 그곳에 페르난드와 지난 추억이 새로웠는데도 불구하고 그는 다시 피레네의 이 벽촌을 찾았다. 파국은 돌연히 찾아온 것이라 오히려 인적이 드문 이 시골로의 도피행은 책임 전가를 막는 데 도움이 될 수 있어야 했는데 실제로는 그가 세레에서 만난 옛 친구 피쵸트의 가족이 페르난드와 피카소의 불화에 대해서 잘못 말을 해서 소동이 벌어지게 되어 피카소는 짐을 정리하고 에바와 커다란 파레네 개를 데리고 아비뇽으로 돌아가지 않을 수 없게 되었다.

그러나 이 도시에서는 머무를 곳을 찾아낼 수가 없었다. 그래서 평소부터 풍토의 매력에는 관심이 없고 제작에 충분한 면적을 확보하려는 생각밖에 없었던 피카소는 아비뇽의 북방 6마일 지점에 있는 비옥한 평원 솔르그라는 특징이 없는 작은 마을로 가기 위해 기차를 탔다. 오랑쥬나 파리로 가는 길에 있는 이 마음은 이제 고독을 맞보기를 바라는 예술가들이나 연인들의 마음을 사로잡을 수 없게 되었지만 당시는 관개수로가 공장에 오염되기 전이어서 솔르그, 쉴, 그베즈는 한거하기에 알맞은 조용한 장소여서 피카소가 한 달에 90프랑으로 빌린 빌라 레 크로쉐트는 큰 매력은 없었으나 적당한 곳이었다. 브라크와 그의 처 마르셀은 그들과 합류해서 마을 밖에 있는 빌라 베레르의 일부를 빌려서 허름한 셋집을 얻었지만 큐비즘의 가장 찬란한 결실이 많았던 한 시기를 서로 가까이에서 보낼 수 있었다.

건강의 회복과 그가 필요를 느끼고 있었던 한거의 덕분에 그의 활동력은 다시 왕성하게 되었다. 그가 새로이 생각해낸 착상은 끝이 없을 만큼 여러 형태를 취해서 실현되었지만 언제나 '내 기쁨(Ma Jolie)'에바를 암시하는 것이 우세했다. 6월 12일에 그는 카안와일러에게 보낸 편지에 이렇게 썼다. "……나는 그녀를 맹렬히 사랑하고 있다. 나는 그녀의 이름을 그림 속에 집어넣으려고 생각하고 있다."

남 프랑스 지방에서 실제로 여러 번 일어난 일이지만 피카소는 빌린 방의 허전한 흰 벽을 보면 그곳에 스케치를 하고 싶은 유혹에 빠졌다. 그래서 언젠가 벽에 칠을 했더니 이해를 못 했던 주인이 대단히 화를 냈으며 다시 벽을 칠하는 조건으로 50프랑을 피카소에게 물게 했다. "정말 바보 같은 작자

마 졸리(기타 또는 쥐타를 타는 여인)
1911~12년
油
100×65

야. 그것을 남겨놓을 재간만 있었다면 그는 벽 전부를 팔아서 한 재산 만들 수 있었는데 말야.”라고 후에 피카소가 이 일에 대해 말했다. 그러나 레 크 로쉐트의 경우는 이야기가 달랐다. 피카소는 벽에 타원형의 그림을 그렸으 나 가을에 파리로 돌아갈 무렵이 되자 그 그림을 버려두고 갈 생각이 나지 않았다. 가지고 갈 수 있는 방법은 오직 그 벽을 주의해서 뜯어내어 그림 부분을 그대로 파리로 옮기는 길밖에 없었다. 이 일은 카안와일러가 성의 를 다해 실행에 옮겼고 후에 이 그림은 전문가의 손으로 판자에 부착되 었다. 후에 사바르테스는 이 그림이 그려진 벽을 뜯어내 짐으로 꾸렸던 남 자를 찾아낼 수 있었으며 이 남자는 그 그림 속에 만돌린과 〈마 졸리〉라는 제목이 붙은 악보와 페르노 주의 병이 들어 있었다는 것을 기억하고 있 었다. 이 작품은 그것이 그려졌을 때는 평범한 사람이라 할지라도 큐비즘 의 연금술적인 기호를 읽을 수 있었다는 증거로 아직도 존재하고 있다.

콜라쥬의 시작

브라크가 처음 파리에 온 이유는 가옥 도장 및 실내 장식업을 경영하는 그의 부친 명령으로 대리석과 나무 결을 닮게 하는 표면 처리법을 습득하기 위해서였다. 그는 풍경 화가가 되기 위해서 그 길을 버렸고 후에는 야수파를 거쳐 큐비즘으로 전향했지만 도장 장식가로서의 기술을 결코 잊어버리지 않았다. 그와 피카소가 회화에 문자를 써넣는 일을 시작한 지 얼마 안 되어 큐비즘의 절정기에 그는 옛날에 배웠던 빛과 왁스를 사용해서 만드는 표면 처리법을 자기의 그림에 도입하였다. 그가 목적하는 바는 언제나 그랬듯이 여기서도 현실과 손쉽게 연결되고 있는 여러 요소를 도입하고자 하는 데 있었다.

피카소는 곧 이 새로운 수법의 가능성을 짐작할 수 있었다. 1912년 봄에 그린 〈시인〉이라는 작품에서 나무 결을 만드는 빗을 사용하였다. 여기서 빗살은 머리와 콧수염을 형식화하여 표현하기 위해서 사용되고 있다. 그러나 그 이전에도 타원형의 정물화에서 이 이상으로 혁신적인 방법을 사용했었다. 목재나 대리석과 닮게 그림을 그린다는 브라크의 방법을 단축하기 위해서 그의 부친이 화상을 충분히 검토하기 위해서 캔버스 위의 그림을 오려놓고 바늘로 고정시키던 습관을 생각해내서 피카소는 등의자의 그물코 모양을 완전히 배이게 한 유포(油布)를 자신이 필요한 형태로 오려내서 캔버스 위에 붙였다. 그러나 이렇게 피카소가 그의 부친의 수법을 생각해 냈다고 해서 그도 부친처럼 일시적인 진보로 생각한 것이라고 해석해서는 안 된다. 그 반대로 그 뒤를 이어서 등장하게 되는 파피에 고레는 "언제나 그리고 실재로 있는 그대로의 상태 즉 자립적 존재 이유를 지니고 있는 회화와 같은 것"이라는 것을 확인하고 있었던 것이다.

피카소는 유포나 종이의 단편을 캔버스에 접착시킴으로써 몇 세기에 걸쳐서 회화의 표면에 동질성을 요구해온 미학의 하나의 규범을 파괴했다고 말할 수 있다. 일찍이 세잔은 자기의 캔버스에 물감을 칠하지 않은 부분을 그대로 남겨놓아서 비평가들의 악평을 산 일이 있었다. 그들 비평가의 주장은 회화는 그 전면을 물감으로 칠하지 않으면 안 된다는 것이었다. 사실 화가들이 중세에는 즐겨 사용했던 이 물질을 캔버스 위에 매단다든가 도금의 왕관이나 광택을 포기한 르네상스 초기부터 회화 표면의 질적 일관성을 깨는 것은 용서되지 않았다.

브라크가 못을 그린 이래 시작된 현실의 다른 두 개 측면을 연결해보려는

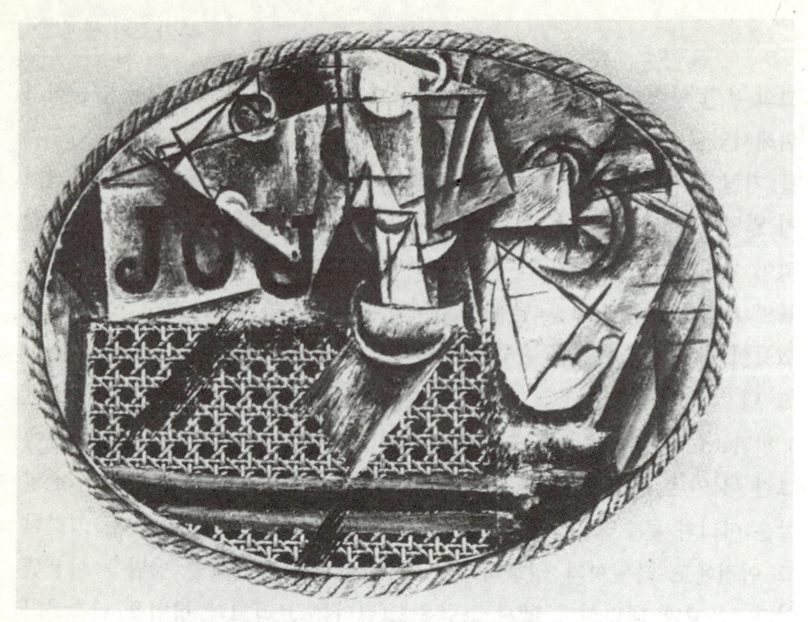

등의자가 있는 정물 1911~12년 유채와 유포 27×35

수법은 이제는 더욱더 복잡화되고 있었다. 1911년에서 12년에 걸친 겨울 동안에 그린 작은 타원형의 작품 〈등의자가 있는 정물〉에서 하나의 동일체를 형성하는 것처럼 조합된 여러 가지 질적으로 서로 맞지 않는 물체를 풍부하게 사용하고 있다. 오른쪽에는 분석적으로 표현된 유리와 한 조각의 레몬이 있고 왼쪽에는 'Journal(신문)'이라는 말의 'Jou'의 문자 사이에 파이프의 빨대가 돌출하고 있는 것을 확인할 수 있다. 첫 J의 문자는 그것이 실려있는 종이 위에 평면적으로 그려져 있으나 'U' 쪽은 독립적인 운동을 이루면서 말아올려져 있는 것처럼 보인다. 아래쪽에는 실물 그대로의 등(藤) 세공의 모양을 한 한 조각의 유포가 붙여져 있다. 그 유포는 가장자리 부분이 위장되어 있으며 부분적으로는 위에서 음영을 나타나게 하든가 줄무늬를 그려놓든가 하고 있는데 이것은 그림의 하부에서 모든 것이 동일 평면상에 놓여져 있다는 것을 알 수 없게 하기 위해서이다. 이 특이한 기법의 혼용은 양질의 삼끈으로 만들어진 액자의 내부에서 설득력있는 결합을 이루고 있다. 만일 우리가 이 작품에 내포되어 있는 것을 관찰하여 어느 것이 가장 '현실적'인 것인가를 천천히 생각해본다면 우리는 자신이 미학적 사색에서 형이상학적 사색으로 옮겨가고 있다는 것을 깨닫게 된다. 현실의 것으로 보이는 등세공은 속임수이며 신문에서 베껴낸 문자는 이질적이며 자립의 의의를 지니고 있다. 즉 이 문자는 지식을 전달하는 목적 대신 미적이고 상징적인 목적을 가지고 있다. 한편 파이프나 글라스나 레몬은 그것이 현실을 모방해서 그린 것이 아니기 때문에 그 자체로 큐비즘적인 현실성을 획득하고 있는 것이다.

화가는 모든 회화에 있어서 우리에게 눈앞에 제시된 대상의 현실성 즉 이미지를 캐내지 말고 지적 관점에서 받아들일 것을 요구한다. 그러나 이 작품에서 피카소는 정도가 다른 여러 종류의 기법을 이용해서 그것을 하나의 액자 속에 결합시켜 고의로 우리를 혼란스럽게 만들고 있다. 이러한 기법은 하나하나에 대해서 본다면 모두 각각 다른 시간과 장소에서 우리와 익숙한 관계를 맺고 있는 것이지만 이러한 방법으로 모여지면 서로 모순을 일으키고 또는 보충을 해주는 여러 가지 의미의 놀음을 전개하게 되는 것이다. 덧붙여서 그는 우리에게 보다 깊은 내용을 이해하고 있건 그렇지 못하건 상관하지 않고 그 자체의 구성과 그것이 내포하고 있는 빛과 침착한 색채로 우리의 눈을 즐겁게 해주는 하나의 회화를 제공해주고 있다. 즉 여기서는 그 자체가 현실인 물체가 현실에 관해 혼란을 초래하고 있는 것 같은 의문을 아무렇지도 않게 제시해주고 있는 것이며 그것은 말하자면 하나의 형이상학적인 사치인 것이다. 분석적 큐비즘의 엄정한 미학적 탐구는 당초의 온건함을 비웃으며 '역설에다 거만함을 가지고 있는' 것이다.

파피에 고레와 색채의 복귀

1912년 봄에 피카소는 잠시 동안 세레에 머물렀는데 그 사이에 그림의 내용을 풍부하게 하기 위해서 19세기 벽지의 색채 무늬를 오려낸 것과 신문지 조각을 이용한 선적인 목탄 스케치를 연작으로 그렸다. 브라크도 때를 같이 해서 같은 경향의 일을 했다. 그 이래 파피에 고레의 기법은 막스 에른스트와 초현실주의자들에 의해서 고안된 몽타쥬 회상의 시적 콜라쥬에서 상업 광고까지 다양하고 광범위하게 전파되었다.

피카소와 브라크가 사용한 것과 같은 종이의 절단 사용은 새로운 훈련이 요구되어서 처음에는 극히 미미했지만 색채를 재도입하는 것을 가능하게 했다.

채색된 종이의 평면적이지만 뚜렷한 형체는 디자인 면에서는 하나의 단위로 사용할 수 있었다. 그것은 하나의 이미지로서 또는 바탕이 다른 부분으로서의 역할을 연출할 수 있었으며 만일 그것이 명함이나 담뱃갑의 라벨처럼 문자가 인쇄된 것이었다면 표의 문자 또는 시각상의 멋 또는 암시가 되어서 여러 종류의 연상을 불러일으켜 그것으로 해서 회화 그 자체를 풍부한 것으로 만들 수 있게 했다. 그 본래의 뜻을 바꾸어 다른 어떤 것을 표현하게 만들면 신문지도 기타의 그림자나 또는 기타 자체로 변하게 할 수 있었다. 큐비즘은 우리가 현실성과 결합시키고 있는 여러 가지 개념이나 상징을 교묘하게 이용해서 추상적 이념을 조형 예술의 수준으로 옮기는 것이다.

색채는 이제 대상의 속성이 아니고 따라서 형태나 빛의 희생이 되는 법이 없다. 하나의 추상적 가치로 그 자신의 권리를 가지고 복귀했다. 브라크의 말을 인용하면 "색채는 형태에서 독립하여 작용한다.……색채에는 공간을 교란하는 감각을 주는 힘이 있어서 그것이 지금까지 내가 색채를 포기해온 이유이다.……인상파의 화가들은……대기를 그려 표현하는 것을 야수파들은 빛을 그리고 큐비스트들은 공간을 표현하는 것을 추구해왔다. ……따라서 색채를 공간에 복귀시키는 작업이 필요했다.……색채의 적용은 파피에 고레에 의해서 이루어졌다.……여기서는 색채를 형태에서 명확히 분리하여 그 독립의 상태를 형태와 관련지어서 보는 것이 가능했다.……색채는 형태와 동시적(同時的)으로 작용하지만 그것은 아무런 관계도 서로 가지고 있지 않다. 후의 추상 회화의 경우처럼 색채는 그 자체를 독립해서 받아들여야 하는 것이다. 그러나 또 색채는 대상의 형태와 동시에 서로 보충물로서의 작용을 하는 것이었다."

파급되는 큐비즘의 영향

피카소는 솔르그에서 카안와일러에게 편지를 보내 쿠리시 큰 거리에 있는 아파트의 아틀리에에서 일체의 소지품과 또 '세탁선'에 남아 있는 것을 그가 새로 장만한 몽파르나스의 라스파이유 큰 거리의 아파트로 옮겨주도록 부탁했다. 그의 에바와의 새로운 생활은 몽마르트르에서 만들어진 모든 습관을 일소함으로 쇄신했다. 그는 라 퓨트의 보헤미안적 매력을 몽파르나스의 가장 평범한 환경과 바꾸어보려고 했다. 왜냐하면 이곳은 세계 여러 나라에서 모여든 예술가들에 의해서 새로 발견된 지역이기 때문이다. "'크로즈리 데 릴라'와 두 개의 유명한 카페 '라 도톤느'와 '르 돔'에는 모든 분야의 지식인이 모여들었고 트로츠키와 같은 정치적인 망명자와 시인과 화가들이 열렬한 토론을 벌이고 있었다. 그러나 라스파이유 큰 거리 242번지의 새 집은 일시적인 것이었다. 피카소는 1년 후에 다시 쉘르셀가 5번지 2에 있는 몽파르나스 묘지의 나무와 묘비를 바라다 볼 수 있는 근대적인 아파트의 쓸쓸하지만 햇빛이 잘드는 아틀리에로 옮겼다.

이때 큐비즘은 이미 모든 예술상의 토론에 있어서 가장 중요하며 자극적인 화제가 되어 있었다. 많은 사람들이 이 새로운 운동의 지도자로서의 피카소를 끌어내려고 했지만 그는 집단 활동과 결부될 것과 모든 선전 활동에 일체 관계를 하지 않았다. 그와 같은 생각은 피카소와는 전혀 무관한 것이었다.

그는 큐비즘 혁명에 있어서의 흑인 조각의 중요성에 관한 진부한 질문에는 냉담한 대답을 하게 되었고 전람회에도 출범하는 것을 거부했다. 이미 1911년 여름 살롱 데 앙데팡당에서 열린 큐비즘 최초의 대규모 창립 전람회(드로네, 그레스, 라 프레네, 레저, 메진제, 피카비아, 르 포코니에, 알르키펜코, 마리 로랑상, 마르셀 듀생 등이 참가했다)에 피카소가 참가하지 않았다는 것이 사람들의 주목을 끌었다. 그러나 이 전람회도 자크 비용의 아틀리에에서 모이고 있었던 퓨트 클럽이 결성한 섹션 도르전이나 화가들이 많이 참가한 같은 해의 살롱 도톤느를 공격한 평론가들은 여기에 참가하지 않고 있는 이 새로운 양식의 창시자를 잊어버릴 수는 없었다. 가브리엘 무레이는 〈르 주르날〉 지에서 "솔직히 말하면 나는 큐비즘의 미래를 믿지 않는다. 창시자 피카소의 큐비즘에서도……그의 모방자의 그것도 같다. 큐비즘은 그것이 완전한 것이건 아니건 간에 이미 그들의 최후의 언어까지 모두 사용해버렸다."라고 쓰고 있다. 아폴리네르와 사르몽만이 각각 〈랑트랑지장〉 지 및 〈파리 주르날〉 지에서 이 운동을 계속 옹호했다.

외국에 있었던 열렬한 지지자 덕으로 피카소는 서서히 이름이 알려지게 되었다. 1909년에 제일회 피카소전을 개최한 뮌헨의 탄호이저 화랑에서 다시 1911년에 그의 작품을 전람했다. 1910년에서 11년에 걸친 겨울 런던의 그레프튼 화랑에서 개최된 '마네와 후기인상파'라는 이름의 전람회에 두 점의 피카소 작품이 출품되었는데 이것은 이해를 하지는 못했지만 로저 프라이의 열성 덕이다. 선정된 작품은 거트루드 스타인 소장의 〈꽃바구니를 든 나체 소녀(1905)〉와 전기 큐비즘의 〈사고의 초상〉이었다. 이제는 누구나 다 손쉽게 이해할 수 있다고 생각되는 이 작품도 대단한 악평을 들었고 이들 외국인들을 웃음거리로 만들어보려는 의도로 급히 마련된 체르시 아트 클럽에서의 전람회는 반대로 비웃음을 당했다. 프랑소와 로튼의 화명을 가지고 있는 어떤 재사는 〈화가의 초상(왼손으로 그림)〉이란 제목으로 사고의 초상을 캐리커처해서 출품했을 정도였다.

그러나 1912년에 프라이가 두 번째로 개최한 후기인상파전에는 피카소의 유채화 13점과 스케치 3점이 포함되어 있었으며 그 중에는 분석적 큐비즘의 중요한 작품이 여러 개 들어 있었다. 같은 해 스타포드 화랑은 피카소의 스케치전을 개최했으나 거의 청의 시대와 장미색 시대의 것이었으며 가격도 최고는 22파운드에서 최하는 2파운드 10실링까지였다. 그러나 피카소나 브라크의 큐비즘을 그렇게 이른 시기에 런던에서 전시한 로저 프라이의 용기는 대단했지만 그는 이 화가들의 작품이 지니고 있는 의의는 이해하지 못한 사람이었다. 그것은 카탈로그의 서문에서도 판단할 수 있는 일이다. 왜냐하면 그는 거기에 "이와 같은 방법의 논리적 극점이 되는 것은 틀림없이 자연 형태와의 유사성을 일체 포기하려고 하는 시도일 것이다——그것은 즉 시각적인 음악이다. 피카소의 최근의 작업(1911년~1912년경)은 그것을 충분하고 확실하게 보여주고 있다."라고 쓰고 있기 때문이다. 다음으로 이어지는 것이 무엇이라는 것을 알고 있다면 그것이 논리적이건 비논리적이건 피카소가 목표로 삼고 있었던 것은 결코 그런 것이 아니라는 것을 알게 될 것이다.

피카소의 회화가 처음으로 대서양을 건너가 공개된 것은 1911년에 뉴욕의 포드 세세션 갤러리에서였지만 큐비즘이 미국에 충격을 준 것은 그것이 불러일으킨 스캔들 때문이었는데 오랫동안 사람들의 기억에 남게 된 대규모의 아모리 쇼가 열려진 후부터이다. 뉴욕에서의 충격 다음에는 보스턴,

시카고로 퍼져나갔다. 이 전람회에서 피카소의 작품은 브라크, 듀시앙, 그레즈, 마리 로랑상, 피카비아와 같은 다른 화가들의 작품 사이에 분산해서 진열되었는데도 불구하고 잊을 수 없는 강렬한 인상을 주었다.

외국에서 온 수집가들은 피카소의 그림을 계속 사들였다. 그의 명성은 착실하게 올라갔으며 이후 그는 두 번 다시 돈을 마련하기 위해서 걱정을 할 필요가 없게 되었다. 문제는 이것을 어떻게 서서히 소비하느냐와 그에 비해 여유가 없는 친구들의 쉴새없는 협조 요청을 어떻게 처리하느냐 하는 문제로 옮겨져갔다. 러시아에서의 두 번째의 수집가 모로조프는 훌륭한 감식안을 가지고 회화 구입을 시작했으나 그가 사는 것은 전기 큐비즘의 작품에 한정되어 있었다. 그리고 시츄킨은 거트루드 스타인의 말대로라면 〈아비뇽의 아가씨들〉에 쇼크를 받았지만 여전히 빈번히 와서 큐비즘의 작품 중에서 특히 뛰어난 것을 몇 점 사서 러시아로 가지고 갔다. 스페인에서까지도 마드리드 사람들은 전혀 관심을 보이지 않았지만 바르셀로나의 다르마우 화랑이 큐비즘 예술의 전람회를 개최했다. 그 결과 '네 마리의 고양이' 시대에는 근대적 운동의 개척자로 자인하고 있었던 피카소의 친구들을 완전한 혼란에 빠지게 했다. 그들은 예전에 자기들이 천재로 알고 있었던 사나이의 이해를 초월한 발견에 온통 정신을 빼앗기고 말았다.

평론가들의 경멸과 대중의 격분에 대해서 큐비즘을 옹호하는 최초의 서적이 파리에서 출판된 것은 1913년이 되고서의 일이다. 그 이전에도 뮌헨에서 막스 라파엘이 《모네에서 피카소까지》라는 저서에서 큐비즘에 대해 호의적으로 쓴 일은 있었다. 그러나 지칠 줄 모르는 근대적 운동의 투사 아폴리네르는 대단히 철저했다. 《큐비즘의 화가들》 속에서 그는 현재도 아직 시적 평론에 대한 감수성을 지니고 있는 모든 사람들의 공감을 불러일으킬 수 있는 서정적인 문장을 구사해서 이렇게 말했다.

"이 근대적 화가는 지금까지 출현했던 사람 중에서 가장 대담한 사람이라고 나는 생각한다. 그것은 무엇이 아름다우냐 하는 의문을 스스로의 내부에 간직하고 있다." 그는 젊고 활동적인 사람이라면 누구나 동지로 묶기를 좋아해서 이 운동의 위대한 창시자들과 함께 별로 재능이 없는 화가들의 작품까지도 칭찬을 아끼지 않았다. 그러나 그의 식견은 탁월해서 피카소의 "대상을 연구하는 방법은 외과 의사가 시체를 해부하는 것과 같다."라는 그

트럼프 놀이를 하는 사람
1913~14년
油
108×90

유명한 의견도 그의 힘을 입은 바가 많은 말이다. 그러나 그의 이 친구에
대한 존경의 마음은 대단했으며 그것을 "그(피카소)의 아름다움을 추구하
는 집착은 이후 예술에 있어서의 모든 것을 변경해버리고 말았다."는 글에
서도 찾아볼 수 있다.

총체적 큐비즘

파피에 고레가 큐비즘 다음 단계의 근원이 되었다는 것은 이미 말한 바
있다. 종이를 오려낸 커다란 색면은 붓 터치에 의한 회화적인 색채의 암시
로서가 아니고 오히려 색이 있는 단편 형태로 색채를 재도입한 것이다. 지
금까지 색채는 예비로 놔두고 있었다. 분석적 큐비즘 시대에는 그것을 비
교적 조금밖에 사용하지 않았기 때문에 오히려 농담의 뉘앙스를 교묘하게
정비하는 것이 중요했지만 이제는 색채는 빛이나 대상의 기폭을 묘사하기
위해서가 아니고 감각의 기쁨 즉 색채 그 자체로 복귀하게 되었다. 1913년
에서 14년의 겨울 동안에 그린 〈트럼프 놀이를 하는 사람〉이라는 커다란 작
품에서 분석적 큐비즘의 기법은 새로운 넓이를 획득하고 있다. 표면의 분
해는 여기서는 커다랗고 평탄한 색면을 사용해서 이루어졌고 그것은 각각

이웃하는 색의 구획에 대한 공간적인 위치 관계를 주며 확실하게 조합되어서 하나의 삼차원적 도안을 형성하고 있다. 벽지에서 빌려온 장식 의장인 아라베스크는 여기서는 표면 처리 기법으로 그것을 닮게 그리고 있다.

그러나 파피에 고레의 정신 즉 물체 그 자체로 돌아가게 해서 그것을 회화 속으로 도입하여 그 물체가 수용할 수 있는 변질의 상태를 기쁨을 가지고 지켜보고자 하는 욕구는 다른 결과까지도 초래하게까지 했다. 콕토의 말을 인용해보자.

"그(피카소)와 함께 기적을 이루는 동지 브라크는 몽마르트르의 언덕길에서 찾아볼 수 있는 하잘것없는 물체를 유괴해왔다. 이러한 물체가 그들의 조화를 낳게 하는 모델이었다. 양품점의 기성품 넥타이, 바의 카운터의 모조 대리석이나 판자, 압상트나 맥주의 광고, 무너져가고 있는 건물의 그을음과 종이, 분필로 낙서되어 있는 보도의 포석, 하늘색 리본으로 묶은 두 개의 캉비에 파이프가 유치하게 그려진 담배 가게의 간판 등이다.

가장 하잘것없는 것에서만 골라낸 수재는 이제 모두 이 두 사람의 연금술사의 사용물로 제공받게 되었다. 죽은 나무에 꽃이 피게 되었다. 미술이 되는 이유는 통상적으로 경시되고 있는 것이 가치가 주어지기 때문이다. 금으로 금괴를 만든다면 그것은 너무나 상식적인 것이다.

어쨌든 분석적인 큐비즘에서 총체적인 큐비즘으로의 이행은 돌연적인 일은 아니었다. 1912년 세레에서 그린 파피에 고레에서는 커다란 평평한 면에의 지향이 나타나 있는 동시에 또한 파피에 고레는 자주 분석적으로 처리된 대상과 결탁하고 있다. 그리고 다음 해의 많은 작품 속에서는 두 개의 양식이 병존하게 되었다.

동시에 표면의 재질감이 주는 감각적인 기쁨에 대한 평가도 늘어났다. 캔버스에 모래를 고착시키는 방법은 채색된 거친 표면에 관계하여 모든 재현적인 의미에서 완전히 분리된 그 표면의 존재성을 받아들이도록 촉구하고 있다. 또 그러한 거친 표면이 빛을 받고 있는 쪽을 붓으로 가볍게 채색하면 미묘한 효과가 나타났다.

큐비즘의 입체 구성 작품

　1913년의 늦은 가을에 아폴리네르는 〈레 스와레 드 파리〉라는 월간 잡지의 편집자가 되었다. 그는 제일호에 피카소가 제작한 네 점의 입체 구성 작품의 복제를 실었다. 이 작품의 등장은 40명의 구독자 사이에서 대단한 불평이 일어나 한 명만을 제외한 모든 사람이 구독을 취소했다. 이 입체 구성 작품은 회화의 상식에서 본다면 가장 보잘것없는 소재에서 이루어지고 있었으며 연한 양각이 이루어지고 있는 것처럼 조립된 것이었다. 소재는 대체로 목재, 양철, 철사, 두꺼운 종이와 종이의 단편(무늬와 화상과 채색이 있는 것도 없는 것도 모두 포함해서) 등이었다. 주제는 많은 경우 기타의 주의에 모여졌다. 어느 작품이나 대체로 항구성은 고려되지 않았다. 그것들은 부서지기 쉬워서 사진으로밖에 현재 남아 있지 않다. 이 작품에서는 흑인 조각에서의 영향을 추측할 수 있으며 이러한 요소는 이 경우 회화에서 보다 더한층 확실하게 자기를 주장하고 있다. 아프리카 상아 해안의 가면 얼굴은 눈이 무서운 원통상으로 돌출하고 있는 것이 있으며 어두운 공동(空洞) 대신 돌출한 원통을 사용하는 것 즉 네가티브를 포지티브로 바꾸는 것의 반영이 이러한 입체 구성 작품의 여러 개에 도입되고 있다. 그 예를 든다면 기타의 중앙에 있는 구멍이 돌출된 원통형으로 바뀌어지고 있는 경우 등이다.

　피카소는 여기서 존재성의 본질에 대해서 선전 포고를 하고 있다. 네가티브한 것을 포지티브한 것으로 대행시키는 착상은 그의 친구 아폴리네르의 상상력에 호소하는 즐거운 연습이 되었다. 친구들에게 특별한 별명을 붙이는 일은 이 시인의 즐거운 습관이었다. 그는 피카소에게 페낭에서 그가 발굴해온 브론즈 새에서 연상된 별명을 선사했다. 이 이상한 생물은 주둥이로 나비를 물고 있으며 고개를 치켜들고 서 있는 뱀을 거느리고 있다. 그 이후 피카소의 이름은 '페낭의 새' 또는 '검은 우체로(새)'가 되었다. 아폴리네르는 1916년에 출판된 《살해된 시인》이라는 시적 이야기 속에서 시인이 죽은 후에 시인에게 '페낭의 새'라고 별명을 붙인 맨발의 화가가 푸른 캘리코를 입고 죽은 주인공의 명예를 칭송한 기념비를 만드는 이야기를 적

압상트 글라스
1914년
착색브론즈와 은스푼
높이 20

고 있다. 정부는 그 설치 장소의 인가를 거부했기 때문에 그는 숲속 공지에서 장소를 골라 그 지면을 시인의 모습대로 팠다. "그것은 참으로 완벽했기 때문에 그 구덩이에 시인의 망령이 그대로 들어간다. 시처럼 또 영광처럼 허무로 된 깊은 조각이었다." 〈쉬크〉 지에 발표된 '파블로 피카소'라는 제목의 시 속에서도 이 《칼리그램》의 저자는 그 페이지의 활자를 피카소의 큐비즘 정물화에 등장하는 물체의 형태로 공백이 남도록 배치하여 시구로 장식했다.

　피카소의 입체 구성 작품은 공간내에 있어서의 기하학적인 형태의 추상적 아름다움에 매료된 다른 예술가들이 금속이나 플라스틱의 소재를 사용해서 자기들의 이념을 구현한 경우처럼 세심한 배려를 가지고 제작한 것은 아니다. 그것은 아무렇게나 모아지고 있었다. 소재는 재질의 느낌에 따라 선정되었다. 여러 곳에 몇 개의 대담한 직선이나 원이 그려졌고 그 혼성 물체의 강도와 감각성을 높이고 프리미티프 조각이 갖는 조형적인 강인성을 느낄 수 있는 것을 거기에 가미했다. 각 구성체의 근저(根底)에는 동시 복합적인 이미지가 있었다. 그리고 각각의 물체는 예외없이 복수의 시점(視点)에서 보고 있었다. 각 물체의 주변이나 배후 공간의 상태가 어떻게 되어 있느냐 하는 것은 물론 그 물체의 입체적인 맛, 평면적인 맛, 충실감 또는 공허함이라는 것을 이해시키기 위해서 어떤 수단이건 자유롭게 사용하고 있다.

이 입체 구성의 작품은 처음에는 배면이 되는 기저(基底) 위에 높게 양각의 형식으로 조립되었다. 피카소가 이러한 것을 진전시킨 주목할 만한 하나의 예로는 〈압상트 글라스〉라는 이름으로 알려지고 있는 다색의 큐비즘 입체 조각을 들을 수 있다. 큐비즘과 콜라쥬의 수법을 사용하여 초로 본을 뜬 글라스 위에 실물인 압상트용 스푼과 실물 그대로의 각설탕을 놓음으로 현실성 면에서 단계가 다른 것 사이에 있는 놀이 또는 농담을 만들어냈다. 속에 들어 있는 액체의 표면이 보이도록 깊게 파낸 글라스는 접시 위에서 평형을 유지하고 있으며 스푼을 제외한 전체는 브론즈로 주조되었고 채색이 되어 있다. 그려진 모양과 이 작은 물체의 우아하며 안정된 상태는 당시 유행했던 위쪽을 잔뜩 부풀린 부인용 모자나 레이스 동정을 연상시키고 있다.

〈슈미즈를 입은 여자〉

1913년에서 14년에 걸친 겨울의 작품 중에서도 발전의 여러 경향을 예측할 수 있는 작품 하나를 제작했다. 그것은 오크르와 파블의 색조가 분석적 큐비즘 시절에는 억제되었던 팔레트에 침입해온 대화면의 작품이다. 이 그림은 이름을 여러 개 가지고 있으나 흔히 〈슈미즈를 입은 여자〉로 알려져 있는 작품이다. 나는 일찍이 이 작품이 환상적 예술의 멋지고 박력있는 작품의 예로 초현실주의자들의 갈채를 받고 1936년 런던에서의 그들 전람회에 전시된 후 이 작품을 수개월 동안 빌릴 수 있었다. 이 작품은 실제로 강렬한 것이어서 이것이 우리 집에 걸려 있던 한 달 동안 친구들의 여인들은 이 작품 때문에 악몽에 시달렸다고 하며 배 속의 아기 장래가 걱정된다는 불평까지 들었다. 나 자신도 이 작품에 깊은 감동을 받았다. 현실성과의 조응(照應)은 직접적이며 상당히 육감적이다. 폴 엘리아르는 이 그림을 본 후 그 평을 썼을 때 "조각된 거대한 양괴는 의자에 앉아 있는 여자. 머리는 스핑크스처럼 크며 유방은 가슴에 못박혀 고정되어 있다. 그러한 것과 훌륭

슈미즈를 입은 여자
1913년
油
148×99

한 대조를 이루고 있는 것은…… 세밀한 눈과 코, 물결치는 머리, 감미로운 겨드랑이, 드러나 있는 늑골, 엷은 안개와 같은 속옷, 부드럽고 편안한 안락 의자, 일간 신문 등이다."라고 기술하고 있다. 추상과 관능성 사이에, 장엄한 것과 진부한 것과의 사이에, 그리고 경직된 기하학적인 형상과 유기체의 반응과의 사이에 새롭고 불안한 여러 관계가 실현되고 있다. 나는 이 위대한 나부상의 살갗에 극히 상식적인 핑크, 회색, 보라 등의 색채나 앉아 있는 이 인물을 포옹하고 보호하려는 듯이 감싸고 있는 의자의 팔에 감명을 받기만 한 것이 아니다. 더욱이 중심에서 주주(主柱)를 옹위하여 그 주위에서 그것을 감싸서 그녀 몸의 알을 닮아 태강(胎腔)과도 같은 일종의 독특한 분위기를 만들어내고 있지만 내가 좋아하는 것은 그 주상체(主狀體)를 둘러싸고 있는 공동의 깊이와 위쪽 해변의 풍경을 연상시키는 물결치는 머리에 덮여져 있는 주상체의 정상부만이 아니다. 나는 피지왕의 목걸이에 장식된 향유 고래의 치아처럼 고정되어 있는 자애로움과 감탄과 잔인의 감정을 일어나게 하는 유방의 노예가 되어버리고 말았다.

　선과 구성의 숙달된 지배력에 의하고 암시의 완벽함에 의해서 표현된 견디기 어려울 정도의 에로틱한 내용은 시적인 비유를 하고 있는 것이다. 창조의 작업이 진행되고 있는 장소에는 신문지라든가 안락 의자라든가 속옷

234

과 같은 우리 일상 생활에 늘 붙어다니는 도구들에 싸여서 한 개의 상징적
인 좌상이 놓여져 있다. 꿈과 현실과의 장소를 같이하는 기념비적인 성명
에 의해서 해우(邂逅)를 이루고 있는 것이다.

아 비 뇽

피카소는 1913년 여름에 다시 유쾌한 친구들과 어울려 세레의 타는 듯한
더위 속에서 지냈다. 여전히 방대한 수의 작품을 제작했으며 또 스페인과
이웃하고 있는 곳이어서 투우 구경을 하려고 막스 자콥과 같이 국경을 넘기
도 했다. 막스 자콥은 아폴리네르에게 보낸 5월 2일자 편지에서 바르셀로나
에서 살고 있었던 파블로 아버지가 돌아갔다는 소식 때문에 모두 마음 아파
하고 있으며 또 에바의 건강이 나쁘다는 소식을 전하고 있다. 그러나 그들
은 작은 떠돌이 서커스에 재미를 붙여 곡예를 하는 아가씨들과 어딘지 장난
으로 그린 것과 같은 수염을 기른 광대들과 알게 되었다.

다음 해 피카소의 마음을 끌어당긴 지방은 역시 프로방스였다. 그는 에
바와 함께 9개월 동안 아비뇽에 가 있었다. 브라크와 드랑도 이에 참가
했다. 그는 다시 지칠 줄 모르는 천성적인 정력을 가지고 제작을 했다. 화
려함이 한층 더해진 회화와 파피에 고레가 이번 체류 기간에 샘처럼 솟아나
왔으나 여름이 끝나기 전에 사태는 일변했다. 1914년 8월 2일에 선전포고되
어 피카소는 브라크와 드랑과 역에서 작별을 고하고 두 사람은 각각 자기가
속해 있는 연대에 입대하기 위하여 급히 떠났다. 이 이별은 큐비즘이 발전
의 정점에 있었을 때였으며 브라크, 그리스, 레제 그 밖에 많은 사람들의
감수성으로 지탱되어온 창조적 기동력이 위대한 장래를 약속한 시점에서
찾아온 것이다. 미술은 물론 시와 철학의 영역에서 큐비즘이 벌린 도전의
결과로 무한한 창조가 이루어지고 있는 때였는데……

피카소는 에바와 함께 슬픈 마음을 달래며 고독하게 아비뇽에 남게 되
었다. 이 전쟁은 그가 관여해야 할 전쟁은 아니었다. 그는 지금까지 친구들
에게 둘러싸여 있을 때조차 고독을 느껴 제작으로 도피하고 있었다. 그리
고 현재 그는 완전히 혼자가 되었다. 그는 바로 느끼지는 못했지만 친구들
과의 이별은 결정적인 것이었다. 왜냐하면 그들이 전쟁에서 돌아오기는 했

비브 라 프랑스 1914~15년 油 55×65

지만 피카소 자신의 말을 빌리면 아비뇽역에서 브라크와 드랑과 작별한 이래 그들을 다시 만날 수 없었기 때문이었다.

그러나 이 몇 개월간에 그린 그림은 화려한 색채와 풍부한 형태를 갖추고 있으며 평론가들은 그것에 주목하여 이 일련의 작품을 '로코코풍의 큐비즘'이라고 단정하였다. 이 중에서 〈비브 라 프랑스〉라고 불리어지고 있는 정물화가 있다. 테이블 위에 꽃병과 트럼프와 과일과 병 등으로 둘러싸여 몇 개의 고브레트의 하나에 교차된 프랑스 국기 위쪽에 '비브 라(Vive la)'라는 말이 씌어져 있기 때문이다. 배경은 의장에 정성을 쏟았던 꽃무늬 벽지로 되어 있다. 이 작품에서도 커다란 캔버스에 녹색으로 그려진 〈난로 앞의 안락 의자에 앉은 연인〉의 경우처럼 파피에 고레 기법을 손으로 그려 흉내내고 있다. 그러한 종이가 마치 실제적이며 부분적으로 화면에 발라진 것과 같은 인상을 주기 위해서 어느 부분의 가장자리에는 표면 처리를 했을 때 생기게 되는 음영이 마치 나온 듯하게 처리를 하고 있다. 피카소는 확실히 놀며 즐기고 있는 것이며 이물질을 캔버스에 부착시킨 듯한 기분을 내기 위해서 만든 색반 중 몇 개에는 색도 선명한 점을 찍어 캔버스에 모래를 부착했을 때 생기는 감촉을 닮게 해서 점묘법의 효과를 내어 돋보이게 하고

난로 앞의 안락 의자에 앉은 여인
1914년
油
130×97

있다. 이 시기의 전형적인 작품인 이 두 점의 그림은 생기 발랄하여 거의 경박한 기분을 나타내고 있다. 아름다운 곡선이 형태를 그리고 있으며 정성껏 붓질을 한 모양이 이 두 작품의 커다란 부분을 감싸고 있어서 넘쳐 흐르는 매력을 더한층 높여주고 있다.

이러한 기분은 극단적으로 종류가 다른 재질로 이루어지고 있는 입체 구성의 작품이나 사실적인 세부가 큐비즘적인 조직 속에 도입되어 있는 야만적이라고 할 만큼 그로테스크한 스케치에서까지 잘 나타나고 있다. 이 일련의 스케치에서는 눈, 유방, 머리, 손, 발이라는 인체 부분을 자연스럽게 인식할 수 있는 여러 분을 자연스럽게 인식할 수 있는 여러 상태가 해부학에 관한 종래의 자기 멋대로의 변경을 더한층 과도하게 이룬 왜곡 속에도 이해의 실마리를 찾을 수 있게 해주고 있다. 그러나 이제는 농담 이외에 아무것도 아니라고밖에 생각할 수 없는 능욕적인 구성이나 그로테스크한 표현에도 불구하고 커뮤니케이션은 확립되어 있다. 이러한 스케치는 모든 논리를 무시한 꿈의 세계에 속하는 감각에 대해서는 명쾌한 것으로 변하게 된다. 이런 이유로 이러한 것을 초현실주의자들 즉 막스 에른스트나 미로가 10년 후에 발견하는 것을 예언적으로 나타내고 있는 것이라고 말할 수 있는 것이다. 그것은 심층 심리의 현실을 여실히 해명하고 있다. "놀라움은 빛의 순수성에 있어서 자지러지게 웃는 것이다."

제7장 제1차 세계대전—파리와 로마(1914~1918)

대전 발발시의 큐비즘

〈아비뇽의 아가씨들〉이 출현한 후 새로운 양식은 겨우 7년간의 전개를 보일 뿐이었으나 그 발전의 속도는 눈이 부실 정도였다. 그 영향은 모든 방향으로 퍼져나갔다. 새로운 양식의 발견을 시인할 수 없었던 마티스를 비롯해서 이미 명성을 얻은 화가들까지도 그 여러 원리를 어떠한 형식으로든 채용하게 되었고 그것은 회화 문제에 민감한 화가라면 누구든지 많고 적음에 상관없이 영향을 받게 되었다고 말할 수 있을 정도였다. 동시에 또 큐비즘이 아카데미 사람들이나 교양없는 속물들 사이에서 일으킨 분노의 소용돌이도 같은 정도로 중대했다. 예술에의 흥미를 표명하는 사람이면 어느 한 사람 빼놓을 것 없이 큐비즘을 무시할 수 없었다. 회화의 역할과 예술과 생활과의 관계에 대한 새로운 개념이 탄생된 것이다.

큐비즘에서 그 표현을 찾아냈고 그 결과 예술의 영역을 확대하게 된 여러 개념은 그 포함 내용이 참으로 방대하여 몇 페이지를 가지고는 도저히 설명할 수 없으며 또 아직도 충분히 이해되고 있는 것은 아니지만 가장 중요한 몇 가지만은 밝혀두고자 한다. 우선 첫째 요점은 대상의 사진적 영상을 무시한 것이었다. 예술은 이미 자연계를 그리는 것이나 또는 그것을 연출하여 표현하는 것까지도 요구되지 않았다. 그 대신 예술은 우리에게 정서를 강조하며 또한 예술 작품에 새로운 힘을 부여함으로 인간과 자연계를 보다 깊게 연결시켜보려고 했다. 그러나 그러한 힘은 지적 사고의 소산은 아니다. 그것은 인습에 의해서 억제되었고 잊어버려지고 있었던 예술의 원초적인 천성과 밀접한 친근성을 가지고 있는 것이다.

큐비즘은 혁명이었다고는 하나 과거와 단절하는 것은 아니었다. 그것은 원시인들은 잘 알고 있었던 가치를 우리들 감수성의 자리에 재도입한 하나의 적극적인 창조였다. 예술 작품 그 자체를 객관적인 힘으로 강조하는 방법은 니그로의 가면이나 주물(呪物), 또는 혈거인들의 종교적인 우상이나 조각의 놀라울 만하고 무서운 외모와의 사이에 서로 상통하는 무엇이 있는 것이다. 피카소는 곧잘 "언젠가 우리들은 치통을 고치는 그림을 그리게 될 것이다."고 주장했다. 이콘이나 성자의 기적의 그림의 경우도 그와 같은 주장이 이루어진 일이 있지만 그 경우는 우리의 입장에서 본다면 거리가 먼 것으로 보이는 신앙심과 미신이라는 다른 힘을 빌리지 않으면 안 되었다. 이 경우 모든 예술은 종교와는 상관없이 은덕을 버리고(종교적인) 공통점의 일부가 될 수 있을 수도 있는 엉터리를 비웃으면서 작용을 했던 것이다.

회화의 모든 면이 재검토되었다. 형태도 색채도 빛도 공간도 표면의 재질감도 기호도 상징도 그리고 현실성의 의미도 모두 종래의 인습을 빌가빗긴 후에 새로운 의의에 따라 회복시켰으며 발전시킨 것이다.

분석적 큐비즘에 의해 엄밀한 해체를 받았고 대상은 원래의 자기 것이 아닌 순간의 더구나 피상적인 외관(外觀)을 벗어버렸다. 대상은 시간성과 공간성 속에서 포착되어 진짜 모습으로 그 존재를 백일하게 드러냈다. 많은 각도에서 보면 삼차원 혹은 사차원에 있어서 구상된 대상에 대한 감각은 비틀비우스적인 원근법에 있어서 단일의 시점을 요구한 좁은 인습을 뛰어 넘고 말 것이다. 소정의 한 시점에서 본 대상의 한정된 관찰은 불충분한 것이어서 새로운 개념은 두 개의 흥미 깊은 인자를 도입시켰다. 즉 그 하나는 대상보다 오히려 보는 사람측의 운동이며 다른 하나는 한정된 한 지점에서 본 것 이상의 것에 기본을 둔 대상의 인식이다.

피카소는 세잔의 장기간에 걸친 자연 관찰에 대해서 정열적인 진지성을 기울여 연구한 분석적인 시기의 금욕적인 철저성을 거쳐서 파피에 고레를 도입시켰으며 당황할 정도의 돌발적인 경쾌함을 이끌어낸 것이다. 현실성의 두 가지 다른 개념은 동일한 회화에 도입되었으며 언어가 그 사용되는 상황에 따라 의미를 바꾸는 것처럼 대상은 여러 가지로 의미를 바꾸게 되었고 시각상에서의 알맞은 방법으로 복수의 역할을 연출하게 되었다. 명함이

바이올린, 병, 글라스 1912~13년 목탄과 풀먹인 종이 47×63

나 신문지 조각이 물감으로 그려진 정물화 위에 붙여지게 되면 구도상으로
는 색채라든가 빛이라든가 그늘의 영역이 되지만 그래도 명함이나 신문지
조각 그 자체로서도 존재를 계속한다는 것은 이미 말한 바가 있다. 그와 같
이 기타의 그림자의 형상으로 오려낸 검은 종이를 기타 그 자체와 바꾸어버
린 환영으로 나타낼 수가 있게 된 것이다. 분석적 큐비즘에서 지배적이었
던 대상에 견고한 조형 형태를 주려고 한 세잔적인 노력은 총합적 큐비즘에
있어서는 형태 쪽에 하나의 대상이 되는 방향으로 발전해나갔다. 형태는
스스로 지배력을 갖게 되었고 그 형태의 외관과 암시 내용은 형태의 최대
의의를 강조할 수 있게끔 음미를 받게 되었다. 시각적인 효과가 개발된 것
이다. 凹의 형태가 凸로 표현되는 것도 가능하게 되었다. 음과 양을 바꿔놓
는 것도 가능했다. 형태가 상상력에 의해서 살아 있는 것으로 형성하기 위
해서는 변용(變容)을 이루어 그 자체가 새로운 현실성을 획득할 필요가 있
었다. 그러나 이러한 혁명적인 여러 경향에도 불구하고 큐비즘은 몇 가지
면에서는 고전적인 전통과의 본능적인 인연을 남겨두었다. 피카소는 여러
물체가 그대로 그 완전한 모습으로 남아 있는 것을 사랑했기 때문에 캔버스
가장자리에서 대상을 무참하게 잘라버려서 불완전한 것으로 결코 만들어버
리지 않았다. 이 방법은 대상의 조형성을 그렇게 중요시하지 않았던 드가

테이블 위의 기타
1913년
油, 板, 석고릴리프
67×45

나 분위기 표현을 목표로 삼는 화가들이 그들의 성벽(性癖) 때문에 자주 사용한 방법이었다. 피카소는 조각가가 물체를 취급할 때 모든 면에서 감수하는 것 같은 욕구를 지니고 있어서 가령 어떠한 형태로 왜곡할지라도 결코 대상을 바보로 만들어버리는 독선적인 절단은 하지 않았다. 가령 그것이 화면상에서 부분적으로 어떤 다른 것의 그늘에 가리워지는 경우에도 우리가 투과성(透過性) 또는 선의 암시에 의해서 그 존재를 알 수 있게 했다. 또한 대상이 두부이건 인물이건 기타이건 파이프이건 또는 글라스이건 그 자체의 현실성의 영기(靈氣)에 적셔진 하나의 실체인 것이었다. 완전히 별개의 중요한 부채를 전통에 지고 있다. 큐비즘 회화는 비잔틴의 이콘 또는 엘 그레코의 〈성의 약탈〉과 같은 회화를 상기시키는 방법으로 예외없이 중앙에 위치하고 있는 하나의 중심물 주위에서 쌓아올리고 있다. 계란형의 구도가 빈번히 되풀이되었다는 특징도 또한 우주나 생명의 배아(胚芽)를 나타냈던 옛 상징을 비잔틴 예술에 있어서 신의 모습을 둘러싸고 있는 아몬드형을 한 베사이카 피시스(물고기형이 광배(光背))를 연상시키는 것이다.

　큐비즘의 원대한 여러 발견은 그 개념이 근본적으로 단순한 까닭에 하나의 시종일관된 양식이 된 것이다. 본능적으로 채용한 기하학적 단순화 때문에 피카소는 서리가 결정을 이루듯이 정밀함을 가지고 새로운 조화를 만

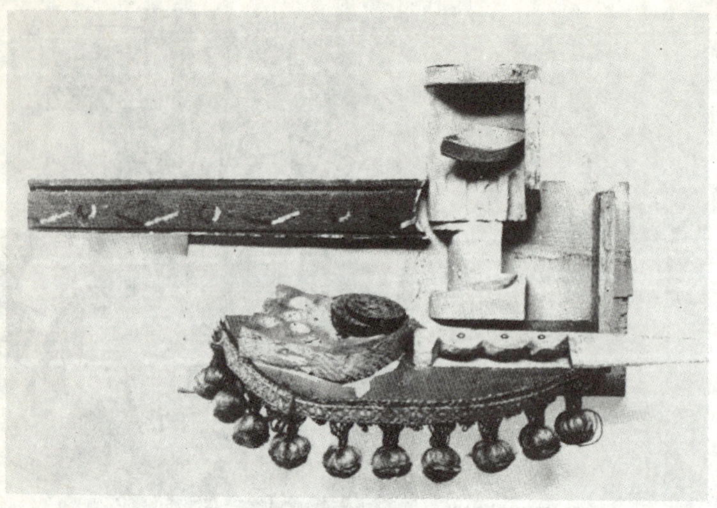

정물 1914년 착색한 나무와 커튼의 녹색 장식 길이 46

들어낼 수 있었던 것이다.

큐비즘 양식의 창조는 브라크와의 밀접한 공동 작업으로 이루어졌지만 그 실마리가 피카소의 소산이라는 것은 의심할 여지가 없는 일이다. 그런데 사르몽이 지적한 것처럼 "유파의 창시자라는 것은 만일 그들이 참된 거장이라면 유파 그 자체의 테두리를 넘어버리고 마는 것이다. 피카소는 이미 1918년에 큐비즘에 대해서는 아무것도 모르며 알고 싶은 것이 없었다 해도 좋다. 그는 농담으로 모방자 쪽이 발명자보다 훨씬 훌륭한 일을 하고 있다."고 단언했다. 이류의 추종자들이 이룩한 큐비즘의 이론화나 양식에는 상관없이 창시자들의 작업은 지금도 예술을 윤택하게 하는 원천이며 또 이후에도 계속될 많은 세대의 사고에 계속해서 영향을 줄 수 있다는 계시인 것이다.

그러나 1914년에 전쟁이 발발한 시점에서는 모든 수준의 비평가들이 대체로 적대적이었다. 가령 일반 대중이 큐비즘을 하잘것없는 것으로 생각하고 그들이 일으킨 스캔들에만 흥미를 가졌다 해도 소수의 작가들 가령 레미드 구르몽이나 아나톨 프랑스는 큐비스트들이 진지하게 예술을 대하고 있다는 것을 인정했다. 그러나 쥘 로망조차도 몇십 년을 생각한 끝에 "피카소의 활동은 영구적인 사기이며 그의 큐비즘은 우리에게 착각을 불러일으키는 것이다."라고 생각했다.

큐비즘은 무이해나 심한 적대에도 불구하고 그 뿌리를 내렸다. 문학에 있어서의 그 영향은 간접적이며 내면적인 것이었지만 큐비즘은 회화, 조각, 건축, 응용 미술에 미친 힘에 의해서 근대 세계의 양상을 바꿨다. 실내 장식이나 광고나 상업 디자인은 그 기하학적 리듬을 모방했다. 그러나 큐비즘이 그 원천에서부터 멀리 흘러감에 따라 그것은 더한층 이해하기 어렵게 되었고 또 불순물도 섞이게 되었다. 큐비즘의 영향을 입은 여러 형태들이 현대 지상주의 환경처럼 출현해서 옷감과 가구와 또는 여성의 유행에까지 퍼져나갔다. 큐비즘 그 자체는 대중에게 이해되지 못했지만 그 가짜가 세상에 보급된 것이다. 또 다른 점으로는 큐비즘의 기원이 아프리카 조각에 있다는 이유 때문에 큐비즘을 필연적으로 흑인 영가나 재즈와 연관지으려고 했다는 점이다. 두 가지의 대단히 다른 원천 즉 정글의 몽매한 원시적 공동체와 문병 도시에 있어서의 고도로 발달한 사회가 우연하게 큐비즘을 인연으로 삼아 예상 외의 결합을 이루었고 새로운 음악적 양식을 탄생시키세 한 것이다.

전쟁이 시작되고 얼마 안 돼서 큐비즘의 영향은 다른 길을 통해서 공공의 영역으로 들어오게 되었다. 거트루드 스타인은 그녀가 어느 추운 가을 저녁에 피카소와 함께 라스파이유 큰 거리를 걷고 있었을 때의 일을 이야기한 일이 있다. 전선으로 향하는 중포의 호위대가 그들의 옆을 통과했는데 그들은 중포가 윤곽을 위장을 위해서 지그재그의 무늬로 칠해진 것을 보고 놀랐다. "우리가 저걸 발명했는데."라고 피카소는 소리를 질렀으나 그는 자기가 형태의 분해에 있어서 발견한 것이 별안간 군사적인 것으로 강인하게 사용되고 있다는 것을 알고 놀랐다는 것이다. 큐비즘의 수법이 전쟁에서 어떠한 물체를 인식하지 못하게 하기 위한 수단으로 사용하게 될 가능성을 직접 피부로 느낀 그는 전쟁 중에 콕토에게 이렇게 말한 일이 있다. "만일 군대를 멀리에서 알아볼 수 없게 하고 싶으면 병사들에게 아를캥의 의상을 입히면 좋지 않겠어."라고 아를캥과 큐비즘과 군사적 명채(迷彩)가 서로 손을 맞잡은 것이다. 이러한 것에 공통되는 점은 너무나도 식별하기 쉬운 정체를 변경하고자 하는 욕구에서 그 외형을 분쇄한다는 것이었다.

전시 중의 파리

동원과 전쟁은 불가피한 혼란을 가져왔으며 이 근대적인 운동에 공헌한 지식인들의 여러 그룹은 하는 수 없이 분열하게 되었다. 이 분열은 운동을 영구히 마비시킬지도 모를 정도의 타격을 주었지만 다만 큐비스트들이 달성한 것에 있어서만은 하나의 양식이 생명을 얻었다는 반론할 수 없는 증거를 남겼다. 그 후 4년 동안 해체와 황폐는 무서운 것이어서 모든 것을 잃지 않았다는 것만으로도 다행으로 생각해야 했다. 그 중에서도 가장 뼈아픈 상처를 입은 것은 오래 전부터 내려오고 있는 전통적인 사회의 여러 관습이었다. 그러나 젊은 세대는 그 활력을 다시 집결할 수 있었다. 살아남은 자는 다시 군대에서 해방되어 새로운 피로 힘을 강화하고는 이렇게까지 파국적인 결과를 가져온 재난에 책임이 있는 낡은 질서를 바꾸려는 결의를 더한층 굳게 했다.

예술가도 징병 정령에 있는 모든 프랑스 인처럼 동원되었고 또 파리에 살고 있었던 많은 외국인들은 '외인 부대'에 지원했다. 브라크와 드랑과 레제는 일찍 소집되어 싸움터로 나갔다. 카안와일러와 그와 국적이 같은 독일인은 수용소를 피해서 중립국으로 건너갔으며 한편 그리스 사람들은 거의 무일푼 상태로 프랑스 내에 남게 되었다. 그러나 아폴리네르는 프랑스에 대한 자기 사랑을 증명하고 친구들이 겪고 있는 체험을 자기도 똑같이 하겠다는 생각으로 프랑스 국적을 신청했다. 그는 '조각상 사건'에 기인하는 관료주의적 이의는 있었으나 잘 해결되어서 포병대에 배속되었다. 그가 예술에 대해서 보인 것과 같은 정열, 친구들에게 보인 것과 같은 충성은 이제 전우의식과 전쟁의 시련 속에 놓여지게 되었다.

피카소는 에바를 데리고 셀르셀 거리의 아틀리에로 돌아왔다. 파리는 변했고 밝음을 잃었으며 불안한 마음으로 독일군의 접근을 지켜보고 있었다. 그가 불과 이삼 개월 전에 살고 있었던 생활은 분별없이 다가오고 있는 전쟁이라는 비상 사태 때문에 거의 면모를 잃고 있었다. 언제나 자기의 제작이 최대 관심사였던 그에게 있어서 눈앞의 대변동은 인간의 어리석음을 그대로 보여주는 가슴 아픈 일이었지만 그는 아폴리네르처럼 전쟁에 적극적으로 참가하는 것이 자기의 책임이라고는 느끼지 않았다. 그의 생각으로는 전쟁은 군인들의 일이었다.

막스 자콥의 일 및 에바의 죽음

어떤 이유로 파리를 떠나지 않아도 되었던 얼마 안 되는 친구 중에 막스 자콥이 있었다. 그는 건강 상태 때문에 병역에는 부적당했다. 감성적이며 섬세한 그는 감정에 지배되어서 평정을 잃은 생활을 계속하고 있었다. 그는 친구들이 말한 바에 의하면 수년 전에 몽마르트르의 지저분한 하숙집에서 혼수 상태에 빠져 있을 때 예수의 환상이 그에게 나타났었다고 했다. 때가 흐름에 따라 그의 죄의식은 높아졌고 그것이 수도 생활을 하고 싶다는 욕구를 강력하게 불러일으켰다. 그는 유태인이었기 때문에 세례를 받을 때까지 그것을 할 수 없었다.

피카소는 친구이 이향에 놀라지두 않았으며 또 막스를 개종으로 인도한 정열에도 공감할 수 없었다. 전쟁이 시작된 해 겨울에 막스는 몽파르나스에서 그에게 즐거이 세례를 해주겠다는 신부를 찾아냈으며 곧 그는 대부로 선정한 파블로 루이스 피카소의 입회하에 기독교 신앙을 믿을 수 있는 허가를 받았다. 그는 시프리앙이란 이름을 받았는데 그것은 마라가 태생의 친구 피카소의 출생 증명서 속에서 찾아볼 수 있는 많은 성자 중의 한 사람이었다. 이 새로운 개종자가 제일 곤란했던 일은 피카소가 막스에게 정원사의 수호자 이름을 따서 '피아클'이라는 이름을 받기 원했던 것이었으나 '시프리앙'이라는 대단히 통속적인 이름도 나쁘지 않다고 생각해서 그 농담을 철회해서 막스를 안심시켰다. 의식 때 그는 세례받은 아들에게 《예수 크리스트를 따라서》라는 장정이 훌륭한 책에 "내 동포 시프리앙 막스 자콥에게 세례를 기념해서 1915년 2월 18일 목요일 파블로."라고 써서 선사했다.

이삼 개월이 지나서 막스 자콥이 받은 편지는 피카소가 대부의 역할을 진지하게 생각한 것은 아니라고 하나 장난으로 하지는 않았다는 것을 증명하고 있다. 그는 다음과 같이 썼다. "친애하는 세례의 아들 막스, 나는 자네가 부탁한 돈을 보내지만 곧 자네와 만날 수 있게 된다는 것이 더욱 기쁘네. 나는 이사하는 일로 해서 정신이 없지만 자네가 곧 와서 언제나처럼 친구로 손을 내밀어주기를 바라고 있네. 자네도 잘 알고 있겠지만 시절도 그렇고 지금은 무슨 필요한 것이 없네. 다만 자네의 정신적인 지원만이, 막스 자콥의 우정의 손만이 필요할 뿐이네. 그런데 이것은 내 손일세. 그대의 옛 친구 피카소."

이 편지에서 말하고 있는 돈은 막스 자콥 자신을 위한 것인지 어떤 것인지 확실하지 않다. 전란은 많은 예술가들을 대단한 궁지로 빠지게 해서 날짜를 알 수 없는 이 편지가 씌어질 무렵에 막스는 사르몽에게 보낸 편지에서 굶주림과 결핵 때문에 죽음이 닥쳐오고 있는 미래파의 화가 세베리니를 위해서 그가 모으고 있는 모금에 기부할 것을 부탁하고 있다.

같은 해 겨울 비극은 다가오고 있었다. 작고 완벽했던 에바가 무서운 병에 걸려 별안간 죽고 말았다.

당시 스페인에 있었던 거트루드 스타인 앞으로 보낸 편지에서 피카소는 요양원을 다니느라고 지하철 왕복 시간의 반을 빼앗긴다고 쓰고 있다. 그래도 아직 그는 아를캥을 시간을 내서 그렸으며 "……요컨대 나는 시간의 여유는 전혀 없지만 그래도 나는 쉬지 않고 있다."라고 그 편지의 마지막에 쓰고 있다. 일 개월 후에 종국이 오자 몇 명 안 되는 친구들이 피카소와 함께 묘지로 갔다. 그 중 한 사람이었던 후안 그리스는 레이나르에게 보낸 편지의 서두에서 "장례식에는 일고여덟 명의 친구가 참석했습니다. 대단히 슬픈 일입니다. 물론 막스의 경고가 없었다 해도 같은 일입니다. 그의 농담은 오히려 불안감만을 늘게 했습니다." 그는 아마도 이 농담과 관계해서 한 말이겠지만 냉담하게 이렇게 덧붙였다. "피카소는 그래서 오히려 더 이성을 잃은 듯했습니다." 우리는 1916년 1월 8일에 거트루드 스타인에게 보낸 편지에 다음과 같이 쓰고 있는 것을 찾아볼 수 있다. "내 불쌍한 에바가 죽었습니다……내게는 대단히 슬픈 일입니다……그녀는 언제나 내게는 다정했습니다. 나도 당신을 만났으면 합니다. 왜냐하면 우리는 정말 너무 오래 떨어져 있었기 때문입니다. 나도 당신과 같은 친구와 이야기를 나눌 수 있다면 대단히 즐거울 것이라고 생각합니다."

의연하며 자기 중심주의의 유물론자이며 신을 믿지 않는 거트루드 스타인이라면 그의 마음을 달래줄 수 있다고 생각했기 때문이다. 그녀는 그의 향수를 불러일으키는 몽마르트르의 수많은 추억과 관계가 있으며 동시에 사상의 자유로움과 행동력에 의해서 그에게 활력을 불어넣어줄 수 있을 만한 영향력을 가지고 있었다.

막스의 개종도 애인의 죽음도 피카소의 종교에 대한 마음을 바꾸지는 못했다. 그와는 관계가 없었던 전쟁에서 떨어져 있었던 것처럼 그는 종교에 대해서도 초연한 입장을 취해왔고 종교적 의식을 피하고 있었다. 그러나 십자가의 예수를 그린 1915년의 연기(年記)가 있는 스케치가 한 점 있는데 그것은 엘 그레코의 의식적으로 그려진 대단히 면밀한 습작이다. 우리는 이 작품을 당시 그의 사적인 감정과 관계있는 것으로 판단해도 좋을 것이다. 20년대 후반에 초현실주의자들과의 교를 통해 신화나 원시적 의식에 대한 새로운 흥미를 갖게 되자 비로소 책형(磔刑)의 주제는 간결하며 예를 찾아볼 수 없는 격멸감을 가지고 다시 나타나게 되었다.

결 정 기

피카소의 많은 친구들이 공통적으로 지니고 있었던 냉소주의 분위기가 그의 작품에 영향을 미치게 한다는 것은 지극히 간단한 일이었다. 전쟁 전에 만연했었고 드디어는 아비뇽의 로코코적 회화를 탄생케 했던 화려함은 과거의 것이 되었고 망설임이 일어나 같은 기분으로 제작을 계속한다는 것을 불가능하게 했다. 브라크와의 교제를 빼앗긴 피카소는 새로운 것을 창조해내는 흥분을 브라크만큼 치밀하게 나누어 가질 수 있는 화가를 찾아낼 수 없었다. 마티스는 전시 대부분을 게 생 미셸에 있는 아파트에서 보냈으며 피카소와 자주 만났으나 전쟁이 그들의 옛날부터의 라이벌 의식을 결코 해소시켜주지는 않았다. 피카소의 뒤를 따른 그리이즈, 메진제, 세베리니 기타의 많은 이류 큐비즘 화가들은 그들의 이론적 추구에서 피카소의 관심을 끌 수 있는 어떤 것도 발전시키지 못했다.

위기의 도래는 전쟁에만 기인한 것은 아니었다. 신양식의 폐쇄성은 더욱 더 추상적이고 장식적인 것으로까지 추진하든가 혹은 타협해서 다른 표현방식과 연결되든가 하지 않을 수 없었다. 이론가들은 어떠한 형태이든 재현적 예술로 돌아가는 것은 반동적이며 패배를 뜻하는 것이라고 주장했다. 그러나 피카소는 언제나처럼 스스로의 규칙에 의해서 자기를 묶는 것을 거

셀르셸 가 5번지 아틀리에의 피카소
1915년 파리

절했으며 한편으로는 더욱 엄격하게 기하학적으로 정밀도가 높은 그림을 계속 그렸고 다른 한편으로는 자연주의에 입각해서 거의 사진에 가까운 그림을 그려서 보다 견실하지만 보다 재능이 없는 예술가들을 놀라게 했고 또 분노를 샀다.

전쟁이 시작된 후 처음의 가을과 겨울 사이에는 큰 변화는 없었고 다만 보다 엄밀한 구조에의 경향만을 찾아볼 수 있었다. 공간과 형태는 보다 크고 단순한 형태로 확대되기 시작했으며 그 형상은 직선적인 윤곽으로 그려지는 일이 전보다 많아졌다. 곡선을 약간만 사용해서 더욱 눈에 띄었다. 장방형의 커다란 형상은 색을 평면적으로 칠해버리든가 혹은 점으로 채색해서 직물의 무늬를 닮은 형태로 나열되었다. 대체로 구성은 남자나 기타나 의자에 앉아 있는 여자였으며 혹은 테이블 위 정물이었고 그것을 중심체로 삼고 그것을 바탕으로 해서 형성되었다. 인물과 물체의 정체는 때로는 장난기가 많은 다의성 속에 파묻혀 있었다.

젊은 시절의 화가 피카소가 셀르셸 거리의 아틀리에에 서 있는 사진이 몇 장 있다. 그의 배후에는 몇 개월에 걸쳐 끊임없이 고쳐서 그 의견을 바꾼 여러 점의 대작이 찍혀 있다. 한 장의 사진에서 그는 작업복을 입고 있다. —— 무릎까지 말아올린 낡은 바지에 주름진 상의, 그리고 흔한 영국 모자,

기타를 치는 사람
1916년
油
130×97

날카로운 눈동자만 제외한다면 그의 표정은 편안하며 오른손에는 그 당시 애용했던 파이프가 꽉 쥐어져 있다. 또 하나의 사진에서는 그는 반바지를 입고 상반신은 벗고 있다. 그 늠름한 근육질의 체구는 권투 선수를 연상케 한다. 그러나 그가 싸우고 있는 링이란 캔버스와 물감의 세계이며 그의 유일한 상대란 머리 속에서 심하게 움직이고 있는 이미지를 어떻게 표현하는지 마음속에서의 망설임을 나타낸다.

  1916년 봄이 되기 전에 몇 점의 대작을 그렸는데 그 중 가장 중요한 것은 〈테이블에 팔꿈치를 대고 있는 남자〉와 〈기타를 치는 사람〉이다. 이 두 작품을 크기에 있어서나 도안이 모진 강인성을 지니고 있는 점에서도 당당한 것이다. 〈기타를 치는 사람〉에서는 새롭고 드라마틱한 빛의 구성에 주목할 만한 것이 있다. 하나의 작은 둥근 눈이 광명을 던져주고 있는 간략화된 장방형의 두부가 밝은 배경 앞에 강렬하게 드러나 있다. 그 아래쪽의 몸을 표현하는 어두운 색은 밤에 보는 마천루의 창과 같은 여러 개의 점으로 불을 켜놓은 듯이 보이는 세로의 가늘고 긴 장방형 때문에 높이 솟아 있는 것 같은 느낌을 주고 있다. 이러한 장방형의 밑부분에 밝은 수평 부분이 있고 거기에 기타를 쥐고 있는 손이 있다. 그러나 이 새로운 양식을 달성한 회화에

아를캥
1915년
油
100×99

서 완전한 단절을 확인하기 위해서는 1915년에 그려졌으며 지금은 뉴욕의 근대 미술관에 있는 〈아를캥〉과 같은 작품을 관찰하지 않으면 안 된다. 평면적으로 칠해진 명쾌한 색채는 대비를 만들어내면서 거의 완전히 직선으로 구획되어 있으며 만일 상호간의 색채 대비 관계와 커다란 균형이 이처럼 훌륭하게 되어 있지 않으면 이 대조는 견디기 어려울 정도의 방해물이 되었을 것이다. 분석적 시기의 신경질적인 필치는 모든 인상주의적인 기법에 대한 양보와 함께 완전히 모습을 감추고 말았다. 1910년에 그려진 〈만돌린을 타는 소녀〉는 이 화면처럼 완전하게 계산된 엄격함에 비하면 거의 감상적인 것으로 보인다.

이 시기를 레이나르로 하여금 '결정기'라고 말하게 한 것은 이러한 자질 때문이며 이것은 계속해서 앞으로 몇 년 동안의 정물화에 있어서 더욱 정밀함을 증대시키면서 발전해간다. 1921년에 두 가지 종류로 그려진 대화면의 구성 〈세 악사〉에서 그 절정에 달하게 되지만 그 작품에 대해서는 후에 논하기로 하자. 전쟁이 일어나고 얼마 되지 않아서 피카소가 자기 양식의 순수성에 있어서 또 한 단계 높이 올라가서 친구들이 깜짝 놀라는 것을 새롭게 탄생시키고 있었다.

앵그르에의 복귀

피카소는 호기심을 끄는 것이 있으면 누구에게서라도 무엇이라도 표절한다는 말을 여러 차례 했다. 그가 브라크와 밀접하게 공동 작업을 하고 있었을 때 그는 그 친구의 아틀리에를 방문한 후 집으로 급히 돌아와서 지금막 본 작품에 의해서 떠오른 아이디어를 자기를 위해 이용하는 일이 있었다고 주장하는 사람도 있다. 콕토에 의하면(콕토 자신이 남에게 특히 피카소에게 이것 저것 빌렸지만) 이러한 풍설이 지나치게 퍼져서 이류의 큐비즘 화가들은 피카소의 방문을 받으면 자기들이 명성을 얻을 수 있는 조그마한 아이디어를 빼앗기는 것이 아닌가 하는 두려움 때문에 떠오른 생각을 감추었을 정도라는 것이었다. 그러나 중요한 것은 표절하는 것이 아니라——아이디어의 세계에는 경계가 있을 수 없다——요점은 후에 그 표절에서 탄생되는 것이 무엇이냐 하는 것이 문제인 것이다. 그보다도 더욱 나쁘고 가장 보잘것없는 것은 피카소의 다음 말에 잘 나타나 있다. "타인을 묘사하는 것은 애처로운 일이다."

피카소가 큐비즘의 발견을 계속하고 있었던 몇 년간의 재능을 완전히 이용하고 있었다. 그는 자기가 개발한 창안(創案)에 모든 것을 맡기고 어떠한 탈선도 용서하지 않았다. 그러나 동시에 그는 별개의 관찰법도 감지하고 있었다. 앵그르 등의 거장 작품에 대한 그의 칭찬과 파리에 온 초기 루브르에서 한 거장들의 작품의 면밀한 연구를 얼른 생각하면 그의 큐비즘의 발견과는 모순되는 것처럼 보일지 모른다. 그러나 큐비즘이 가장 연금술적이며 난해했을 때까지도 피카소는 대예술가들처럼 사실성과의 밀접한 접촉을 유지하려고 했으며 그렇게 하는 것이 단 하나의 방법으로만 한정되어 있는 것이 아니라는 것을 알고 있었다. 피카소의 사고 및 제작 방법을 잘 모르는 사람에게는 놀라운 일이었지만 그는 더욱더 많은 자연주의적인 스케치를 그려서 인습적인 스케치 작가로서의 비범한 솜씨를 다시 발휘했다. 주제는 많아서 때로는 사과나 접시에 놓인 과일을 그리고 어느 때는 의자에 앉아 있는 남자 또는 춤을 추는 한쌍의 남녀 등을 그렸다. 1915년 여름 그는 세심하고 절묘한 연필 스케치로 노화상 보랄을 그려 또다시 친구들을 놀라게 했

막스 자콥의 초상
1915년
석필
33×25

지만 여기서는 윤곽선이나 음영을 만든 형태가 거의 사진과 같은 박진감을 만들어내고 있어서 5년 전에 큐비즘의 수법으로 그린 초상화와 두드러진 대조를 이루고 있다. 이것은 원숙한 초상화이며 아카데믹한 기준에서 보아도 비난의 여지가 없는 것이었다. 선은 섬세하며 면밀해서 비평가들은 곧 이 비교의 대상으로 앵그르를 끄집어냈다.

　피카소는 평소부터 몽트반의 거장을 크게 칭찬하고 있었던 것은 사실이지만 그의 마음을 사로잡은 것은 섬세한 연필 선으로 모델을 충실하게 그릴 수 있다는 것만은 아니었다. 해부학적 분석을 싫어했던 앵그르는 내적 구조에는 신경을 쓰지 않고 모델의 표면적인 곡선을 관찰하는 것으로 만족했다. 앵그르는 모델의 손과 발을 길게, 관절부는 둥글게 그렸으나 그 방법은 당시 비평가들의 비난을 샀다. 앵그르의 에로티시즘과 여성 체형의 이해가 한 시점에서 볼 수 있는 이상의 표면을 갖는 육체를 그리고 싶은 충동을 그에게 주었다. 큐비스트들과는 달라서 표면적인 것의 하부층으로 들어가는 것을 싫어한 이 화가가 데포르메의 필요를 느꼈다는 것과 하나의 대상에서 복수의 시점을 얻어보려고 한 경향이 있었다는 점에서 그들이 밀착되고 있다는 것은 참으로 놀라운 일이라 아니 할 수 없다. 앵그르는 또 다

아폴리네르의 초상
1916년
석필

른 면에 있어서도 그들에 앞서가고 있다. 앵그르는 분위기적인 효과를 거부하여 단조로운 순수색을 사용했으며 이러한 색채의 사용은 들라크로와나 인상파의 화가들이 사용한 복잡한 혼색보다도 피카소적인 취향에 가까운 것이었다. 사실 1915년의 〈아를캥〉에 유사한 것이 있다.

보랄의 초상에 계속해서 친구들을 그린 다른 몇 점의 연필 스케치가 있다. 1915년 1월 막스 자콥이 당시 일선의 포병대 중사였던 아폴리네르에게 보낸 편지에 "나는 파블로의 아틀리에에서 그의 모델이 되고 있다. 그는 연필로 내 초상을 하나 그렸는데 그것은 마치 농부 같아서 카탈루니아의 늙은 농부였던 내 할아버지나 내 어머니처럼 보인다."라고 쓰고 있다. 이 작품은 시인 막스 자콥의 말과는 달리 닮은 초상이며 탁월한 스케치여서 그렇게 열광적인 큐비스트가 되지 않았던 사람들의 갈채를 받았다. 그리고 1년 후 이번에는 피카소를 위해서 아폴리네르가 포즈를 취할 차례가 되었다. 그는 포병대의 장교 임명 사령을 받은 후 파리로 돌아왔으며 머리에 중상을 입어서 구멍을 뚫는 수술을 받았다. 피카소는 그의 스케치를 여러 개 그렸다. 〈아폴리네르의 초상〉 중의 하나는 제복에 '크로와 드 겔(군공장(軍功章))'을 핀으로 꽂고 붕대를 감은 머리에 약모를 쓰고 의자에 앉아 있는 모습을 그린 것이 있다. 결국 그는 이 상처 때문에 목숨을 잃었다. 보다 편협

254

한 큐비즘 후계자들의 비난도 피카소를 동요시킬 수는 없었다. 그는 자기
의 길을 계속 걸었으며 전통적인 사실성을 지니고 있는 스케치를 제작함과
동시에 유채에서는 보다 엄격하다고 할 수 있는 큐비즘의 기법을 발전시키
고 있었던 것이다.

전시 중의 생활

전선이 파리 바로 근처까지 왔다는 위험한 상황 속에서 긴장하는 사람들
에게도 적어도 즐거움이 하나는 있었다. 그들은 휴가 때에는 그곳에서 탈
출하여 전혀 다른 분위기 속으로 뛰어들 수 있었다. 그 무렵에는 몽파르나
스가 지적 생활의 중심으로 몽마르트르와 바뀌었으므로 싸움터에서 돌아온
예술가와 시인은 친구를 만나기 위해서 그곳으로 모여들었다. 피카소의 아
틀리에가 있는 셀르셀 거리의 아파트에서 걸어서 얼마 안 되는 곳에 있는
몇 군데의 카페 테라스는 별안간 전선에서 돌아온 사람들로 붐볐다. 이러
한 집단은 대단히 국제적이어서 레제, 레이나르, 브라크, 드랑, 아폴리네
르를 비롯해서 제복을 입은 많은 사람들이 모딜리아니, 기스링, 세베리니,
소피지, 기리코, 리프시즈, 알키펜코, 브랑쿠시, 상드랄, 르벨디, 사르몽,
달리 등등의 화가, 조각가, 작가와 다시 어울릴 수 있게 되었다. 그들 중에
는 재능있는 사람들이 한 사람도 빠진 사람은 없었고 또 이러한 그들의 해
후는 파리 성문에서 겨우 50마일까지 다가온 끊임없는 대포 소리와 죽음의
공포와는 좋은 대조를 이루고 있었다. 그곳을 지배하고 있는 풍조는 일종
의 경솔한 허세라고 할 수 있었는데 휴가 사이에 정치적 혹은 사회적 토론
으로 자기를 괴롭히려는 사람은 거의 없었다. 자기 가까이에 있는 죽음에
대한 그들의 반응은 농담으로 나타났었다. 거트루드 스타인은 피카소가 냉
소적으로 이렇게 말했다고 한다. "만일 브라크나 드랑이나 다른 작자들이
의족을 의자 위에 올려놓고 싸움 이야기를 하게 된다면 정말 섬뜩한 일이겠
지요."라고. 언변이 좋은 아폴리네르는 《앉은 여자》 속에서 사실과 공상을
섞어가며 이러한 분위기를 표사하고 있다. "오늘 파리는 내 마음을 자극
한다. 여기 몽파르나스는 화가와 시인들에게는 십오 년 전의 몽마르트르와
같은 곳이다. 이곳은 그들의 순진함의 피난처이다."라고 쓰고 있다. 이 저

작의 등장 인물의 한 사람은 '푸른 손의 화가' 파블로 카노리우스로 그는 작은 새의 눈을 했고 '스페인 말투의 프랑스 말'로 이야기했다. 아폴리네르는 이 남자에게 피카소에 필적하는 매력과 위대한 재능을 부여했으면서도 독자에게는 어디가 만든 이야기이며 어디가 진실인지 의문이 남은 채로 놓아두고 있다. 그러나 피카소는 에바가 죽은 지 2년 후에 그가 체험한 일시적인 연애 관계의 하나를 희화화했다고 생각되는 엘빌이라는 젊은 여류화가와의 열렬했지만 열매를 맺지 못하는 정사를 묘사한 부분은 좋게 여길 수가 없었다.

파리에 남아서 친구들을 환대해준 사람들 중에는 예전에 잡지 〈레 스와레 드 파리〉를 정열적으로 지원했던 록 그레이(에틴겐 남작 부인)와 세르쥬 페라는 그것을 계승한 잡지 〈쉬크〉와 관계를 갖고 있었다. 그들이 개최한 연회의 광경은 조르지오 데 키리코의 스케치에 기록되어 있으며 거기에는 화가인 레오폴드 슐바즈, 록 그레이, 피카소, 세르쥬 페라 등등이 검소한 식탁을 둘러싸고 앉아 있으며 벽에는 루소의 진신 자화상이 걸려 있다. 여기서 키리코가 본 피카소는 다른 스케치의 경우처럼 전혀 자기 의견이 없다. 그러나 그는 피카소의 작은 키와 완고하며 두터운 용모를 강조하고 있으며 특히 그 검은 눈을 과장하고 싶은 마음을 거역할 수 없어서 마치 당장에라도 눈알이 튀어나올 듯이 거대하게 그렸다. 이러한 스케치에서도 확실히 알 수 있는 일이지만 사랑이라기보다는 오히려 관찰인 것이다.

전쟁 때문에 카안와일러가 프랑스를 떠나게 되자 몇 명의 젊은 화가들은 심각한 경제적 곤란을 겪게 되었다. 그는 이들 화가들의 친구이며 그 예술의 성실한 대변자였다. 다행스럽게도 근대적인 운동에 깊은 이해를 지니고 있었던 파리의 화상 레옹즈 롱상벨이 그들을 위해서 전시 중에 그들의 작품 매매의 중심이 되어주었다. 피카소는 작품 매각의 용무 일체를 그에게 위임했으며 1918년에는 새로 친구가 된 동생인 폴 롱상벨이 피카소의 공식적인 화상이 되어 그 협정은 다년간에 걸쳐서 지속되었다.

1916년 봄에 피카소는 자기 집을 갖고 싶은 욕구에 사로잡혔다. 그에게는 그런 여유가 충분히 있었다. 창 밖의 전망이 묘지 일색이라는 셀르셀 거리의 그늘진 분위기가 지겨워서 교외에 있는 몽르쥬라는 곳에 마당이 있는 작은 집으로 이사하기로 작정했다. 그러나 그는 이 이사가 성급했다는 것을 깨닫게 되었다. 왜냐하면 충실한 하인도 없었지만 아직 친구와의 교제가 필요했기 때문이었다. 따라서 그는 별로 전쟁 때문에 모든 수송 형태는 지체되었고 또 불편했다. 그가 몽파르나스의 친구들을 방문하게 되면 반드시 이야기가 밤 늦게까지 계속되었고 그 결과 인적이 끊긴 어두운 거리를 멀리까지 걸어서 집으로 돌아가게 되는 일이 거의 밤마다 계속되었다.

이러한 밤의 산보는 사실 예전부터의 습관이었다. 피카소는 남이 자고 있을 때 깨어 있는 느낌을 좋아했다. 그것은 죽음에 대한 승리처럼 느껴졌다. 소리나 움직임이 없는 상태는 그의 상상력을 더한층 활기차게 움직일 수 있게 해주었다. 그는 사람의 그림자가 드물어 유령처럼 느껴지는 밤의 적막을 좋아했다. 마치 자기의 쓸쓸함, 천재의 고독의 반영처럼 생각했다. 그러나 이러한 외로운 생각도 그때는 때로 또 한 사람의 위대한 독창성의 소유자와 같이 있게 되어서 방해되는 수가 있었다. 작곡가인 에릭 사티가 몽르쥬와 같은 방향이지만 파리에서 좀 떨어진 아르카이유에 살고 있었기 때문이었다. 기지와 자기 사상을 상상력과 창의에 넘치도록 전개시킬 수 있었던 그는 피카소가 카페에서 잠자리로 돌아가는 긴 길을 함께 즐겁게 걸어갈 수 있는 좋은 길동무가 되어주었다.

러시아 발레단

피카소가 셀르셀 거리에 살고 있었을 때 가끔 침착성은 없으나 재기에 넘친 젊은 시인의 방문을 받곤 했다. 이 사나이는 전선에서 휴가를 얻어 돌아오면 계단 장식이 되어 있는 파르테논풍의 커다란 석고 모형을 보지 않으려고 언제나 눈을 감고 계단을 뛰어올라왔다. 그는 제정신이 아닌 상태로 방으로 뛰어들어왔지만 피카소의 아틀리에에 익숙하지 못한 분위기에, 특히 벽에 어지럽게 걸려 있는 흑인 가면이나 기묘한 물체에 둘러싸이면 침착성을 잃었다. 품위있고 재능이 넘친 장 콕토라는 젊은 시인은 이미 러시아 발레단과 일찍부터 관계를 맺고 있는 것으로 알려져 있었다. 그는 자기가 피카소의 아틀리에에 난잡하게 널려 있는 거대한 그림이나 기괴한 콜렉션이 지니고 있는 의의를 충분히 이해하지 못한다 해도 그것에는 배우지 않으면 안 될 놀라운 사실이 있다는 것은 깨닫고 있었다. 그는 후에 피카소에 대해서 이렇게 썼었다.

"달성된 아름다움보다는 그가 사용할 수 있는 것에 감탄을 나타낸다. 나는 그의 덕으로 자기에게 도움이 안 되는 것을 멍하니 바라보고 시간을 빼앗기는 일을 줄일 수 있었다. 그리고 이렇게 자기 중심적인 각도에서 들으면 거리에서 들려오는 유행가도 하느님의 황혼 정도의 가치를 가지고 있다는 것을 알았다."

콕토는 이 몇 개월간 그의 두 번째 발레 계획을 위해서 일을 하고 있었다. 첫번째 것은 〈파란 신〉으로 1912년에 파리에서, 다음 해에는 런던에서 러시아 발레단의 단장 겸 연출가인 세르게이 디아길레프의 손으로 상연되었다. 이것은 별로 훌륭한 것도 아니었고 성공도 하지 못했지만 콕토는 전쟁이 시작된 지 얼마 안 되는 사이에 병역이라는 곤경에도 불구하고 급속하게 일을 처리해나갔다. 초현대적이 되려는 의도에서 그는 에릭 사티와 알게 되었고 독창성으로 세상을 깜짝 놀라게 할 수 있는 발레를 위한 곡을 써주겠다는 약속도 받았다. 그는 1917년 봄에 피카소에게 의상과 무대의 디자인을 부탁했을 뿐만 아니라 리허설을 위해 발레단이 미국에서 돌아와 있는 로마까지 같이 가서 디아길레프와 만나주도록 부탁할 정도로 계획은 순조롭게 진행되었다.

피카소는 여행을 싫어했으며 또 이 발레단은 높은 수준으로 명성을 얻고 있었으나 근대적 예술 운동과는 거의 관계가 없는 것이어서 콕토가 피카소를 파리에서 끌어내기는 어려운 일이라고 생각되었다. 그러나 모두가 놀란 것은 순진한 큐비스트들이 끝까지 반대했는데도 피카소는 이것을 승낙한 일이었다. 그는 2월에 이탈리아를 향해 길을 떠났으며 이 여행은 그를 위해서나 발레단의 장래를 위해서 기념할 만한 성과를 남기게 되었다.

1909년에 러시아 발레단이 파리에서 처음으로 공연을 한 이래 디아길레프는 레옹 바크스트 의상과 무대 배경이 펼치는 동양풍의 호화로움으로 관객을 즐겁게 해주었는데 그것은 바크스트의 에로티시즘에 넘치는 취향으로 해서 19세기 로맨티시즘의 맛을 만끽시켜주는 것이었다. 그러나 디아길레프는 훌륭한 판단력의 소유자여서 자기네 무용가와 음악가가 지니고 있는 유례없는 재능은 서구 회화에 있어서의 현대적인 운동과 결탁되지 않으면 안 된다는 것을 깨닫고 있었다. 이것은 황제의 사랑을 받고 있는 이 발레단이 러시아 대혁명 때문에 본국으로 돌아갈 수 없게 되었을 때 더욱 중요한 의미를 갖게 되었다. 피카소와 사티와 같은 혁명적인 인물이 두 사람이나 참가한다는 콕토의 계획을 받아들인 것은 디아길레프에게 있어서는 모험의 제일보이며 후에 그의 발레단이 모든 의미에서 아방 가르드의 선봉이라고 불리어지는 발단이 되었다. 이 제일보가 다른 많은 공연 활동에 길을 열어 주었고 이후 10년간 근대적 운동의 가장 중요한 결단의 하나가 되었다.

콕토는 피카소에게 꼭 알맞는 테마를 고안했다. 〈퍼레이드〉라는 이 제목은 곧 이상한 매력과 허식을 갖추고 화려한 공연물을 갖춘 서커스나 뮤직 홀에 많은 착상을 낳게 했다. 피카소는 예전에 몽마르트르나 바르셀로나에서 관객석이나 무대 옆에서 날카로운 눈으로 극의 공연을 관찰했다. 마른 아를캥을 그린 그의 그림은 무대 뒤 생활에 대한 평이었다. 그는 이번에는 부탁을 받아서 그들과 한패가 되어 같이 일을 하게 되었다. 이러한 상황의 모든 것이 로마에서 일을 시작한 그의 정열을 한층 더 북돋아주었다. 로마에서 그는 곧 디아길레프와 주변 사람들과 사귀게 되었다. 그 중에 특히 피카소의 친한 친구가 된 사람은 재능이 풍부한 러시아 인 스트라빈스키와 레오니드 마신이 있었다.

"나는 로마의 지하실에서 〈퍼레이드〉를 제작했으며 무용단은 그곳에서 리허설을 했다. 우리들은 달빛 속을 무용수들과 거닐었고 나폴리와 봄페이를 방문했다. 우리들은 명랑한 미래주의자와 알게 된 것이다."라고 콕토는 썼다. 실제로 피카소는 이미 1909년에 파리에서 마리네티를 만났다. 이 미래파 지도자와 그 제자들은 큐비즘에 있어서의 새로운 발전을 모두 지켜보았고 자기들의 이질적인 회화 이념을 만들어냈던 것이다. 미래파는 운동과 기계에 중점을 두는 점에서 큐비즘과는 근본적으로 다르다. 우리가 이미 알고 있는 것처럼 피카소는 회화에 있어서 운동의 이념을 무시하지는 않았지만 그가 좋아한 것은 미묘하며 또한 간접적인 방법이었다. 그는 미래파의 노력을 무시하지는 않았지만 그들 중에서 그가 진실로 그 재능을 칭찬한 것은 이탈리아 전선에서 전사한 보치오니뿐이었다. 그러나 의견의 차이가 그들 서로의 우정을 방해하지는 못했다. 이탈리아 화가들은 (자기들의 그림보다도) 더한층 이상야릇한 몇 가지의 골조 만드는 일에 기꺼이 힘을 빌려주었고 또 피카소가 터무니없이 큰 무대용 막을 그리는 일도 도와주었다.

이탈리아 방문은 금방 지나갔다. 로마에서 한 달 그리고 피렌체와 밀라노에서 며칠을 보낸 후 피카소는 몽르쥬로 돌아왔다. 콕도, 사티, 피카소 이 세 사람의 일은 원만하게 계속되지만은 않았다. 참을성이 많은 사티가 몇 번씩이나 계획을 포기하려고 했다. 한때 자기의 음악을 헌사하려고까지 생각했던 피카소에 대한 존경의 마음이 사티에게 없었다면 〈퍼레이드〉는 도저히 세상에 나오지 못했을 것이다. 사티는 젊고 유능한 친구인 발랑티느 그로스(후에 발랑티느 위고)에게 보낸 편지에 그의 심정을 이렇게 털어 놓았다. "내가 얼마나 슬픈지 자네는 알아주기 바라네. 〈퍼레이드〉는 호전하고 있네. 그것을 콕토는 몰라. 피카소의 생각이 장의 생각보다 내게는 재미있어. 콕토는 그것을 몰라. 어떻게 하면 좋지? 피카소는 내게 장의 대본대로 가자고 하지만 피카소가 다른 대본으로 즉 자기의 대본으로 일을 하고 싶어한단 말일세——이것은 깜짝 놀랄 만한 것이야! 정말 대단한 것이지. 나는 미칠 것만 같이. 그리고 괴로워! 어쩌면 좋지? 나는 피카소이 생각이 훌륭하다는 것을 알고 있어서 장의 그리 뛰어나지 못한 생각에 따라 작곡해야 하는 것이 괴로워——아아! 정말 그래! 장은 그렇게 훌륭하지가 못해! 어쩌면 좋지? 어떻게 되는 거지? 편지로 내게 조언해주기 바라네. 나는 미치겠어……."

다행히도 위기는 사라져 사티는 일주일 후에 파리에서 다시 한 번 이렇게 썼다. "해결됐네. 콕토가 전부 이해했다네. 그는 피카소와 서로 이해하게 되었다네. 얼마나 다행스런 일인지 몰라."

〈퍼레이드〉는 1919년 5월 17일 샤트레 극장에서 초연을 하기로 결정이 되었다. 전쟁 중인데도 러시아 발레단은 이곳에서 전시 제일회 공연을 개최하게 된 것이다. 사티의 음산한 음악이 서곡을 연주하면 막이 열리면서 중간 막이 관중 앞에 모습을 드러낸다. (〈퍼레이드〉의 중간 막) 화를 낼 것이라 생각했던 관객은 큐비즘의 창시자가 그들이 이해할 수 있는 것을 제공해 준 사실에 반대로 당황했다. 중간 막은 큐비즘을 간접적으로 사용한 스타일로 그린 즐거운 작품이었으며 그 힌트는 오히려 통속 예술인 서커스 포스터에서 얻어진 것이었다. 주제는 전기 큐비즘 시절에 그린 아를캥이나 서커스 사람들이 무대 뒤에서 보내는 행복하며 조용한 기분에 젖어 있는 정경

〈퍼레이드〉의 중간막 1917년 1000×1500

이었다. 배띠로 날개를 달아맨 하얀 암말이 조용히 새끼말을 핥아주고 있으며 그 새끼말은 어미 말의 젖을 코로 냄새 맡으며 찾고 있다. 작은 날개를 단 말등 위에 발레리나가 서서 선명하게 채식한 사다리 위의 원숭이와 손을 뻗어 장난하고 있다. 전방에는 곡예용 공과 북과 같은 서커스 특유의 소도구가 누워 있는 개 옆에 놓여 있으며 멀리 천막의 틈새를 통해서 폐허의 아치가 있는 낭만적인 풍경을 볼 수 있다. 색채는 녹색과 적색 계통이 거의 전부이며 10년 전에 르당방크를 감싸고 있었던 부드러우면서 애조를 띤 빛을 연상시킨다. 다시 등장한 이러한 색채는 예전만큼 감정이 깃들어 있는 것은 아니지만 큐비즘의 단련과 고안에 의해서 더욱 강화되어 양식 속에서 새로운 생명력을 얻어내고 있다.

중간 막에 의해서 풍겨진 즐거운 희망은 막이 오르자 동시에 일소되고 만다. 음악은 양상을 바꾸어 다이너모우와 사이렌과 급행열차와 비행기와 타이프라이터의 소리와 그 이외에 귀를 멀게 할 정도의 소음이 함께 합쳐져 흥이 오른 마을의 악대와 같은 요란한 소리를 울려 관객들을 놀라게 했다. 큐비즘의 콜라쥬의 기법과 시각적인 알맞음에서 힌트를 얻은 콕토는 그것을 소리의 귀속임이라고 이름지었다. 이러한 소리는 '편성사고'와도 닮은 리드미컬한 발소리와 더불어 '매니저'들 즉 10파트나 되는 거대한 인물들의 등장을 알렸다. 무용수들의 발만이 큐비즘적인 모가 진 덩어리로 조립되어 솟아 일어난 듯한 덮개 밑에서 엿보이고 있었다. 프랑스 매니저는 그로테스크하게 길게 뻗은 손 끝에 길고 흰 파이프를 쥐고 있었으나 그것은 진짜 손이 아니었으며 진짜 손으로는 무거운 단장으로 무대 마루를 치고 있었다. 미국 매니저는 실크 모자를 쓰고 메가폰과 〈퍼레이드〉의 글자를 쓴 포스터를 들고 있었다. 양쪽이 모두 자기 나라의 풍경에 어울리는 실루엣으로 표현한 것을 장식으로 만들었다. 프랑스 인의 등 뒤는 큰 거리의 가로수를 연상시키는 형태로 윤곽을 만들고 있었고 미국인의 모습은 마천루처럼 솟아오르고 있었다. 제삼의 매니저는 말이었다. 그 두부는 주름진 목의 훨씬 위쪽에 붙어 있었고 아프리카의 가면과 같은 무서운 얼굴을 하고 있었다. 그 동체에 가려진 두 사람의 무용수는 진짜 말고 똑같이 무대 위를 춤추며 뛰어다녔다. 관객이 쇼크를 받은 것은 강렬한 색채 때문이 아니었다. 배경막은 모노크롬이었으며 원근법으로 몇 채의 집이 그려졌으며 중앙에 그림이 없는 액자처럼 사각의 공간이 열려 있었다. 매니저들의 의상은 말을 포함해서 역시 수수한 색을 하고 있었다. 무용수 중에서 눈이 부실 정도의 의상을 입은 중국인 마술사는 꿈틀꿈틀 움직여 곤충과 같은 생각이 들게 했다.

매니저들 외에는 네 명의 무용수가 있을 뿐이었다. 춤을 추는 중국인 마술사는 연기의 소용돌이에 차단된 아침 해를 상징적으로 나타낸 대담한 무늬가 있는 화려한 황색, 오렌지, 흰색, 검은색으로 채색된 의상을 입고 있었다. 그의 머리 장식도 같은 색채였으며 화염이나 화환처럼 보였다. 그의 연기에 콕토가 준 지시는 "그는 변발 속에서 계란을 꺼내 먹으며 다음에는 다시 한 번 그것을 신 끝에서 찾아내고 불을 뿜어 자기 자신을 불태우고 불꽃 위에서 발을 구르고 등등."이라는 것이었다. 마술사와 함께 여자 무용수가 등장하며 그녀는 "경주하고 자전거를 타고 초기의 영화처럼 몸을 흔들고 차라리 채플린의 흉내를 내며 권총을 가지고 있는 도둑을 쫓고 권투를 하며 재즈 댄스를 하고 잠자코 좌절하고 사월의 아침에 풀 위를 뒹굴고 코닥 카메라로 사진을 찍고 등등." 다른 두 무용수는 곡예사로서 몸에 달라붙은 그들의 의상은 대담한 소용돌이와 별 모양이었으며 색은 청색과 백색이었다. "그들은 똑똑하지는 못하나 날쌔고 볼품이 없고……일요일 저녁 무렵의 서커스의 쓸쓸함을 몸에 풍기면서 바 드 두(쌍무)의 패러디를 춤추

262

었다.

매니저들은 움직이는 장치의 기능을 하고 있었다. 그들의 크기는 그들이 소개하는 무용수들을 인형과 같은 비현실적인 물체로 축소시키고 있었다. 그들은 무대를 두루 돌면서 어울리지 않는 말로 군중이 연기자들의 예비 행진을 극장 속에서 하게 될 진짜 연극으로 착각해서 핵심의 연극에는 아무도 나오지 않았다고 불평했다. 헛된 노력 끝에 그들은 무대 위에서 쓰러지며 그것을 연기자들이 발견한다. 다시 그 연기자들도 가공의 군중을 무대 안으로 불러들여서 연기를 보이는 일에 실패한다.

줄거리는 단순하며 불쾌감을 주는 것은 없었지만 콕토가 그것을 '리얼리즘의 발레'라고 불러서 관객을 어리둥절하게 했고 화나게 했다. 그들에게 있어서 현실과 비현실을 고의로 혼란시키는 것은 마치 큐비즘의 회화에 있어서 그것을 이해하지 못했던 것처럼 용인할 수 없는 일이었다. 같은 개념은 사티의 음악에도 일관하고 있었다. 그는 이전에 자작의 파아노 곡 중 몇 개를 '배〔梨〕 모양을 한 소품'이라고 불러서 청중을 어리둥절하게 만든 일이 있었지만 이번에는 괴상한 음향의 혼합을 "나는 콕토가 등장 인물이 지니고 있는 맛을 확실하게 나타내기 위해서 어떻게 해서든 필요로 했던 소리를 내기 위한 밑바탕을 작곡한 것이다."라고 겸손하게 설명하고 있다.

발레가 끝나자 관객의 분노는 높아졌고 소란으로 변했다. 인텔리겐차의 파리 사람들은 관객을 우롱하는 처사라고 생각해서 몹시 화를 냈다. "쌀 보슈(더러운 독일놈)."(전시 중의 파리 근처에서는 이 말을 가장 심한 모욕으로 받아들였다)란 말을 발레단에게 퍼부었다. 관객은 험악한 태도를 보여 연출자와 피카소와 친구들을 위협했다. 그러나 아폴리네르가 그 자리에 있어서 사태는 수습이 되었다. 그의 머리에 감겨진 검은 붕대와 크로와 드 겔의 훈장이 존경의 마음을 불러일으킨 것이다. 애국심과 감상이 관객에게 모욕당했다는 확신을 이긴 것이다.

〈퍼레이드〉는 예술에 있어서 새로운 정신이 성장하는 데 필요했던 중요한 사건이었다. 아폴리네르는 〈퍼레이드와 새로운 정신〉이라는 제목으로 프로그램에 서문을 썼다. 이 글에서 발레를 이야기했고 새 시대에 따른 그 의의에 대해서 말했다. 전쟁으로 말미암아 일어나게 된 붕괴를 뛰어넘어 살아남을 수 있음을 증명하고 있었던 근대적인 운동은 머지않아 새로운 놀라움 속에서 꽃을 피우고 말 것이라는 희망이 여기에도 있었다. 그는 피카소의 디자인과 마신의 무용 기술 제휴가 새로운 정신을 예고하는 일종의 초현실주의를 탄생케 했다고 주장했다. 이 새로운 정신은 그에게는 일련의 새로운 출발점이며……예술과 풍습의 쌍방을 완전하게 틀림없이 바꾸고마는 것으로 보였다. 그는 관객이 확실히 놀라겠지만 그것은 가장 기분좋은 놀라움일 것이며 매료당할 것이다. 그리고 뜻하지 않게 근대 운동이 갖는 그들의 모든 장점을 이해하는 방법을 배울 것이라고 덧붙이고 있다. 아폴리네르는 옳았다. 초연 때의 소동에도 불구하고 디아길레프는 다시 〈퍼레이드〉를 상연했다. 공연의 회수가 거듭될 때마다 이 발레는 보다 많은 찬사를 받았다. 그러나 공연의 총회수는 많지는 않았다. 그것은 엘리트를 위한 발레였으며 또한 아방 가르드 운동에 있어서의 하나의 승리였던 것이다.

피카소는 바르셀로나 마드리드의 아카데미에 입학했을 때와 똑같은 자신을 가지고 연극 디자이너로 자기의 새로운 역할에 발을 들여놓았다. 그 무렵까지 가상 인기가 있었던 발레 무대 디자이너인 레옹 바크스트는 〈퍼레이드〉를 위해서 호평의 소개 시사를 쓰고 있다. 그는 그 속에서 피카소가 자기 예술의 지맥을 발견한 방법을 칭찬했으며 또 이 위대한 화가와 마신과의 협력이 새로운 무용술과 새로운 형태에 이르게 된 과정을 설명하고 있다.

피카소는 발레에 영향을 주었으며 발레도 또한 피카소에게 영향을 주었다. 발레는 그에게 지금까지는 생각도 못 했던 큰 화면에 그림을 그릴 수 있는 기회를 주었고 또 그의 의상과 장치가 공간과 광선 속에서 움직이는 상태를 볼 수 있는 기회를 주었다. 뿐만 아니라 그를 인체와의 밀접한 관계에까지 끌어들였다. 1906년 이래 인물이 자연스럽게 갖추고 있는 아름다움에 대해 그가 지니고 있었던 끊임없는 흥미는 평소에 늘 보고 사용하고 있는 물건을 배치해서 구성하는 정물이 주제의 대부분을 차지하는 큐비즘의 양식 문제에 압도되고 있었다. 그러나 인간은 피카소의 영감을 위해서는 없어서는 안 될 원천이었으며 발레는 그가 보다 폭넓은 레퍼토리로 복귀하는 것을 추구해주었다.

로마와 훌륭한 기량을 지닌 무용가들 자체가 지니고 있는 명랑하고 밝은 기운은 대전 초기의 불안과 에바를 잃은 우울을 해소하는 자극이 되었다.

여자없이는 생활할 수 없었던 피카소는 에바가 죽은 후 두세 명의 상대를 바꾸어갔으나 오래 계속할 수 있는 중요한 영향력이 새롭게 그의 생활에 들어온 것은 그가 디아길레프의 무용수 중 한 명인 올가 코크로바를 알게 되고부터였다. 전시 중에 그는 프류리유스 거리의 거트루드 스타인의 아파트에서 그녀에게 그때 그때마다 여자를 몇 명인가 소개했다—— 이러한 여자들은 모두 지성과 미모와 때로는 재능도 있는 여성이었지만 누구 하나 그의 마음을 끌지는 못했다.

많은 무용수 중에서 그의 마음을 끈 올가 코크로바는 중요한 발레리나는 아니었다. 그녀는 집단 무용의 일원이었으며 1917년에 그녀가 데뷔한 〈마음씨 착한 숙녀들〉에서는 네 명의 무용수 중 하나로 폭군적인 디아길레프가 요구하는 높은 수준의 기량을 훌륭히 보여주었다. 올가 코크로바는 러시아 장군의 딸이며 이 무용은 그녀의 명성과 관계가 있는 중요한 것이었다. 또 이 무용은 그녀가 부친의 희망에 거역하고 이 세계로 들어와서 빛을 본 첫걸음이었다. 그녀는 발레라는 마력의 노예가 되었다. 무용단을 그만둔 후에도 그녀는 러시아 친구들과 친하게 접촉했고 무용을 계속했다. 그러나 피카소가 로마에 오고부터 그녀의 직업적인 발레리나로서의 경력은 곧 막을 내리게 되었다.

바르셀로나 방문

파리 공연이 끝나자 디아길레프는 발레단을 이끌고 마드리드와 바르셀로나에서 순회 공연을 가졌으며 피카소는 그와 동행했다. 카탈루니아의 수도 바르셀로나에서 일행은 열광적인 환영을 받았다. 다만 파리보다 더욱 시골인 스페인의 관객에게는 지나치게 전위적이라고 생각할 수 있는 〈퍼레이드〉와 같은 실험은 제외되었다. 호안 밀로는 그 당시 프란시스코 가리 미술학교의 학생이었으나 그 공연을 객석 맨 윗자리에서 구경한 일과 그때 처음 피카소에 대해서 들었다는 것을 나중까지 기억했다.

피카소가 고향으로 돌아오자 옛 친구들의 환영을 받았다. 그들은 또 그를 위해 성대한 환영회를 열었고 긴긴 밤마다 파라레로에 있는 뮤직 홀에서 플라멩코 댄스나 파티를 열어서 그를 대접했다. 어느 친구의 아틀리에에서 찍은 사진에서는 그는 미겔 우도리리오, 이투리노——1901년 보랄의 화랑에서 같이 전람회를 열은 화가——안헬 데 소도, 리카트도 카날스 외에 수십 명의 숭배자들에 둘러싸이고 있다.

바르셀로나로 돌아온 것은 5년 만이었다. 그 사이 그의 아버지는 세상을 떠났으며 어머니는 최근 의사인 돈 후안 빌라도 고메즈와 결혼한 딸 로라의 집에서 같이 살고 있었다. 그는 매제의 가족을 무시한 것은 아니지만 그들로부터의 칭찬이나 애정은 피하고 싶었다. 그는 항구 가까이에 있는 호텔에 머물렀다. 그는 창에서 란브라스의 외각에 서 있는 거리 경관의 중심이 되어 있는 컬럼버스의 기념비가 있는 풍경을 그렸다. 이 그림은 철제 발코니 실루엣을 배경으로 물건이 놓여 있는 테이블이 있고 좌우에 덧문이 달린 창문에서는 지중해의 눈부신 태양을 볼 수 있다는 화법상의 테마의 변화를 보여준다. 그러나 이 작품의 경우 주안점이 되는 테이블은 그려져 있지 않다.

그리고 만티리를 입은 소녀를 점묘법으로 그린 초상화가 있는데 이 작품은 유채로 그린 사실적인 초상화의 최초의 것으로 피카소가 쇠라의 화법을 조직적으로 사용한 최후의 작품의 하나이기도 하다. 이 일련의 작품은 다른 12점과 함께 그가 파리로 돌아올 때 어머니에게 남겨두었다. 그녀는 딸의 집에 몸을 맡길 때 그가 젊었을 때 그린 주름이 잡혀버린 커다란 캔버스를 가지고 갔다. 〈과학과 자애〉와 〈성체 배수〉는 벽에 오랫동안 걸려 있어서 루이스 피카소 부인의 사후에도 빌라도 부인(로라)과 그 아들과 딸에 의해서 정성껏 보관되었다.

바르셀로나에서의 짧은 체류 기간 중 양식적으로는 보다 전통적인 그림쪽이 더 높은 완성도를 나타내고 있는데 아마도 무엇인가 뜻이 있는 일이라 생각된다. 큐비즘은 그 엄격함을 부드럽게 하고 그의 그 당시의 정서 내용을 더한층 훌륭하게 전달할 수 있는 양식으로 자리를 옮겼다. 이것은 정물화와 인물화에서 찾아볼 수 있으며 이러한 작품은 양식적으로는 큐비즘적이라고는 하나 흐르는 것과 같은 곡선과 꼭두각시 인형의 양식화된 움직임을 닮은 듯한 고르지 못한 움직임을 보이고 있다. 이러한 사실을 더욱 명백하게 보여주는 것이 현재 바르셀로나에 새롭게 생긴 피카소 미술관에 있는 아를캥을 그린 사실적인 그림이다. 그러나 그가 그 정서를 최대한으로 집

올가 코크로바의 초상
1917년
油

중시켰다고 생각되는 회화는 만티리를 쓴 올가를 그린 〈올가 코크로바의
초상〉이다. 이 올가의 최초 초상화는 젊은 애인의 아름다움에 대해서 누구
나가 지닐 수 있는 마음을 가지고 그린 그림이다. 이 작품은 사랑하는 마음
으로 정성을 다해서 그렸으며 막스 자콥이나 보랄의 연필 스케치의 경우
보다도 리얼리즘이 강하게 표현되어 있다. 피카소를 고전적 아름다움의 적
대자로 보는 사람도 이 작품에서는 인습적인 관용구를 가장 인간적이며 명
쾌한 형태로 구사할 수 있는 그의 역량에 감탄하지 않을 수 없다. 그러나
그래도 부드러운 계란형으로 그려진 그 젊고 민감한 얼굴 뒤에는 어떠한 타
협도 용서하지 않겠다는 기질을 찾아볼 수 있다. 검고 총명한 두 눈은 소유
욕이 강한 의지를 가지고 열애하는 대상을 지켜보고 있는 것 같으며 곧고
섬세한 입은 잘 발달된 턱의 위쪽에서 확실하게 자리를 잡고 있으며 엷은
미소의 그늘에 결의를 감추고 있다. 피카소는 그 초상화를 자기의 어머니
에게 선사했으며 그녀는 그것을 오랜 세월에 걸쳐서 소중하게 간직했다.
　연모의 정 때문에 갈피를 못 잡고 있었던 것을 여실히 보여주고 있는 이
작품 이외에도 같은 해 여름 몇 달 동안 투우 스케치의 연작이 그려졌다.
투우에서 생기는 여러 가지 사건 중에서도 피카소가 흥미를 가진 것은 황소

말과 소 1917년 석필

와 투지 만만한 광폭성에 희생이 되는 말과의 싸움이었다. 〈말과 소〉라는 소묘에서 황소는 말의 배를 깊게 뿔토 빌고 내징이 도려내저 죽어가고 있는 노획물을 짓눌러서 지면에 뿔로 못을 박는다. 단말마의 소리를 지르면서 목을 뻗친 말의 몸부림은 사랑의 행위, 죽음의 행위의 절정을 상징화하고 있는 것처럼 받아들여진다. 죽음의 숙명에서 피하려고 하는 말의 음경처럼 솟아난 목은 후에 피카소의 그림에 다시 등장하는 상징이다. 그 가장 드라마틱한 표현은 약 20년 후에 〈게르니카〉의 습작에서 찾아볼 수 있다.

황소에서 뿔로 찔린 말의 이미지는 복잡한 것이며 단순하게 성적 해석만을 할 수는 없다. 그것은 단순하게 동물적인 지배력의 증표로 생각할 수만도 없다. 그것은 오히려 말의 죽음의 고통에 상징화된 억누를 수 없는 정신의 도피이며 그 목은 마치 최후의 오르가즘에 도달한 상태처럼 뻗어 있다. 그것은 희생자의 몸짓이다. 그리고 피카소의 생각 속에는 '세탁선'의 대들보에 목을 매달고 죽은 독일인 친구 화가의 처참한 모습과 연결되고 있었다. 창조의 행위와 죽음 사이의 이 유사성은 의미없는 우연의 일치라고만 보아야 할 것일까.

결혼, 파리로 옮기다

러시아 발레단이 남 아메리카의 순회 공연 때문에 바르셀로나를 떠났을

피카소와 올가 코크로바 1917년 파리

때 올가 코크로바는 피카소와 함께 남았다. 러시아의 발레리나와 스페인 사람과의 사랑은 급속도로 진전되고 있었다. 그녀는 유창한 프랑스 어로 말을 했으며 피카소가 강한 스페인 식 프랑스 말로 이야기하는 긴 공상 이야기를 즐거이 들었다. 1917년의 가을에 그들은 교외의 몽르쥬에 있는 집으로 돌아와서 그녀는 충실한 하인, 여러 마리의 개, 새장 속의 새, 그리고 피카소와 집을 옮길 때마다 그 수가 늘어가는 많은 물품들과 함께 그 집에서 살게 되었다. 그러나 이러한 일시적인 해결법으로는 올가도 피카소도 만족할 수 없었다. 몽르쥬는 은둔처로서는 알맞는 고장이었다. 그는 그곳에서 곧잘 야간에 제작을 했지만 때로는 폭격 때문에 자기 뜻이 아닌 상태로 일어나 있지 않으면 안 되었다. 어느 때는 소음에 견디다 못해서 그림을 그리려고 캔버스를 찾으려고 온 집 안을 뒤졌으나 찾지 못해서 전에 산 모딜리아니의 작품을 꺼냈다. 그는 그 위에 밑에 그려진 것이 전혀 보이지 않을 때까지 두텁게 칠을 하고는 제작에 착수했다. 완성한 작품은 기타와 포트와인의 병이 그려진 정물화였다.

1918년 7월 12일에 피카소는 올가 코크로바와 결혼했다. 결혼식에 참석한 사람은 올가의 친구보다도 피카소의 친구 쪽이 더 많았다. 그 대신 제7구 구청에서 거행된 이 계출 결혼식은 러시아 식의 긴 의식으로 거행되었다. 아폴리네르, 막스 자콥 그리고 콕토가 입회인이 되었다. 불과 두 달 전에 피카소는 생 제르망 큰 거리의 아폴리네르의 집 근처에 있는 토머스 아퀴나스 교회에서 거행된 이 시인의 결혼식에 참석해서 똑같은 인사를 치렀다.

식이 끝나고 얼마 안 되서 그들은 파리의 중심 가까운 곳으로 이사했다.

라 보에시 거리는 융단과 값비싼 가구를 파는 가게가 줄을 지어 있는 화려한 거리이며 사람의 왕래가 많은 거리였다. 이때는 아프리카 조각 수집의 선각자 중 한 사람인 폴 기욤과 같은 미술상들이 이 근처로 옮겨오고 있었던 무렵이었다. 포블 생 트 노레에 있었던 그 화랑에서 폴 기욤은 1918년 초에 피카소와 마티스의 2인 전람회를 개최했었다. 관람자는 전에 〈퍼레이드〉의 중간 막에서 정신을 못 차린 것처럼 그들의 여전히 이해할 수 없는 작품 중에 리얼리즘으로의 복귀를 나타내는 두세 점의 그림이 섞여 있는 것을 보고 또다시 당혹감을 느꼈다. 아폴리네르는 카탈로그에 변명에 가까운 설명을 썼다.

"그는 방향을 바꾸어 자기의 궤도로 돌아와서 보다 확실한 걸음걸이로 다시 출발한다. 그리고 전인미답의 자연과의 접촉과 과거의 동업자와 자기 자신과의 비교 검토에 의해서 자기 자신을 다져가며 더욱더 위대해져가고 있다."

피카소는 이 새로운 회장 근처에서 이층으로 된 아파트를 빌렸으나 그곳은 그의 새로운 친구 폴 롱상벨이 피카소를 위해서 찾아낸 것이었다. 폴의 형 레옹즈는 가까운 곳에서 화랑을 열고 있었다. 폴 롱상벨은 주로 옛 거장들의 작품을 취급하고 있었다. 그러나 그는 곧 이 큐비즘의 창조자의 천분을 인정했지만 그는 큐비스트라면 누구나 할 것이 돌봐주는 형의 이상주의에는 참을 수 없었다. 그는 라 보에시 거리의 피카소 아파트 옆에 자기의 화랑을 장만했기 때문에 피카소가 전에 예술가들에 둘러싸여 있었던 것처럼 이번에는 화상들에게 둘러싸이게 되었다. 그러나 파리는 구심적인 도시여서 몽마르트르나 몽파르나스의 보헤미안들의 카페에서 떨어져 있다는 것이 그대로 친구들과 절연한다는 것을 뜻하는 것은 아니었다. 그러나 친구 중의 어떤 사람은 그가 이제는 '상류 사회 근처'를 늘 드나들고 있다고 쓰고 있다.

올가는 거리에 면한 응접실이나 마당으로 통하는 식당을 자기 취미에 맞게 치장했으며 예의 바르게 대접해야 하는 많은 방문객을 앉히기 위해서 보기 좋은 의자를 충분히 마련하는 일에도 마음을 썼다. 피카소는 상층에 아틀리에를 장만했으며 또 우연한 일로 입수하게 된 많은 비장물을 그곳으로 끌어들였다. 루소, 마티스, 르느와르, 세잔 그 외의 그림이 벽에 장소를 가리지 않고 걸려지거나 세워지기도 했다. 그래서 다시 좋은 의미로서의 분위기가 만들어지고 있었다.

기욤 아폴리네르

여러 달을 병원에서 치료받은 후에 아폴리네르는 다시 문필 생활을 계속할 만큼 충분히 상처가 회복되었다. 그가 집필한 저서와 게재문이 또다시 파리 아방 가르드의 출판계에 등장하는 한편 그와 함께 스위스와 아메리카로 피난갔던 작가들 사이에서 이념의 교환이 계속되고 있었다. 〈테레사의 유방〉이라는 쾌활한 극은 〈퍼레이드〉가 일으킨 사건 직후에 단 한 번 요란스럽게 공연되었다. 아폴리네르는 이것을 '초현실주의'의 극이라고 했으나 어느 평론가는 '큐비즘의 희곡'이라고 언급한 일도 있었다. 이것은 예전에 그가 옹호한 큐비즘 운동의 보다 결백한 추종자를 곤란하게 만들었다. 그들은 아폴리네르가 그들을 바보로 만들었다는 이유로 그에 대한 항의문을 신문사로 발송했다.

1918년 여름 아폴리네르가 결혼한 직후에는 건강이 회복되고 있다는 밝은 전망이 보였으나 오래 계속되지 않았다. 무거운 상처는 그의 활력을 감퇴시켜 그 해 가을에 휴전이 됨과 동시에 그는 스페인 감기라는 악성 유행병의 희생자가 되었다. 파리 거리는 깃발로 장식되었고 그는 집 창 밑에서 군중들의 "기욤을 교수형으로!"라고 소리지르는 속에서 죽었다. 죽음의 자리에서 그 소리를 들으며 "기욤!"이라고 그들이 부르짖는 소리는 독일의 빌헬름 황제를 가리키는 말이라는 것을 아내에게 다짐을 받지 않으면 안 되었다.

피카소는 그 날 바람이 세차게 부는 리보리 거리의 아케이트를 황혼 무렵에 걷고 있었다. 그는 군중 사이에 끼여 걷고 있었는데 한 전쟁 미망인의 검은 베일이 날아와 그의 얼굴을 가려서 순간 아무것도 볼 수 없었다. 이것이 프롤로그가 되어 곧 그는 아끼는 아폴리네르가 지금 막 죽었다는 소식의 전화를 받았다. 이 전화는 그가 거울을 향해서 자화상을 스케치하고 있는 도중에 울려왔다. 이 자화상은 두 가지 이유로 하나의 시대의 종말을 나타내는 것이 되었다. 즉 한 사람의 친우가 세상을 떠났으며 그 후에 피카소는

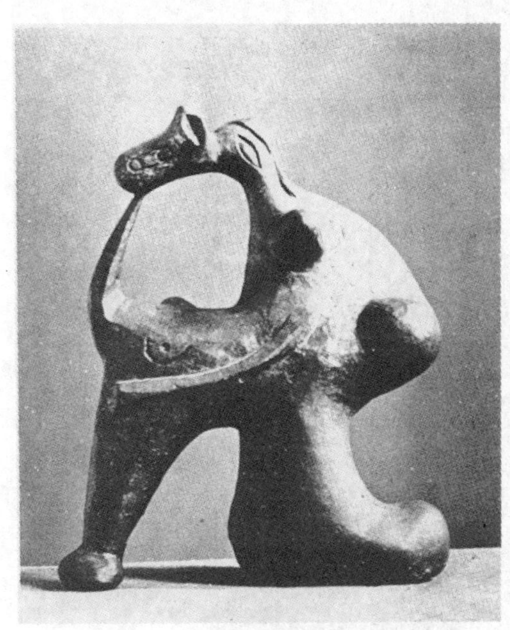

변용
1928~9년
브론즈
높이 22

이 스케치를 마지막으로 가끔 해온 꼭 닮게 그리는 자화상을 그리는 습관을 집어치웠다. 피카소는 자기의 젊은 친구들 사이에서도 가장 이해심 많은 친구를 잃게 된 것이다. 그는 슬픔에 잠겼다. 종말의 다가옴이 너무 돌연적이어서 생각할 기력마저 잃었다. 콕토는 그의 부탁으로 사르몽에게 이런 편지를 보냈다.

'불쌍하게도 아폴리네르가 죽었다——피카소는 너무도 슬픈 나머지 편지도 쓰지 못한다. 피카소는 내게 편지를 쓰든가 신문에 싣는 기사를 처리해달라고 말하고 있다.' 아폴리네르에 경도하고 있었던 많은 친구들이나 그의 용기나 애국심을 존경하고 있었던 사람들에게는 연합군의 승리의 환희도 그 슬픔 때문에 색이 바래고 말았다.

3년 후 아폴리네르의 친구들이 조직한 위원회는 피카소에게 선봉적인 큐비즘의 투사의 묘소에 세울 기념비의 설계를 의뢰했다. 결국 자금은 충분히 모였으나 이 기념비의 건립을 실현되지 않았으며 그 이유는 현재도 확실하게 알려지고 있지 않다. 어느 저술가는 피카소가 그것에 알맞은 설계를 하지 않았다고 주장했으나 피카소는 주문에 따라서 무엇이건 만드는 것을 달갑게 여기지 않았음에도 불구하고 1927년에서 28년에 걸쳐 스케치와 작은 조각의 연작을 만들어 그것을 위원회에 제출했다. 그의 착상은 무거운 의

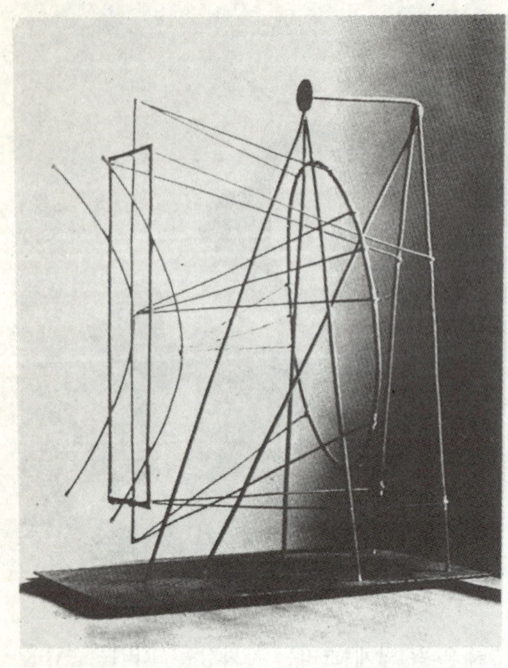

인적(擬人的)인 형태를 가진 것에서부터 공간에 인간 형태에 바탕을 둔 삼
차원적 윤곽을 그리는 금속봉으로 만들어진 아름다운 선적 조각까지 여러
종류였다. 피카소는 나중에 위원회가 그 전부를 적합하지 않다고 말했다.
"그러나 그들은 무엇을 기대하고 있었을까? 그들을 즐겁게 해주기 위해서
횃불을 든 뮤즈를 나는 도저히 만들 수 없었어."

부분적인 해결안으로 세르쥬 훼라가 설계한 한 개의 석비가 세워졌으며
이것은 현재도 펠 라세즈 묘지에 있는 아폴리네르의 묘비가 되어 있으나 언
젠가는 피카소가 만든 조각이 그 친구의 위대함을 기념하는 것이 되어야
한다고 강렬하게 바라는 사람이 많다.

휴   전

전쟁의 종결과 더불어 파리는 곧 예전대로 온 세계의 예술가와 시인과 철
학자들이 주목하는 중심지로서의 위치를 다시 되찾았다. 이제는 환멸을 느
껴 과거 4년간의 생활을 지배해온 광기에 노하고 있었던 젊은 세대를 여기
로 이끌 수 있게 된 것은 주로 근대적인 운동의 위신과 널리 보급된 큐비즘

의 영향이었다. 그들은 그 맹목성 때문에 사회를 비난했으며 예술에 있어서도 생활에 있어서도 전통과 전쟁 전의 가치에의 복귀가 일어나게 되리라는 경건한 희망에 대해서 강력히 반발했다. 이 전쟁은 전쟁 일반을 끝내게 될 것이라고 주장되기도 했었다. 그 결과 승리는 자기 만족의 구실을 주는 것이 되고 말았다.

이러한 경향에 반발해서 스위스, 독일, 영국, 미국에서는 전쟁 중에 몇 개의 작은 그룹이 싹트고 있었다. 연락이 곤란하기 때문에 상호간의 접촉은 잘 이루어지지 않았지만 그 이념의 유사성에는 주목할 만한 것이 있었다. 스위스에서는 중립국의 덕을 보아서 트리스 탕 쇠 잔(한스) 아르프가 이끄는 그룹이 결성되었다. 아마도 예술을 지배하고 있음에 틀림이 없는 여러 법칙에 대한 그들의 모멸과 뉴욕에서 마르셀 듀시앙, 피카비아, 만 레이 그리고 후에는 베를린에서 보다 정치적인 자세로 제작한 리히할트 휼제벡 등의 이러한 사람들의 작업 속에서 느낄 수 있는 여러 이념 사이에는 밀섭하게 유사하는 것이 있다.

유럽에서 이 새로운 운동의 징조가 처음 나타난 것은 1916년 5월에 취리히에 있는 카바레 볼테르의 개점에서였다. 이 창설자 휴고 발은 평화주의자이고 시인이었으며 피카소와 아폴리네르의 이름을 영감의 주된 원천으로 삼은 한층 더 돋보이는 운동의 열렬한 신봉자였다. 그는 동시대 예술가들의 작품을 전시하며 토론하는 장소로 삼기 위해서 그 가게를 열었다. 그가 거행한 최초의 전람회 카탈로그에는 아폴리네르, 아르프, 상드랄, 카딘스키, 마리네티, 모딜리아니, 쇠라 등의 시와 기고문이 실려져 있었으며 피카소의 네 점의 에칭과 한 점의 스케치가 포함되어 있었다. 이어서 1917년 7월 이 새로운 운동의 이름을 딴 잡지 〈다다〉의 창간호가 나왔다. 다다는 과거의 위선을 일소하기를 바란 나머지 모든 것을 그것도 극히 최근까지 찬양되었던 것까지도 때려부수기를 염원했다. 다다의 사람들에 있어서 "큐비즘은 어느 면에서는 멋진 것이었으나……그것은 언제인지 모르게 유미(唯美)주의로 빠지고 있었다." 이렇게 해서 길이 트이자마자 더한층 격렬한 하나의 공격이 파리에서 그 힘을 증대하게 되었다.

그러나 다다이스트들의 부르짖음도 피카소에게는 직접 영향을 주지는 못했다. 그들은 피카소가 고안한 것을 피상적으로 이해했으며 그곳에서부터 하나의 유파를 만들어내려고 했다. 그렇게 천분이 있다고는 말할 수 없는 후계자를 공격의 목표로 삼았다 해서 그의 마음을 괴롭히지는 못했으며 아르프나 칸딘스키와 같은 화가들이 추상으로 향하는 경향이 있었다 해서 그를 동요시킬 수는 없었다. 그는 이미 그때까지 서로 모순되는 많은 예술 경향의 씨를 뿌리고 왔기 때문이다. 한편으로는 몬드리안의 선과 색채의 순수한 의장화(意匠化), 다른 한편으로는 막스 에른스트의 시적 이미지의 조형, 서로 대립하는 두 개의 양식은 모두 그 많은 부분을 피카소의 예술에서 빌려왔기 때문이다. 그는 끊일 줄 모르는 호기심을 가지고 그러한 새로운 예술 운동을 지켜보면서 자기 자신의 길을 걸어나갔다.

비아리스

대전이 일어났을 때 아비뇽에서 브라크와 드랑과 작별을 고한 이래 처음으로 피카소는 1918년 여름도 다 지난 무렵에 남 프랑스로 갔다. 칠레의 귀부인 엘라스리즈 부인의 초대에 응한 것이었다. 부인은 대전이 시작될 무렵 비아리스를 도피처로 삼고 별장을 장만하고 있었다. 1916년 가을에 피카소가 사티와 콕토와 함께 〈퍼레이드〉의 작업을 시작한 것은 파리에 있었던 그녀의 살롱에서였다. 그 당시 피카소와 그의 젊은 신부는 전쟁이 끝나고 있다는 것에 안도감을 느끼면서 그녀의 호화로운 별장에서 수주일 동안을 즐겁게 보냈다. 이와 같은 해안에 근접한 생활은 마라가나 라 코루냐에서의 어린 시절부터 그가 사랑한 것 중의 하나였다.

대양에 접한 해변과 새로운 교제가 아직도 전시중에 있는 파리의 소음과 먼지를 잊게 해주었다. 피카소는 친구와 그들의 아이들의 초상을 데생했으며 휴일에 그의 주위에 모여드는 사람들에게 사교적인 홍미를 보여주었다. 그가 바로 이웃해서 가족과 함께 살고 있는 폴 롱상벨을 만난 것도 여기서였다. 피카소가 틈을 보아 그린 그림의 하나로 무릎 위에 아이를 안고 장식이 있는 의자에 앉아 있는 롱상벨 부인의 초상이 있다. 다른 한 장은 비아리스의 등대가 배경으로 되어 있는 〈해수욕 하는 여인들〉을 그린 소품이 있다. 여인들의 꾸민 듯한 포즈는 큐비즘보다도 1902년에서 1904년에 걸친 '마니엘리즘풍'의 회화에 보다 가까운 것이지만 구성의 주축이 되어 있는

서 있는 인물이 정면과 후변을 통시에 보일 수 있게 몸을 꼬고 있는 상태로 그려져 있는 것은 초기에는 볼 수 없었던 자유로운 변형이다. 이 유채화 보다도 더욱 중요한 것은 해변에 있는 소녀를 그린 스케치이다. 선의 아름다움과 앵그르의 수법에 의한 미묘한 왜곡을 자유로이 사용한 이 스케치는 선묘 예술에 있어서의 최고의 고전적 업적에 속하는 것으로 되어 있다. 소녀들의 움직임에는 훌륭한 균형이 있으며 화면 공간도 명확히 정돈되어 있어서 이 구성에 등장하고 있는 열다섯 명의 나체 여인들은 어느 부분에서도 결코 서로 엉켜 있지 않다. 이 수주일간에 몇 가지의 복잡한 인물 스케치를 했으나 그 중요한 테마는 세레나데였다. 피카소는 기타를 연주하는 사람들에게 로마에서 강한 인상을 받은 코메디아 데랄르테의 의상을 입히고 있다. 천사동자와 짖어대는 개를 거느린 그들은 일련의 매력적인 습작 속에서 오달리스크를 향해서 음악을 연주하고 있는 것이다.

　피카소는 이러한 목가적인 스케치 외에도 틈을 보아가면서 회반죽을 한 벽에 신혼 기분에 알맞는 벽화를 그렸다. 꽃꽂이를 한 꽃병의 스케치 위에 두 사람의 나체 여인을 그렸고 그 여백에 아폴리네르의 시 〈계절〉에서 한 구절을 옮겨 써놓았다.

고마운 때였다. 우리들은 해변가에 있었다.
아침 일찍이 벗은 발로 모자도 없이 나와주시오.
서둘고 서둘러서 두꺼비처럼 혀를 날름거리며
사랑은 미치광이들의 마음을 아프게 했다, 성자처럼.

아폴리네르가 죽기 두 달 전의 일이지만 당시 파리에 살고 있었던 그는 이 소식을 듣자 피카소에게 다음과 같이 써보냈다.

'자네 부인의 건강을 빈다.……자네가 그런 식으로 비아리스의 별장을 장식했다니 나는 정말 행복하네. 내 시가 거기에 씌어졌다는 것을 대단한 자랑으로 생각하고 있네.'

그는 다시 그 사상 속에 피카소의 고전적 리얼리즘으로의 복귀에 부합하는 새로운 경향이 있다는 것을 전해주었다.

"내가 지금 쓰고 있는 시는 자네가 지금 몰두하고 있는 것 속에 비교적 쉽게 들어갈 수 있을 것이라고 생각하네. 나는 시형을 새로운 것으로 하려고 생각하고 있으며 그것을 고전적 리얼리즘의 것으로 하고 싶네.……그러나 나는 흉내나 후퇴는 하고 싶은 생각은 없네. 현재 파스칼 이상으로 신선하고 근대적이며 엄밀하고 풍부함을 갖춘 사람이 또 누가 있겠는가. 나는 자네가 그를 높이 평가한다고 믿고 있으며 그것은 옳은 일이라고 생각하네. 그는 우리가 사랑할 만한 인물일세. 그는 속된 신학적 개요와 정치적인 혹은 사회적인 자명한 이치를 듣기 좋은 로맨틱한 리리즘과 같은 것으로 희석한 클로델보다는 우리와 가깝다고 생각하네."

아폴리네르는 최근에 피카소와 주고받은 대화를 언급하였으며 그 대화로 두 사람은 사고와 직감을 이성에의 종속보다도 좀더 개발적일 수 있다는 의견의 일치를 보았었다. 그러나 피카소가 파스칼을 평가했다 해도 겨우 그 정도까지였다. 그는 철학자 폴 르와이알의 종교적인 이념을 자기의 것으로 하지는 않았기 때문이다. 그는 완강하게 "신은 없다."라고 되풀이해서 주장했기 때문이다.

제8장 미는 발작적인 것이 아니면 안 된다(1918~1930)

런던 발레

1918년의 9월 러시아 발레단은 런던으로 건너가 그곳에서 일 년 가까이 머물면서 지금까지 없었던 대성황리에 공연의 막을 내렸다. 디아길레프는 다시 피카소의 협력을 구했다. 레스터 스퀘어의 알헌블러 극장에서의 7월 공연 사이에 그는 위험을 무릅쓰고 〈퍼레이드〉를 재연했으며 신작 발레 〈삼각 모자〉를 상연했는데 여기서는 피카소가 의상, 무대 장치를 디자인했다. 음악은 데 파리야였으며 테마는 어느 노대공이 권력을 이용해서 방앗간 집 젊은이의 아내를 자기 것으로 만들려다 비참하게 실패하여 마을 사람들과 관중이 크게 즐거워하는 스페인 이야기였다. 〈퍼레이드〉와 같은 혁명적인 성격은 전혀 없었지만 그 테마는 피카소로 하여금 마음껏 모국의 분위기를 의상이나 무대 장치에 집어넣어 살리는 좋은 기회를 제공해주었다.

런던 공연에서 상영된 또 하나의 신작은 〈색다른 가게〉였으며 이 작품에서 드랑이 처음으로 기용되어 의상과 무대 장치를 디자인했다. 그는 그것을 매력적인 것으로 만들어서 피카소의 스페인적인 작품과 맞먹을 정도로 프랑스적인 발레로 만들었으며 디아길레프의 레퍼토리를 풍부하게 해주었다. 피카소는 강청에 못 이겨서 다시 한 번 파리를 떠났다. 그와 드랑은 무대 장치 그림의 지휘를 위해서 런던으로 건너갔으며 우라디미르 포르닌과 그의 영국인 아내 엘리자베스의 공이 컸다.

〈삼각 모자〉는 개막 때부터 가장 인기있는 발레의 하나가 되었다. 배경막에는 간단한 선과 담백한 색채로 별이 가득한 엷고 푸른 하늘을 배경으로 핑크와 오크르의 거대한 아치가 그려졌던 것으로 집집의 벽을 모나게 그린 것을 제외한다면 큐비즘의 흔적을 보여주어 지그재그를 본능적으로 사용했는데 이러한 것은 무어 인의 문자 아라베스크에서 유래되는 리듬이라고 볼 수 있었다. 녹색과 핑크와 심홍색과 검정색의 강렬한 대비도 역시 스페인을 생각나게 하는 것이다.

"의상은 모두 예외없이 격렬하고 강한 색채의 것이었지만 안달루시아적인 존엄성을 소중하게 생각했기 때문에 훌륭하게 중화되어 있었다."라고 평론가 장 베르니에는 이렇게 썼다. 현재 다수의 습작 스케치가 남아 있는 중간 막도 역시 박수로 환영을 받았다. 전경에는 스페인 의상을 입은 한 남자와 한 무리의 여자들이 발코니에서 구경을 하고 있다. 투우장에서는 싸움이 끝나고 죽은 소가 당나귀에게 끌려나가고 있다. 이 중간 막에서도 역시 큐비즘의 기법은 확실하게 나타나 있지 않아서 관중은 긴장하지 않은 채로 발레를 즐길 수 있었다.

피카소가 젊은 정열에 이끌려서 해협을 건너서 이 도시로 오려고 처음 꿈을 꾼 지 벌써 20년이 되어가고 있었다. 그러나 굶주린 젊은이였던 그가 아름다우면서 자유분방한 여자들의 나라, 귀족이 미치광이 같은 시를 쓰고 거지가 실크 모자를 쓰고 있는 사회를 찾아 바르셀로나를 뒤로 한 날 이후 많은 사건이 일어나서 그의 소원을 바꾸고 말았다. 그 대신 그는 이제 유명한 예술가가 되어 이곳에 올가를 동반하고 오게 되었으며 숙소를 사보이 호텔로 정했다. 러시아 발레단은 이 호텔에 근거를 두고 있었다.

예기한 대로 피카소는 〈삼각 모자〉 준비의 최후까지 제작에 열을 올려서 리허설 때까지 배경의 그림을 지휘하든가 의상에 마지막 손질을 하든가 했다. 초연의 밤까지 그는 물감과 화필을 손에 들고 무대 옆에 자리를 정하고는 무용수들이 무대에 나가기 전에 그들의 의상에 최후의 착상을 덧붙여 주었다. 무용수들은 자기들의 무대 의상에 황홀감을 느꼈다. 피카소가 마신의 상대역으로 방앗간 집의 아내역을 맡았던 칼르사비나를 위해서 최종적으로 만들어낸 의상은 핑크의 명주와 검은 레이스로 만든 가장 간단한 형의 최상급의 걸작품으로서 미속한적 복원이라고 하기보다는 하나의 상징이었다고 말했다.

러시아 발레단이 런던에 도착한 때에는 온 전쟁이 끝났고 특히 아방 가르

드라고 불리어진 예술에 흥미를 갖게 되었으며 그것이 유행되고 있었던 시점이었다. 이 발레단은 대무용가들의 명성과 젊은 혁명적인 예술가들이 일으킨 추문을 함께 지니고 있어서 그러한 것이 호사가들을 기쁘게 해주었으며 또 한편으로는 지적인 사람들의 주목을 끌게 되었다. 로저 프라이 고심의 작은 크라이브 벨의 응원을 받아 이미 브룸즈베리의 엘리트들의 눈을 근대 회화를 향해서 뜨게 하고 있었다. 약간의 예외가 있기는 하나 이들 초창기 사람들은 자기들의 서클에까지 예술적인 근대 운동에 대한 참된 이해를 불러일으키지 못했다. 그러나 음악, 무용이 다같이 흠 잡을 곳이 없는 이 발레에 대한 일반의 칭찬은 평소에는 수용력이 부족한 대중의 주의를 피카소와 드랑, 나중에는 마티스의 작품으로까지 이끄는 도움을 주게 되었다. 그것은 당시 근대적인 운동의 평가에 대해서 언제나 10년이 늦어지는 런던에게 그 중요함을 깨닫게 하는 우회(迂廻)의 길이었던 것이다. 그래도 3년 후에 70점이 넘는 피카소의 작품을 모아서 최초의 중요한 전람회가 레스터 화랑에서 열렸고 키탈로그에 크라이브 벨이 서문을 썼을 때 호저 프라이와 크라이브 벨의 노력이 열매를 맺게 되었다.

발레의 성공에 따른 사교 생활로 해서 피카소 부부는 호화로운 파티에 출석하게 되었다. 올가는 이러한 정중한 대접을 좋아했는데 소박한 슈트를 애용했으며 좀더 보헤미안적인 접촉을 바라고 있었던 드랑과는 반대로 피카소는 최고의 재단사에게 슈트를 만들게 해서 디너 재킷으로 한 치의 틈도 없이 몸치장을 하고 상류 사회의 리셉션에 참석했다.

크라이브 벨은 내방한 두 화가에게 경의를 표해서 메나드 케인즈와 그와 공유하고 있는 고든 스퀘어의 집에서 개최한 파티에 대해서 쓰고 있다. 그의 말을 들어보면 그들은 피카소와 만나게 하기 위해서 두세 명의 상류 사회 인사가 아닌 친구를 초대했다. 발레단에서 출석한 다른 손님은 바르셀로나에서 피카소가 그린 스케치로 잘 알려진 유명한 턱수염의 지휘자 안세르메와 올가의 친구인 리디아로포코바였다. 이 리디아의 무용은 많은 런던 사람들을, 특히 케인즈를 매료시켜서 그녀는 후에 그와 결혼했다. 호스트들은 장난삼아 안세르메를 한 테이블의 상좌에 앉히고 또 하나의 다른 테이블의 상좌에는 리튼 스트레치를 앉게 해서 양자의 수염으로 균형을 잡았다. 그들은 이 엄선한 손님들을 만나게 하기 위해서 약 마흔 명의 젊은 화가와 작가와 학자를 남녀 구분없이 초대했던 것이다.

피카소는 여러 차례 라 보에시 거리의 집에서 그 답례를 했으며 크라이브 벨은 마음이 내킬 때면 언제든지 찾아와도 좋다는 초대를 받았다. 그리고 어느 땐가 점심 식사 후에 피카소는 손님들을 일렬로 의자에 앉게 하고는 그들의 초상을 단란 모습으로 스케치했다. 크라이브 벨은 이 손님들은 드랑, 콕토, 사티였었다고 한다. 이 스케치는 다시 도판화되었으나 거기에는 드랑이 있어야 할 장소에 올가가 있었다. 손님을 점심에 부르든가 또 식도락가가 드나드는 레스토랑의 호화로운 식사에 초대받든가 하는 일은 빈번히 있었지만 실제로 그는 저택으로 옮긴 후로는 옛 친구들을 그렇게 자주 만나지 않고 있었다. 브라크는 머리에 중상을 입고 돌아와서 건강 상태도 나빴고 성미도 까다로워졌다. 예전의 협력자였던 친구와의 사이에 전쟁 전의 관계를 부활시켜보려는 생각은 없었다. 그는 피카소의 새로운 생활을 부정했고 유행되고 있는 옷으로 몸치장을 하고 관극(觀劇)하러 가는 피카소의 생활을 경멸했다. 엄밀한 의미의 큐비즘 그림을 두세 점 그린 후에 그는 그의 예전의 양식에서 볼 수 있었던 엄격함을 버리고 보다 활발하고 보다 개성적인 수법을 취했으나 그래도 피카소의 영향이 완전히 없어지지는 않았다. 몇 년인가 지나서 피카소는 그에 대한 특유한 애모의 정을 가지고 다음처럼 말했다.

"브라크는 내가 가장 사랑하고 있었던 아내였다네."

블치넬라와 네 명의 플라멩코

1920년과 1921년에 디아길레프는 피카소의 디자인으로 된 발레를 다시 두 작품이나 상연했다. 첫째 작품은 피카소가 로마에 있었던 1917년에 이미 화제에 오른 것이었다. 새로 발견된 1700년의 어느 원고를 바탕으로 해서 디아길레프는 〈꼭 닮은 네 명의 블치넬라〉라는 코메디아 데라르테의 하나의 에피소드에서 힌트를 얻어 발레의 초안을 생각해냈다. 피카소는 옛날부터 아를캥을 좋아했기 때문에 곧 이 매부리코의 상대역을 그가 마음을 기울이기에 알맞은 등장 인물로 판단해서 그 후 3년간 수많은 스케치를 그려 가슴 속에 지닌 새로운 발레를 위해 많은 생각을 했다. 비아리스에서 그린 피에로와 아를캥에게 세레나데를 부르게 하고 있는 벌거벗은 오달리스크의 스케치에서 블치넬라의 가면을 쓴 얼굴이 처음으로 등장하지만 이러한 안은 1920년 1월이 되어서야 겨우 그것이 무대 장치를 위한 것이었다는 것을 알게 되었다. 배경막의 초기 안은 이탈리아 극장의 바로크 장식에 바탕을 두고 있었다. 거기에는 한 개의 샹들리에와 호화롭게 장식을 한 벽기둥과 천장이 있는 허구의 무대가 그려져 있었고 그 무대에는 다시 허구의 무대 앞부분의 아치가 달려 있었다. 중앙에는 또 하나의 개구부(開口部)가 그려져 있었고 그곳에부터 아케이트로 인도되어 멀리 배가 있는 항구까지 원근법적인 조망이 보이나 그것은 어딘지 모르게 키리코가 그리는 조용한 광장을 생각나게 한다. 강인한 원근법의 비대칭적이나 기하학적 형태에 의해서 형성된 눈 속임수는 그것이 큐비즘에서 출발하고 있다는 것을 이야기하고 있으나 전체적인 효과로서는 '주저하지 않은 로맨티시즘'이었다. 그러나 최종 안에서는 이렇게 복잡한 엉뚱함은 극복되었으며 형태는 극도로 단순화되었다. 집집 사이에 밤 하늘이 보이고 항구의 작은 배이 위쪽에 커다란 만월이 떠오른 그림이 원근법으로 그려져 있으나 그 묘사법은 엄격한 큐비즘의 양식으로 처리되어 있다. 로맨티시즘은 숙여들고 바로크적 장식은 소멸되어 이러한 집, 작은 배, 달 등의 나폴리 풍경을 가리키는 상징만이 남게되고 더구나 그것은 크기가 강조되어 더욱 기념적인 것으로 되어 있다. 블치넬라들의 흰 의상과 광택이 있는 검은 가면과 핀피넬라의 산뜻하고 하얀 조끼와 에이프런과 짧고 빨간 스커트는 달빛 아래 뚜렷하게 드러나 있어서 마신의 무인극의 끊임없는 기량을 남김없이 발휘시키고 있었다.

이 발레의 리허설 중에 복잡한 일이 일어났다. 디아길레프는 디자인에 대해 불평했고 또 스트라빈스키의 음악에도 불만이었다. 작곡가는 최근 자작인 〈라그타임〉의 피아노 스코어의 표지를 디자인해준 피카소와 여기서 같이 일하는 것을 즐거움으로 여기고 있었는데 그 스트라빈스키가 "피카소와 같이 일할 수 있다는 전망——그는 무대 장치와 의상을 책임 맡고 그의 예술은 한없이 귀중한 것이어서 내게는 꼭 맞았다. 우리가 같이 한 산책에 대한 추억, 우리가 나폴리에서 얻은 수많은 인상. ——그러한 모든 것이 나의 망설임을 극복하는 데 성공했다."고 말했음에도 불구하고 이 공동 작업은 실패로 끝날 것만 같았다. 상연 일정과 피카소와 마신 사이의 연락 불충분도 혼란의 원인이 되고 있었다. 그러나 이런 일 저런 일에도 불구하고 초연은 대성공이었다. 스트라빈스키의 염려는 사라졌다. 그는 이렇게 말했다.

"〈블치넬라〉는 일체의 것이 서로 결합하여 주제도 음악도 무용도 장치의 조립도 모두 요소가 긴밀하게 동질적인 총체를 형성한 스펙터클의 하나였다. 이러한 스펙터클은 그리 흔하게 있는 것이 아니다.……피카소에 대해서 말하면 그는 기적을 이루었으며 내가 가장 매료된 것이 그의 색채인지 그의 조형적인 표현인지 또는 이 심상치 않은 사나이의 경탄할 만한 무대 감각인지 그것을 정확히 말하기는 어려운 일이었다."

콕토도 무조건 찬사를 보냈다. "어린이의 마음이 지니고 있는 수많은 신비로움을 생각해보라. 어린이의 마음이 잉크의 자국에서 찾아내는 풍경, 입체경을 통해서 보는 밤의 베스비오 화산, 크리스마스의 굴뚝, 열쇠 구멍에서 보이는 방, 이렇게 말하면 이 무대 장치의 진수를 느낄 수 있게 된 것이리라."

디아길레프가 또다시 피카소의 조력을 필요로 했던 다음 발레는 〈네 명의 플라멩코〉였다. 몬테 카를로에서 디아길레프와의 회견에 초대된 일이 있었던 그리스는 1921년 4월 카안와일러에게 보낸 편지에서 원래 이 무대 장치의 디자인은 자기에서 의뢰된 것인데 피카소가 주제넘게 빼앗아버렸다고 불평을 말했다. 스페인 사람인 그리스도 똑같이 발탁되었어야 했을 일이었다. 그러나 이 안은 4년 전에 피카소가 발레단과 같이 스페인에 있을 때 이미 발생했었다. 그렇다고는 하나 거트루드 스타인을 통해서 알려진 바에 의하면 이때 그리스와 피카소의 사이가 좋지 않았으며 이것은 1927년 그리스가 세상을 떠날 때까지 화해하지 않았다.

재능을 찾아내는 데 놀라운 감각을 지니고 있었던 디아길레프는 플라멩코의 춤에 곧 열중하여 세빌리아를 방문했을 때 집시 댄서 일행을 발굴했었다. 이 일행 중에는 대단한 아름다움을 지니고 있는 소녀들과 마치 신이 내린 것처럼 노래하고 춤추는 여인들도 있었다. 남자 무용수 중에는 나이 많은 기마 투우사가 한 명 있었는데 그는 양다리 무릎 밑부분이 없었으나 남은 부분으로 격렬한 춤을 추어 런던의 대중에게 퇴장을 요구당했다. 그들의 오케스트라는 두 사람의 기타 연주자로 구성되어 있었다. 이 일행은 피카소가 디자인한 무대의 중간 막 앞에서 습관적으로 반원을 그리고 앉았다. 피카소는 여기에서 〈블치넬라〉에서 단념한 아이디어를 사용할 수 있었다. 이 중간 막에 화려한 로코코풍 장식이 달린 무대 앞부분만을 그린 것이 아니라 양 옆에 멋쟁이 커플들이 구경하는 박스석까지 그려놓았다. 스페인적인 허세의 화려함에 넘친 무대 장치의 로맨틱한 효과는 이러한 형(型)의 공연물로서는 훌륭하며 알맞은 분위기를 힘들이지 않고 나타내고 있다.

〈멜퀴이르〉

피카소가 참가한 마지막 발레는 원래 디아길레프가 제작한 것은 아니었다——최후라고는 하지만 반나의 거대한 두 여자가 해안을 활보하고 있는 피카소의 작은 유채 작품을 확대한 것을 중간 막으로 사용한 〈푸른 열차〉를 젖혀놓고 히는 말이디. 미신은 먼저 단체를 떠나서 1924년 여름에는 에티엔느 드 보몽 백작이 개최한 ‘레 스와레 드 파리’로 알려져 있는 일련의 사적인 개최를 위해서 하나의 발레는 제작했다. 사티와 피카소의 협력에 의해서 만들어진 〈퍼레이드〉 이래 가장 기묘하며 독창적인 발레가 제작되었다. 그들 사이에서 신화적 삽화가 많이 담겨져 있으면서도 세속적인 환상이 가미된 삼장(三場)의 소품이 구성되었다. 이 발레는 고의적으로 분노담적(糞尿譚的)으로 만든 곳이 있었다. 이것은 관객을 즐겁게 해준다기보다는 쇼크를 주려고 했던 것이다. 희랍의 여러 신의 이야기를 흉내낸 이 발레의 테마 자체는 가장 흥미가 우러나지 않은 부분이었다. 그러나 피카소는 이 기회를 이용해서 몇 가지 새로운 흥미 깊은 아이디어를 실현시켰다. 수수한 갈색과 회색의 중간 막에 그려진 테마는 두 사람의 음악사였다. 분위기있는 색조의 부드러움 속에서 의상의 디자인과 무대 장치, 배경막 등에 되풀이해서 사용한 인상적인 특징은 그 선의 사용이었다. 인물이나 동물의 묘사를 중단하지 않고 단숨에 선을 잇대어서 교묘하게 펜을 종이에서 떼지 않고 한 개의 선의 움직임으로 하나의 입체성을 갖춘 존재의 착각을 만들어낼 수 있는 능력은 놀라울 만한 묘기의 경지에 도달하고 있었으며 즐거운 구경거리가 되어왔다. 〈멜퀴이르〉를 위한 의상 디자인은 이러한 카리그래픽한 스케치의 훌륭한 하나의 예이다. 그는 타고난 독창성을 지니고 있어서 이러한 스케치가 무대에서는 어떻게 실현될 것인지를 환히 알고 있었다. 〈퍼레이드〉의 매니저들의 성공에서 재미를 본 그는 마신과 함께 조립장치를 여러 가지로 고안해냈다. 브르도가 전리품과 함께 타는 페르세포네를 강탈하는 전차와 그가 모는 말은 간단한 형태의 희고 커다란 판자 위에 철선으로 만들어졌다. 이와같이 단순한 수단을 가지고 달성된 형태와 운동의 면에서 본다면 결과는 대성공이었다. 그러나 어쩐 일인지 이 발레는 초연 때나 마찬가지로 1927년에 다시 디아길레프가 그것을 인계받은 후에도 성공적이지 못했다. 세실 보몽이라는 평론가는 무엇하나 믿을 수 없을 정도로 바보스럽게 속악(俗惡)하면서도 적절하지 않은 것처럼 보였다고 생각했다. 만일 사티의 음악과 피카소의 무대 장치에 있어서의 신기축(新機軸)이 없었다면 이 발레는 곧 잊어버렸을 것이다. 그러나 1955년 파리에서 피카소의 대회고전에서는 이 중간 막이 그의 주요 작품의 하나로 전시되었다. 이것은 이젤로 그려진 회화 작품이 주체를 이루고 있는 전람회에서는 강렬함이 결핍되어 있다고는 하나 1920년대 초의 그의 양식을 보여주는 중요한 하나의 예가 되었다.

초상화와 스케치

음악가, 무용가, 화가가 하나로 뭉친 러시아 발레단은 피카소로 하여금 그 친구들을 직접 스케치하고 싶다는 욕망을 불러일으켜주었다. 심이 가느다란 연필로 그려진 일련의 초상화는 스트라빈스키, 사티, 데 파리야, 디아길레프, 바크스트 드랑 등의 특징을 대담하며 충실하게 그려내고 있다. 콕토, 안세르메, 마신의 스케치에서는 음영이 보다 복잡하다. 이러한 작품은 모두 앵그르의 완벽함을 생각나게 하고 있다. 그러나 또한 그것은 특히 손 부분에 강조된 특수 묘사에 회화적인 취향이 있어 이러한 스케치는 피카소 이외의 누구의 손으로도 만들어질 수 없다는 것을 보여주고 있다. 눈이 날카로운 그는 본질적 특징을 파악하여 반 고호가 테오에게 보낸 편지에서 말한 "본질적인 것을 과장하라."를 실행하고 있는 것이다.

발레에 관련된 친구들의 초상화는 로마에서 시작되어 아틀리에를 찾아오

디아길레프와 세리스풀
1917년경
석필

는 디아길레프, 미신, 바크스트, 콕토를 재빨리 유머러스하게 스케치했다. 후에 그는 런던에서 무용수들이 리허설을 하고 있을 때 여러 모양의 포즈를 스케치하였다. 이러한 스케치에서의 감상적인 것으로의 지향은 또다시 약간 살린 희화적 취향에 의해서 억제되어 있다. 그녀들의 동작이 갖는 부드러움은 품위있게 뺨에 대고 있는 손을 크게 그림으로 어느 정도 우스운 맛을 첨가시키고 있다. 스케치의 하나는 〈색다른 가게〉에서의 무용 중에 로포고바가 마신의 무릎 위에서 균형을 유지하여 운동을 정지한 느낌이 중심적 과제가 되고 있다.

피카소가 이렇게 해서 자기의 재능을 구사해보려고 바란 결과 우리는 1920년 초에 발레 서클을 넘어서 넓고 광대한 초상화의 회화관을 손에 넣을 수 있게 되었다. 시인들은 자주 그에게 출판이 예정된 시집의 권두화(卷頭畵)를 부탁하러 왔다. 그가 1920년에서 1925년 사이에 초상을 그린 사람들의 광대한 리스트를 보면 그가 그것에 즐거이 응했다는 것을 확실히 알 수 있다. 거기에는 아라공, 유이드프로, 사르몽, 바르나크, 르벨르디, 발레리, 불르톤, 막스 자콥, 콕토, 라디게의 이름이 포함되어 있다.

피카소는 사실적인 스케치에 새로이 흥미를 갖게 된 후 수시로 우연히 손에 들어온 사진이나 그림 엽서를 묘사하게 되었다. 체로르의 민속 의상을

스트라빈스키의 초상
1920년
석필
62×48

입은 젊은 커플이 그려진 한 장의 그림 엽서는 독창성이 없는 복사가 아니고 오히려 품격이 있는 의욕이 담긴 습작이라고 말할 수 있을 만큼 크고 훌륭한 연필의 스케치이며 생동적이고 싱그럽게 그려져 있어서 원사진과 같이 놓고 보면 원래의 것이 현실을 희화화한 것처럼 보여진다. 이와 같은 예로 디아길레프와 세리스풀이 완벽하게 몸치장을 하고 찍은 사진을 기초로 그린 잘 알려져 있는 스케치가 있다. 이때의 사진은 지금도 남아 있다. 〈디아길레프와 세리스풀〉은 불필요한 세부를 모두 삭제하였고 순순하며 막힘이 없는 선으로만 그들의 특징을 그린 것으로 스케치의 직접적인 간명함은 사진 쪽이 오히려 이 두 사람을 똑같이 재현시키는 데 불충분함을 보여주고 있다. 피카소는 소년 시절에도 자기가 거장과 경쟁해서 부족함이 없다는 것을 보여줌으로써 즐거움을 느꼈는데 이처럼 그는 여기서도 사진보다 훌륭하다는 것을 보임으로 크게 만족했던 것이다. 실크 모자를 비스듬히 쓰고 왼쪽 눈에 난봉꾼 같은 빛을 띤 디아길레프의 당당한 풍류객다운 모습을 극도의 낭비없는 선으로 생생하게 그렸다. 옆에는 풍채가 좋은 그의 친구가 앉아 있는 모습이 그려져 있으나 선이 아니고 극히 미묘한 명암의 톤으로 찍힌 사진의 경우보다 약간의 선을 정확하게 배열함으로 보다 훌륭한 양감을 느낄 수 있다.

같은 방법으로 사진에서 번안한 다른 예가 르와르의 초상이다. 이 화가

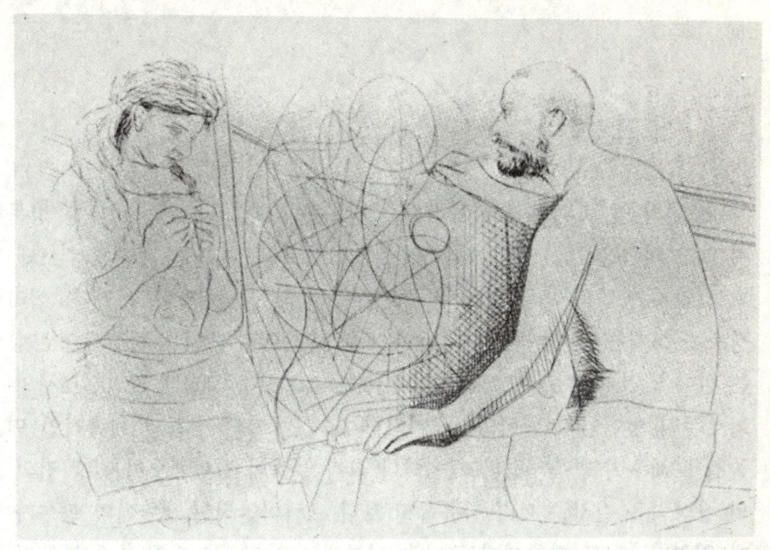

화가와 편물 짜는 모델 1920년 에칭 19×29

를 피카소와 관련시켜 생각하는 경우는 별로 없지만 라 보에시 거리의 그의
식당에는 대단히 아름다운 르와르의 나체 여인상의 대작이 몇 년 동안이나
걸려져 있었다.

　초상화에 뚜렷하게 나타나 있는 선의 스케치에 대한 홍미는 벌거벗은 채
수욕(水浴)하는 사람들을 그린 많은 구성으로 이어진다. 피카소가 선을 구
사하는 감각의 섬세함은 참으로 대단한 것이었으며 그 교묘한 맛보기를 바
라는 사람들은 비교적 오래 그 즐거움을 맛볼 수 있었다. 그것은 〈블치넬
라〉의 초연 후 얼마 되지 않아서 그린 굴곡도 억양도 없이 거기에 그려져
있는 양복만큼이나 수수하며 이상할 정도로 간소한 〈스트라빈스키의 초상〉
의 고의적인 조잡함에서부터 1918년 비아리스에서 그려진 〈해수욕하는 여
인들〉이라는 정교하며 치밀의 극치를 이루어 완성된 구성의 아름다움에까
지 이르게 된다. 어느 경우에도 이룩해놓은 이상한 효과는 선으로 둘러싸
이거나 암시된 형태가 신경질적으로 맞잡은 음악가의 손이거나 혹은 나체
여인들의 풍만하고 부드러운 몸이거나 간에 엄연히 현실에 존재하는 것으
로 되어 있다는 점이다. 암시에 의해서 눈은 거기에 없는 것을 본다. 흰 종
이는 살아 있는 육체로 변하고 있는 것이다.

남 프랑스

1918년의 늦은 여름에 비아리스를 방문한 이래 피카소는 바다를 방문하지 않고 여름을 보낸 일은 거의 없었다. 브르타뉴 지방의 해안에서 보낸 일도 있었지만 좀더 자주 간 곳은 어려서부터 낯이 익은 지중해였다. 이러한 장소는 그때는 현재처럼 여름 동안 모든 해안으로 몰리는 피서객으로 붐비는 일이 없었기 때문에 그가 파리에서 보내고 있는 사교계 일원으로서의 생활로부터 벗어난 피난처였다. 이러한 교제는 그의 성격의 세속적인 면을 즐겁게 해주며 만족시켰다고는 하나 그가 일찍이 경험했으며 전쟁 전의 그의 상상력을 길러준 보다 자유롭고 보다 보헤미안적인 생활에의 향수가 남아 있었다. 코트 다쥴까지도 아직 여름에는 사교장으로 변하지 않았기 때문이었다. 1921년의 여름 해안은 거의 인적이 드물어서 그의 기분을 상쾌하게 해주는 바다의 힘과 젊은 아내와 그 사이에서 태어난 아들과의 조용하며 편안한 생활을 충분히 맛볼 수 있었다. 그는 이러한 환경 덕으로 자기 시간과 사색의 대부분을 제작으로 돌릴 수 있었다.

전쟁 후 최초로 방문한 곳은 생 라파엘이며 1919년 여름의 일이었다. 피카소는 바다를 전망할 수 있는 커다란 호텔에 거처를 정했다. 그는 바르셀로나에서 시작한 테마의 몇 가지 이작(異作)을 그 방에서 그렸다. 일찍이 마티스가 니스에서 한 것처럼 그는 외부에서 오는 빛에 등을 돌리고 보이는 물체의 배경으로서 덧문과 발코니가 있는 창을 사용했다. 그러나 그는 마티스와는 달라서 선선한 그늘에 누워 있는 오달리스크가 있는 하렘의 기분을 그려 표현하지 않고 기타와 병과 과일 등의 단골 대상이 쌓여 있는 테이블을 빛을 등지게 해서 놓고 열려진 창을 무대 앞면으로 삼아서 그림을 그렸다(〈창 앞의 테이블〉).

그는 라 보에시 거리로 돌아와서도 이러한 큐비즘적인 정물화에 정성을 다했다. 이 작품은 주로 빛의 처리 방법이 전쟁 전의 구성과는 달랐다. 이 작품에서는 빛은 화면에 침투하여 정물을 빛내주고 있어서 그 결과 화려한 색채의 대상과 그 배경에 있는 무한한 깊이의 양자에 속하는 것으로 되어 있다. 또 분석적 시대의 화면을 하나로 연속되는 얕은 표면으로 잡아보려

창 앞의 테이블
1919년
구와쥬
22×31

고 했던 방법은 이미 종합적인 큐비즘에서는 포기하고 있었지만 여기서는
바다나 하늘을 표현하는 대신 파리의 지붕의 선이라는 현실적인 배경을 도
입하였다. 이러한 정물과 그 배경을 동질의 큐비즘 양식으로 취급하는 방
법의 포기는 대상의 큐비즘적인 처리와 사실주의적인 처리가 서로 대립하
지 않은 것이라는 점을 의미하고 있는 것이다.

기념비적인 나부

피카소는 정물 외에도 자기 여성의 형태에 대한 흥미를 계속 발전시켜 나
갔다. 그 여름에는 바다와 하늘의 청명한 공간을 배경으로 뛰며 춤추며 수
영하는 소녀의 습작을 수없이 많이 그렸다. 이러한 작품은 이후 수년간에
걸쳐서 그려지게 되는데 때로는 목가적이며 때로는 불길하면서도 다양한
기분을 표현한 일련의 유채 작품의 프롤로그를 이루고 있다. 이 초기에는
가령 켄타우로스와 사튜로스와 같은 고대 신화의 인물이 처음 등장하며
1920년의 구와슈 작품에서는 이 양자가 켄타우로스의 팔에 안긴 벌거벗은
소녀를 둘러싸고 싸우는 모습을 볼 수 있다. 여기서도 또한 선의 스케치의
경우처럼 강조되어 있는 것은 형태의 조형적인 실체감이다. 지중해 태양의
압도하는 듯한 광선에도 불구하고 형태가 분위기적 효과에 휘말리는 것을

작품(바닷가를 뛰어가는 두 여인) 1922년 구와쥬 33×41

허용하고 있지 않다. 피카소는 천성의 느낌으로 인간 형태의 보다 촉각적인 느낌과 지체의 물리적인 중량감을 추구했다. 그가 봄페이에서 본 벽화의 영향이나 라파엘로나 앵그르의 육체의 부드러움의 영향을 받아서 우아하고 고전적인 규칙성이 부화될 것이라고 그에게 기대하기 시작한 사람들이 있었다. 그러나 그들이 놀란 것은 그가 몰두하고 있었던 과제는 나체 여성의 새로우면서도 사람의 마음을 불안하게 하는 것 같은 해석이었으며 그런 방향으로 그가 유도되어갔다는 점이었다. 앞에서 말한 것과 같은 인습적인 영향은 감미로움이 지나쳐서 그의 거친 정신을 그곳에 안주시킬 수 없었던 것이다. 왜곡이 다시 감정적 필요로 요구되었다. 이번에는 청 시대의 엘 그레코풍의 확대되고 초라하게 야윈 왜곡이 아니고 좀더 세속적이며 무게있는 왜곡이 출현하게 되었다.

1905년의 네덜란드 소녀를 생각나게 하는 늠름하고 살집이 좋은 형의 여성이 별안간 등장하게 되었다. 피카소 작품에 급격한 변화가 일어났을 경우엔 언제나 그랬듯이 우리는 그의 주변에서 무엇이건 설명할 자료를 찾으려고 해본다. 이 연작이 아내의 임신 중에 시작되었다는 것을 중요시해야 한다고 생각한다. 그녀의 부풀어오른 형태가 생명의 탄생을 약속하고 있다는 점과 그 창조 과정에 자신이 밀접하게 관여하고 있다는 것을 인식하고 있다는 것이 그에게 틀림없이 경탄의 마음을 불러일으켰을 것이다. 그의

세 사람의
악사
1921년
油
200×223

어린 시절에 연결되는 또 하나의 연상도 고려할 수가 있다. 피카소가 전에 내게 말해준 일이 있는데 아주 어렸을 때 그는 곧잘 식탁으로 기어들어가서 숙모의 스커트 밑에서 엿본 굉장히 굵은 다리에 두려움과 존경을 느꼈다고 한다. 소년 때에 코끼리와 같은 비율에 대해서 느낀 매력은 어른이 된 후에도 그의 인상에 남아 있었던 것이다. 이와 같은 비대함은 무섭기도 하고 초자연적인 것이기도 하지만 피카소는 이 일련의 그림 속에서 양자의 감각을 되찾고 있는 것이다. 이러한 기념비적인 인물의 최초의 것을 예를 들면 1920년의 〈두 사람의 부〉와 같은 작품에서는 인물들은 빈번히 감상적으로 머리를 맞대고 있었다. 조각상처럼 움직이지 않고 참을성있게 기다리는 그녀들은 닥쳐올 시련을 꿈꾸고 있는 것처럼 보인다. 그녀들의 살집이 좋은 몸매, 크게 부풀은 유방, 힘세며 부드러운 손, 굳건히 땅에 뿌리를 내린 발 등은 장래의 어머니로서의 임무를 다하기 위한 준비인 것이다.

〈세 사람의 악사〉

동시에 자기의 성향에 충실한 피카소는 어느 특정한 경향만을 추구하지는 않았다. 거대한 여성상과 평행해서 그는 더욱더 순수도가 짙어가는 큐

292

비즘의 회화를 그렸다. 이러한 것은 정물과 아를캥 등이며 그 형태의 단순함과 색채에 있어서 전연 낭비가 없다는 점이 화제가 되었다. 이러한 작품은 1921년 여름에 〈세 사람의 악사〉로 알려져 있는 대작으로 정점에 달하게 되는데 이것은 두 개의 이작이 있다. 이 중에서 보다 더 결정적인 작품은 현재 뉴욕의 근대 미술관에 있는 것으로 피카소가 달성한 가장 중요한 것이다. 모리스 레이나르는 이 작품에 대해서 다음과 같이 말했다.

"〈세 사람의 악사〉는 큐비즘의 발견을 보여주는 장대한 쇼 윈도와 같은 것이며 기지와 시의 위대한 걸작이다. 피카소는 이 작품에 의해서 점차 추상도를 늘려가는 방법으로 다룬 이탈리아 희극 이래의 인물 연작을 총괄했으며 여기서 그 극한에 도달하고 있는 것이다."

총합적 큐비즘의 엄격한 기법을 사용한 세 사람의 인물을 하나의 구도로 담는 것은 피카소가 이전에 시도해본 일이 없는 어려운 기교였다. 단순하며 직선적인 형을 한 평면적인 색면은 어느 부문에서나 그것에 나타나 있는 것을 이해할 수 있게 배열되어 있다. 어느 형태도 하나의 표의 문자 즉 현실로 암시적으로 나타내는 '기호'가 되어 있다. 그러나 놀라운 일은 작은 도판에서도 확실하게 알 수 있듯이 가면을 쓴 인물들이 고승(高僧)들의 외관을 하고 있다는 점이다. 그들의 크기는 다만 그들을 나타내고 있는 양괴의 조립으로만 이루어져 있는 것이 아니고 음악가들이 악기를 연주하는 작은 거미 같은 손과의 대조에 의해서 교묘히 만들어진 것이다. 피카소의 손에 대한 집착은 우리가 이미 주목한 바 있다. 특히 이 시기에 그는 "사람이 손을 보고 있는 것은 손 안에 있는 것을 보고 있는 것이다."라는 부친의 말을 생각해내서 자기의 손을 여러 각도에서 또 아내의 과일 같은 손가락이 달린 통통하며 우아한 손을 실제로 수없이 스케치했다. 초상화에 있어서도 예를 들면 스트라빈스키를 그린 경우처럼 그는 언제나 손의 크기를 과장하고 싶은 충동을 받았다. 그 손은 중량감이 있는 것이었으며 촉감각을 나타내고 있었으나 〈세 사람의 악사〉에서는 반대로 손은 최소 단위가 될 때까지 작게 그리고 있다. 이렇게 해서 이 손은 인물을 거대한 크기로 보이게 하는 열쇠가 되고 있는 것이다.

어머니와 아들
1921년
油
97×71

폰테느프로, 어머니와 아들

1921년 2월 아들 폴(파블로로 알려져 있다)의 탄생 후 피카소는 바다로는 가지 않고 폰테느프로에 크고 기분좋은 별장을 빌렸다. 아내와 아들의 건강을 생각해서 바닷가의 기쁨을 단념하고 파리에서 알맞은 거리에 있는 부르주아적인 저택을 준비한 것은 사려 깊은 행위라 할 수 있다. 그러나 피카소는 가장으로서의 자기의 새로운 역할에 결코 만족하고 있었던 것은 아니었다. 이 별장은 넓어서 아이를 키우는 일에 관여하지 않아도 되었고 또 올가에 대한 그의 애정은 아이에게 젖을 먹이고 있는 모습이나 고급 가구들에 둘러싸여서 피아노를 치고 있는 모습을 그리고 있는 스케치에 명백하게 나타나 있기는 하지만 찾아오는 친구들에게 지나치게 정돈된 잔디의 무미건조함을 부드럽게 하기 위해서 파리의 가로등과 공중변소를 주문하려고 생각하고 있다고 말한 일이 있다.

그는 두 장의 〈세 사람의 악사〉, 그의 신고전주의 양식의 커다란 구성 〈샘가의 세 사람의 여인〉, 근처의 오솔길을 그린 몇 점의 풍경화, 그의 별장의 문, 정물화, 또 별장 안팎과 처자를 그린 연필 스케치 등을 제작한 것

앉아 있는 두 여인
1920년
油
195×164

은 그 여름의 일이었다. 주제의 다양함에 그의 양식의 다채로움이 필적되어 있다.

그러나 피카소가 그 당시 전개한 주요한 주제는 롱상벨 부인과 그 딸의 초상화를 빼고는 청의 시대 이후 소홀히 하고 있었던 '어머니와 아이'였으며 이것은 자기 주변에서 진행되고 있는 생활의 현실에 흥미를 가지고 있었다는 것을 강조하고 있는 것이라 할 수 있다. 무릎 위의 벌거벗은 아이와 노는 어머니를 그린 〈어머니와 아들〉에는 많은 변화가 있으나 이 변화에서는 신고전주의적 인물과 이에 선행하는 몇 개월 동안에 그려진 거대한 여인들은 새로운 만족의 표정, 무엇인가를 달성했다는 느낌을 주고 있다. 그가 젊었을 때 모성을 그린 작품에서 볼 수 있었던 감상성은 이상주의보다는 오히려 평범한 감각에 기초를 둔 엄격한 조각적 단순화에 의해서 사라지고 있다. 세련됨과 우아함은 추방되었고 그 결과 우리가 눈으로 볼 수 있는 것은 하나의 멋진 이미지 즉 인간 생활의 힘찬 화상이다.

온화한 표정을 하고 있는 거대한 나체상이 이 해에 등장하게 된다(〈앉아 있는 두 여인〉). 이런 인물은 모두 싸구려 사진가가 인화한 사진에서 볼 수 있는 아마추어적인 수정과 음영 붙임에서 힌트를 얻은 것 같은 난폭과 사실주의의 감각에 후기 고전 조각의 단순화를 결합시켜서 그리고 있다. 청의 시대의 황혼 무렵의 색채는 흐린 한낮과 같은 그리사이유의 대범하고 단조

앉은 여인
1923년
油
91×71

로운 빛으로 위치를 양보하고 있다. 나체의 인물이 취하는 포즈는 때로는
팔꿈치를 받치고 있는 코르니스가 덧붙여 그려져 더한층 틀에 박힌 것으로
되어 있다. 피카소는 관능적인 기쁨을 주제로 사용하는 일과 전에는 공감
과 정서를 환기시키기 위해서 사용한 도움을 거부하는 일에서 비정상적인
즐거움을 맛보고 있는 것 같다. 우리가 볼 수 있는 이러한 여자들은 극히
평범하지만 그래도 그녀들은 아직 여신의 영원성을 갖추고 있으며 여성 형
태의 항구적인 상징으로서 불멸의 위안의 원천인 것처럼 보이는 것이다.
이 경우 그 숭고함을 평범한 것에서부터 생명을 파생시키고 있는 것이다.

전 람 회

　피카소와 폴 롱상벨과의 교우는 피카소의 이익을 지켜주며 또 그 당시 유
행의 화랑에서 전람회를 열어준다는 화상의 유용성 때문에 더욱 깊어졌다.
1919년 10월 피카소는 스케치와 수채화의 전람회를 알리는 초대장을 처음으
로 시작한 리트글라프로 장식했으며 또 올가를 그린 두 번째의 스케치를 카
탈로그의 표지로 했다. 다음 2년 동안 롱상벨의 화랑에서는 몇 가지 전람회
가 열렸으며 1921년에는 이미 말한 바 있는 것처럼 피카소의 중요한 작품을

모은 것이 처음으로 런던에서 열렸다. 즉 1902년에서 1919년 사이에 그려진 24점의 유채화와 함께 모두 48점의 스케치, 수채화, 에칭이 레스터 화랑에서 전시되었다. 그 중에서 다른 것을 누르고 런던 사람들에 강한 인상을 준 것은 〈슈미즈 차림의 여인〉이지만 다른 작품에도 큐비즘의 예로서 훌륭한 것이 있었다. 카탈로그의 서문에는 크라이브 벨이 〈더 아시니앰〉에 쓴 논설이 다시 실렸는데 그는 여기서 근대화파의 지도자로서 두각을 나타낸 두 화가 마티스와 피카소의 재능을 비교하여 마티스가 아니고 어째서 후자가 근대 운동의 거장인가를 분석했다. 그의 논하는 바에 의하면 "피카소는 타의 추종을 불허하는 발명의 재능이 있을 뿐만 아니라 '지적 예술가'라고 불리어질 만한 존재"라는 것이었다. 지적이라는 말은 창조적 예술가와는 어딘지 모르게 거리가 먼 것을 의미할 가능성이 있어서 그것에 대해서는 약간의 설명이 필요했다. "지적인 예술가란 우선 느끼고……다음에 생각하는 예술가이다."라고 그는 말했으며 다시 계속해서 "마티스는 예술가이다. 피카소는 예술가이며 그리고 그 이상의 어떤 것 —— 본인에게 그런 생각이 없다 해도 교사라고 해도 좋을 만한 존재이다."라고 말했다. 크라이브 벨은 다른 많은 사람처럼 피카소가 지니고 있는 감수하는 힘, 그리고 자기의 정서를 분석하는 힘에 압도당했다. 크라이브 벨에는 정서적인 방법과 지적인 방법을 분리하는 위험한 경향이 있었으나 그렇다 해도 피카소가 이미 20년대 초에 부지중에 다른 예술가들에게 대단한 영향을 주었다는 것에 주의하고 있는 점은 옳은 일이라 할 수 있다. 나중에까지 피카소의 제자라고 주장할 수 있는 사람은 단 한 사람도 없다. 그에게는 격식을 갖추어 가르칠 만한 시간과 인내력이 없었던 것이다. 그러나 그만한 재능의 소유자로 그의 작품, 대화, 간간히 말한 의견, 글로 쓴 것 그리고 또 그의 삶의 방법 등에 의해서 우리는 생각하게 하기 때문에 그는 최대의 교사 중의 한 사람이 되고 있는 것이다.

그의 회화 작품의 가격은 현재의 입장에서 보면 터무니없이 싸지만 그 당시 겨우 40세가 된 화가로서는 비싼 편이었다. 사실 피카소는 작품을 판 수입으로 부유하게 되었으며 그와 가족이 바라는 안락은 무엇이건 손에 넣을 수 있었다. 적국인의 것이라는 이유로 전재산을 소유할 권리를 프랑스 정부에게 준다는 법률에 의해서 우데와 카안와일러 두 사람의 데코렉션이 옥션에 부쳐졌을 때도 그는 별로 불안감을 느끼지 않았다. 카안와일러 콜렉션의 경매는 1921년에서 1923년 사이 네 번에 걸쳐 나누어져 거행되었다. 가치면에서는 대단하지 않은 많은 스케치나 콜라쥬 오브제는 별도로 하고 피카소, 브라크, 그리스, 레제의 큐비즘의 그림 318점이 공식적으로 경매에 부쳐졌으며 그 중에 피카소의 작품이 132점이 끼어 있었다. 다른 세 사람의 화가는 자기들의 예전 작품이 그렇게 많이 옥션으로 팔려나가게 됨으로써 생길 수 있는 영향에 대해서 신경을 곤두세웠다. 브라크는 첫 경매 때 경매장에 나아가 프랑스 국가를 위해서라고는 하나 레제나 자기와 같은 프랑스인 화가의 작품이 그러한 불필요한 위험을 감수해야 하는 어리석은 조치에 대해서 큰소리로 항의까지 했다. 그는 이 경매를 조직한 사람 중의 한 명인 레옹즈 롱상벨의 모습을 발견하자 그에게 가까이 가서 그의 얼굴을 때리기까지 했다.

이 작품은 모두 후에 얻어진 가치의 평가에 비쳐보면 그 당시의 평가는 대단한 것이 못 되었다. 외국의 중매인(中買人)으로 문제될 만한 사람은 한 사람도 없었다. 그리고 현명하게도 소장품을 늘릴 수 있었던 사람들은 주로 전쟁 전에 이미 큐비스트들에게서 작품을 사고 있었던 로제 듀리율과 앙드레 르페브르와 같은 수집가들 그리고 알퐁스 칸과 벨기에의 수집가 르네 가페였었다. 스위스에서 돌아온 카안와일러는 자기의 예전 수장품을 가능한 한 다시 사들였다. 그러나 큐비즘이나 큐비즘 이후의 회화가 이렇게 시장에 범람함으로 예측할 수 있었던 가격의 하락은 일시적인 것이었다. 그리고 폴 롱상벨에 의해서 훌륭하게 조작된 피카소의 최근작 매매에는 중대한 영향을 미치지는 못했다.

디나알에서의 정물화

어느 때 피카소가 여름 동안 비워두었던 파리의 집으로 돌아와서 그의 동복이 걸려 있는 옷장을 열어보니 옷은 완전히 좀이 슬어 있었다. 그의 제일 좋은 슈트는 솔기의 골조와 버크럼의 안감만이 남아 있었으며 안감을 통해서 마치 X선을 통해서 보이는 것처럼 호주머니의 속——벌레의 공격에 저항을 계속해온 열쇠, 파이프, 성냥갑, 기타——이 보였다. 이 광경에 그는

정물, 디나알 1922년 油 33×41

즐거움을 느꼈고 몇 년인가 지난 후에 그 이야기를 내게 해줄 때도 그는 얼굴에 웃음을 띠었다. 큐비즘의 초기 무렵 대상의 눈에 보이는 표면의 뒤쪽을 보고 싶다는 욕구에 유도되어 그는 그 형태를 해체하게 된 것이지만 그때부터 투명성은 하나의 과제였다. 여기서는 자연히 다른 방법으로 이 투명성이 어떻게 실현되는 것인가 하는 실례를 보여준 것이다.

1922년에 피카소는 지중해가 아니고 브류타뉴 지방으로 가서 여름을 보냈다. 작은 만(灣)이나 대양으로 돌출한 바위의 갑(岬)이 있는 해안의 자연은 그가 대서양의 차갑고 거칠은 빛 속에서 처음으로 자주적 발견을 했던 바람이 휘몰아치는 라 코루냐의 해안을 연상시키는 것이 있었다. 30년 전에 해변 옷을 차려 입은 갈리시아의 사람들과 도래 데 엘르크레스를 스케치한 것처럼 그는 이번에는 처자를 위해서 별장을 빌린 디나알과 바다 저쪽에 모습을 보이고 있는 산 마로를 펜과 잉크로 선적인 데생을 하면서 새로운 환경과 친해져갔다. 그러나 이 대서양 방문을 특징 지우는 그림은 큐비즘적인 경향을 가진 정물화이다. 〈정물, 디나알〉은 밝은 색채가 뚜렷한 색면 위에 굵은 직선과 줄무늬를 겹쳐 그리는 새로운 방법에 의해서 이루어졌다. 화면에 빛을 도입하는 이 방법이 등장한 것은 2년 전이며 그때는 테이블 위에 기타를 놓은 구성이었다. 이 줄무늬는 그것이 암시하는 딱딱하고 충실한 입체의 망 또 물결무늬의 유리처럼 겹쳐지는 투명성을 주고 있다. 찢어진 〈르 주르날〉 위에 놓여진 생선, 와인 병, 과일 접시, 글라스, 또 우연히 거기에 있었던 기타 이러한 것이 덧문을 통해 숨어들어오는 빛 혹은 작은 만에 차례차례로 몰려오는 잔잔한 파도를 생각나게 하며 많은 매력적인 투명한 작품의 기초가 되고 있다. 작품은 빛에 넘치며 삶의 기쁨(Joie de Vivre)에 떨고 있으나 이 안녕도 올가가 무거운 병에 걸리게 되자 별안간 사라져버렸다. 피카소는 하는 수 없이 그녀를 데리고 급히 파리로 돌아왔으며 도중에는 얼음 주머니로 간호했다. 어린 폴은 그 사이 심한 차멀미로 고생을 했다. 곧 수술이 시작되었고 올가는 건강을 회복했다.

피카소의 다양한 양식

마리우스 데 사야스에 대해서 자기의 소신을 말한 가운데 피카소는 "내가 내 예술에서 사용해온 넣 가지 양식은 발전 즉 어느 미지의 회화 이론을 향해서 걸어간 발자취라고 생각하면 곤란하다."고 말했다. 그는 궁극적인 해답을 얻어내려고 양식을 바꾸는 것은 아니다. 스스로의 내부에 홍수처럼 끊임없이 일어나는 이념에 대처하려고 하는 어쩔 수 없는 욕구 때문에 변화가 일어나는 것이다.

"나는 지금까지 시작도 실험도 한 일이 없다. 나는 무엇인가 하고 싶은 말이 있으면 이렇게 말해야 한다고 내가 느낀 방법으로 그것을 말했다. 모티브가 달라지면 언제나 다른 표현법이 요구되는 것이다."

이러한 이유로 우리는 그때 이후 피카소의 작업 특징이 된 눈부신 양식의 변화 속에서 그의 개정의 각인(刻印)을 찾아볼 수 있는 것이다.

그 후 2년간은 신고전주의 경향과 순수한 큐비즘의 정물화가 평존해서 계속되었다. 〈만돌린과 기타〉라는 큐비즘의 이 정물화에는 삶의 기쁨을 표현하는 눈이 부실 정도의 색채가 사용되고 있는데 이것은 그 이전에는 그 정도까지 분망한 형태로 나타난 일은 없었다. 모래로 표면의 바탕을 만드는 일은 10년 정도 이전부터 시작된 것이기는 하지만 이 방법은 이 당시에는 거친 부분과 부드러운 부분과의 대비에 대한 감각적 기쁨을 가지고 이용되었으며 그 대비가 캔버스 전체에 감촉의 다양성을 주고 있다.

만돌린과 기타 1924년 유화와 모래 142×203

디나알의 방문이 불행으로 끝난 5년 후의 여름은 지중해 연안에서 보냈다. 1924년의 주앙 레 팡 방문은 스케치북 40페이지에 걸치는 데생 때문에 특히 기억할 만한 가치가 있다. 이 일련의 스케치는 그가 머무르고 있었던 빌라 라 비지의 고딕풍의 탑이 전경에 보이는 경박하다고 해도 좋을 정도의 밝은 풍경화를 그리는 한편으로 제작된 것이다. 이 일련의 스케치는 1931년에 보랄이 출판한 발자크의 단편 《알려지지 않은 걸작》에서 전페이지 대의 에칭 13점으로 된 삽화로 사용되었다. 일별해보면 이것은 추상적인 선의 낙서 같은 것이어서 선이 교차하고 있는 곳은 망의 매듭처럼 혹이 생겨나 있으며 교묘한 요철 무늬가 만들어져 있다. 그러나 앞에서 강조한 것처럼 어떠한 사물에도 연상을 구하지 않고 형태 그 자체를 주장하는 추상이라는 것은 피카소와는 전혀 인연이 없는 것이다. 검은 별의 성좌도를 닮은 이러한 아라베스크를 동시기의 정물화와 비교해보면 우리는 거의 같은 테마의 변화라는 것을 알 수 있다. 이러한 스케치의 기본적인 주제는 악기의 형상을 하고 있으며 다른 것은 기타와 인간의 모습을 같은 것으로 표현한 의인적인 경향이 강한 것이다. 가장 복잡한 몇 점의 데생에서는 커다란 검은 원이 기타를 가지고 있는 여성의 두부나 혹은 해면 가득히 빛을 내려쪼이는 검은 태양처럼 보인다(〈소묘〉 참조). 이와같이 단순한 수단을 사용해서 큐비즘은 솜씨 좋게 취급되어 무엇인가를 암암리에 상기시키는 것과 같은 분

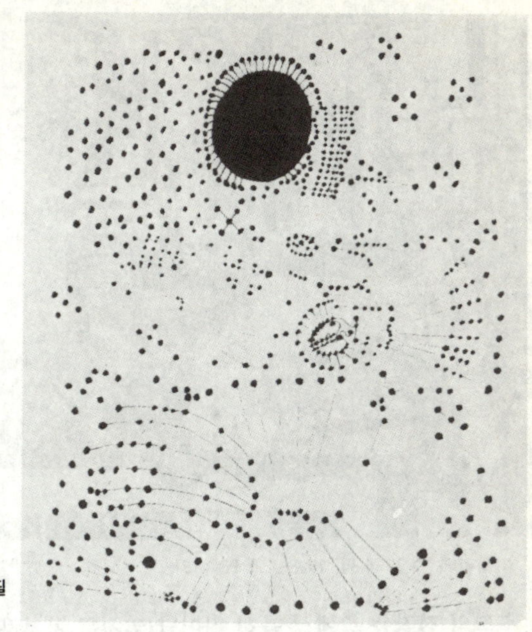

소묘
1924년
펜과 연필
29×23

위기로 되고 있으며 이것은 이후의 발전을 예언하고 있는 것이다. 그것은 뜻하지 않게 우연히 생겨난 것이지만 "나의 생각으로는 회화에 있어서 탐구한다는 것은 아무 도움도 안 되는 것이다. 발견하는 것 그것이 중요한 것이다."라고 잘라 말한 천재의 말 그대로라고 할 수 있다.

정물화의 대작

몇 가지 양식의 변화가 있었던 이 수년간을 통해서 정물은 피카소가 그곳으로 다시 돌아올 수 있는 불변의 테마였다. 주제가 되는 것은 대체로 특이한 것은 아니었으며 하나의 테마의 변형이었으나 단계에 따라 점차로 새롭고 미묘한 재미가 가해지는 여지가 주어지고 있었다. 그러한 것은 레이나르의 말을 빌리면 그는 그것을 가지고 '자기의 착상과 기술적 발견'을 선택할 수 있는 시금석의 역할을 하고 있었던 것이다. 그러나 끝을 알 수 없는 흥미의 소유자인 피카소는 하나의 테마의 연주를 그리 쉽게 끝내지를 못했다. 오히려 연구를 거듭할수록 찾아내는 것이 많아졌다. 그렇기 때문에 1924년에서 1925년의 정물화는 그의 제작면에 있어서 새롭게 큰 비중을 차지하게 되었다. 이러한 작품은 눈부실 정도의 색채와 숙달된 구성에 의해

아틀리에 '주앙 레 팡' 1925년 油 98×131

서 그의 전작품 중에서 특히 뛰어난 위치를 차지하고 있다. 그는 또 주제가 되는 것은 큐비즘 통상의 레퍼토리를 넘어서 넓혀가는 방법도 찾아낸 것이다. 그는 고전적인 석고의 두부와 〈게르니카〉에서의 철저한 비극적인 것의 준비를 예고하는 듯이 주먹도 포함해서 사용하고 있다. 1925년의 〈아틀리에, 주앙 레 팡〉이라는 대작에서는 평소에 그렇게 사용하지 않았던 소재가 도입되어 있다. 그 작품은 고전적 모티브의 총합이 되어 있다. 즉 그 모티브의 턱수염을 기른 두부, 펼쳐놓은 책, 주먹을 쥔 손, 그리고 〈블치넬라〉의 정경을 연상시키는 건물이 있는 풍경인데 이 〈블치넬라〉의 무대는 그가 아들을 즐겁게 해주기 위해서 만든 일이 있었던 장난감 극장이 착상의 발단이 된 것이다.

초현실주의

피카소는 결혼한 후에는 보헤미안 세계에서 멀어진 생활을 보내고 있었으나 파리를 다시 한 번 모든 예술의 중심으로 만들려는 여러 가지 운동에 마음을 두지 않은 것은 아니었다. 전쟁은 여러 영향을 남겼다. 전쟁은 어느 일부의 사람들에게 큐비즘이나 미래파나 표현주의와 같은 격렬한 운동에의 반동으로서 보다 온건한 생활과 사고에의 복귀, 전통에의 이성있는 귀순을 동경하는 마음을 불러일으켜주었다. "라파엘로에게로 푸생에게로 앵그르에게로 쇠라에게로 돌아가라."의 소리는 어떻게 보면 시적 양식을 회복하라. 그것도 고전적 리듬에 있어서라는 아폴리네르의 바람과 서로 호응하는 희망의 소리인 것처럼도 생각되었다. 그리고 피카소는 이 부르짖음에 자기의 신고전주의적 회화로 대답했던 것이다. 그의 전신의 증거는 〈퍼레이드〉가 불러일으킨 스캔들에서 불과 5년 후에 테아트르 드 라토리에에서 콕토가 각색한 〈앙티곤〉이 상영되고 피카소가 무대 배경의 디자인을 거들었을 때 뚜렷하게 나타났다.

그러나 피카소는 좀더 자기 천성에 가까운 다른 여러 영향도 인정하고 있었다. 그는 자기가 발견한 것은 결코 부정하지 않았고 신고전주의 양식에 의한 회화도 병행해서 큐비즘의 작품과 함께 계속 그렸다. 양자의 대립 같은 것은 문제가 되지 않았던 것이다. 전쟁 후 다다이스트들이 각각 활동 개시한 여러 나라에서 몰려왔을 때 피카소는 그 후에 무슨 일이 계속해서 일이니는기를 열심히 알려고 했다. 그리고 그는 그들에게서 몸을 빼고는 있었지만 그 소란스러운 시위 운동에는 곧잘 참가했다.

파리가 프랑스 내외의 젊은 세대 사이에서 숭배되는 것은 그 혁명적인 전통에 힘을 입는 것이 크기 때문이다. 또한 파리는 이미 세계적으로 영향을 끼친 아폴리네르와 피카소와 같은 사람들이 그들의 근거지를 삼고 있다는 강점이 있었다. 피카소의 사람을 끌어당기는 매력의 하나의 예로는 다음과 같은 이야기가 있다. 대단히 오래된 일이지만 1919년의 일이다. 케른에서의 어느 전람회에서 피카소의 작품을 처음 본 당시 겨우 20세였던 막스 에른스트는 지금까지 몸담아온 틀에 박힌 생계의 수단을 버리고 화가가 되려는 생각을 했다. 그의 세대 사이에는 미래에의 희망(피카소가 그 상징이었다)은 과거에의 복귀 속에는 없었다. 반대로 다다의 맹렬한 항의는 에른스트가 젊은 시절에 피카소에게 배우고 후에 전쟁에서 배운 것과 완전하게 일치하고 있었다. 그는 휴전 후 재빨리 영구히 독일을 떠나서 파리에 정착했으며 시인 폴 엘리아르의 신세를 졌다.

앙드레 부르통, 필립 스포, 루이 알라공, 엘리아르 등과 친구가 된 막스 에른스트는 다다의 경향을 지닌 잡지 〈문학〉에 작품을 발표하기 시작한 이 젊은 시인들의 그룹과 화가로서의 활동을 함께 했다. 이 그룹에는 쇠라

아르프가 취리히에서 와서 참가했으며 또 피카비아, 듀샹, 만 레이가 미국에서 파리에 도착해 이에 합세했다. 이 다다이스트들은 곧 자기를 표현할 수가 있게 되었다. 그들은 잡지를 편집했으며 전람회를 개최하였고 세상을 모역해서 노여움을 일으키기 위해서 계획한 공연을 거행하기도 했다. 대중은 그 보복으로 그들의 활동을 보기 위해 모여들어서 당시는 다다의 화제가 끊일 날이 없었으며 또 그들은 공연의 목적에 대해서는 완전하게 사람들을 어리둥절하게 만들어버리기도 했다. 스캔들은 한두 번이 아니었고 경찰이 개입하지 않을 수 없는 소동이 일어나기도 했다. 다다이스트들의 난폭한 공격은 부르주아에 대해서만이 아니라 미래파에 대해서도 또 큐비즘을 합리적인 선에 따라서 추진시키기를 바라는 사람들에 의해서 유지되고 있었던 색션 돌의 그룹 멤버에 대해서도 용소가 없었다.

그러나 곧 이 운동의 중심부에서 파벌의 항쟁을 시작했다. 다다의 허무주의는 오래 계속 되지는 않았지만 우연히 그 마지막 시위 운동에 피카소도 참가했었다. 그것은 그들 중에서도 가장 비타협적인 쇠아라가 1922년에 테아트르 생 미셸에서 개최한 〈수염이 있는 심장의 저녁〉이라는 공연물이었다. 이 공연의 서두에서 새로이 결성된 초현실주의자들의 그룹을 대표해 적의를 표명하려는 사람들이 부르통과 엘리아르에 이끌려 무대 위로 뛰어 올라갔다. 그리고 그것에 이어서 벌어진 소란 중에 피카소는 박스석에서 "쇠아라! 여기는 경찰서가 아니야."라고 부르짖었다. 이 혼란 속에서 쇠아라의 이름과 함께 '경찰'이라는 말 때문에 부르통은 우연하게 그 직후에 경찰들이 극장에 온 것인데 그와 그 친구에 대해서 쇠아라가 고의로 공작한 용서할 수 없는 행위라고 성급히 단정하고 말았다. 따라서 쇠아라는 그 자신과 실제로는 별로 다르지 않은 이념을 지니고 있는 초현실주의자들과 소원해질 수밖에 없었으며 피카소는 그런 결과가 되리라고는 생각도 못 했는데 그 원인이 되었다고 주장했다. 그러나 피카소가 어느 쪽에든 끼어주기를 원해서 그렇게 한 것이 아니라는 것은 명백하다. 그는 여러 가지 생각에 흥미를 느껴 아내가 있는 라 보에시 거리에 일을 하기 위해 돌아갔으며 싸움에는 흥미가 없었다.

부르통과 그 친구들은 순수하게 파괴적이기만한 다다의 영향을 벗어버리고 근대적 운동의 사상의 표현을 실행하는 그룹을 결성하는 일에 착수했다.

"인간의 여러 권리에 대한 새로운 선언을 하지 않으면 안 된다."라는 슬로건이 그들의 새 잡지 〈초현실주의 혁명〉의 표지에 인쇄되어 등장했다. 이 잡지에는 엘리아르, 페레, 알라공, 르벨르디, 그 외의 강령 선언, 초현실주의의 '교칙'이 포함되어 있었으며 삽화 속에는 피카소가 1914년에 제작한 입체 구성 작품의 하나가 만 레이의 촬영에 의해서 실렸다. 다음 호에는 피카소의 지난 여름에 주앙 레 팡에서 그린 데생 두 페이지가 소개되었고 다시 1925년 7월 15일 발행 제4호에는 〈아비뇽의 아가씨들〉이 제작 후 18년 만에 처음으로 도판화되었다. 피카소는 아틀리에에 말아두었던 이 작품을 끌어냈으며 콜렉션으로 산 사람은 자크 두세였으나 부르통은 두세의 집에서 이 작품을 발견하여 영광의 자리로 끌어올린 것이다.

초현실주의자의 그룹을 결성한 재기발랄하며 기질이 불온한 시인과 화가들은 예술에 있어서의 창조 과정의 근원이 되는 것을 깊이 탐구하고자 하는 공통의 욕구를 가지고 있었다. 이것은 한편으로는 랭보와 말라르메 같은 시인에 의해서, 다른 한편으로는 프로이트의 잠재의식의 고찰에 의해서 시작된 탐구였었다. 아폴리네르가 생각해낸 '초현실주의'라는 말이 이 새로운 운동의 명칭으로 채용되었을 때 부르통은 다음과 같이 설명했다.

"이 말……을 우리는 어느 엄밀한 의미를 가지고 채용한다. 우리는 이 말에 의해서 많건 적건 꿈의 상태로 서로 통하는 일종의 정신적인 오토매티즘을 제의하는 데 동의한 것이다."

잠재의식의 중요성의 평가는 초현실주의자들에게 있어서는 본질적인 것이었다. 그들은 피카소의 작품 속에서 미적인 고찰은 젖혀놓고 잠재의식의 영향을 역설했다. 그들은 피카소는 큐비즘에 있어서의 초현실주의자라고 주장했으나 추상에 이르려고 하는 여러 경향에 대해서는 피카소 자신보다도 더욱 커다란 공포심을 품고 있었다.

피카소는 일반적으로 초현실주의자의 그 중에서도 화가들의 활동보다도 시인들의 활동 쪽에 더 많은 흥미를 느꼈다. 그는 그 후에도 1920년대에 진행되었던 모든 것 중에서 그들의 활동이 가장 흥미 깊은 것이었다고 주장하고 있다. 그는 자신이 그들의 토의에 휘말리는 것은 단호히 피하고 있었으나 그들이 〈초현실주의 혁명〉에 그의 작품을 싣는 것을 허락했다. 그리고 단체전에 출품하는 일에 대한 그의 혐오감도 비로소 극복되어 그의 허락을 얻어 1925년 피에르 화랑에서의 제일회 초현실주의전에 진열하게 되었다. 그러나 이 전람회는 모든 살롱전에 특징적인 화가의 생명을 건 지위와 상의 쟁탈과는 대체로 의미가 다른 것이었다. 초현실주의 운동은 시인과 화가와의 연결 및 순전한 예술적 동기를 넘어서 인간의 행위로 향하는 태도에 그 힘을 빌리고 있는 것이다. 피카소는 이러한 시인들을 통해서 그가 전쟁전에 체험한 문화적 환경을 다시 발견한 것이다.

〈초현실주의 혁명〉 제4호에는 부르통이 피카소에 대해서 삽화를 곁들여 긴 평론을 실어 그가 절대적으로 찬사를 보내는 이유를 스스로 분석했다. 그는(세상에서 현실적인 것으로 이해되고 있는 것에 대해서 말하면서) 현실이란 다만 눈으로 보이는 그대로의 것이 아니며 따라서 화가는 결과에 있어서 순수하게 내면적인 모델을 암시해야 한다고 주장하고 있다. 그는 이것이 큐비즘에 있어서 피카소가 달성한 것이라는 점을 인정했으며 피카소의 탁월한 통찰력과 용기를 칭찬하고 "현재 우리가 지니고 있는 입장은 이 인물의 결심이 만일 좌절되었더라면 아직 현실의 것이 되지 않았을지도 모르며 또 잊어버렸을지도 모른다."라고 말했다.

초현실주의자들은 상류 사회라는 것을 엄격히 비난했으며 또 그들의 견책 대상에는 발레도 포함되어 있었다. 발레 〈로미오와 줄리엣〉의 무대 장치와 배경의 디자인을 막스 에른스트와 미로에게 맡겨보면 좋겠다고 피카소가 말을 꺼내 디아길레프가 그들에게 부탁을 해서 그들이 승낙했을 때도 부르통과 알라공은 그것에 반대해서 '국제적 귀족 계급'에 협력했다는 이유로 에른스트와 미로를 그룹에서 제명하려고 했다. 겨우 1년 전에 부르통이 피카소가 〈멜퀴이르〉를 위해서 한 디자인을 칭찬한 일로 견주어볼 때 이것은 참으로 놀라운 일이었다. 이 자리는 엘리아르의 조정으로 마무리가 지어졌으나 이 소동은 이 그룹의 멤버에게 결백한 규율을 강요하려고 하는 부르통의 시도를 전형적으로 보여주고 있는 예라 하겠다. 피카소는 고고함을 지니고 있어서 침범할 수 없는 권위의 자리를 차지하고 있었으나 그가 그 재능에 반한 젊은 예술가를 위해서는 이 경우처럼 관대하게 그 지위를 행사했던 것이다.

세 사람의 무용수
1925년
油
215×143

미는 발작적인 것이 아니면 안 된다

초현실주의자들과의 교제가 영향을 미쳐서 피카소 정신의 근저에 있었던 동요가 새로이 사람을 불안하게 만드는 표현 방식을 취해 별안간 폭발하게 되었다. 이 동요는 가정의 행복 때문에 얼마 동안은 어느 정도 덮여져 있었다. "아름다움은 발작적인 것이 아니면 안 되고 그렇지 않으면 소멸되지 않으면 안 된다."라고 한 부르통의 단정은 피카소를 괴롭히기 시작하고 있었던 새로운 고민과 부합되는 점이 있었다. 1925년 봄에 그는 몬테 카를로에서 얼마 동안 디아길레프와 마신과 함께 발레와 관계하며 지냈다. 그리고 그 해 초에 그가 그린 대작이 춤추는 세 사람의 인물을 표현하고 있는 것이라는 것은 별로 놀라운 일이 아니다. 그러나 〈세 사람의 무용수〉로 알려져 있는 이 그림의 톤은 러시아 발레단의 어딘지 모르게 꾸며진 고상함과는 아무런 공통점도 가지고 있지 않다. 여기서 뚜렷이 보여주고 있는 것은 수많은 사람들이 공통적으로 지니고 있었던 전쟁 후의 새로운 황금 시대에의 희망이 사라지고 좌절감과 불길한 전조를 표현하는 자포자기적이며 격렬한 엑스터시로 길을 양보했다는 점이다. 1964년에 테트 갤러리가 이 작품을 구입했을 때 피카소가 내게 한 말이지만 그는 이 작품에 붙여진 제목을 전혀 좋아하지 않는다고 했다. 그에게 있어서 이 작품은 무엇보다도 먼저 그의 옛 친구였던 화가 라몬 피죠트의 죽음을 알았을 때의 그의 슬픔을 나타낸 것이며 이 친구의 프로필이 화면의 우측 창에 그림자를 떨어뜨리고 있다는 것이었다.

〈세 사람의 무용수〉는 이렇게 해서 피카소가 한 제작의 하나의 전환점이 되고 있다. 이것은 전 해까지의 고전적인 청명함과는 아무런 명맥도 없이 이치에 닿지 않는 왜곡을 보여준 최초의 작품이다. 그것은 새로운 표현의 자유를 예고하고 있다. 이것에 이어지는 수년 동안 인간 형태는 해체되어 토막이 나게 되지만 그것도 분석적 큐비즘의 시대에 이루어진 것과 같은 정성을 다한 해부적인 분석법을 사용하지 않고 어떠한 예술가의 작품에서도 드물게밖에는 그 예를 찾아볼 수 없는 난폭함을 가지고 있다. 그러나 피카소는 해체하고 파괴만 한 것이 아니라 꿈의 세계를 생생한 현실과 융합시키면서 새로운 인체의 해부학적 표현, 새로운 구축, 새로운 통합을 창안하게 되었다.

육체적이며 정서적인 격렬함의 가장 강한 부분이 결합하고 있는 것은 그림 속의 왼쪽 무용수이다. 가슴을 위쪽을 향해 돌출시키고 등을 뒤로 젖힌 몸의 거칠은 움직임은 경련하며 광란의 표정에 불안을 끌어올리는 두부에서 극치점(極値点)에 달하고 있다. 그래도 아직 그녀의 두부를 형성하는 눈썹 부근에 초생달과 같은 또 하나의 프로필이 있으며 망아 착란(忘我錯亂)의 기원의 수련(祈願의 修練)이라고 할 수 있는 몸의 이 광경을 초롱초롱한 눈으로 보고 있다. 지금까지 비평가들이 지적해온 것이지만 이 화면 구상은 파리 오페라좌 앞에 있는 카르보자크의 풍만한 무용수의 군상에서 유래하고 있는 것처럼 보이지만 이 작품은 본질적으로는 책형의 고통과의 관련이 보다 깊은 것이다. 그것은 열광적인 생명의 춤인 것과 동시에 의식적인 죽음의 춤이기도 하다. 배경에는 푸르고 공허한 바다와 하늘을 쳐다볼 수 있는 창이 있지만 거칠기만한 살색, 적색, 청 등의 색채는 나이트 클럽의 색을 연상시킨다.

격정을 표현하지 않으면 안 된다고 생각하는 피카소의 마음은 이제는 억제할 수 없게 되고 말았다. 고주 망태가 된 무용수의 경련은 새로운 인체의 해부학적 표현을 예고하고 있다. 그녀는 괴물들이 주역을 연출하게 되는 새로운 시대를 앞서가고 있는 것이다.

피카소의 교우 관계

피카소의 마음은 변화를 일으키고 있었다. 그가 접촉하고 있었던 사교계의 멋쟁이들의 변화없는 생활에 흥미를 잃어가고 있었다. 사교계에 출입하게 된 초기에는 그가 올가와 함께 나타나면 그 타오르는 듯한 검은 눈동자뿐만이 아니라 최상품의 맞춤 디너 재킷 밑으로 드러나보이는 투우사용의 복대(腹帶) 때문에도 사람의 눈에 띄었으며 그의 그러한 등장은 파리의 사교 계절의 호화스러운 파티나 각종 모임에 빈번히 출입하는 속물들 사이에서도 낯익은 존재가 되고 있었다. 피카소는 에티엔느 드 보몽 백작이 개최했던 어느 무도회에는 가장을 즐겨 눈이 번쩍 뜨일 만한 투우사 슈트를 찾아내어 그것을 입고 나간 일도 있으며 또 그러한 모임의 장식용 디자인을 부탁받은 일도 한두 번이 아니었다. 스페인 사람들의 대다수가 그러하듯이 그도 또한 정성어린 대접과 마음에 맞는 친구를 찾아내는 데 지칠 줄 몰랐다. 밤은 그에게는 절대 지겨울 정도로 긴 것이 아니었다. 그는 알코올의 자극을 필요로 하지 않았다. 그가 잔치 기분에 젖어 있을 때 그의 비사교적인 면이 때로 무너지는 수가 있다. 대화 도중에 튀어나오는 생각지도 않았던 비평적인 말, 열을 띤 목소리로 이야기하며 "그렇지 않아요?"로 말의 매듭을 짓는 함축이 있는 이야기, 흥분된 억양이 높아진 웃음, 그러한 것은 그의 친구들을 즐겁게도 또 동시에 소란스럽게도 해주는 것이기도 했다.

장기간에 걸친 지중해 지방 방문 중에 그에게 영감을 주는 것은 때로는 색다른 묘한 변화일 수도 있었다. 앙드레 르벨은 피카소가 칸느의 시장에서 과일을 담은 두꺼운 종이로 만들어진 접시에 별안간 매료된 것을 본 일이 있다고 말해준 일이 있다. 그는 그 감촉을 즐긴 후에 곧 그 접시에 과일을 스케치하여 꽃잎에서 즙을 짜서 그것에 채색을 했다. 그는 그 그림을 그린 접시에 사인을 하고는 그것과 빈 접시 한 무더기와 교환해서 집으로 가져와서는 좋은 것을 발견했다고 즐거워했다고 한다. 자기 주변의 것에 민감한 그는 풍경이 지니고 있는 색채를 바다에 반사되는 빛으로 그리고 해안

에티엔느 드 보몽 백작의
무도회에서 투우사 복장의 피카소
1924년 파리

에서 노는 피서객의 힘찬 운동을 자기 내부에서 동화시키고 있었다. 그는 또 우연히 줏은 물건 즉 기묘한 모양의 나무 토막이라든가 그로테스크한 형으로 바뀐 녹슨 쇠붙이나 대나무 뿌리와 같은 것에도 똑같이 마음을 빼앗겼다.

피카소가 제작을 하지 않은 시간에 해변이나 식탁에서 이야기로 같이 시간을 보내는 친구 중에는 헤밍웨이를 포함해서 프랑스를 방문하고 있었던 외국인도 섞여 있었다. 해변가에서의 파티 사진이 몇 장 있는데 그것을 보면 손님들은 일광욕을 하는 대신 기묘한 의상을 입고 즐기고 있다. 그러한 사진 하나에 드 보몽 백작 부처가 화려한 가장을 하고 있으며 올가는 발레리나의 의상을 입고 있다. 그 일행 중에 아들을 방문하고 있었던 피카소의 모친이 있었으며 테두리를 비이즈로 장식한 묘한 모자를 쓰고 카누의 가장자리에 걸터앉아 있었다. 이 그룹 중에서 가장하지 않고 있는 단 한 사람은 피카소뿐이었으며 그는 흔한 중절모를 쓰고 흰 와이셔츠를 목까지 단추를 채워 입고 있었다.

소생하는 격렬함

이와 같은 향락은 피카소 생활의 일부분에 지나지 않았다. 사고의 세계

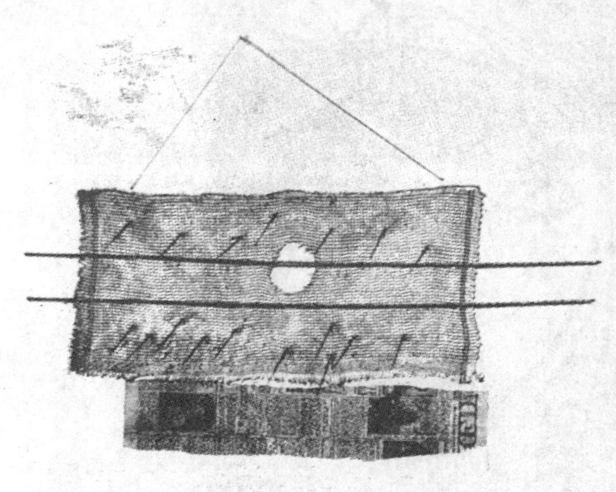

기타 1926년 헝겊조각, 압핀, 신문지 97×130

에서 그는 여전히 고독했으며 외로웠다. 동시에 주위 사람들이 자기의 의도를 이해하지 못한다 해서 그들을 절대 경멸하지 않았지만 세상의 흔한 사람들을 어리둥절하게 만들어보고 싶은 욕구가 그의 성미에 안 맞는 것은 아니었다. 세탁하지 않은 자기의 셔츠 옷자락을 끊어서 콜라쥬를 만들어버리는 못된 장난은 고의로 사람을 우롱하는 처사였으나 동시에 그런 하잘것없는 것으로 눈을 즐겁게 해주는 대상으로 변용시킬 수 있는 기적과 같은 솜씨의 피력이기도 했다. 그의 '악의의 예술'의 다른 예로 같은 1926년작의 〈기타〉라고 명명된 콜라쥬의 대작이 있다. 여기서의 주된 요소는 여러 개의 못으로 뚫린 거칠게 만든 접시닦이 걸레이며 그 못의 날카로운 끝이 심술궂게 그림에서 튀어나와 있다. 피카소는 이 그림을 들어올리려 한다면 누구라도 손이 베도록 그림 가장자리에 면도날을 감쳐둘까 하는 생각까지 했었다고 한다. 이 작품의 잔인한 충격을 부드럽게 하는 장식적인 곡선은 어느 구설에서도 찾아볼 수 없으며 색채도 매력이 없다. 이 작품을 처참하리만치 무미건조한 것으로 만들고 있는 것은 하나의 어법에 의한 공격적이며 힘찬 노여움의 표현이다. 이 작품은 파리, 뉴욕, 런던에서 열린 대전람회에 전시된 일이 있지만 피카소는 그것을 자기 자신의 만족을 위해서 비축해두는 저주처럼 보통은 자기의 아틀리에에 놓아두었었다. 이후로 계속되는 몇

두부
1926년
油
22×14

년 동안의 회화 작품은 그의 마음속에 가득해지는 격렬함을 더한층 복잡한
형태로 보여주고 있다.

꿈의 분석

이제 피카소는 인체를 자유롭게 마음먹은 대로 변형하는 일에 구애를 받
지 않게 되었다. 그러나 가장 대담한 방법으로 조작을 고쳐 배치하고 비율
의 변경을 했다 해도 인간의 두부나 인간 모습의 인식을 방해하지는 않
았다. 한 개의 대상을 동시에 복수 시점에서 묘사하는 큐비즘의 방법이 시
키는 대로 피카소는 일찍이 1913년에 정면을 향한 얼굴 위에 옆 얼굴을 그
려 넣었었다. 그러나 1926년에는 같은 착상으로 강렬하게 왜곡된 두부를 여
러 장 그렸으며 그것은 더욱더 격렬함이 짙어져 있는데 〈두부〉라는 작품에
서는 그것이라고 인정할 수 있는 조각——눈, 입, 이, 혀, 귀, 코, 콧구멍
——은 얼굴의 모든 위치에 배치되었으며 옆 얼굴을 나타내는 굵은 선이
머리를 중앙에서 좌우로 나누어놓고 있다. 양쪽 눈은 모두 얼굴의 한편으
로 기울게 그렸으며 또 다른 예에서는 입이 눈의 위치에 놓여져 있다. 상상

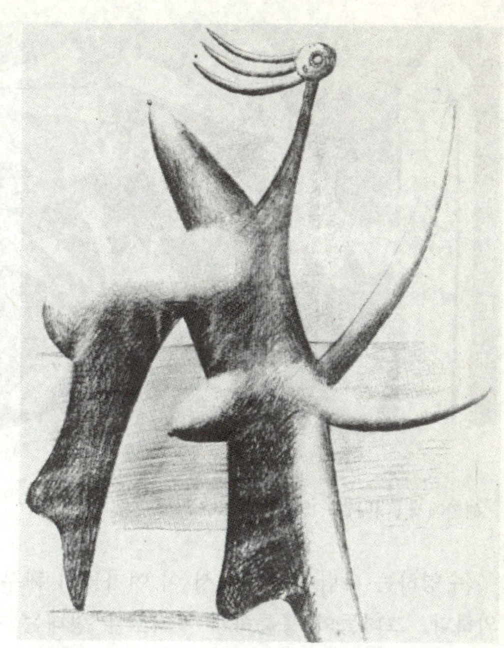

수영하는 사람(칸느)
1927년
목탄

이 미치는 한의 바꿔치기가 시도되었으나 이상하게도 인간의 두부는 감정을 힘차게 표현하는 하나의 구성체로서 살아 있는 것이다. 이와 같은 재편성의 과정에서 두부라는 구상체 그 자체가 분해를 시작하며 몇 가닥의 모발이 예술가가 원하는 장소라면 어디에서나 생겨나게 된다. 유린당하지 않는 것은 무엇 하나 없다. 그러나 기호 언어는 자신의 조작을 닮은 이러한 흔적이 우리에게 품게 하는 연상을 부인하기는 어렵다는 것을 발견하게 한다. 그리고 우리가 이처럼 완벽한 있을 수 없는 왜곡에서까지도 우리 자신의 이미지를 재구성할 수 있다는 것이 새롭고 기묘한 발견의 매력을 느끼게 하고 있다.

　인체도 똑같이 자기 생각대로의 형태로 재구성되었다. 피카소는 1927년 여름 동안 칸느에서 그린 〈세 사람의 무용수〉 등의 작품에서 사용하고 있었던 총합적 큐비즘에서 유래하고 있는 평면적인 동형에 의한 작화법을 별안간 포기하고 무겁게 살붙임을 한 인간 형태의 환상적 재구성을 데생하기 시작했다. 그가 매일 해변에서 보는 수영객들은 하나의 변용 과정을 거쳐 거대한 조각적 형태가 되어 가볍게 바닷가에서 뛰어 놀든가 탈의장의 열쇠를 조심스럽게 찾고 있든가 하고 있다.

해안에서 (디나알) 1928년 油 19×32

　〈수영하는 사람(칸느)〉에서 이 여자들의 해부학적 구조는 참으로 기청천 외하다. 그녀들의 퉁퉁하게 부어오른 형태는 자연과는 직접 유사한 점을 지니고 있지 않지만 아직 그러한 형태는 유기적이서 "자연과 예술과는 두 개의 별개의 것이다. 우리들은 예술을 통해서 자연은 이런 것이 아닐까 하는 우리들의 개념을 표현하는 것이다."라고 하는 피카소의 의견을 논증하고 있는 것이다. 그러나 그녀들을 낮익은 인간의 모습으로 인정하기 어렵다 해도 이러한 중량감이 느껴지는 해변의 모습에서는 감동을 느낄 정도로 인간적이다. 〈해안에서(디나알)〉라는 작품에서는 탈의장을 열려고 열쇠 구멍에 밀어넣은 작은 열쇠를 만지작거리고 있는 사람들은 특히 그렇다. 성적인 음유(陰喩)는 많은 해석이 가능하다. 열쇠로 잠겨진 탈의장은 비소 (秘所)의 상징이며 여기서는 그것이 피카소에 의해서 창조된 여성적 혹은 양성구유적(兩性具有的)인 괴력의 괴물들에 의해서 범해질 수 있는 위험이 있는 것처럼 보여진다.

　이 목탄 스케치의 연작은 다음 해 여름 디날에서 제작된 같은 종류의 펜 스케치나 기념비를 위한 여러 자료와 함께 피카소가 아폴리네르의 기념비 위원회에 제출하여 승낙을 얻지 못한 견본 작품의 일부이다.

　피카소는 두 여름 동안 계속해서 디날을 찾았다. 그것은 점차로 늘어나는 친구들에게 지나치게 방해를 받는 장소로부터의 도피였다. 그가 빌린 별장은 마당이 있는 크고 모양없는 아르 느보풍으로 생 마로에서의 나룻배

화가와 모델
1928년
油
131×163

가 손님을 내려주는 나루터 가까운 곳에 있었다. 그는 창문에서 대안(對岸)에 사는 젊은 시인 줄르쥬 유니에가 도착하면 소리를 질러 마중할 수가 있었다. 그리고 피카소는 아내에게 나갔다 오겠다고 말하고서는 그와 함께 넻 시간 농안이나 사람으로 가득 찬 해변을 산책하면서 소일했다. 그는 가족에게서, 폴에게 훌륭한 정규 교육을 시키기 위해 고용한 영국인 여가정 교사에게서 그리고 그의 작업을 둘러싸고 있는 창조적인 혼란을 받아들일 여유가 있는 공간만이 매력인 그 별장에서 도피할 수 있다는 것이 즐거웠다. 작년 여름 인간적인 형태를 보다 우아한 것으로 만든 펜과 잉크의 데생 외에도 그가 그린 유채화는 대부분이 폴을 공중으로 치켜올린 수영객들의 정경이었다. 여기서도 인체 기구가 받는 분망한 취급은 예를 찾아보기 힘들다. 팔과 다리와 동체는 부서진 성냥갑처럼 납작하게 그려졌으며 때로는 줄무늬 수영복을 입고 있으나 그런 것은 바다와 바위 등의 선명한 색채의 배경 앞에서 서로 호응하는 움직임을 보여주고 있다.

디날 방문의 첫 여름에 피카소는 주로 색채와 흥분적인 운동에 몰두했으나 파리에서는 보다 엄격하게 자기를 규제했으며 평면적인 색면에 건축적인 공간 감각을 주는 검은 직선을 사용한 엄밀한 구조의 대화면을 제작했다. 〈아틀리에〉와 〈화가와 모델〉 같은 작품은 여름 몇 개월 동안의 충만했던 활력과는 대조적인 침착성을 간직하고 있다. 인간 형태를 온화하게 변용시킨 다른 단순한 조각적 화상에서 볼 수 있는 것 같은 억제는 할 수 없었던 것은 아니지만 그는 아직 여성의 몸에 대해서는 좀더 악마적인 변모

안락의자에 앉은 여인
1929년
油
195×130

앉아서 해수욕하는 여자
1929년
油
163×130

투우사로 변장한 폴
1925년
油
162×98

를 생각하며 그리고 있었다. 〈안락의자에 앉은 여인〉에서 의자에 앉아 있는 여자는 경련을 일으킨 문어의 발을 연상시키기도 했으며 〈앉아서 해수욕하는 여자〉에서의 인물은 뼈와 유목(流木)으로 만들어져 중간부 골격은 서로 불안정한 균형을 유지하고 있는데 몇 개의 단편으로 이루어져 있는 피가 통하지 않는 기념상처럼 보이기도 했다. 이러한 창안은 많은 경우 깎아내린 턱과 해수용(害獸用)의 한정처럼 서로 마주보고 있는 이를 가진 두부의 공격적이며 딱딱한 구조와 그 배경이 되어 있는 담청색의 하늘과 현저한 대조를 이루고 있다. 미에 대한 규범적인 경의 때문에 지금까지는 금지되어왔던 영익에의 이러한 탐구는 큐비즘이 아카데믹한 회화의 개념에서 가한 공격보다도 더욱 심각한 동요를 일으키는 무엇이 있었다. 이러한 탐구는 인간의 고전적 전통에서 일어나는 자기 자신에 대한 관념을 전복하는 것이다. 그러나 피카소 덕분에 인간의 이미지라는 것은 단순하게 이상적 개념에만 존재하지 않는다는 것, 그리고 또 그 본질에 있어서는 유기적으로 살아 있는 것이 아니면 안 된다는 것을 발견하게 된 것이다.

　이 시기에 어느 한 사람의 인간에 대해서만은 그의 다정한 마음이 손상을 입지 않고 있어서 그 초상만은 이러한 난폭한 분해에 의해서 해체되지 않았다. 아들이 태어난 이래 피카소는 자주 그의 초상을 그려 그 기쁨을 맛보고 있었다. 그리고 수년 동안에 우리는 괴물을 그린 작품에 섞여서 가장복

연인의 두부와 자화상
1929년
油
74×61

(假裝服)을 입은 폴의 아름다운 초상이 여러 점 그려졌다는 것을 알고 있다. 이러한 초상화에서 그는 피에로이기도 했고 단장과 꽃다발을 안고 있는 아를캥이기도 했고 또는 금모올로 장식한 투우사의 슈트를 입고 있기도 했다(〈투우사로 변장한 폴〉).

　동시에 〈여인의 두부와 자화상〉이라는 작품에서는 강렬한 색채의 자화상이라고 할 수 있는 옆 얼굴이 등장하여 뾰족한 붉은 혀를 한 괴물과 나란히 그려져 있다. 이 괴물의 긴 목의 전면에는 선명하게 녹색의 선이 세로로 그어져 있어서 마치 그것이 독을 마시고 살아 있는 것처럼 보인다. 피카소는 젊은 시절에는 자주 그렸던 자신의 초상과 데생을 거의 10년 이상 그리지 않았다. 그러나 1929년의 몇 개의 그림 속에서 그의 옆 얼굴을 찾아볼 수 있다. 이 작품의 경우 그것이 이 강력하며 공격적인 괴물의 두부와 이렇게까지도 밀접하게 연결되어 있는 것을 보고 보는 사람으로 하여금 당황하게 만들지만 이 두부는 그를 위기로 유도하기 시작한 정서적 긴장을 명백하게 상징하고 있다. 그는 공을 이루어 당세를 풍미하고 있는 화가로서의 생활에 대해서 나날이 불만을 쌓아가고 있었다. 그는 아내 때문에 그 생활에 말려들어간 것이다. 그녀의 소유욕이 강해져가는 적의가 원인이었다. 피카소의 반응은 올가가 그에게 맛보게 하는 괴로움을 새롭고 힘찬 여러 가지 상징으로 전환시키는 것이었다. 상징 중에는 그의 개인적인 감정을 선명하게 알아볼 수 있는 것도 있었으며 보편적인 의미를 갖게 된 것도 있었다. 성적 관계와 분리할 수 없는 하나의 요소인 부조리한 심리적인 잔혹함이라는 것이 초현실주의자들에 의해 면밀하게 검토되고 있었다. 잠재의식에 대한 그들의 탐구는 동시에 광범위하게 분산하고 있는 원시적 부족의 신화와 종교적 의식에 관한 열성적인 조사와 평행해서 이루어지고 있었다. 개인적인 것과 보편적인 두 개의 사고의 맥락은 양쪽이 모두 피카소에게 자극적인 효과를 갖게 했다.

책 형 도

작품에 영향을 미치게 하고 있었던 마음의 동요는 소품이지만 독특한 〈책형도〉에 집중되었다. 이 작품에는 서너 점의 준비 데생이 있다. 인간 형태의 왜곡이 극단될 정도로 심해서 하나의 인물 속에서끼지 비례를 무시한 변경을 이루고 있기 때문에 이 화면을 해독하기는 쉬운 일이 아니다. 그리고 지배적인 색채인 황색과 적색은 강렬한 청색과 녹색에 의해서 더욱 강조되고 있어서 기묘한 광채를 발하고 있다. 그래서 많은 비평가들은 이 작품은 결국 제작되지는 않았지만 보다 큰 작품을 위한 습작 또는 지나치게 개인적이어서 보편적인 의의를 가지고 있지 않은 작품으로 취급되어버리고 말았었다. 그러나 후에 이르러 루드 카프만이 이 작품의 전거(典拠)와 다른 작품과의 관련에 대해서 극히 치밀한 개발적인 연구를 했다. 그녀는 등한시되고 있었던 이 소품에 〈세 사람의 무용수(1925)〉와 〈게르니카(1937)〉 사이의 열쇠가 되는 위치를 두고 피카소의 상징적 사용 중에서 또 신화적 주제와 사랑과 삶과 죽음의 드라마에 관한 그의 사고의 전개 속에서 하나의 연속성을 찾아내고 있다. 이와 같은 사고의 전개에 중요한 요인이 된 것은 그 시기에 있어서 줄르쥬 파타이유와 초현실주의자들과의 교제였었다.

〈책형도〉의 초상 연구는 많은 곳에서 빌려온 전설과 신화의 종합이다. 피카소로서는 예외적인 일이지만 주요 테마는 기독교적인 것으로서 책형의 전통적 상징이 몇 가지 뚜렷하게 표현되어 있다. 중심에 놓여져 있는 십자가에 못박혀진 예수의 주변에는 훨씬 떨어져서 또 두 개의 십자가가 있으나

책형도 1930년 油, 板 51×66

도둑들은 이미 거기에서 내려져 있다. 그들의 시체는 화면의 왼쪽 아래에 뉘여져 있다. 전경에는 예수의 옷을 걸고 주사위를 굴리고 있는 병사 둘이 등장하고 있으며 사다리도 그려져 있다. 이 사다리 위에는 작은 인물이 예수의 오른손에 못으로 십자가를 박고 있다.

그러나 루드 카프만이 지적하고 있는 것처럼 여기에는 이교적 원시적 여러 종교를 포함해서 기독교적 전통에 사로잡혀 있지 않은 다른 증거에의 관련도 있어서 이 작품이 '히스테리, 야만, 사디즘의 형태를 취한 인간의 부조리'에 의해서 진행되는 원시 시대의 왕이나 신의 희생적 의식을 그린 것이라고 해석할 수 있기 때문에 또 다른 별개의 뜻을 지니고 있기도 한 것이다.

이 작품에는 1930년 2월 7일자의 일부(日付)가 있다. 같은 해 봄 줄르쥬 파타이유는 〈도큐망〉 지의 특집호 〈피카소 예찬〉 속에서 1926년 최초의 준비 데생과 〈썩은 태양〉이라는 제목의 평론을 발표했으나 여기에서 피카소의 마음을 차지하고 있었던 문제와의 흥미 깊은 유사(類似)를 몇 가지 제시하고 있다. 파타이유는 원시적인 태양과 달의 숭배 및 미트라 교의 의식에 특별한 관심을 보여주고 있다. 피카소도 그의 투우에 대한 열정 때문에 미트라 교의 의식에 특히 끌리고 있었다. 이것은 후에 미노타우로스의 연작

동판화와 〈게르니카〉에서 나타나게 된다.

피카소의 의도 및 사용되고 있는 있는 상징의 의미에 대해서는 확실하지 않은 데가 있다. 우리는 이러한 상징에서 어느 보편적인 의미를 찾아보아야 하는지 그렇지 않으면 이것은 그의 개인적인 고민의 표현 영역을 벗어나고 있지 않은 것이라고 믿어야 할지 판단하기 어렵다. 다행스럽게도 비로소 여기에서 데생이 도움을 주게 된다. 완성작에 착수하기 이삼 개월 전에 그는 이상할 정도의 강렬성을 지니고 있는 데생을 몇 개월 하고 있으며 거기에서 그의 관심은 주로 막달라 마리아의 이상할 정도로 비틀린 형태에 집중되어 있다. 그녀는 벌거벗은 몸을 등 뒤로 휘고 있으며 그 모양은 〈세 사람의 무용수〉의 바커스 축제에서 미친 듯이 춤추고 있는 여자를 닮은 것처럼 보인다. 그러나 여기서 그녀는 거꾸로 된 머리가 엉덩이에 붙을 정도로 심한 경련을 일으켜 우리 쪽으로 젖혀져 있기 때문의 거꾸로 된 눈과 코는 남성의 성기를 연상시키며 동시에 그녀 자신의 생식기와 혼동되게 하고 있다. 또 하나 눈에 띄는 특징은 기원하듯이 치켜든 그녀의 팔이다.

완성작에서는 이 미친 듯한 슬픔의 형상화는 단순화되고 말았다. 막달라 마리아는 십자가의 오른쪽 위에 서 있으나 그녀의 팔은 화면의 오른쪽 가까이에 서 있는 키가 큰 상 즉 기원의 상징으로 이동되고 있다. 스케치에서는 광란 상태의 나체 여자로 표현되어 있었던 막달라 마리아에게 여기서는 좀 더 양식화된 형태를 주고 있다. 그러나 그러면서도 종교적인 품위 같은 것은 문제 삼지도 않았고 어디서인지 모르나 강한 정통적 효과가 생겨나고 있다. 인습적인 기준에서 본다면 어떻게 보더라도 이 작품은 독신적(瀆神的)이라고 판단하지 않을 수 없다. 그러나 독신이란 그 본질에서 볼 때 종교의 힘을 승인하는 것이며 그것이 비상한 격렬함에 도달하고 있을 때는 특히 더 그런 것이다. 〈성가대의 소년〉과 〈카사헤마스의 매장〉을 제외하면 과거에 있어서 종교적 주제는 단순하게 스케치북에 휘갈겨 그려놓을 뿐이지 그 이상 발전시키지 않았다. 그리고 예술 그 자체와는 별개로 종교 예술이라는 것이 있을 수 없다는 피카소의 신념은 그가 여기서 그 자신의 어법으로 근본적인 불변의 진리를 표현하기 위해 그 자신의 언어를 사용하고 있다는 것을 확실하게 밝혀주고 있다.

그러나 동시에 그의 독신 속에는 그가 태어나서 자란 스페인의 엄격한 카톨릭 제도에 대한 반동의 징후가 있다는 것도 부정할 수 없다. 이것은 별도의 다른 인물에 의해서 더욱 뚜렷하다. 이 인물은 스케치에서는 막달라 마리아에 비해서 온화하며 동정 깊은 모습을 하고 있다. 그러나 완성작에서 이 인물은 애매하고 두려움을 불러일으킬 것만 같은 존재가 되어서 화면 중앙에 위치를 차지하고 있다. 1929년 6월에 그려진 스케치가 있는데 거기서는 예수의 발 밑에 세 사람의 여자가 긴밀하게 뒤엉켜 있는 것을 볼 수 있다. 왼쪽은 막달라 마리아의 경련을 일으킨 모습이며 오른쪽에는 긴 머리를 늘어뜨리고 슬픔에 넘친 눈으로 쳐다보고 있는 두 개의 머리가 있다. 이 세 사람은 구경하는 군중의 귀축 같은 얼굴에 등을 돌리고 있다.

완성작에서 화면의 중심인 예수의 가슴 앞까지 밀어올려진 것은 〈게르니카〉의 여자들을 예고하는 듯이 입을 열고 있는 두부 두 개 중의 위쪽의 두부이다. 거기서도 몇 개의 스케치가 보여주고 있는 것에 따라서 우리는 그것을 성모 마리아의 모습이라고 추정할 수 있지만 그와 달리 그렇게 생각할 수 없는 다른 뜻을 발견할 수 있다. 왜냐하면 그렇게 예상하는 바로 그 순간에 그녀의 얼굴에는 자애스러움이 없다는 것을 찾아낼 수 있기 때문이다. 스케치된 동정 깊은 모습과는 서로 용납할 수 없는 모습이기 때문이다.

그것은 예수를 위협하는 괴물의 머리가 아닌가 생각할 수 있으며 다시 그것을 앞에서 설명한 1929년 작품 〈여인의 두부와 자화상〉에서 피카소 자신의 옆 얼굴 위에 겹쳐져 있는 괴물에 연결하기는 쉬운 일이다. 그러나 만일 그렇게 한다면 피카소의 동기는 그 자신의 사사로운 일로 한정되고 만다. 게다가 이 정도로 단순하게 글자 그대로 해석한다는 것은 피카소의 성격에 맞지 않으며 상징의 보편성과도 일치하지 않는다. 따라서 중앙의 여성상이 성모라는 것은 의심할 여지가 없다. 그리고 보면 날카로우며 위협적인 이는 열려진 턱과 함께 악의라기보다는 억제할 수 없는 괴로움 때문에 생겨나게 되는 거칠은 동작을 암시하고 있는 것이다. 그리고 광포함의 직접적 원인은 예수의 무방비한 육체를 창으로 찌른 투우사처럼 말을 탄 백인 대장의 존재에서 찾아볼 수 있다. 그는 이 구도 속에 극히 조그맣게 삽입되어 있으나 다른 인물에 비해서 보다 현실적으로 표현되어 있으며 그가 무엇하는 자이며 무엇을 하고 있는지에 대해서는 잘못 판단할 여지를 없애주고 있다.

성모의 동작은 소박하며 극적인 어법으로 그려진 자기 아들 예수를 지키려 하는 최후의 절망적인 노력인 것이다.

피카소가 발명한 언어는 의미심장하다. 발가벗은 막달라 마리아와 열렬한 모성애를 가리키는 성모라는 두 사람의 여자 표현은 어떤 성격 형성을 표현하는 것이며 그 성격 묘사의 힘을 형식적으로 보는 사람을 당황하게 만들어버릴 정도로 독창적이면서도 적절한 몇 개의 기호에 유래하고 있다. 애매한 표현을 하고 있기 때문에 신성하며 가장 존경을 받았던 여성상인 성모의 모습은 자칫 잘못하면 악마로 착각할 수 있으며 구제받은 죄인인 막달라 마리아는 성의 무한한 힘에 괴로움을 받고 있는 것이라고 생각할 수도 있다.

주요한 작품 활동에 있어서 언제나 그랬던 것처럼 이 주제에 대한 관심도 1930년의 작품으로 끝을 내지는 않았다. 2년 후 피카소는 마티스 그류네발트의 이젠하임 제단화의 정동(情動)적인 특질에 온통 정신을 빼앗기고 말았다. 이 주제의 변형으로 제작된 일련의 스케치 제일작에 있어서 예수의 비뚤어진 얼굴은 1930년 작품의 성모를 닮았다. 그러나 피카소는 곧 주제의 신화적 내용보다도 1929년의 〈앉아서 해수욕하는 여자〉를 닮은 뼈만 있는 인물의 구조 쪽에 흥미를 갖게 되었고 스케치도 같은 시기에 그가 몰두하고 있었던 조각과 밀접한 유사를 보이고 있다.

그러나 이 주제는 후에 해석에 새로운 광명을 던져주는 것 같은 방식으로 다시 취급되고 있다. 1938년의 스케치에서 피카소는 새로운 상징적인 격렬한 감정을 지니고 이 구상으로 되돌아왔다. 당시 아직 절정에 도달하지 않고 있었던 스페인 전쟁 때 확실해진 인간이 할 수 있는 상상조차 하기 어려운 잔학(殘虐)이라는 것에 대한 냉소적인 절망의 폭발 속에서 이 작품이 그려진 것이다. 여기서는 고민의 발작을 일으키고 있는 막달라 마리아가 있는 같은 장면이 라블레풍의 표현으로 그려져 있다. 막달라 마리아는 방비(放棄)하면서 동시에 그녀의 구세주 성기를 꽉 움켜잡고 있다. 상징적으로 영을 포기하고 삶에 절망적으로 매달리고 있는 것이다. 한 명의 성모는 십자가 옆에 서서 이빨로 아들의 탯줄을 물어뜯고 있다. 희망의 흔적을 보여주고 있지 않은 이 장면, 예수가 말 위의 백인 대장에게 창에 찔리어 하늘을 향해서 그의 최후를 원망하는 듯한 절망적인 부르짖음을 내지르고 있는 이 장면에 있어서의 재생에 대한 놀라운 암시인 것이다.

최후로 의표를 찌르는 것으로는 1959년 3월의 25매의 데생 연작이 있다. 이 작품에서 피카소는 언제나 책형과 투우 사이에서 유사성을 느끼고 있었다는 것을 다시 느낄 수 있다. 이 연작에서 장면은 투우장 속으로 옮겨졌으며 다른 사람 아닌 성모가 의식을 집행하고 있다. 예수는 포학의 수동적인 희생자가 아니다. 오른손을 십자가에서 빼내고 있으나 이 동작은 12세기 카탈루니아 지방의 어느 조각에서 찾아볼 수 있는 것으로서 여기서는 십자가 강하의 준비적인 행위로 표현되어 있는 것이다. 그러나 피카소는 이것을 투우 공격을 피하려고 하는 적극적인 노력으로 전환시키고 있다. 이 황소는 이미 기승자(騎乘者)를 낙마시키고 있으며 그는 괴로워하면서 십자가 밑에 누워 있다. 예수는 허리에 두루는 천을 펼쳐들고 투우사가 망토로 하는 것처럼 소와 겨루고 있다. 옛 책형의 드라마의 이 처참한 번안은 피카소의 사고 속에서는 전설적인 투우의 의식과 희생물로 제공되는 왕이면서 신이라는 테마와 밀접하게 연결되어 있다는 것을 강조하고 있다. 여기서 아마도 피카소는 제어할 수 없는 폭력이 습격해오는 진로를 바꿔보려고 하는 절망적인 노력 속에 있는 부활과 불사의 희망을 보고 있는 것인지도 모르며 영웅주의 공허함에 대한 잠재적인 절망을 보고 있는 것인지도 모른다.

조　각

형태를 남김없이 표현해보려고 생각하는 피카소의 욕구 때문에 목재에 조각한 두부와 인물상이 만들어진 1906년의 경우처럼 그로부터 20년 이상이 지난 1928년에 그는 같은 욕구에 의해서 다시 한 번 자기의 스케치 조각적 형태를 실제로 삼차원의 것으로 만들기 시작했다. 〈압상트 글라스〉를 제외하면 이 큐비즘적인 입체 구성 작품은 어느 것 하나 둥글게 조각된 것은 한 작품도 없었다. 이것은 회화 작품처럼 전면에서만 볼 수 있게 만들어진 것이다. 1920년대의 회화에 있어서 피카소는 형태의 표현을 모델링에 의해서 하든가 선에 의해서 하든가 하나의 방법만을 사용했었다. 결과적으로 입체적인 삼차원의 조각을 만드는 경우에는 모델링을 사용하는 쪽이 보기에 적합한 해결법으로 생각되어 사실 그는 1928년의 자기의 목탄 데생을 입체적 형태로 만드는 모사(기념비 원안 〈여자의 두부〉)를 하기 시작했을 때 그가 최초로 채용한 것이 이 방법이었다. 그러나 곧 피카소의 창의에 넘친 천분은 삼차원의 것도 다른 방법으로 그려낼 수 있다는 것을 이해하게 되었다. 그 해 가을 그는 철사로 조립한 작품을 제작했으나 그것은 같은 해의 건축적 구성을 가진 정물화의 대작이나 선의 스케치와 관련을 지니고 있는 것이다. 이 작품은 후에 〈알려지지 않은 걸작〉에 복제된 기묘한 스케치북의 데생의 약도식인 것이었다. 이 공간에 있어서의 도식이라는 착상은 10년 전에 러시아의 구성주의자들이나 20년대에는 카르다의 철사로 만든 초상까지 소급해야 할지도 모른다. 그러나 피카소는 훌륭하게 그의 새로운 선의 조각에서 인간 형태의 서정적인 감각을 만들어내고 있다. 그것은 그의 독자적인 고안이며 또 전후에 젊은 조각가들에 의해서 널리 활용되어온 착상이기도 했다.

다른 조각도 계속해서 제작되었으나 그것은 언제나 그의 그림과 관련이 있는 것이며 때로는 그 조각 자체를 검은색과 흰색으로 칠하는 일도 있었다. 보통은 별개의 예술로 분류되는 이 두 종류의 활동 사이에는 아무런 거리가 없었다. 이 두 개의 활동은 피카소의 입장에서 본다면 어느 쪽이 자기의 아들인지 그리고 암탉과 알처럼 어느 쪽이 먼저라고 말할 수 없는 것이었다. 어느 회화에서 발단을 이루고 있다고 생각되는 조각도 있다. 가령 그것은 1929년 10월의 〈두부〉와 같은 작품이며 그것은 삼각대 위에 놓여져 있고 같은 해의 〈화가와 모델〉이라고 이름 붙여진 회화의 예술가의 모습과 흡사한 데가 있다. 한편 주변에서 얻어진 재료로 조각을 조립하는 것과 그 조각의 형태가 거기에 나타나 있는 것 같은 그림을 그리는 일은 피카소로서는 별로 색다른 시도가 아니었다. 뿐만 아니라 그는 번번이 그림을 그리고 있을 때 발견한 새로운 착상을 가지고 그 조각에 채색을 했다. 이처럼 하나의 표현 수단에서 다른 표현 수단으로 착상을 연속적으로 교환하는 것은 피카소의 작품에 하나의 방법에서 다른 방법으로, 하나의 양식에서 다른 양식으로 반향하는 동질성을 주고 있는 것이다.

피카소의 생애 Ⅰ

발행 1994년 7월 10일   ㉿ 값 10,000원

지은이 롤랑 팽로즈
옮긴이 민 병 산
펴낸이 남   용
펴낸데 一信書籍出版社

①②①－①①⓪ 서울 마포구 신수동 177－3
등 록 : 1969. 9. 12. No. 10－70
전 화 : 703－3001~6
FAX : 703－3009
대체구좌 / 012245－31－2133577

ISBN 89-366-1513-0